本书受广东省教育厅2020年度普通高校创新团队项目
"粤港澳大湾区文学与文化研究团队"（2020WCXTD010）
及广州新华学院校级重点学科"中国古代文学"项目资助

程坚甫诗存注释

陈永正题

「粤港澳大湾区文学与文化研究」丛书

◇ 程坚甫 著
◇ 陈小辉 注释

中山大学出版社
SUN YAT-SEN UNIVERSITY PRESS

·广州·

版权所有 翻印必究

图书在版编目（CIP）数据

程坚甫诗存注释/程坚甫著；陈小辉注释.—广州：中山大学出版社，2021.6

（"粤港澳大湾区文学与文化研究"丛书）

ISBN 978-7-306-07218-4

Ⅰ.①程… Ⅱ.①程…②陈… Ⅲ.①诗集—中国—当代 Ⅳ.①I227

中国版本图书馆 CIP 数据核字（2021）第 098869 号

CHENG JIANFU SHICUN ZHUSHI

| 出 版 人：王天琪
| 策划编辑：孔颖琪
| 封面题字：陈永正
| 责任编辑：孔颖琪
| 封面设计：曾　婷
| 责任校对：邱紫妍
| 责任技编：何雅涛
| 出版发行：中山大学出版社
| 电　　话：编辑部 020-84110283，84113349，84111997，84110779，84110776
|　　　　　 发行部 020-84111998，84111981，84111160
| 地　　址：广州市新港西路 135 号
| 邮　　编：510275　传　真：020-84036565
| 网　　址：http://www.zsup.com.cn　E-mail：zdcbs@mail.sysu.edu.cn
| 印 刷 者：广州市友盛彩印有限公司
| 规　　格：787mm×1092mm　1/16　27.625 印张　526 千字
| 版次印次：2021 年 6 月第 1 版　2021 年 6 月第 1 次印刷
| 定　　价：88.00 元

如发现本书因印装质量影响阅读，请与出版社发行部联系调换

《程坚甫诗存注释》序

韩退之倡"不平则鸣"之说,其《送孟东野序》一文,称许孟郊、李翱、张籍"以其诗鸣,其高出魏晋,不懈而及于古",然而"鸣信善矣。抑不知天将和其声,而使鸣国家之盛邪?抑将穷饿其身,思愁其心肠,而使自鸣其不幸邪?三子者之命,则悬乎天矣。其在上也奚以喜,其在下也奚以悲"!每诵此文,辄悲慨丛生,潸然涕下。台山程翁坚甫,亦今之善鸣者也,而身世之悲苦,更甚于东野之穷愁;与当今显赫诗家之命,亦"悬乎天矣"!客岁之秋,美国诗友转发苏炜先生《中国农民中的"当世老杜"》一文,始知程翁坚甫有遗稿《不磷室诗存》,惜仅一鳞片爪,未见全龙,颇觉遗憾。今岁杪秋,获读临川陈小辉博士注释《程坚甫诗选一百首》电子稿,屏前盥诵,击节者再,其命途之坎坷,风骨之坚苍,学养之渊深,才情之宕跌,联想之清奇,余音之隽永,均迥超侪辈,允称一流。因忆陈叔伊《石遗室诗话》中"四要三弊"之论:"诗有四要三弊。骨力坚苍为一要,兴味高妙为一要,才思横溢、句法超逸,各为一要。然骨力坚苍,其弊也窘;才思横溢,其弊也滥;句法超逸,其弊也轻与纤;惟济以兴味高妙则无弊。"至若程翁坚甫之诗,可谓得其要而去其弊矣。

程翁于古人之诗,多师转益,而最心摹手追者,则为老杜与放翁。其《不磷室拾遗·题词》云:"声律悲壮格律老,少陵之诗夙所好。中年复爱陆剑南,剑南矜炼最工巧。生平寝馈二家诗,立卧未尝须臾离。惟吾自惭袜线才,一毛不敢袭其皮。"细味"生平""立卧"二句,其平生之蕲向可知矣。半叟以"不磷"名室,固出于《论语·阳货》之"不曰坚乎,磨而不磷;不曰白乎,涅而不缁",实亦点化老杜"志士惜妄动,知深难固辞。如何久磨砺,但取不磷缁"(《别崔潩因寄薛据、孟云卿》)之句,其襟怀之洁,信念之坚,亦与放翁"素衣莫起风尘叹,犹及清明可到家"(《临安春雨初霁》)异代同音也。半叟《不磷室拾遗》中,警句甚多,触目皆是,不妨随意摘录数联,并略加分析:如"眉间心上愁难避,地老天荒志未磨"(《长贫自觉负人多辘轳体五首》之四),看似寻常,而句中有对,且寓慨深沉,寄情高远,可谓"骨力坚苍"。"迩来瑟缩应如猬,便借琴弹莫对牛"(《林翁牧牛限牛字二首》之二),"瑟缩"本为联绵词,而借"瑟"与"琴"对仗,可称"句法超逸"。"白战无诗能点染,黄昏荷月共徘徊"(《梅花八咏》之七),"点染""徘徊"

均叠韵,已见用心,而"白战"对"黄昏",尤匪夷所思,非"才思横溢"者,焉能臻此?"灯残代取供神蜡,被冷偏来借睡猫"(《寒冬之夜风雨大作竟夕不寐吟成四首》之三),因"被冷"而"借睡猫",虽曰"兴味高妙",而寒士之内心悲苦,则蕴于言外也。余尤赏其《暮冬随笔廿首》,沉郁悲凉,低回幽折,骎骎乎直摩少陵、务观之垒,而又具自家独特风神,如"曝闻野叟言多妄,诗出迂儒味带酸""忘机友欲盟鸥鹭,争食吾宁与鹜鸡""死生已悟彭殇妄,饥饱宁关丰歉收""被有温时容梦熟,饭无饱日觉肠宽""久客余生还老圃,故人厚禄隔重云"……如此才高之士,却困厄于穷乡,诵半叟"追夫穷途恸哭,老境侵寻。岁劫红羊,云浮苍狗。黄钟弃野,难赓楚客之吟;瓦缶通雷,姑效秦人之击"(《不磷室拾遗·自序》)之语,能不悲慨莫名乎?此太史公所以有"岩穴之士,趋舍有时,若此类名埋灭而不称"(《史记·伯夷列传》)之叹也!

小辉博士,执教上庠,著述颇丰,酷耽吟咏,近从程翁《不磷室诗存》中,选出百首,并作笺注。所注言简而意赅,腹丰而识卓,如半叟《漫成二首》有"蛇皮未必化龙鳞"之句,用典较僻,小辉引褚人获《坚瓠三集》,指出此乃点化荆公"世人莫笑老蛇皮,已化龙鳞衣锦归"之句,其博雅可知。半叟之诗,虽臻高境,而位卑名隐,人所罕知。小辉博士此书付梓,必能使学界吟坛,皆知坚甫其人,皆喜不磷室之诗也。半叟九原有作,亦必引小辉为异代知己也。是为序。

庚子孟冬,时维公历 2020 年 11 月 13 日,剑邑熊盛元草于洪都青山湖畔

前　　言

程坚甫本名君练，别署不磷室主，晚年自号西山半叟、痴翁，广东省台山市台城镇洗布山村人，生于1899年10月20日，卒于1987年11月11日。他出身画工家庭，在广州中学毕业后，曾担任国民党广东省主席陈济棠辖下的燕塘军校图书馆管理员。1938年日寇侵占广州，他随众撤退到韶关，曾任警察局分驻所文书。不久，他返回故乡，曾任设于台城的广东省盐业公会秘书。1945年秋抗日胜利后，他出任中山地方法院秘书，继任广东高等法院汕头分院秘书。1948年秋被解雇回乡，此后在农村生活近40年直至过世，其间主要以种菜卖菜、养鸡卖鸡、砍柴卖柴为生，还曾担任过生产队的收肥员。著有《不磷室拾遗》《西山半叟诗集》等，共存诗词900余首。

一、程坚甫的诗集

程坚甫的诗作，其本人曾有意识地加以保存，但由于各种原因，散佚之诗亦不在少数。其中，散佚最严重的是1960年前的诗作，据《不磷室拾遗·自序》，"丁逢丧乱"、"逃避倭难"、"意或家人当废纸卖去"，而新中国成立后所作之积稿又被苍城周燕五携去，均是其诗散佚之因。又谭伯韶所作悼文谓，《不磷室诗词集》在1951年曾"为其夫人投之丙丁"，这可能亦是其1960年前的诗作大部分已经遗失之因。程坚甫1960年后所作之诗，经李道旋、谭伯韶、陈惠群诸人保存，已基本得以留存。经统计，程坚甫1960年前（61岁前）保存下来的诗有262首，词有5首，共267首，占其现存诗作不到三分之一。其61岁以后的作品现存630余首，占据了其现存诗作的绝大部分。

程坚甫生前曾将其诗作编为数集，即《不磷室拾遗》《半叟吟稿》《痴翁梦语》等，又李道旋保存其《西山半叟诗集》，大概是《不磷室拾遗》及《半叟吟稿》的合集。程坚甫逝世后，谭伯韶得到其大部分遗作，并在此基础上删减编成《不磷室诗选》。其后，陈中美先生曾于1997年及2010年两次编选其遗作。1997年，陈中美将程坚甫遗作及谭伯韶遗作合编为《洗布山诗存》，并交台山华侨书社出版，此集收入程坚甫诗作422首及数十诗句，收谭伯韶诗90首及诗话7篇。2010年，陈中美在李道旋所保存的《西山半叟诗集》及李道旋《寒山读书草堂应徵文摘录》所收录的程诗的基础上，又细阅有关材料数十册（主要是台山友声诗词研究会出版的《嘤鸣》诗刊）编成了《程坚甫诗存》，并交华夏文化出版社出版。此集总收作品712首，其中有七律398首、七绝206首、五律40首、五绝2首、七古3首、五古4首、五言排律2首，以及各种形式的词55首、对联2副。

本书主要是在《西山半叟诗集》《寒山读书草堂应徵文摘录》所收录的程诗，以及陈中美所编《洗布山诗存》《程坚甫诗存》两书稿的基础上编成。主要包括以下几部分：《不磷室拾遗》，即《西山半叟诗集》上部，此为1960年及以前的作品，共收诗词267首；《西山半叟诗集》下部，大概为1960年至1970年作品，共收诗381首；李道旋《寒山读书草堂诗集》附录之《寒山读书草堂应徵文摘录》所收录的程诗，大都为20世纪70年代的作品，共收诗词115首；作者抄付其弟子陈惠群的手稿及谭伯韶所编的《不磷室诗选》、谭伯韶编印的《湖畔唱酬集》、台山友声诗词研究会出版的《嘤鸣》诗刊，这些手稿及书籍惜未见之，但所载之诗已基本被陈中美收编入《洗布山诗存》《程坚甫诗存》两书稿之中，这些诗基本为作者晚年之作，应该是20世纪七八十年代的作品，大概有诗144首。本书合计共收程坚甫作品905首（含词作53首），较陈中美所编《程坚甫诗存》多出193首，基本展现了程诗全貌。

二、程坚甫的诗歌内容

程坚甫900余首诗作内容广泛，主要有爱情诗、咏物诗、农村田园诗、题赠诗、寄怀诗等几大类。

程坚甫的爱情诗词数量不多，共9首，分别为《惆怅词》《懊恼词》《断肠词》《无题二首》《怀人作香奁体》。这些诗歌皆为其青年时代所追求的某女子而作，该女子所嫁非人，最终殒命。诗歌表达了其懊恼、惋惜之意。这段感情，老诗人终生念念不忘，在晚年近80岁时仍作诗道"光阴老我如流水，风雨怀人独倚窗"，真可谓刻骨铭心。程坚甫曾自述"艳香昔慕王疑雨"，其爱情诗颇得王次回情诗旖旎之态，每叙其"情痴、悔恨、追忆、憔悴、忧伤"之意，但并无王次回艳情诗狎亵之意，读之沉痛感人。如《无题二首》其一：

因果三生不要论，天荒地老剩情根。
漫将绿绮传心事，怕检青衫认泪痕。
我已难寻极乐境，君何误入买愁村。
蓬山远隔无消息，月上黄昏总断魂。

诗首句谓我与所爱之人无缘，不要论这是三生之因果，但诗人依然对此份爱情至死不渝，言其情痴之状。三、四句化自白居易《琵琶行》："莫辞更坐弹一曲，为君翻作琵琶行。……座中泣下谁最多？江州司马青衫湿。"言佳人曾向其倾诉衷肠，表达心意，当为追忆。五、六句之"极乐境"对"买愁村"颇为工整，应出自宋胡铨《贬朱崖行临高道中买愁村古未有对马上口占》："北往长思闻喜县，南来怕入买愁村。""买愁村"谓其所嫁非人。诗最后两句反用李商隐《无题》："蓬山此去无多路，青鸟殷勤为探看。"言爱人逝去，消息不传，只留下无尽的悔恨及忧伤。

程坚甫的咏物诗颇有不少，如咏梅花（14首）、菜花（9首）及燕子（8首）诸作。诗人喜将所咏之物拟人化，如把梅花比喻成妃子、西施，把菜花比喻成贫女，把双飞燕比喻成秦嘉、徐淑夫妇等。这些咏物之作并非仅仅模形慕态，实多借物以寓性情志向，每每融入身世之感及人生态度，虽是咏物，实则咏怀也。在诗人笔下，梅花如其骨，菜花则如其貌，而诗人借燕子却多咏今昔盛衰之感。一首《蜗牛》颇能体现其此类诗作的特色：

> 局促曾无陋巷忧，豆棚瓜架雨初收。
> 触蛮共处休争角，鸟雀环飞莫出头。
> 春梦繁华宁羡蝶，世情冷落任呼牛。
> 绿苔深处蠕蠕动，天步艰难似尔不。

"局促"言其背上之壳小，却不忧，表达了诗人淡泊之志。"休争角"谓触蛮两氏不应为蜗角而起争斗，反对争名逐利。"莫出头"，躲进蜗壳，指在鸟雀环飞的艰难处境下要善保自身。"宁羡蝶"，不羡庄周之蝶梦。"任呼牛"，任人呼牛呼马，有毁誉由人、泰然处之之意。"蠕蠕动"谓蜗牛行动艰难，实指作者人生坎坷。整首诗紧靠"蜗牛"二字，却不沾不脱、不即不离，蜗牛实已成为作者性情淡泊、与世无争、人生困苦艰难的写照。

程坚甫写得比较多，最有特色的应是其农村田园诗。程坚甫自1948年离职回乡，未再复出。他种菜卖菜、养鸡卖鸡、砍柴拾粪，为生产队收家肥，在农村生活近40年。这些劳作被其一一写入诗中，别开生面，亦最具价值。"一蓑细雨朝巡垄""披蓑种菜雨微微""夕阳篱角牧鸡豚""伐木山中怜破斧"等，实为其生活最真实的写照。试看其诗《拾遗寄朗轩》其一：

> 村前村后景清幽，芳草丛中伴豕游。
> 亦步亦趋关得失，取劳取值适供求。
> 虽无盥手蔷薇蓄，未免撄怀黍稻收。
> 寄语行人休掩鼻，请将肥瘠看田畴。

诗人拿着簸箕跟在猪豕之后，亦步亦趋，认真拾粪。路人见之，皆掩鼻而过，但老诗人并不为耻，关心的反而是田畴的肥瘠、黍稻的丰收。读之令人鼻酸。猪粪至秽之物，实难写入诗中，但程坚甫却多以拾粪、喂鸡、砍柴、牧牛、种菜等农村贱役入诗，堪称是对山水田园诗题材的拓展。

程坚甫的题赠诗也有不少，主要有题画、送别、赠友等几类。其赠友诗多写给后生晚辈，如陈惠群、李道旋、李蔼泉、谭伯韶、周尔杰诸人，多表现其殷切关怀、期待盼望、谆谆教诲之意，诸如"眼前挫折莫心灰""且暂释愁颜""看尔鸡群飞出来""龙头只合属诸君""突出词坛尚侍君""易义要知谦受益，名心何必热如焚""但有经书多取读"等，皆是此类诗句。

其实，程坚甫集中最多的是抒发怀抱的诗歌，所谓抒怀、遣怀、寄怀之类。其集中，光寄怀的诗歌就有《雨夜寄怀》《长夜寄怀》《中秋夜半寄怀》《村居寄怀》《山居寄怀》《早春寄怀》《庚子暮春寄怀》《早秋寄怀》《暮秋寄怀》《冬日寄怀》《岁暮寄怀》等。此类诗歌多述其隐逸山林、转业农耕的自觉与无奈，对诗酒农事的关心以及安贫乐道之意。一方面，程坚甫有严重的口吃，且不善逢迎，其隐逸山林有迫于无奈的一面。另一方面，他在诗中反复吟道"味爱山林便觉馋""林泉有味堪留足""啸卧林泉兴正赊""山林有约堪归卧""借得山林好遁身""山林有约还初服""老卧山林应自足""归老山林愿已从""置我山林复何憾""林泉有味且勾留""人生合在山林老"等，可见其归隐农村亦是天性使然。试看其《岁暮寄怀二首》其一诗：

尘海归来两鬓秋，夜来无复念潮州。
酒沽茅舍香偏冽，诗写田家韵欲流。
淡与菊交成莫逆，稔闻稻讯忽忘忧。
暮年耕读行吾素，万里从何觅一侯。

诗谓其从广东高等法院汕头分院（驻地在潮州）秘书任上离职归来，出仕愿望已绝，唯寄情诗酒，养志于篱菊，关心稻讯农事。所谓万里封侯之路根本不可能有之，且半耕半读以行素志。

程坚甫身经抗日战争、解放战争以及新中国成立、十年"文革"等诸多重大的政治历史事件，但其集中关于这方面的诗歌并不多。"抗战"诗不多，可能与其1960年前的诗作大多散佚有关。"文革"时，他因贫农身份，并未受冲击或被打倒。再者，他身份卑微，又有意与政治疏离，这可能是他的诗歌不写重大政治历史事件的原因。但"文革"造成的乱象，对当时社会生活的冲击，他的诗中亦多有反映，如"常妨一字能招祸""满架诗书垂老别""书罹秦劫遗留少""世事十年变迁尽"等诗句都含有深意。如《半夜遣怀》：

> 浮云尽日暗长空，不见南来海上鸿。
> 飞洒有窗关宿雨，呼啸无笔绘狂风。
> 今看影卧孤灯下，何异身投逆旅中。
> 我比三闾更多事，夜深呵壁问苍穹。

诗人将"文革"洪流比喻成呼啸的狂风，身处其中，动荡不安，真如寄身逆旅。更让诗人不能理解的是，因"文革"断绝海外联系，可以想象，这让一度依靠海外亲友资助活命的老诗人情何以堪（老诗人曾得到海外亲友幸三、云超诸人的一再帮助，参其诗《幸三自惠寄后迄无消息赋此寄怀》《幸三兄一再惠寄赋此奉谢》《函请云超兄惠寄食物附诗一首》）。为此，老诗人半夜无眠，愁闷难排，故只能像屈原一样呵壁问天了。

又如《有寄》："半世奔驰觅斗升，年来心似玉壶冰。得鱼至竟归谁有，乞解鸬鹚系颈绳。"这是针对20世纪50年代末的人民公社化运动而言，当时土地归集体所有，人民普遍穷困。作者要求"乞解鸬鹚系颈绳"，即隐晦地表达了其希望解放农村生产力的愿望。

无论何种题材的诗歌，程坚甫诗的思想主题大概有两个，一是对贫寒的慨叹，二是对仁爱之心的表达。

民国时期程坚甫辗转于下僚，曾任广东省盐业公会秘书、韶关警察局文书、中山地方法院秘书、广东高等法院汕头分院秘书等职，但他廉洁自爱、奉公守法，每次离职，连回乡路费都无着落，真正是"客囊似水""千里轻舟载石归"。谭伯韶悼文曾谓其20世纪30年代末从韶关解职归来，甫卸行装，便告断炊，故不得不到村中赌场借钱，一位赌场乡亲一边从"水罨"中拿出几个"双毫"递给他，一边吟着"过了午时无饭食，满肚文章也当闲"的打油诗对其进行讽刺，可见其贫穷窘迫之状。程坚甫于新中国成立前夕去职归乡务农，主要借种菜、砍柴、养鸡、为生产队收家肥为生。其妻何莲花，至80岁高龄仍为人当保姆、在医院陪床维持生计。老诗人晚年可谓穷愁至极、卑微至极。

程坚甫的诗歌对贫穷的描写是多方面的。他穿的衣服"百结难分衣厚薄""百结鹑衣未厌残"，经常是"箧中检出无完褐""自怜卒岁无完褐"，甚至"冬来惟剩一条衾"，以至于看见阶石上的绿苔，亦羡慕其"借得春苔作绿衣"。他饭无饱日，食无兼味，每每"藜藿粗粗了晚餐"，常年食斋。他住的房子四壁萧条，破窗破门，甚至无处避风。寒冬之夜，老诗人蜷屈如弓，无法成眠，夜里"破窗门费几回关""闻风竟似惊弓鸟"。其日常生活状态经常是"贫甚日来将断炊""一贫几不续厨烟""一囊食粟朔常饥"。

老诗人在这种贫穷状态之下能生存下去，一方面是得亲友资助。当时生产队干部怜其老夫妻俩没有子女，让老诗人担任称肥员多年，另外还想把他一家列入五保户，但被其拒绝。困窘之时，他亦多得海外亲友幸三、云超等人资助。有时乡邻朋友亦赠衣赠食，如邝熙甫、谭伯韶、李道旋等人。另一方面，他能生存下去，也与其安贫守道的心理有关。他常以陶渊明、颜回、王章、袁安等古代贫士自励，这些人不耻恶衣恶食，以道为守，正所谓"陋巷箪瓢素风在""古道犹存贫不病"。渊明自称"环堵萧然，不蔽风日，短褐穿结，箪瓢屡空，晏如也"，这亦恰是程坚甫一生的写照。另外，他对待贫穷心态平和，鲜少乖张怨怒，不像孟郊那样"贫病诚可羞""起居饮食有戚戚之忧"。相反，他视富贵如浮云，淡泊自甘，容易满足，正如其诗所吟"老卧林泉堪自慰，鸟啼花落足春眠""虫臂鼠肝终有命，不应搔首叹蹉跎""学圃学农皆有味，伤贫伤老总无聊""此心真似井无波，不向邻家恼鸭鹅"。此外，诗人能在贫困状态之下长期坚持下去，亦因其诗情、诗道的自救。老诗人一生酷爱吟咏，"旦暮吟哦口不辍"，"箪瓢屡空，吟兴不因少减"，真正做到了"把卷吟哦老未休"。诗成了其排遣穷独的工具，反过来，穷困愁苦亦成为其诗歌最主要的书写内容。他"借诗遣闷从吾好"，认为"倘作诗人未碍穷""三台风雅要扶持"。他以诗自慰，以诗道救穷。

又，中国人自古就有立言的传统。《典论·论文》云："盖文章，经国之大业，不朽之盛事，年寿有时而尽，荣乐止乎其身……寄身翰墨，而声名自传于后。"以诗立言，自为不朽之计。君子处世，不应以贫穷困苦为意，而是要"疾没世而名不称焉"。陈师道《王平甫文集后序》一文亦曾言："夫士之行世，穷达不足论，论其所传而已。"程坚甫亦曾说道："爱子托人原恨事，何如身后有传诗。"可见，老诗人是自信能以诗歌立言、以诗歌传世的，这样他也就完成了对贫穷的自救、对贫穷的超越。试读其《暮冬随笔廿首》之八：

> 朔风吹送腊将残，四壁为家特地寒。
> 被有温时容梦熟，饭无饱日觉肠宽。
> 恐招人妒诗低诵，幸免官催租早完。
> 细雨黄昏蓑影绿，更谁峨博美衣冠。

诗谓寒冬腊月朔风吹冷，家徒四壁。饭虽无饱日，但被偶有温。次联对仗极其工稳，非久经贫寒之人不能道也。颈联谓租税幸完，诗人暗自吟诗自遣，这不得不说是诗人今冬贫困生活中的一抹亮色。最后谓其早无富贵之愿,唯关怀农事而已。整首诗言其淡泊自甘、固穷守志,诗风温柔敦厚,是其贫士诗一贯之特色。

程坚甫诗歌的另一大主题是对仁爱之心的表达。他爱亲友,爱苍生,爱世间万物,有真正的儒者情怀。《礼记·中庸》谓:"仁者,人也,亲亲为大。"孟子亦曾先后说过:"事,孰为大?事亲为大。"(《孟子·离娄上》)"孝子之至,莫大乎尊亲。"(《孟子·万章上》)程坚甫重视孝道,其诗充满了对母亲的眷念之情。他"岁岁思亲",真正是"每饭不忘惟老母"。这些沉痛哀婉的诗歌一方面表达了其"谖背承欢愿已违""娱亲愿已违""承欢无路恨终天",不能侍养老母的悔恨;另一方面也表达了其因贫穷卑微,导致"门风式微""门庭寂寞",不能振兴家业,无法报答老母亲教导养育之恩的愧疚之心。

程坚甫与老妻何莲花相濡以沫50余年,一生患难情深。因生活穷困,何莲花至80岁高龄仍旧为人当保姆、到医院陪床,其坚韧勤劳实为少有。程坚甫写给老妻的诗亦有不少,这些诗作大多表达了其得老妻贫贱相守、甘苦与共的自慰之情,夫妻俩无儿无女,白头山居,相敬如宾,有时"老妻分我一馒头",有时"好是山妻煨芋熟,绿华香溢碧磁杯",有时"老妻解雇回家以诗慰之",这些平常的家居生活,一点一滴皆充满深情。除此之外,其诗写得更多的是因作者谋生乏术,导致家庭贫困,致使老妻吃尽苦头的愧疚之心,这正如其诗所言"耕凿十年成野叟,萧条四壁愧山妻"。参其《赠内人》一诗:

柴门不闭北风寒,桶可藏身且暂安。
嗟尔何尝贪逸乐,遇人未免感艰难。
樵苏仆仆穿晨径,藜藿粗粗了晚餐。
镜匣无缘膏沐少,管教蓬首似鸠盘。

诗谓老妻早晨上山砍柴,晚上以藜藿充饥,根本无钱装饰打扮,蓬首垢面,老似鸠盘荼。虽然如此辛勤,却艰难困苦。冬天无衣御寒,老妻甚至如明代贫士吕徽之的妻子一样,只得藏身桶中。语言平淡,似幽默,似调侃,但却深含自责,读来颇令人感觉辛酸。

另外,程坚甫对兄弟子侄及朋友后辈亦多关心爱护。他忆亡兄"西风洒尽鸰原泪,又向灯前一断肠",悼堂侄"老夫泪恰如零雨,洒落寒江涨暮潮",哭侄儿"伤心泪并纸钱飞",送侄女"相看俱欲泪,话别不成声",皆情真意切,深挚感人。亲情之外,程坚甫亦十分重视友情。集中他与汤褒公、周燕五、邝熙甫、周尔杰、李如棣等人唱和最多。他与汤褒公"十载论交师友兼,一时形影似胶黏",与周燕五"几年酬唱杏林中,文字交情倍洽融",与周尔杰"交情仍欲淡,识面却嫌迟",与李如棣"春水湖边会面频"。另外,他与台山市附城镇岭背人邝熙甫终生未见面,却在1964年至1970年间通过李道旋等人为其传递书信,即"两地传情诗代书""写诗传寄薛涛笺",得以诗词唱和达六七年之久,成为"文章知己",并结下了深厚的友谊。1964年至1970年正是风雨如晦之时,在贫瘠的乡村大地上,"息影埋名""匡时媚世皆无术"的两位老人用诗作"唐音唱和频",以"赵瑟秦筝古调"自励,成就了诗坛上的一段佳话。1970年邝熙甫过世时,程坚甫不胜"西风暮笛"之感,赋诗挽之,称其为"岿然此是鲁灵光"。其后,程坚甫又以诗《梦见邝熙甫先生》怀之,梦中"惊闻是先生,眉毛俱飞舞",并有"说不尽情愫",认为"神交六七年,古道照肺腑……梦中一相见,缺憾差能补"。

孔子曰:"泛爱众而亲仁。"程坚甫不仅仅只爱亲朋,亦关怀天下苍生。邻女阿凤,为其媳虐待,年垂垂老,随一军属北去为佣,他感而以诗哀之。途中见李道旋偕伴满载虾酱一车,他作诗告之"丁兹民食艰难日,此货虽奇未可居"。苦雨连旬,其住处虽然"牵萝补屋难遮漏",他"最关怀处"还是恐"碍农耕",并寄语天公"须着意","苍生元气待滋培"。他晚年反复吟道"还期丰岁慰黎元""老怀难恝是荒畬",这种赤子之心可谓与杜甫"穷年忧黎元"的精神一脉相承。参其《戏题桥头之神》一诗:

屹立桥头谓有神,能司祸福幻耶真。
淫祠尽毁偏留你,镇日无言冷看人。
香火云屯缘早结,苔痕雨洗貌常新。
年来谙尽鸡豚味,应念苍生多食贫。

诗谓桥边护桥之神能主宰人间祸富,不知道是真是假。"文革"时,破除封建迷信思想,祠庙大多被毁,但你却偏偏被留下,在桥边,你每日默默地注视着过往行人。善男信女依然岁时祭拜,香烟缭绕,虽历风吹雨打,却面貌常新。近年来人们祭拜甚丰,你饱谙鸡豚,可要替穷困的老百姓想一想呀。诗言"戏题",似调侃,似谴责,当时人民普遍穷困,难道真是桥神之过?诗以幽默化辛酸,以平实见深情。

孟子曰:"恻隐之心,仁之端也。"汉代董仲舒亦曰:"质于爱民,以下至于鸟兽昆虫莫不爱。不爱,奚足谓仁?"程坚甫除了爱亲友,爱苍生,还关怀天下万物。他热爱春光,热爱自然,每每觉得"随处春光总可怜""到处山川风景好"。闲暇时拄杖看花,游宁城公园,经常是"自笑看花心未足""看花那肯负芳辰""梦不能忘是看花"。他又尝于乡校门前手植紫荆、乌桕各一株,伐竹掩护,朝夕灌溉,并以句记之:"伐竹防伤乌桕树,编篱细护紫荆花。"此真如杜甫所言"一重一掩吾肺腑,山鸟山花吾友于"。正因为如此,当其看到自然万物遭受损害时,亦会发出强烈的不忍之心。参其《春寒吟》:

> 镇日消寒唯借火,断无暖气到贫家。
> 虔心更向风前说,莫去园林损一花。

春日倒春寒,老诗人不哀怜自己贫穷寒苦,反而担心园林中的鲜花凋损,此真仁者之心,与陆游诗"为爱名花抵死狂,只愁风日损红芳"及杜甫诗"凉风萧萧吹汝急,恐汝后时难独立"正先后交相辉映。其集中还有多首卖鸡诗,亦颇能体现其悲天悯物之怀。参其《晨间携鸡数头出市求售交易不成归赠以诗》:

> 翼长鸡雏渐学飞,今朝出市复携归。
> 只缘读墨谈兼爱,未忍分教两面违。

诗谓老诗人携一窝雏鸡去卖,但是有买者只愿买几只,不愿意购买全部,老诗人居然不愿意出售,只因不忍心看见雏鸡们各自分离。读来笑中带泪,是善念,亦是悲怀。这与杜甫《缚鸡行》"小奴缚鸡向市卖,鸡被缚急相喧争。家中厌鸡食虫蚁,不知鸡卖还遭烹。虫鸡于人何厚薄,吾叱奴人解其缚"可正相参照。

程坚甫一生贫困卑微,生活于农村的最下层,足不出广东,晚年更是未尝出过台山。这使得他的诗歌在内容的深度及广度上难免有所局限。他的诗歌没有激烈的政治斗争描写,也没有对祖国壮丽山河的歌颂,因此他的诗歌不可能像杜甫的诗歌那样广阔地反映社会生活的各个方面,博大而深沉,有"诗史"之称,思想上也不可能像杜甫那样"一饭未尝忘君",忠贯日月。但是研读程诗,我们亦能强烈地感受到他爱亲人、笃友伦、怜百姓、悯万物的思想情怀,这其实是忠诚地继承了杜甫的儒家精神,是学杜具体而微的最典型代表。另外,程坚甫一生贫贱寒苦,无儿无女,缺衣少食,但他的诗并不像孟郊那样成为秋虫的寒号,也不像黄景仁那样成为愤懑的哀歌。他的诗如陋巷中的贫士,有其逼仄的一面,也如躬耕的渊明,有其淡泊质朴的一面。他的诗是乡村贫瘠土壤中的一朵菜花,是沉沉夜幕下的一点火焰。

三、程坚甫的诗歌艺术特点

程坚甫900余首诗作大多为七律,有四五百首,占其诗作总数的一半;其次为七绝，有二三百首；五言律绝及古风诗都比较少。这些诗里面，以七律成就为最高，五言律绝及古风次之，七绝大多率易浅俗，成就并不高。

程坚甫一生嗜诗成癖，居闲时，每每凝神思索，刻意推敲，有时"推敲月下费徘徊"，有时"推敲一字竟忘餐"。他认为诗歌要表达真情实感，要有奇句，推崇"性情流满纸"的诗歌。他"生平寝馈"杜甫及陆游诗，"立卧未尝须臾离"，作诗又不肯拾人牙慧，真如杜甫一样"颇学阴何苦用心"，在诗道及诗艺方面是下过苦功的。他的诗主要有以下几方面的艺术特点。

首先，爱以成语、俗语入诗。以成语入诗为诗家大忌，因律诗高度凝练，字数有限，诗中每个字都必须加以精心安排，以成语入诗难免有偷懒之嫌，读起来亦板滞滑熟，颇觉费字累句。但程诗以成语入诗不觉累赘，反饶有趣味。程诗以成语入诗，有的是不加变化，直接引用，如《再赠道旋君仍用真韵》："物换星移仍故我，山鸣谷应有来宾。"前句谓世事沧桑变化我仍然如故，后句谓其与李道旋互相唱酬，同声相应。"物换星移"突出其守志之坚，"山鸣谷应"喻其情投之浓，在五六十年代贫瘠的中国乡村，两人以诗道自励，同气相求，令人感慨万千。《拾遗寄朗轩》其二："予取予携心未懈，乍行乍止日将昏。""予取予携"谓从猪牛等牲畜处掠取粪便，"乍行乍止"谓随猪牛步伐而进止。"心未懈"及"日将昏"皆言其专心勤劳之状，读来颇感沧桑，笑中有泪。《再呈熙甫翁仍用真韵》："高山流水知音少，黑塞青林入梦频。"诗谓正是因为像邝熙甫这样的知音少，故而频频思念之，两成语相对，颇能言其情深之状。又如"钗荆裙布难为妇，野蕨山肴亦饫贫""乍来复去窥窗月，似是还非退院僧"等诗句，皆用结构相同的成语两两相对，工稳妥切，构思精巧。

但是程诗中的对仗，更多的是只引用一个成语入对，如《有感》："柳往雪来人亦老，花前月下友皆新。""柳往雪来"化自《诗经·小雅·采薇》："昔我来思，杨柳依依。今我往矣，雨雪霏霏。"以其对成语"花前月下"，可谓的对，诗前句有沧桑老态之感，下句又生机勃勃，真有顿挫之妙。又如"瓦釜雷鸣慵复羡，酒帘风软喜相招""富倘能求犹未晚，磨而不磷岂非真""鱼雁沉浮堪一念，鸡虫得失漫相争""物换星移伤往事，絮飞花落悟前因""壮不如人遑待老，富无求处且安贫"等诗句，皆运思巧妙，丝毫不觉板滞。

其实，程坚甫诗中以成语入诗，更多是对成语进行分拆变化，或增字，或减字。如"屡空曾不顾瓢箪""曾无锦绣作心肝""守株以待应无兔""造化冥中有小儿""不妨隔岸闲观火""修身无术况齐家""面壁何时学达摩""雪泥有迹认飞鸿""君有珠玑随咳唾""求鱼更有人缘木""何妨徙宅亦忘妻"等诗句皆是采用增字法将成语分拆。而减字法大多是采用其他的字来代替被省略的字。如程诗"夫妻敬老尚如宾",用成语"相敬如宾",但省去了"相"字而用"夫妻"二字替代。又如"数典不忘程不识",用成语"数典忘祖",但省却"祖"字而用"程不识"来替代。又如"敝犹珍帚独吟哦",用成语"敝帚自珍",但省去了"自"字而用"犹"字来替代。值得注意的是,有时程诗还化用成语之意入诗,如其诗"应求不独同声气,密切曾无异齿唇"即化用了同声相应、同气相求、唇齿相依、唇亡齿寒诸多成语。又如"棺犹未盖且留诗""肯负壶箪父老情""食却嗟来有口粮""今昨何尝有是非""枥骥有能惟识路,井蛙无识莫谈天"亦分别化用了盖棺论定、壶浆箪食、嗟来之食、今是昨非、老马识途、井底之蛙等成语。

有时程诗还运用俗语、谚语入诗,如"便是糊涂莫笑虫""世上难寻安乐窝""世上原多开倒车""人间空剩老头皮""未必儒为席上珍"即是用俗语"糊涂虫""安乐窝""开倒车""老头皮""儒为席上珍"入诗。又如诗句"肯将成败付萧何""世间得失休论马""何必烹龟祸及桑"即是化用了"成也萧何,败也萧何""塞翁失马,焉知非福""老龟烹不烂,移祸于枯桑"等谚语入诗。

其次,爱用倒装句法。诗词文章皆忌平顺滑熟,袁枚亦曾说过"文似看山不喜平"。倒装句法的运用能使诗歌语言曲折起伏、参差变化,颇起顿挫之效。程诗喜用倒装,且形式多样。有的是单个字词倒装。如"诗检也知才力弱,友交难得性情真"将"检诗"说成"诗检",将"交友"说成"友交",又如"吟苦忘工拙,眠安任屈伸"也是如此。有的是词组倒装。如"风霜饱历襟怀冷,芋栗初尝齿颊芬"实为"饱历风霜襟怀冷,初尝芋栗齿颊芬","创余病足难为履,瘦尽吟肩不称衣"实为"病足创余难为履,吟肩瘦尽不称衣","丹砂服去精神健,珠玉吟成齿颊芬""久客余生还老圃,故人厚禄隔重云"等诗亦是如此。有的是句子倒装。如"寂寞宁园路,斯人不再来",按诗意其实当读为"斯人不再来,宁园路寂寞";又如"拚投笔,向秋风打稻,春雨犁田",按时间顺序应该读为"拚投笔,向春雨犁田,秋风打稻";又如"岩野栖迟今我老,江山摇落昔人悲""交友只今无一在,读书曾昔足三余"等句,按时间顺序都应该是昔在前、今在后。另外,程诗中的倒装有的还比较复杂,如其诗"忽动天涯念,寒宵忆故知",正常读法应该是"寒宵忽动忆天涯故知念"。此种倒装与元好问《鹧鸪天》"新生黄雀君休笑,占了春光却被他"句式有点类似,可谓穿插式倒装。

程诗中倒装句的形成主要有以下几个原因。有的是故意求新求异,为了造成奇崛、顿挫之效。为此,他经常将词语或成语有意拆散打乱,重新进行组合。如"解愠有时花作枕,钓诗常借酒为钩",其正常语序当为"有时花作解愠枕，常借酒为钓诗钩"，诗人将词语打乱不但增强了语言的表现力，而且突出强调了花、酒的解愠、钓诗之作用。又如"结无可解是同心""田间说梦有春婆""酒倾白堕风怀冷"亦分别是将"同心结""春梦婆""白堕酒"等词语打乱重新组合。又如"半世穷能全我节，百篇慧不拾人牙""迩来瑟缩应如猬，便借琴弹莫对牛"则分别是将成语拾人牙慧、对牛弹琴拆乱，这不仅使常见的习语陌生化，而且使之与前句形成了工稳的对仗，颇有奇思。

　　程诗中倒装的形成还有的是为了符合声律的要求。比如有的是为了押韵的需要，"莫道为容求悦己，终怜食性未谙姑"将唐王建诗句"未谙姑食性"倒装变化，就是为了使"姑"字与该诗"途""壶"等字押韵。又如"宿燕梁犹栖玳瑁，流尘架欲掩玻璃"，其正常语序当为"宿燕犹栖玳瑁梁，流尘欲掩玻璃架"，诗句如此变化一方面应当是受杜甫倒装句"香稻啄余鹦鹉粒，碧梧栖老凤凰枝"的影响，另一方面亦是为了押韵的需要。其他的倒装句的形成，如"生无傲骨非名士，老薄浮华似冷官""忘机友欲盟鸥鹭，争食吾宁与鹜鸡"等亦是如此。还有的倒装是为了对仗的需要，如"志无枥骥常千里，身似辕驹又一年"，"志无枥骥常千里"正常语序当为"常无枥骥千里志"，诗为使其与后句对仗，故改。"九重天视未尘掩，三字狱成行路悲"，前句"九重天视未尘掩"实当作"视尘未掩九重天"，亦是为了对仗而改。还有的倒装是为了平仄的需要，如"羁勒宽人容放浪，杖藜扶我且流连"，其正常句法当是"人宽羁勒容放浪，我扶杖藜且流连"，显然，此正常句法并不符合此句"仄仄平平平仄仄，平平仄仄仄平平"的要求，故改。"诗检也知才力弱，友交难得性情真""创余病足难为履，瘦尽吟肩不称衣"等诗句的倒装亦是为了适应诗歌的平仄而改。其实程诗中的倒装，大多不仅仅是为了押韵、平仄、对仗某一方面的需要，有时往往是三者的结合。如"尚存慈母缝衣线，懒学先生画网巾"，后句中的"画网巾先生"实为明代遗民，程诗改成"先生画网巾"既是为了对仗，也是为了平仄及押韵的需要。

　　有时程诗倒装还是为了起突出和强调的作用。如其《寄怀二首》其一："短短梦惊残夜漏，斑斑尘卸旧征衫。"正常语序当为"残夜漏惊短短梦，旧征衫卸斑斑尘"，诗句将"短短梦"及"斑斑尘"提前不仅仅是为了押韵，更重要的是强调其绮梦之短暂及衣衫之陈旧，突出表现其要与过去告别、隐逸山林之志。又如其《半夜遣怀》："飞洒有窗关宿雨，呼啸无笔绘狂风。"将"有窗关飞洒宿雨"中的"飞洒"及"无笔绘呼啸狂风"中的"呼啸"提前，则是为了以雨风之迅猛，突出强调"文革"之乱象。"风避便宜窗纸密，愁消端赖酒杯宽""吹冷几回销绿意，凝愁一似怨黄昏"等倒装句的形成亦是如此。

　　值得注意的是，一般七言律诗的节奏都是二二三式或者四三式，如杜甫诗

"落花/游丝/白日静,鸣鸠/乳燕/青春深"及王维诗"漠漠水田/飞白鹭,阴阴夏木/啭黄鹂",但程诗的倒装句往往会改变此种节奏。如程诗"短短梦惊残夜漏,斑斑尘卸旧征衫"按意义当读作"短短梦/惊/残夜漏,斑斑尘/卸/旧征衫",又如"多纹脸/似/风吹水,思饮心/随/月上楼""一席位/能/安置我,十年事/悔/倒绷孩""续命丝/难/灯草代,伤心泪/并/纸钱飞",以上皆为三一三句式。此种句式在陆游诗中亦多有之,如陆游《秋夜将晓出篱门迎凉有感》:"三万里/河/东入海,五千仞/岳/上摩天。"陆游《秋晚登城北门》:"一点烽/传/散关信,两行雁/带/杜陵秋。"又如陆游《爱闲》:"水芭蕉/润/心抽叶,盆石榴/残/子压枝。"程诗中这种句法的频频出现可能是其自觉向陆游学习的结果。

程诗中的倒装句还有些句式比较特殊,如其诗"宿燕/梁/犹栖/玳瑁,流尘/架/欲掩/玻璃""忘机/友/欲盟/鸥鹭,争食/吾/宁与/鹜鸡""对镜/我/犹憎/老物,读书/谁/复羡/儒生",以上皆为二一二二句式。又如其诗"志/无/枥骥/常千里,身/似/辕驹/又一年""肤/到/栗时/肠百结,梦/无/寻处/眼双开",此皆为一一二三句式。这些特殊句式打破了律诗的一般节奏,化绵软平庸为峭折夭矫,能更好地扩充律诗的内涵,是程坚甫向前人学习而又加以创造变化的结果。

最后,程坚甫的律诗对仗精工且形式多样。程坚甫集中七律最多亦最佳,清代陈衍谓陆游"一生精力尽于七律,故全集所载,最多最佳",这句话拿来形容程坚甫亦是非常确切的。

第一,程坚甫的律诗对仗形式多样。有正对,如"黄昏乱苇丝丝雨,绿褪残蓑叶叶风""白石新词仍瘦硬,黄州健笔少纤徐""客囊似水贫难掩,妇面如霜笑更稀"等。有反对,如"眉间心上愁难避,地老天荒志未磨""岁不宽人头渐白,天能容我眼终青""红消巷陌花无色,绿映池塘蛙有声""十年客里无珠履,一醉山中有玉醪""仄径扫花还有帚,寒家坐客已无毡"等,其反对多用"有""无"相对而成。又有当句对,如"自向长宵寻短梦,谁云一刻值千金""蓼红苇白年光短,露冷风凄夜漏迟""围炉煮茗情难遣,出郭看花愿已违""策杖寻梅村以外,脱衣换酒岁之余"等。其当句对多用两两相对的并列短语构成,这种并列短语还多为成语,如"予取予携心未懈,乍行乍止日将昏""乍来复去窥窗月,似是还非退院僧""物换星移伤往事,絮飞花落悟前因""柳往雪来人亦老,花前月下友皆新"等句都是如此。又有流水对,如"便教片石留千载,能替长桥护几时""仿佛闻啼鸟,颓然笑老翁""欲求郭璞生花笔,来写陶潜乞食诗",以上皆为顺承关系,这与杜甫句"请看石上藤萝月,已映洲前芦荻花"类似。又有因果关系的,如"长恨金铃难尽力，竟教红粉有含冤""惭非题柱客，终负卷帘人"。又有条件关系的，如"满架诗书垂老别，一天风雨突如来"。还有表判断的，如"去年朱户无从觅，此恨黄莺有未知"。另外，特别值得一提的是，程诗中还多用无情对，如"白战无诗能点染，黄昏荷月共徘徊"，以"白战（空手作战）"对"黄昏"，字面上工稳妥帖，但意思却毫不相干。又如"迩来瑟缩应如猬，便借琴弹莫对牛"，上下两句每字皆相对，但内容亦互不相干，读来颇有奇谲之妙。其他的如"独惭半叟倾吟篑，未抵先生踏破鞋""已惯向空书咄咄，蓦然见汝忆哥哥""渐觉一身非我有，惟求半刻作农闲""廿年事往难回首，一笑唇开有剩牙""虚惊巢覆无完卵，恰好茶名有寿眉""从心所欲吾趋淡，市肉而归妇破斋""敢谓臣心常似水，不忘友约是看山"等对仗皆是如此。

第二，程坚甫的律诗对仗语汇丰富，有虚词对、颜色对、数字对、叠字对、人名对及地名对等多种形式。朱庭珍《筱园诗话》卷三谓："宋人七律句中好用虚字。"虚字入律方便律诗腾挪辗转，并使诗句散文化，生摇曳之姿。程诗亦多用虚字入律。如其诗"贫甚锥从何处出，古稀年已忽将登"，前句反用"锥处囊中，脱颖而出"诗意，后句实为"年已忽将登古稀"的倒装，诗句主要说明其马上70岁了，又如此贫穷，怎么可能脱颖而出。诗用"甚""忽将"等副词很好地起到了强调作用。又诗用"甚"对"稀"，"甚"为副词，"稀"为形容词，词性上并不相对，但这里的"甚"其实是指极度（贫穷）的意思，用极度的"极"对稀少的"稀"是完全可以的。又如其诗"从心所欲吾趋淡，市肉而归妇破斋"，前句出自《论语·为政》篇"七十而从心所欲，不逾矩"，极雅，后句极俗，上下两联似毫无联系，颇见奇趣，又用"所"对"而"，读起来亦颇有抑扬顿挫之效。程诗中多用虚字"然"组词入对，有"虽然、依然、偶然、居然、萧然、黯然"等词语。如"你命虽然冥有限，我心争奈碎无余""绝交久矣无今雨，临眺依然有故山""偶然谈辩羞扪虱，便是糊涂莫笑虫"等。

程诗又喜用颜色对。红、橙、黄、绿、青、蓝、紫几乎都有，但黑、蓝两色少见。其中尤喜用黄、白、青、红、绿入对，又以黄对白、黄对绿为最多。如"看镜不时惭白发，买锄何处斫黄精""寻醉欲瞒黄脸妇，游春忘是白头人""尚有童心伤白发，不争明日作黄花"等皆是黄白为对。但有时其以黄白为对的诗与颜色无关，如"白石新词仍瘦硬，黄州健笔少纤徐"，白石指姜夔，黄州指曾贬谪黄州的苏轼，此既是颜色对，又是人名对，颇具匠心。又如"白昼居然来入梦，黄泉毕竟住何乡""酒倾白堕风怀冷，人静黄昏月影移""白战无诗能点染，黄昏荷月共徘徊""半世驱驰归白屋，卅年亲友感黄垆"等诗句亦和颜色无关。其黄绿对描述的多是农村乡间景象，如"雨润绿肥新菜甲，泥沾黄满旧蓑衣"，此句其实当为"绿雨润肥新菜甲，黄泥沾满旧蓑衣"，诗人故意颠倒词序，改平滑为拗折，并不是为了平仄押韵的需要，而是为了使诗句陌生化。又如"黄昏乱苇丝丝雨，绿褪残蓑叶叶风""接目平畴犹绿化，沾衣细雨近黄昏""分绿才过插秧日，催黄已入熟梅天"描写的皆是乡村景象。程诗中的黄白绿对，黄多为黄昏、黄脸、黄花，白多为白头、白发，绿多为绿波、绿水之类，这与其生活农村、一生贫穷、心境苍凉有关。古诗中颜色对多以借音入对，王力先生就曾说过"借音多见于颜色对"，如杜甫的"西山白雪三城戍，南浦清江万里桥""一卧沧江惊岁晚，几回青琐点朝班""野鹤清晨出，山精白日藏"等诗句都是如此。程诗中亦有，如"清夜闻风如有骨，白头问世已无颜"，"清"借"青"音，以青来对白。但这种借音对在程诗中极少，不过偶尔为之。

程诗又喜用数字对。程诗中的数字对一般以一个数字相对，而且多是以"千"字入对，有"千古、千里、千日、千障、千篇、千钧、千头、千诗、千折"等词，如"千里归途应有恨，数椽客寓胜无遮""安得香醪千日醉，最难寒雨五更听""常妨一字能招祸，何况千篇莫疗饥""世事波千折，故人天一涯"等。又如程诗《哭堂兄遇鳞》："千古牛山嗟泯没，十年羊石忆追随。"前句用齐景公游牛山感叹生命短暂之典，后句用谢安逝后，羊昙怀念谢安（字安石）典。程诗用此两典，深刻地表达了其对堂兄过世的哀痛及怀念之情，使事用典十分恰当。另外，诗用"千古牛山"对"十年羊石"，工稳妥帖，严丝合缝。程诗中亦有以多个数字入对的，但一般是两个数字。如"几时圆月逢三五，顷刻浮云变万千""七十公应刀未老，再三吾已鼓收衰""年龄八四皆虚度，烦恼三千半自寻""梦远三千里，香残十二楼"等。程诗中的数字对，多采用时空对举之法，如"耕凿十年成野叟，萧条四壁愧山妻"，前句言时间，谓贫穷之久，后句言空间，谓四壁萧条，家里空无一物。又如"满城风雨魂消日，一枕邯郸梦醒时"，前句言空间，满城风雨，后句言时间，正是梦醒时分。这种方法杜甫诗中多有之，如"万里悲秋长作客，百年多病独登台""长为万里客，有愧百年身""三年笛里关山月，万国兵前草木风"，且多以"百年"与"万里"并举。程诗中亦多以"年"和"里"并举，如"志无枥骥常千里，身似辕驹又一年""一年别后春如梦，千里来时花正新"。有时程诗还用"秋""冬"等表示时间的词语来代替"年"字，如"千里烟尘归老圃，一冬愁绪属寒梅""万里江天供醉眼，一秋晴雨系吟魂"皆是如此。这些诗以空间的浩大对时间的苍茫，往往将个人的感受融入苍茫的宇宙时空之中，特别具有一种厚重顿挫之感。此外，程诗中的数字对有时还具有比拟夸张的作用，如"年老难希花一笑，日长聊学柳三眠"，后句出自《三辅故事》：

"汉武帝苑中有柳,状如人,号曰人柳,一日三起三眠。"花笑、柳眠为拟人手法,"花一笑"对"柳三眠",真是巧妙。又如其《悼亡侄》:"一丝实系千钧重,双泪难凭片语收。"前句化用成语千钧一发,采用夸张手法,谓其心情如一丝承受千钧一样,实不堪负荷,沉痛至极。

  程诗还喜用叠字对及人名对。其叠字对主要有三种形式:叠字放在句首的,如"咄咄人谁识殷浩,期期我欲学周昌";叠字放在句中的,如"窗影沉沉关宿雨,年光忽忽入新秋";还有叠字放在句尾的,程诗中叠字对以此种方式为多,如"虱处山林常寂寂,鸡鸣风雨自喈喈"。值得注意的是,叠字放在下腰,如杜甫"无边落木萧萧下,不尽长江滚滚来",此种形式的叠字对在程诗中几乎没有。程诗中还有一种顶真句,如"腹亦负公公负腹,藜非扶我我扶藜",亦可视为一种特殊的叠字对。另外,程诗中还有许多人名对。程诗中的人名对亦主要有三种形式:一字人名对,即用姓名字号中的一个字入对,如程诗"九畹滋兰原见放,一囊食粟朔常饥","原"指屈原,"朔"指东方朔,这种形式在程诗中比较少见;二字人名对,即以姓名字号中的两个字入对,这种形式在程诗中最多,如"一袍范叔凭谁赠,四海虞翻知己稀""返棹何时瞻叔度,买丝有日绣平原"等;三字人名对,即以姓名字号中的三个字入对,这种形式的对仗在程诗中亦不多,如"数典不忘程不识,更名敢慕蔺相如""逍遥也似天随子,富贵何殊春梦婆"。此外,还有四字人名对,如"南郭先生能食禄,西山半叟但吟诗",此种形式比较少见。程诗中的人名对,不仅仅是简单的人名对人名,有时还往往做到词性及意思相对。如上例中以"程不识"对"蔺相如","不""相"两字都是副词,"识""如"皆为动词。又如程诗"钓乐昔尝思笠泽(陆龟蒙),诗情今似近船山(张问陶)","笠"对"船"(器物类),"泽"对"山"(山川类),词性意思都能相对,可谓妙极。又如"未可功名羁柳永,肯将成败付萧何","柳""萧"都属于植物类,"永""何"都可表时间。又如"艳香昔慕王疑雨,通俗今师白乐天","疑""乐"都表情感,"雨""天"都是自然气象类。还有的如"一寒如范叔,十索学丁娘""早岁未逢杨狗监,暮年聊学祝鸡翁""也随白傅耽吟饮,谁向苍生问瘦肥"皆构思精妙,想落天外。

  程诗对仗形式多样,在巧妙工稳之余,还往往杂有自嘲、自宽、自解及幽默之意。如"往事如烟难撷拾,余生似竹尚平安",上句谓往事如烟乱,故而难以收拾,到底是些什么往事呢,作者没说,但肯定是发生了一些不好的难以补救的事情吧。上句为抑,下句不仅仅是用竹报平安典,更主要是把自己与竹子类比,竹子有节中空,往往喻坚贞高洁、虚怀若谷。作者虽然一生贫困,但他正直、谦虚,此生亦算不辜负了自己,下句是宽慰,为扬。诗化辛酸为勉慰。又如"廿年事往难回首，一笑唇开有剩牙"，此诗亦是上句为抑，下句为扬，且以"事往"对"唇开"，"难回首"对"有剩牙"，意义上看似完全不可对，但两句连读则觉之有理，是化粗俗为高妙，化愁苦为幽默。程诗中像这样的对仗还有很多，上句往往言其苦难贫穷之状，下句却言其愉悦幸运之处，一抑一扬，颇得杜甫奇崛顿挫之妙。如"岁不宽人头渐白，天能容我眼终青""眉间心上愁难避，地老天荒志未磨""莫愁巢覆无完卵，且喜居停有主人""那从破榻求完梦，幸有新诗慰老怀""风霜饱历襟怀冷，芋栗初尝齿颊芬"等对仗句皆是如此。有时，程诗中对仗句的构造与此正好相反，上句为扬，下句为抑。如"已邀俗眼无多白，惟恨衰颜不再红"，上句其实是说已邀俗人无多白眼，是其宽怀之处，下句言其苍老之态，是其哀伤之处，诗是自嘲亦是自怜。又如"清夜闻风如有骨，白头问世已无颜"，上句谓风敲瘦骨，可想其坚贞瘦劲，下句谓白发苍苍，贫穷困苦，可想其羞愧难言。又如"未应誉我称词客，常恐绷孩笑老娘"，上句是因有人赞誉其诗好，称其为诗人有感而发，下句是自谦自嘲之词，谓其写诗亦不免有失手之处，正如老娘倒绷孩儿。此皆是一扬一抑。其他如"品茗渐于杯有味，吟梅终觉句难香""尚有盐齑供口腹，曾无锦绣作心肝""黄卷有缘娱暮景，朱门无梦信平生"等对仗句的构造亦皆如此。值得注意的是，有时程诗所言虽为极辛酸极难堪之事，但往往亦出以幽默自嘲。如"被有温时容梦熟，饭无饱日觉肠宽"，诗虽言其被常无温暖，但又以"梦熟"言之，饭虽常无饱日，但又出之以"肠宽"，是乐观，亦是自嘲。又如《台城光复后闻好喋在乡遇害》："一霎便归新鬼录，九原休作打油诗。"好喋遇害，令人悲痛，但作者却叮嘱其在黄泉不要再写打油诗了，看似十分无谓，细思之，不是相交之深，此话又如何能说得出呢？幽默之中饱含深情。又如"山妻取暖惟知桶，座客虽寒莫问毡""百结难分衣厚薄，一箪宁计饭精粗"等诗句亦是如此。程坚甫一生饱历贫困，地位卑微，虽曰能诗，当世亦无人知晓。其诗以幽默化穷独，是生活的智慧，亦是对自己的救赎。

程坚甫一生推崇杜甫与陆游，他说"少陵之诗夙所好""生平窃佩杜陵诗"，他说"中年复爱陆剑南""新诗学剑南"，对此两家诗，甚至"立卧未尝须臾离"。综观程诗全集，他确实受杜、陆两人影响。他有时完全袭用放翁诗，如程诗《冬宵遣怀三首》"久矣儒冠误此身"即出自陆游《成都大阅》；他有时改动陆诗几个字入诗，如程诗《戏赠陈巧云二首》"莫乞春阴护海棠"即改陆游《花时遍游诸家园》"乞借春阴护海棠"而成，又如程诗《村居二首》"世情看透薄于纱"即改陆游《临安春雨初霁》"世味年来薄似纱"而成。晚年时，他自言"窃笑放翁贫已甚，一觞一咏未忘怀"，甚至以放翁自比。其实，程诗与陆诗相比，在内容及风格上都相差巨大，陆游一生爱国，至死不忘收复中原，其诗沉雄奔放，清新婉丽。程诗苍凉质朴，与陆诗并不相同。程坚甫学习陆游，主要是学习陆游的句法及对仗，学习其写诗的技巧以及对待生活的态度。相比陆游而言，程诗在内容及风格上都与杜甫更接近。程坚甫一生贫寒，满怀仁者之心，感情沉郁，这都与杜甫相同。事实上，他学杜亦更用心。他有时借用杜甫诗句，如程诗"借取杜陵诗句赠，落花时节又逢君"及"谩劳车马渡江干"；有时改动其诗句，如程诗"少年裘马漫轻肥""虚说吟成泣鬼神""故人厚禄隔重云"即分别改自杜诗"同学少年多不贱，五陵裘马自轻肥""笔落惊风雨，诗成泣鬼神""厚禄故人书断绝"；有时还反用其诗意，如程诗"何来广厦万千间"；等等。另外，程诗在诗艺技法上亦多师事杜甫，其使事用典、顿挫开合之法即颇得杜甫之妙。但程诗在深度及广度上是完全不能与杜甫相比的。清代施补华云："少陵七律，无才不有，无法不备。义山学之，得其浓厚；东坡学之，得其流转；山谷学之，得其奥峭；遗山学之，得其苍郁；明七子学之，佳者得其高亮雄奇，劣者得其空廓。"程坚甫学习杜甫亦只得其苍凉一面。其实，程坚甫对自己的诗风早有清醒的认识，他曾说自己的诗是"一片秋声，闻诸纸上。可谓苍凉沉郁，蔽以一言；若云俊逸清新，失之千里"，此可谓最确切之评价。

程坚甫所生活的时代已经过去了，但他留下了那个时代的声音。他一生虽然卑微至极，在当世毫无声响，但他不悲观，不怨天尤人，没有被苦难压倒，没有被生活压垮。他如石头缝隙中的小草，如沙漠中的一粒露珠。他磨而不磷，涅而不缁。他的诗是那个时代农村最下层的知识分子的低吟。他的诗蕴含了他对亲人、朋友、苍生的关爱，以及对真善美的追求。他的诗苍凉沉郁、寥落质朴，虽或有时失之枯碎，有时失之率俗，有时失之狭隘，但都是他真实性情的自然流露。他通过诗歌拯救了自己，也拯救了诗道。

目　　录

1　《不磷室拾遗》自序
2　《不磷室拾遗》题词

3　梅花二首
4　燕子二首
5　司马题桥三首
6　春寒词三首
7　和郭赓祥先生中秋月下书怀三首
9　谢郭赓祥先生赋诗送行奉和一首
　　兼用原韵
9　长贫自觉负人多辘轳体五首
12　重九登高二首
13　黄菊
13　木兰从军三首
14　闻复祀孔庙喜赋
14　春柳四首
15　星士黄道行续娶戏赠四首
17　题黄毓春翁竹林隐居图二首
18　题梅健行先生汀江钓叟图四首
21　祖逖渡江三首
22　《十二美人图》咏
27　魏武帝
28　温泉游泳
28　西子浣纱二首
29　苦夏
29　美人晓妆二首
30　春耕

30　旧作失题意是五十年前由羊城回
　　至大江赠蔡其俊
31　秋夜怀亡友蔡其俊四首
33　读台城复兴报谢养公赠女侍陈巧
　　云诗戏题其后四首
34　戏赠陈巧云二首
35　月下吟成分赠四首
36　夏初服务盐业公会偶成二首
36　台城再度沦陷逃难纪实
38　台城光复后闻好喋在乡遇害
38　乱后归来颇以浇花自乐
39　哀香江二首
40　哭堂兄遇鳞
41　赠汤褒公二首
42　修时计和褒公并次韵
43　褒公邀往西濠饮茶，谈诗欢甚，
　　归时竟忘去路，以诗纪之
43　悼亡兄仰可
44　修时计第二唱仍用前韵
44　曲栏干上盆栽花木多种，皆予所
　　爱，且夕灌溉不辍。自入县城
　　机关服务，无暇及此，遂致大
　　好秋华，相继凋谢。慨韶华之
　　不再，嗟人事之靡常，率成是
　　诗以志感慨。花神有知，其亦
　　月明环佩姗姗来迟耶
45　夜吟和褒公作并次原韵

45 惆怅词三首	68 晚望仍用前韵
47 懊恼词二首	69 赠内人
48 重阳	69 林翁牧牛限牛字二首
48 中秋宴饮适园偶成排律一首	70 杏和林店内，新插杜鹃花一枝，鲜艳可爱，爰以诗赠
49 悼周丽卿女史	
50 即事	71 江南菊和周公并次韵
50 红梅四首	71 梅花八咏
52 读褒公见赠《读拙作红梅有感》即答	75 岁暮寄怀四首
	77 菜花重咏四首
53 村居二首	78 某君以情诗寄恋人，恳余代作诗压尾，应付后，复作二诗规之
53 登楼二首	
54 断肠词	79 杂咏二首
55 读词	79 余尝于乡校门前手植紫荆一株，伐竹掩护，朝夕灌溉，因有"伐竹防伤乌桕树，编篱细护紫荆花"之句。曾不几时，乌桕经霜叶落，紫荆亦憔悴可怜，树犹如此，人何以堪！感慨之余，爰各系诗一章，以志微怀。诗成于冬至后一日
56 灯	
56 悼汤褒公二首	
57 客归乡居二首	
58 蜗牛	
59 道遇林伯墉翁有赠	
59 幸三自惠寄后迄无消息赋此寄怀	
60 林伯墉翁尝誉周燕五，周谓其织帽太高，非申请政府免费斩竹不可。此语甚俊，戏赠之以诗二首	
	80 剃须二首
	81 眼镜
	81 垅上吟二首
61 菊梦二首	82 春宵偶成二首
62 半世二首	83 别后奉怀寄呈周公
62 读周公燕五招隐诗感成一首书后	84 岳武穆四首
63 自嘲	86 吊岳武穆二首
63 书怀示周公	87 夜过纪真楼下有怀周公
64 秋夜检读幸三君悼亡兄仰可诗率成一章书后	88 吊刘得之翁
	88 夜雨
64 寄怀二首	89 赠卜者云中鹤四首
65 茗余感吟	90 雨夜寄怀
66 菜花叠韵	90 春归日寄怀和周公二首
68 偶写	91 送春和周公二首

92	往事和周公三首	122	悼黄增作君
93	端午和周公	122	幸三兄一再惠寄赋此奉谢
93	寒冬之夜风雨大作竟夕不寐吟成四首	123	函请云超兄惠寄食物附诗一首
95	悼亡侄四首	124	春日即景补遗
96	岁暮寄怀二首	124	登墓
97	忆周公二首	124	晨间携鸡数头出市求售交易不成归赠以诗二首
98	读周公脚肿诗书后	125	昼梦亡友黄增作
99	暮冬随笔廿首	126	赠甄福民君二首，末首倒用前韵
107	周公久无讯息赋此寄之二首	127	七月十五夜月下偶成
108	李亦梧先生，雅人也，亦挚友也。推诚待士，蔼如春风，尤于病者临诊，悉心切脉，瘝恫在抱，见诸颜色。询为叔世中之古人，亦晚近不可多得之医生。没后数年，偶怀及之	127	云超兄久无讯息赋此寄之二首
		128	绮梦
		129	翼园主人谭锦洪君，嘱予日后将诗稿全部赠他留念，因而忆起在杏和林与周公燕五唱和时尝作温稿诗一首，周公亦有和作，但已遗亡，仅记其存字韵有"诗词散失君休虑，卷帙编成我代存"二句而已。迄今周公不知存亡，所有诗稿亦未识存在与否，回首前尘，感慨系之矣
109	戏题桥头之神		
110	黄昏入市，见李沛君裸其上身，手托木盆，将往河边洗濯，戏以诗赠五首		
111	人工湖竹枝词十四首		
113	重游人工湖即成四首		
114	瞽叟行	129	谢李沛君馈食物
116	蝶恋花	130	寄呈岭背邝熙甫先生二首
116	南柯子	131	周公存稿顷为李沛君携去因成一绝
116	卖花声		
117	西江月二首	131	昨卖一鸡与邻家，顷复飞回，璧还后感成一律
118	晚望村南遥山感吟一律		
118	戏赠柴镰	132	冬宵遣怀三首
119	庚子暮春寄怀	133	偶成一首
120	赠翼园用林伯埔原韵	133	赠李沛君绝句二首
120	春归日	134	读朱九江先生集
121	送春	134	抒怀五首

136	病后感吟	162	寒食
137	茗后偶成	163	清明
138	眼病数月，不药渐愈，近且诗兴勃然，因成七律一首	163	暮春二首
		164	雨后新晴漫写
138	香炉峰下赠蔡湘云	164	有感
139	暮年自遣四首	165	暮春之夜
140	岁云暮矣旦夕吟哦一无济事赋此自嘲	166	苦雨二首
		166	所见有感
141	抒怀续咏三首	167	嗜吟自嘲
142	归途有作	167	野望
142	早春寄怀十首	168	读熙甫先生和拙作叠韵八首书后仍用前韵
146	人日有怀云超		
146	偶成	168	读稿有感
147	侄女自阳春宁家感慨之余率成二律	169	赠李沛君
		169	得周公燕五来书快慰之余复滋感慨爰成二律
148	送侄女归阳春二首		
148	读侄女宁家与送行诗感成一绝	170	寄怀二首
149	无题二首	171	前题
150	春日漫写	172	乡居杂咏二首
150	春寒	172	鼠
151	代书寄呈周公燕五二首	173	漫成二首
152	有忆二首	174	郊行二首
154	忆亡兄	175	无聊自慰
154	无题二首	175	灯下吟
156	漫写	176	半夜遣怀
156	吸烟	176	有寄
157	残屐为薪赋诗吊之	177	写意
157	再呈熙甫先生	177	渔翁四首
158	写意	178	难得糊涂
158	遣怀	179	感旧二首
159	看花	180	七夕二首
160	花下感吟	180	雨夜感吟
161	感旧二首	181	七夕戏赠双星
162	漫成	181	寿内人录旧作

182	夜归	197	长夜寄怀
183	赠钓叟朱士良	198	自遣
183	山居自遣	198	忆甄苤荫佛心先生二首
183	闲写	199	秋宵自遣
184	有感	200	思亲
185	寄怀	200	吟余有感用前韵
185	呈熙甫翁兼简李沛君	201	暮秋感吟二首
186	入市偶成	202	邻姥见赠猪脚连醋一碗因以一绝纪之
186	邻女阿凤，年垂老矣。及笄时嫁同邑横湖乡。夫固螟蛉子，婚后未满一月即逋。凤霜居廿余年后，买一螟蛉为子，长成娶妇，且抱孙矣。近因不堪其媳虐，随一军属北上为佣。见而哀，因纪以诗二首	202	夜半写诗感吟一律
		203	深秋晚望
		203	寒宵有感
		204	秋尽感吟
		204	秋尽夜
		205	诗才竭矣赋此自嘲二首
		206	夜雨二首
		206	霜降
187	早秋寄怀	207	白头有感
187	山居闲写	207	说梦二首
188	早秋有寄二首	208	风雨之夜咳不能寐漫成一首
189	谢李沛君惠金兼简熙甫翁仍用前韵	208	老妻解雇回家以诗慰之
		208	漫成
189	中秋夜半寄怀	209	春日试笔
190	志感	209	闻邝翁将枉顾敝庐写诗待赠二首
190	谢熙甫翁惠寄食物		
191	绝句再呈熙甫翁		
192	灯下读周公来书及诗偶成一首	210	读友人诗有感率成一律书后
192	答谈风水者	211	闲中偶成
193	寄怀二首	211	燕子来巢赋诗赠之
194	秋凉有怀云超	212	燕子五首
194	秋日漫成	213	偶成
195	秋夜漫成	214	春夜抒怀二首
195	悯潦	214	病后看花
196	贫甚感吟	215	诗成有感
196	雨夜漫成	215	再梦黄增作

215	山行三首	236	闲写七律四首
216	浣溪纱·雨后	237	灯前二首
217	浣溪纱·晚望	238	邻妇吟
217	风雨怀故人	238	饲鸡
217	清明	239	读放翁诗后偶成一律
218	有悟	239	入市感吟
218	寄怀	240	冬日寄怀
219	入市口占	240	晚望
219	悼故友黄新法二首	241	山居自遣二首
220	酒后狂吟	241	入市见壁间大字报有云"打倒刘长卿"者戏以诗咏
221	漫成		
221	检读旧稿漫成一律	242	夜归
222	村居寄怀	242	遣兴
222	前题	243	旧作失题
223	山居自遣二首	243	寄怀
224	杂咏二首	244	冬日寄怀二首
224	偶成寄熙翁	245	再呈熙甫翁仍用真韵
225	村居寄怀	246	再赠道旋君仍用真韵
225	春夜有感	247	有感仍用真韵
226	春宵听雨感吟二律	247	戊申早春闲咏
227	自嘲	249	七十戏吟
227	上元夜吟四首	249	入市归途感赋
228	春日写意二首	250	悼堂侄其萃
229	春分	250	添置门扇戏成一绝
230	上巳前夕吟	251	偶成
230	春游	251	野望二首
231	春宵不寐戏成一律	252	种豆吟
231	忆僧灵鹫	252	新妇吟
232	山居寄怀	252	过桥口占
233	寄呈熙甫翁	253	七十寄怀
233	赠李君道旋	254	雨天有感二首
234	有怀燕五	255	浣溪沙·送别钦权
234	晚步荒园感赋	255	沟水
235	狂言	256	郊行

256	夜寒		爱成二律以反其意
257	感赋	271	早春寄呈熙甫先生四首
257	对镜感吟	272	春日寄朗轩
258	晚晴	272	春日寄怀
258	游人工湖在湖心舫茶话	273	山居闲寄
259	写意	273	七一述怀寄呈熙甫翁
259	抒怀	274	寄闲情二首
260	无聊中戏成一律	274	山居寄怀录旧作
260	春宵梦回有感	275	山居思客录旧作
261	遣怀	275	重阳
261	山居写意	276	寄怀
262	偶读赵松雪"往事已非何用说，且将忠赤报皇元"，因忆起吴梅村过淮南旧里诗末二句"我本淮王旧鸡犬，不随仙去落人间"。两诗参现，赵松雪可谓良心尽泯矣，梅村尚有愧悔之心。爰作一绝咏之	276	树下感吟
		277	暮秋寄怀
		277	苦吟示道旋
		278	暮秋自遣
		278	闲中有作
		279	初冬有怀云超
		279	饮酒
262	感赋	280	诞辰感吟
263	遣怀	280	记录旧作客居海宴作
263	遣兴	281	奉怀寄呈熙甫翁
264	闲居有感	281	己酉残冬留咏二首
264	戏咏息妫	282	奉怀四首再呈熙甫翁仍用前韵
265	迩来自觉狂甚写诗自遣	284	早春寄怀
266	农村幽趣	285	读熙甫翁"何日儿曹归海外，天伦乐事叙家人"之句，即赋一律于后，寄以慰之
266	寄闲情		
267	看花感吟		
267	夜读有感	285	有感二首
268	读古人"三千宫女如花院，几个春来无泪痕"之句爰作一绝书后	286	邝熙甫先生于本年农历六月上旬逝世赋诗挽之
		288	感旧断肠词
268	春日有感	289	被中吟
269	读王渔洋过露筋祠诗书后	289	暮岁遣怀
270	读岑嘉州"青云羡鸟飞"之句	290	忆故人

290	途见道旋偕伴满载虾酱一车因成一绝	310	临江仙·丙辰生日
291	读李君赠内人诗戏作二首	311	青玉案
291	和熙甫翁《恶邻》篇仍用原韵	311	如梦令·闻李其煜已于去年逝世赋此悼之
292	买鲤鱼四首（用道旋诗意）	311	醉花阴·重阳
293	管理图书四十三年前忆旧有怀二首	312	蝶恋花
293	答周尔杰	312	拟冯梦龙辞世二律有序（二首录一）
294	偶成	313	月之初七晚间，在门外乘凉，忽有鸟飞集头上，旋飞落地，视之则邻家所养之八哥也。不觉一笑，纪之以诗
294	乙卯生日感吟		
295	山林写意四首		
296	早春以来，零雨不辍，蜷伏斗室，殊感枯寂，记诸吟咏，以抒怀抱十首		
		313	雨中吟成二首
299	村丁种竹爱以诗咏	314	雨夜寄怀二首
300	自遣二律	314	闲写三首
301	春宵怀人耿不成寐以诗寄慨	315	美睡二首
301	村中有女子远嫁广西，濒行，母女相持涕泣，不胜凄楚，一时传为谈料。半叟固有心人也，以诗咏之	315	惠群参观各处回来说及经过闻之神往
		316	抚今追昔写成短章
		316	罗洞温君柱顾赋此见意
		316	自解二首
302	忆友仍用期韵	317	偶成五绝一首
303	戏赠道旋	317	忆母四首
304	戏赠夷齐	318	忆红英二首
304	病吟	319	冰雪中有怀道旋二首
304	李君道旋劝我多作以期传世赋此应之	319	自慰二首
		320	田野寄闲三首
305	读梁梦霞《我的奇文》书后	321	示道旋
306	拾遗寄朗轩	322	示道旋
306	梦见邝熙甫先生	322	怀人作香奁体
308	南柯子	323	续前诗有感
309	临江仙·寄梁梦霞	323	寄闲情四首
309	南柯子	324	睡起
310	满庭芳·读淮海词有感	325	学农差胜卖文章

326	有忆二首	341	赠谭伯韶
327	山居寄怀	342	西江月·赠休休
327	写意三首	343	满庭芳
328	入市	343	高阳台·秋宵
328	痴翁说梦二首	344	贺新凉·重阳
329	老境自述五首	345	独坐有感
330	梦中卖蔗浆作一联云"因缘莫问三生石，源本还思万顷沙"，醒而续成一律，略改二字	345	江城子·读休休《鼓缶集》赋此为赠
		346	乳燕飞·读龙川词书后
		347	满庭芳·觅旧游处红梅有感
331	自忏	347	满江红·感旧
331	1979年旧历十一月廿六日，道旋四子景常结婚，我赠一红色面盆，附录七绝诗一首	348	寄怀
		348	悼亡友梁天锡
		349	访惠群
332	教惠群二首	349	南乡子·即景
332	惠群见赠画梅一幅赋此贻之	350	蝶恋花·早吟
333	写意贻惠群	350	寄周尔杰
333	赠惠群	351	寄伍尚恩
334	再赠惠群二首	351	答李如棣君赠诗
334	西江月	352	夏日寄怀
335	菩萨蛮·赠李蔼泉	352	八月十二夜月下吟成
335	如梦令·再赠李蔼泉	353	谢休休赠衣
335	李君蔼泉见馈茶叶一瓶以诗谢之	353	辛酉读稼轩词书后
		354	挽李道旋联
336	中秋月下吟二首	354	为亡友李道旋作
336	如梦令·题照	354	赠伍云波
337	贺新郎·代书寄梁梦霞	355	早春初二游湖偶成
337	青玉案	356	春寒吟
338	采桑子·丁巳生日	357	春游一律
338	贺新郎·赠惠群	358	新春闲咏七首
339	长日静坐有怀惠群	359	望江南·宁阳好（五首录四）
340	浣溪沙·迎春	360	蝶恋花·春游宁城公园
340	蝶恋花·感旧寄云波	361	一剪梅·早春写意
341	卖花声·偶题	361	鸡年去狗年来感成一律

362	忆王孙·游春二首		（七律二首之一）
362	水调歌头·闲写	377	临江仙·悼愚公词
363	壬戌初夏	378	悼愚公续咏（五律二首之一）
363	偶遇一绝	378	满庭芳·重过宁园有怀愚公
363	偶尔不慎翻仆于地，伤及膝部，痛楚难忍，辗转床第，慨然赋此三绝句	379	《愚公焚余稿》题词
		380	遣悲怀四首
		381	中秋月下吟三首
364	病足弥周未愈床上感吟	382	乙丑初秋与惠群合拍一照以诗系之二首
365	病足弥月未离床感成五律一首		
365	夏去秋来足痛略减扶杖能行吟成一律	383	春日闲写
		383	戏赠案上纸花
366	卖花声·耳聋自嘲	384	送春一绝
366	湖畔偶成	384	赠尔杰君二首
367	湖畔归来赋赠诸君子	385	赠尔杰老弟
367	枕上诗成再赠诸君子	385	和尔杰君《七六感怀》
368	闻四月闲写	386	玉楼春
368	扇底闲吟	387	无题二律
369	闲吟续写	388	无题六韵
369	戏赠尔杰君		
370	喜尔杰君见赠五首	**附录：**	
371	岁暮感吟	389	天妒斯文实可哀
371	咏怀		——悼程坚甫先生（谭伯韶）
372	自遣	391	《洗布山诗存》序（陈中美）
372	沁园春·八四弧辰感赋	395	《程坚甫诗存》扩编记（陈中美）
373	湖畔归来老妻正在晨炊因景生情率成一律	398	为发扬程坚甫诗而作（陈中美）
		399	读程坚甫先生遗诗六首（开平 周正光）
373	八十四岁春日寄怀		
374	雨中偶忆亡友李道旋	400	程坚甫《不磷室诗存》读后（端芬　陈绍觉）
375	炉边吟		
375	满江红·游仙	401	小辉兄笺注程坚甫诗嘱题（兴城　郑雪峰）
376	思佳客·皮痒得"可的松膏"涂治		
		401	小辉兄选注程坚甫诗嘱题（唐山　佟春茂）
376	李如棣联		
377	风雨山窗感念愚公凄然成咏	401	小重山·题程坚甫《不磷室诗

存》（蕲春　伊淑桦）
402　咏程坚甫先贤（山东　高丽涛）
402　小辉兄注释《程坚甫诗存》嘱题（南昌　黄全平）
402　题程坚甫《不磷室诗存》（哈尔滨　李勇）
403　小辉兄嘱题程坚甫诗存（丰城　万德武）
403　读程半叟诗存有作五首（临川　陈小辉）

405　后记

《不磷室拾遗》自序

余自髫龄，即嗜吟咏。居恒与家兄仰可，昕夕唱酬，凝神思索，刻意推敲，殆无虚日。及至中年，丁逢丧乱，箪瓢屡空，吟兴不因少减。中间经一度穷记忆力，向脑海搜索存稿，得五七言约二三百首，编成一帙；随后逃避倭难，琐尾流离。光复后，又以贫故，远客他乡。俗尘万斛，不弹此调，前后十有余年。白首归来，征尘甫卸，索寻故物，荡然无存，意或家人当废纸卖去。随又获交于苍城周燕五先生，彼此切磋最久，唱酬最多。数年之间，所为诗不下四五百首。后先生遄返苍城，积稿亦被携去，能记忆者不及十之一二。迄今屏除农事，养病赋闲，日长无俚，爰复将新旧诸作收拾，累集成编。其可记忆者录之，记忆不全者补足之，共得二百六十二首，另诗余数阕。

嗟夫！续貂画虎，于旁人则誉为聪明；采月批风，在小子亦知其狂妄。尝为呓语，寻宋唐于梦寐之间；迥出恒情，置寝食在推敲之后。嗜诗成癖，随日而深；虚谷为怀，至今未满。迨夫穷途恸哭，老境侵寻。岁劫红羊，云浮苍狗。黄钟弃野，难赓楚客之吟；瓦缶通雷，姑效秦人之击。渔洋神韵，远莫追摹；昌谷鬼才，尤难企及。弹来古调，明知不合时宜；记以空言，要亦未忘夙习。十年浪迹，谱入弦中；一片秋声，闻诸纸上。可谓苍凉沉郁，蔽以一言；若云俊逸清新，失之千里。

嗟夫！余生善病，原非无病而呻；老遇多穷，毋亦因穷得寿！今则戒之在得，居复赋闲。抛半月之精神，纳零星于卷帙。所冀免罹蛛网，敢期贩去鸡林？志士常嫉没世而无闻，愚者仅挟平生之一得。长句短句，任人讥岛瘦郊寒；墨耶泪耶，赠尔将糊窗涂壁。

　　　　　　　　　　岁次庚子（1960年）暮春中浣程坚甫叙于不磷室

《不磷室拾遗》题词

不磷室主百无成，多愁多病复多情。
旦暮吟哦口不辍，老来仅得一虚名。
声调悲壮格律老，少陵之诗夙所好。
中年复爱陆剑南，剑南矜炼最工巧。
生平寝馈二家诗，立卧未尝须臾离。
惟吾自惭袜线才，一毛不敢袭其皮。
吾诗实病语颓唐，有人误为学两当。
绝世聪明黄仲则，吾宁敢列弟子行。
晚年渐渐变初作，更欲洗华归诸朴。
惟其阅历世情深，不能言外无寄托。
迩来老兴正淋漓，一卷编成聊自乐。
不求寿世藏名山，未甘尘埋置高阁。
有客前来笑老叟：由来藏拙胜献丑。
《论语》如今烧作薪，尔独何为珍敝帚？
吾闻客语愧于心，一时颜汗如悬溜。
须臾忽复动灵机，笑谓客言太拘囿。
各言尔志何伤乎，此语出自圣人口。
何况三台风雅要扶持，耆宿凋零待继后。
江天寥廓无吟声，毋乃山川失其秀。
客闻遽起出门行，意则怪吾强支撑。
呜呼，舍己从众病未能！

　　　　　　　庚子（1960年）上巳前一日不磷室主自题

梅 花 二 首 [一]

天晓山中鹤梦蘧[二]，小阳[三]催迫萼初舒。
醉来水部[四]吟偏好，吹落[五]江城恨有余。
积雪别饶阴岭秀[六]，冷香微度绮窗疏[七]。
后庭[八]风味应何似，犹忆当年月下锄。

注释：

[一] 陈中美《程坚甫诗存》谓此两诗作于作者青年时期在广州任燕塘军校图书馆管理员时，则此两诗当作于1930年左右。这是其《不磷室拾遗》上部的第一首诗。《不磷室拾遗》上部存诗词267首，大概作于其30岁左右至61岁间。

[二] 鹤梦：鹤之梦，指出尘之想。唐卢纶《和王仓少尹暇日言怀》："剑飞终上汉，鹤梦不离云。"蘧：悠然。《庄子·齐物论》："昔者庄周梦为胡蝶，栩栩然胡蝶也，自喻适志与！不知周也。俄然觉，则蘧蘧然周也。"

[三] 小阳：指农历十月。明谢肇淛《五杂俎·天部二》："十月有阳月之称，即天地之气四月多寒而十月多煖，有桃李生华者，俗谓之小阳春。"

[四] 水部：指南朝梁文学家何逊，逊曾官尚书水部郎。何逊《扬州法曹梅花盛开》："兔园标物序，惊时最是梅。……朝洒长门泣，夕驻临邛杯。应知早飘落，故逐上春来。"何逊此诗有盛誉，唐杜甫作有《和裴迪登蜀州东亭送客逢早梅相忆见寄》："东阁官梅动诗兴，还如何逊在扬州。"

[五] 吹落：指风吹落梅花。古有《梅花落曲》，唐李白《与史郎中钦听黄鹤楼上吹笛》："黄鹤楼中吹玉笛，江城五月落梅花。"

[六] 唐祖咏《终南望余雪》："终南阴岭秀，积雪浮云端。"

[七] 唐王维《杂诗》："君自故乡来，应知故乡事。来日绮窗前，寒梅著花未？"

[八] 后庭：指梅花种植之处。唐刘方平《梅花落》："莫将辽海雪，来比后庭中。"南宋刘翰《种梅》："凄凉池馆欲栖鸦，彩笔无心赋落霞。惆怅后庭风味薄，自锄明月种梅花。"

欲借柔毫写冷幽,寒林日瘦鸟啁啾。
暗香昨夜飘篱角[一],轻雨而今洒渡头[二]。
乡讯莫逢来客问[三],冰魂谁识几生修[四]。
江干车马吟声少[五],只合山居避俗流[六]。

注释:
[一] 宋姜夔《疏影》:"客里相逢,篱角黄昏,无言自倚修竹。"宋陆游《冬日排闷二首》其二:"渡头照影闻征雁,篱角吹香得早梅。"
[二] 唐刘禹锡《松滋渡望峡中》:"渡头轻雨洒寒梅,云际溶溶雪水来。"
[三] 唐王维《杂诗》:"君自故乡来,应知故乡事。来日绮窗前,寒梅著花未?"
[四] 宋苏轼《十一月二十六日松风亭下梅花盛开》其二:"罗浮山下梅花村,玉雪为骨冰为魂。"参宋谢枋得《武夷山中》:"十年无梦得还家,独立青峰野水涯。天地寂寥山雨歇,几生修得到梅花?"
[五] 唐杜甫《有客》:"岂有文章惊海内,漫劳车马驻江干。"
[六] 唐王绩《赠山居黄道士》:"洁身何必是,避俗岂能全?"宋周密《逸人居》:"避俗入山居,孤云意自如。"

燕 子 二 首[一]

燕子来时又一春,年年曾否感依人[二]。
不嫌荒僻三家[三]屋,暂寄飘零万里身。
双剪[四]低飞疑断水,重帘偷度不惊尘。
谁云草创规模陋,破垒居然庆再新。

注释:
[一] 两首咏燕诗亦兼咏作者自己。
[二] 宋刘辰翁《春景·春燕巢林》:"燕子故依人,重来迹已陈。"
[三] 三家:泛指几家。
[四] 双剪:燕尾分叉似剪,故言。清丁燿《村游》:"燕抛双剪去,荷长小钱浮。"

江山转眼物华新，收拾琴书避燕尘[一]。
隐约常闻梁上语，翩跹犹似掌中身[二]。
莫愁巢覆无完卵[三]，且喜居停有主人[四]。
记否庄姜零泪雨，差池飞罢几经春[五]。

（第二首倒依前韵）

注释：

[一] 宋陆游《幽栖二首》其一："呫米留鸡食，移琴避燕泥。"

[二] 翩跹：轻盈飞舞貌。掌中身：用赵飞燕的典故。因其"身轻若燕，能作掌上舞"，故称。

[三] 南朝宋刘义庆《世说新语·言语》："（孔）融谓使者曰：'冀罪止于身，二儿可得全不？'儿徐进曰：'大人，岂见覆巢之下，复有完卵乎？'寻亦收至。"

[四] 《宋史·丁谓传》："帝意欲谪准江淮间，谓退，除道州司马。同列不敢言，独王曾以帝语质之，谓顾曰：'居停主人勿复言。'盖指曾以第舍假准也。"

[五] 庄姜：春秋时期齐国公主，卫庄公夫人。差池：参差，长短不齐的样子。参《国风·邶风·燕燕》："燕燕于飞，差池其羽。之子于归，远送于野。瞻望弗及，泣涕如雨。"《毛传》谓该诗是"卫庄姜送归妾也"。

司马题桥三首[一]

驷马重来志已偿，淋漓桥畔墨犹香。
世间也有人题柱，只恨难逢狗监杨[二]。

注释：

[一] 《华阳国志》："城北十里有升仙桥，有送客观。司马相如初入长安，题市门曰：'不乘赤车驷马，不过汝下也。'"

[二] 狗监杨：指杨得意，西汉蜀郡人，武帝时任狗监。武帝读《子虚赋》而曰"独不得与此人同时"，得意遂向帝荐作者司马相如。

健笔凌云世莫俦，长卿[一]壮志足千秋。
虹腰墨沈[二]依稀在，继美无人水自流。

注释：
[一] 长卿：司马相如，字长卿。《史记·司马相如列传》："相如既奏《大人》之颂，天子大说，飘飘有凌云之气，似游天地之闲意。"唐杜甫《戏为六绝句》："庾信文章老更成，凌云健笔意纵横。"
[二] 墨沈：墨汁。

旷世无伦司马才，临邛卖酒[一]亦堪哀。
数行慷慨题桥柱，不上青云誓不回。

注释：
[一] 临邛卖酒：典出《史记·司马相如列传》："相如与（文君）俱之临邛，尽卖其车骑，买一酒舍酤酒，而令文君当炉。相如身自著犊鼻裈，与保庸杂作，涤器于市中。"

春寒词三首

浴罢华清日已昏，芙蓉帐暖尽消魂[一]。
谁怜白屋夫妻卧，一夜牛衣[二]梦不温。

注释：
[一] 唐白居易《长恨歌》："春寒赐浴华清池，温泉水滑洗凝脂。侍儿扶起娇无力，始是新承恩泽时。云鬓花颜金步摇，芙蓉帐暖度春宵。"
[二] 牛衣：供牛御寒用的披盖物，如蓑衣之类。《汉书·王章传》："章疾病，无被，卧牛衣中。"

昨宵寒气侵罗幙[一]，渐觉深闺绣衾薄。
却恨春回郎未回，回时不道东风恶[二]。

注释：
[一] 罗幎：罗帐。
[二] 宋邓肃《长相思令》："郎与春风同别离。春归郎不归。"唐王建《春去曲》："就中一夜东风恶，收红拾紫无遗落。"宋陆游《钗头凤·红酥手》："东风恶，欢情薄。一怀愁绪，几年离索。"

减却春光雨雪纷[一]，遍观宇内尽愁云。
寄言寒气休相迫，我比梅花傲几分[二]。

注释：
[一] 唐杜甫《曲江二首》其一："一片花飞减却春，风飘万点正愁人。"
[二] 宋程垓《摊破江城子》："一夜无眠连晓角，人瘦也，比梅花，瘦几分。"

和郭赓祥[一]先生中秋月下书怀三首

长空皎皎夜迢迢[二]，月自团圆客寂寥。
倚槛未辞风露重，望乡惟恨海天遥。
华年似水频惊逝[三]，蓬鬓经秋黯欲凋。
更有赚人肠断处，隔邻送到几声箫[四]。

注释：
[一] 郭赓祥：郭赓祥（1874—1947），字纪云，号清溪居士，广西合浦县乾体察龙乡人，清末贡生。平生工诗，精书法，擅墨兰。
[二] 《古诗十九首》其十："迢迢牵牛星，皎皎河汉女。"
[三] 《论语·子罕》："子在川上曰：逝者如斯夫，不舍昼夜。"明汤显祖《牡丹亭·惊梦》："则为你如花美眷，似水流年。"
[四] 唐无名氏《杂诗》十七："洛阳才子邻箫恨，湘水佳人锦瑟愁。"金末元初元好问《南柯子》："曾是玉箫声里断肠人。"

月明放眼望神州，信有新亭泣楚囚[一]。
斫地放歌狂胜昔，倚阑看剑气横秋[二]。
可堪枳棘终栖凤，无奈衣冠付沐猴[三]。
萧瑟四郊多战垒[四]，辞家王粲暂依刘[五]。

注释：

[一] 诗作于抗日战争之时。新亭泣楚囚：典出南朝宋刘义庆《世说新语·言语》："过江诸人，每至美日，辄相邀新亭，藉卉饮宴。周侯中坐而叹曰：'风景不殊，正自有山河之异！'皆相视流泪。唯王丞相愀然变色曰：'当共勠力王室，克复神州，何至作楚囚相对！'"

[二] 斫地：表愤激之情。唐杜甫《短歌行赠王郎司直》："王郎酒酣拔剑斫地歌莫哀，我能拔尔抑塞磊落之奇才。"倚阑：凭栏。剑气横秋：宋贺铸《易官后呈交旧》："当年笔漫投，说剑气横秋。"

[三] 枳棘：枳木与棘木，皆恶木。南朝宋范晔《后汉书·仇览传》："枳棘非鸾凤所栖，百里岂大贤之路？"衣冠付沐猴：衣冠沐猴指外强中干，徒有其表之人。此句谓"抗战"时国民政府任用非人，小人得志。《史记·项羽本纪》："人言楚人沐猴而冠耳，果然。"

[四] 《礼记·曲礼上》："四郊多垒，此卿大夫之辱也。"郑玄注："垒，军壁也。数见侵伐则多垒。"

[五] 王粲：汉末文学家，先依刘表，后归曹操。诗人自比。明邓云霄《秋日酬周毓庭楚藩幕中寄怀之作二首》其一："作赋贾生曾吊屈，思乡王粲暂依刘。"

良宵侭付等闲过，有酒无肴奈月何[一]。
孤馆只今陪烛泪，高楼何处起笙歌。
元龙豪气[二]消磨尽，苍狗[三]人情变幻多。
我欲乘风归未得，几回搔首问嫦娥[四]。

注释：

[一] 宋陈东《蓦山溪》："长是竞虚名，把良宵、等闲弃舍。"宋苏轼《后赤壁赋》："有客无酒，有酒无肴，月白风清，如此良夜何！"

[二] 元龙豪气：东汉陈登字元龙。典出《三国志·魏书·陈登传》："许汜与刘备并在荆州牧刘表坐，表与备共论天下人。汜曰：'陈元龙湖海之士，

豪气不除。'"
[三] 苍狗：指浮云，喻世事变幻无常。唐杜甫《可叹》："天上浮云似白衣，斯须改变如苍狗。"
[四] 宋苏轼《水调歌头·明月几时有》："明月几时有？把酒问青天。不知天上宫阙，今夕是何年。我欲乘风归去，又恐琼楼玉宇，高处不胜寒。"

谢郭赓祥先生赋诗送行奉和一首兼用原韵

偶然相识郭林宗[一]，且喜仙舟许我同。
结习未忘书卷气，论交还借琢磨功。
临歧赠语情何厚，垂老搜诗兴未穷。
便与先生学元白，吟将佳句付邮筒[二]。

注释：

[一] 郭林宗：东汉名士郭泰（即郭太），字林宗。诗以郭泰比郭赓祥。《后汉书·郭太传》："始见河南尹李膺，膺大奇之，遂相友善，于是名震京师。后归乡里，衣冠诸儒送至河上，车数千两。林宗唯与李膺同舟而济，众宾望之，以为神仙焉。"

[二] 元白：元稹与白居易，两人常用邮筒寄诗酬唱。白居易《醉封诗筒寄微之》："为向两州邮吏道，莫辞来去递诗筒。"另，白居易《与微之唱和来去常以竹筒贮诗陈协律美而成篇因以此答》："拣得琅玕截作筒，缄题章句写心胸。"

长贫自觉负人多辘轳体五首

长贫自觉负人多，铸错其如嗜读何[一]。
未破牢愁[二]添酒债，断缨世网绝弦歌[三]。
流光易度催年矢[四]，驻景难挥返日戈[五]。
虫臂鼠肝[六]终有命，不应搔首叹蹉跎。

注释：

[一] 铸错：铸成大错。典出《资治通鉴·唐昭宗天祐三年》："全忠留魏半岁，罗绍威供亿，所杀牛羊豕近七十万，资粮称是，所赂遗又近百万；比去，蓄积为之一空。绍威虽去其逼，而魏兵自是衰弱。绍威悔之，谓人曰：'合六洲四十三县铁，不能为此错也！'"其如：无奈。

[二] 牢愁：忧愁，忧郁。《汉书·扬雄传上》："又旁《惜诵》以下至《怀沙》一卷，名曰《畔牢愁》。"宋张耒《题堂下桐》："岁华节物俱寥落，满眼牢愁赖酒攻。"宋王炎《酬李秀才》："共对青灯谭世事，惜无斗酒破牢愁。"

[三] 撄：缠，缚。唐吴筠《高士咏》其四十四："隐身乐鱼钓，世网不可撄。"宋杨时《席上别蔡安礼》："杜陵苦被微官缚，元亮今为世网撄。"弦歌：出任为官。《晋书·隐逸传·陶潜》："谓亲朋曰：'聊欲弦歌，以为三径之资，可乎？'执事者闻之，以为彭泽令。"

[四] 年矢：谓时光如流矢。南朝梁周兴嗣《千字文》："年矢每催，曦晖朗曜。"

[五] 景：同"影"，指日光。驻景挥戈，指挥舞长戈使太阳停止运行。《淮南子·览冥训》："鲁阳公与韩构难，战酣日暮，援戈而撝之，日为之反三舍。"唐李白《日出入行》："鲁阳何德，驻景挥戈？"

[六] 虫臂鼠肝：比喻极微贱之物。语本《庄子·大宗师》："以汝为鼠肝乎？以汝为虫臂乎？"

二十余年一刹耶，长贫自觉负人多。
书空殷浩[一]愁难遣，斫地王能[二]醉欲歌。
栖得借枝仍杌陧[三]，敝犹珍帚独吟哦。
迩来渐渐交游淡，世态靡常[四]费揣摩。

注释：

[一] 书空殷浩：典出南朝宋刘义庆《世说新语·黜免》："殷中军（殷浩）被废在信安，终日恒书空作字，扬州吏民寻义逐之，窃视，唯作'咄咄怪事'四字而已。"

[二] 斫地王能：王能当作王郎，语本唐杜甫《短歌行赠王郎司直》："王郎酒酣拔剑斫地歌莫哀，我能拔尔抑塞磊落之奇才。"王郎司直未详何人，官司直。

[三] 杌陧：动荡不安。《尚书·秦誓》："邦之杌陧，曰由一人。"
[四] 靡常：无常。《尚书·咸有一德》："天难谌，命靡常。"孔传："以其无常，故难信。"

书生只合受天磨，欲斫龟山乏斧柯[一]。
脱赠[二]宁愁知己少，长贫自觉负人多。
愿将星汉为形影[三]，肯把衣裳羡绮罗。
十载回头成一叹，聪明毕竟误东坡[四]。

注释：

[一] 柯：斧柄。乏斧柯：喻报效无门。孔子《龟山操》："予欲望鲁，龟山蔽之。手无斧柯，奈龟山何？"《乐府诗集》："《琴操》曰：《龟山操》，孔子所作也。季桓子受齐女乐，孔子欲谏不得，退而望鲁龟山，作此曲，以喻季氏若龟山之蔽鲁也。"
[二] 脱赠：解物相赠。
[三] 愿将星汉为形影：指愿与星河为伴。
[四] 宋苏轼《洗儿》："人皆养子望聪明，我被聪明误一生。"

颜渐非朱发渐皤，廿余年似一抛梭[一]。
眉间心上愁难避[二]，地老天荒志未磨。
薄技畴能[三]谋我饱，长贫自觉负人多。
丈夫勋业轻伊吕[四]，宁学区区鼠饮河[五]。

注释：

[一]《云笈七签》第一一三："红颜三春树，流年一掷梭。"唐施肩吾《句》："年来如抛梭，不老应不得。"
[二] 语本宋范仲淹《御街行·秋日怀旧》："愁肠已断无由醉，酒未到，先成泪。残灯明灭枕头敧，谙尽孤眠滋味。都来此事，眉间心上，无计相回避。"
[三] 畴能：安得。唐杜甫《九日寄岑参》："安得诛云师？畴能补天漏？"
[四] 伊吕：伊尹、吕望。《周易口义》卷七："如汤之救夏而得伊尹、武王救商而得吕望之类也。"
[五] 鼠饮河：指需求有限。诗指志气短小。语本《庄子·逍遥游》："偃鼠饮

河，不过满腹。"

十年湖海历风波，无数云烟眼底过[一]。
笔墨宁堪供饱食，米盐可奈费张罗。
离家已久嗟王粲[二]，面壁何时学达摩[三]。
只有细恩酬未得，长贫自觉负人多。

注释：

[一] 宋苏轼《宝绘堂记》："譬之烟云之过眼，百鸟之感耳，岂不欣然接之，然去而不复念也。"

[二] 汉王粲《登楼赋》刘良注引《魏志》："王粲，山阳高平人也。少而聪惠有大才，仕为侍中。时董卓作乱，仲宣避难荆州，依刘表，遂登江陵城楼，因怀归而有此作，述其进退危惧之状。"

[三] 《五灯会元·东土祖师·菩提达磨大师》："当魏孝明帝孝昌三年也，寓止于嵩山少林寺，面壁而坐，终日默然。人莫之测，谓之壁观婆罗门。"

重九登高二首

滔滔祸水[一]遍人间，一醉重阳暂破颜。
倘道登高能避劫，江南江北岂无山？

注释：

[一] 滔滔祸水：指日军。诗当作于抗日战争时期。

登高曳杖复携篮，遍采茱萸[一]不是贪。
多少世人争捷径，我来偏不羡终南[二]。

注释：

[一] 茱萸：植物名。古俗农历九月九日重阳节，佩茱萸能祛邪辟恶。唐王维《九月九日忆山东兄弟》："遥知兄弟登高处，遍插茱萸少一人。"

[二] 终南捷径，典出唐刘肃《大唐新语·隐逸》："卢藏用始隐于终南山中，中宗朝累居要职。有道士司马承祯者，睿宗迎至京，将还，藏用指终南

山谓之曰：'此中大有佳处，何必在远！'承祯徐答曰：'以仆所观，乃仕宦捷径耳。'藏用有惭色。"

黄　　菊

西风几度绽金黄，篱下阶前淡淡妆。
姹紫嫣红终俗艳，看花何必为春忙。

木兰从军三首[一]

风雪关山万里征，雌雄扑朔不分明[二]。
啾啾枕畔闻胡骑，犹似爷娘唤女声[三]。

注释：
[一] 诗当作于抗日战争时期。
[二] 语本《木兰诗》："雄兔脚扑朔，雌兔眼迷离；双兔傍地走，安能辨我是雄雌？"
[三]《木兰诗》："不闻爷娘唤女声，但闻燕山胡骑鸣啾啾。"

乍看军帖最关情[一]，机杼[二]抛残事远征。
十载风霜销绿鬓[三]，居然弱女也干城[四]。

注释：
[一]《木兰诗》："昨夜见军帖，可汗大点兵。"
[二] 机杼：织机。《木兰诗》："不闻机杼声，惟闻女叹息。"
[三] 绿鬓：黑发。
[四] 干城：捍卫。诗指从军。《诗经·周南·兔罝》："赳赳武夫，公侯干城。"

易弁[一]从征世所难,纵然生女勿悲酸。
只今关外风云恶,红粉何人继木兰。

注释:
[一] 易弁:变换冠冕。诗指女扮男装。

闻复祀孔庙喜赋

断瓦颓垣慨旧宫,大成至圣[一]竟尘蒙。
如今举国皆崇祀,快睹斯文日再中[二]。

注释:
[一] 大成至圣:孔子尊号。《元史·武宗本纪》载大德十一年"七月辛巳,加封至圣文宣王为大成至圣文宣王"。
[二] 斯文日再中:谓儒学再兴。宋赵蕃《琛卿论诗用前韵示之》:"涪翁不作东莱死,安得斯文日再中。"

春 柳 四 首

瘦不禁风娇可知,画楼一角影参差。
春愁何与垂杨事[一],莫向行人敛翠眉。

注释:
[一] 唐司马扎《宫怨》:"柳色参差掩画楼,晓莺啼送满宫愁。"何与:犹言何干。

相偎相傍意缠绵,十里长堤春可怜。
消尽章台攀折恨[一],柔枝婀娜弄晴烟。

注释：

[一] 章台：汉代长安街名，多妓馆。后常泛指妓院聚集之地。唐韩翃《章台柳》："章台柳，章台柳，往日依依今在否？纵使长条似旧垂，也应攀折他人手。"

　　　　　　十里风前斗舞腰，缕金摇曳不胜娇。
　　　　　　相逢唤起兴亡感，烟雨霏霏似六朝[一]。

注释：

[一] 唐韦庄《台城》："江雨霏霏江草齐，六朝如梦鸟空啼。无情最是台城柳，依旧烟笼十里堤。"

　　　　　　金摇细碎舞腰纤，曲巷毵毵[一]压翠檐。
　　　　　　借兴春闺小儿女，晓妆依样画眉尖[二]。

注释：

[一] 毵毵：垂拂纷披貌。唐孟浩然《高阳池送朱二》："澄波澹澹芙蓉发，绿岸毵毵杨柳垂。"
[二] 画眉尖：指画柳叶眉。

星士黄道行续娶戏赠四首

　　　　　　红烛初停笑语融[一]，洞房幽闼不知风。
　　　　　　为怜飞雉歌[二]无味，更弄求凰曲[三]一通。
　　　　　　花到今宵开并蒂，子期来岁举双雄。
　　　　　　人间有女颜如玉，不在书中在策中[四]。

注释：

[一] 唐朱庆余《近试上张籍水部》："洞房昨夜停红烛，待晓堂前拜舅姑。"
[二] 飞雉歌：指古琴曲《雉朝飞》，相传是齐国处士牧犊子因感叹年老无妻

而作。
[三] 求凰曲：指《凤求凰》曲。
[四] 策：策术。宋赵恒《励学篇》："娶妻莫恨无良媒，书中自有颜如玉。"

    香温玉软合欢床，从此无心赋悼亡。
    看镜任他添白雪，求浆又试捣玄霜[一]。
    少年已惜枝空折[二]，晚节弥甘蔗倒尝[三]。
    寄语倭夷[四]休掷弹，须防惊散睡鸳鸯。

注释：
[一] 玄霜：仙药。用唐代秀才裴航遇云英典。唐裴铏《传奇·裴航》："一饮琼浆百感生，玄霜捣尽见云英。蓝桥便是神仙窟，何必崎岖上玉清。"
[二] 唐杜秋娘《金缕衣》："劝君莫惜金缕衣，劝君惜取少年时。花开堪折直须折，莫待无花空折枝。"
[三] 蔗倒尝：典出南朝宋刘义庆《世说新语·排调》："顾长康啖甘蔗，先食尾。人问所以，云渐至佳境。"
[四] 倭夷：指日寇。诗当作于抗日战争时期。

    半载鳏鱼目未交[一]，断弦今喜续鸾胶[二]。
    何当锦瑟怨遥夜[三]，赖有红丝系[四]后梢。
    狮吼[五]不堪怀故剑，鸠居从此得新巢[六]。
    夕阳偏照桃花脸，好向随园学解嘲[七]。

注释：
[一]《释名·释亲属》："无妻曰鳏。鳏，昆也；昆，明也。愁悒不寐，目恒鳏鳏然也。故其字从鱼，鱼目恒不闭者也。"
[二] 续鸾胶：诗指续娶事。《海内十洲记·凤麟洲》："煮凤喙及麟角合煎作胶，名之为续弦胶，或名连金泥。此胶能续弓弩已断之弦，连刀剑断折之金，更以胶连续之处，使力士掣之，他处乃断，所续之际终无所损也。"
[三] 锦瑟怨遥夜：或以为李商隐《锦瑟》是悼念追怀亡妻之作，诗用此意。唐韦庄《章台夜思》："清瑟怨遥夜，绕弦风雨哀。"
[四] 红丝系：用唐郭元振牵红丝娶妻典。唐宰相张嘉贞欲纳郭元振为婿，因

命五女各持一红丝线于幔后，露线头于外，使郭牵其一。郭牵得第三女。
[五] 狮吼：指悍妻。事出宋苏轼《寄吴德仁兼简陈季常》："龙丘居士亦可怜，谈空说有夜不眠。忽闻河东狮子吼，拄杖落手心茫然。"
[六] 用鸠占鹊巢意。
[七] 随园学解嘲：指袁枚以无子为名而纳妾事。参袁枚《自嘲》："小眠斋里苦吟身，才过中年老亦新。偶恋云山忘故土，竟同猿鸟结芳邻。有官不仕偏寻乐，无子为名又买春。自笑匡时好才调，被天强派作诗人。"

三星今夕赋绸缪[一]，艳福如君未易修。
无酒可令消块垒[二]，有乡端合住温柔[三]。
熏香被底甘同梦，却扇[四]灯前伫敛羞。
为语龙丘老居士[五]，手中藜杖莫轻投。

注释：
[一] 绸缪：缠绕，捆束，犹缠绵也。《诗经·唐风·绸缪》："绸缪束薪，三星在天。"毛传："三星，参也。"郑玄笺："三星，谓心星也。"
[二] 南朝宋刘义庆《世说新语·任诞》："阮籍胸中垒块，故须酒浇之。"
[三] 汉伶玄《赵飞燕外传》："是夜进合德，帝大悦，以辅属体，无所不靡，谓为温柔乡。谓嬺曰：'吾老是乡矣，不能效武皇帝求白云乡也。'"
[四] 却扇：古代行婚礼时新妇用扇遮脸，交拜后去之。
[五] 龙丘老居士：宋代陈慥，字季常，号龙丘居士，苏轼好友。参宋苏轼《寄吴德仁兼简陈季常》。

题黄毓春翁竹林隐居图二首[一]

大好书声与竹声，弄成林下十分清。
也曾漱石坚吾齿[二]，久已浮云看世情[三]。
黄卷有缘娱暮景，朱门无梦信平生。
德公三月春风力，桃李欣欣并向荣。

注释：
[一] 梅健行《题黄毓春先辈竹林隐居图》："竹石莲溪夙有缘，先生遗像小神仙。授徒训俗终身业，丫髻春风两洞天。一卷经书留手泽，七贤心事作家传。披图欲访林深处，古道照人尚宛然。"
[二] 漱石：隐逸闲居。南朝宋刘义庆《世说新语·排调》："孙子荆年少时欲隐，语王武子当枕石漱流，误曰漱石枕流。王曰：'流可枕，石可漱乎？'孙曰：'所以枕流，欲洗其耳；所以漱石，欲砺其齿。'"
[三] 唐王维《酌酒与裴迪》："世事浮云何足问，不如高卧且加餐。"唐贾至《巴陵夜别王八员外》："世情已逐浮云散，离恨空随江水长。"

　　自耽泉石乐乎天，水月襟怀信皎然。
　　差比神仙刚一半[一]，若论弟子近三千[二]。
　　读书志岂求温饱，砺节心常在圣贤[三]。
　　愧我披图消俗虑，幽篁深处袅茶烟。

注释：
[一] 差比神仙刚一半：差似半仙。
[二] 《史记·孔子世家》："孔子以诗书礼乐教，弟子盖三千焉。"
[三] 《朱子家训》："读书志在圣贤，非徒科第。"明钟芳《龙泉书院》："读书岂为图温饱，万事无如读书好。"

题梅健行[一]先生汀江钓叟图四首

　　故里归来束缚宽，汀江斜日照鱼竿。
　　从渠与世争蜗角[二]，到此随天付鼠肝[三]。
　　已把烟云看富贵[四]，何妨丘壑任盘桓。
　　绿蓑青箬须眉古[五]，阿堵神传画里看[六]。

注释：
[一] 梅健行（1883—1959），号梅村，又号汀江钓叟，广东台山端芬六乡北安村人。早年从学于赵鲁庵，同盟会会员。宣统三年（1911）毕业于广

东法政学堂。民国十年（1921）任台山教育科长兼县政府秘书。民国十六年（1927）任端芬学校校长。随后转入新闻界，曾任《日新报》《舆论报》编辑。民国二十年（1931）年起主编《新宁杂志》至去世。1956年任台山县政协常委、第二届人大代表。生平参见谭伯韶编《台山近百年诗选》。

［二］争蜗角：比喻因细小之事而引起争斗。《庄子·则阳》："有国于蜗之左角者曰触氏，有国于蜗之右角者曰蛮氏，时相与争地而战，伏尸数万，逐北旬有五日而后反。"

［三］鼠肝：比喻极微贱之物。《庄子·大宗师》："以汝为鼠肝乎？以汝为虫臂乎？"宋陆游《初春遣兴三首》其二："人方得意矜蜗角，天岂使予为鼠肝。"

［四］《论语·述而》："不义而富且贵，于我如浮云。"

［五］唐张志和《渔歌子》："西塞山前白鹭飞，桃花流水鳜鱼肥。青箬笠，绿蓑衣，斜风细雨不须归。"

［六］阿堵：这个。《晋书·文苑传·顾恺之》："恺之每画人成，或数年不点目睛。人问其故，答曰：'四体妍蚩，本无关于妙处，传神写照，正在阿堵中。'"

　　　　白蘋红蓼景萧疏，添个烟波老钓徒。
　　　　人物写真宜小李[一]，鱼虾为侣学髯苏[二]。
　　　　眼中陵谷[三]殊今昔，身外功名付有无[四]。
　　　　鲈脍味饶[五]春酿美，漫从詹尹[六]问前途。

注释：

［一］小李：唐画家李昭道，人称"小李将军"，擅长青绿山水。

［二］髯苏：宋苏轼，《前赤壁赋》："况吾与子渔樵于江渚之上，侣鱼虾而友麋鹿，驾一叶之扁舟，举匏樽以相属。"

［三］陵谷：丘陵和山谷。亦喻世事沧桑变化。

［四］南唐冯延巳《金错刀》其一："只销几觉懵腾睡，身外功名任有无。"

［五］鲈脍味饶：南朝宋刘义庆《世说新语·识鉴》："张季鹰辟齐王东曹掾，在洛，见秋风起，因思吴中菰菜羹、鲈鱼脍，曰：'人生贵得适意尔，何能羁宦数千里以要名爵？'遂命驾便归。俄而齐王败，时人皆谓为见机。"

［六］詹尹：古卜筮者。《楚辞·卜居》："心烦虑乱，不知所从。乃往见太卜郑詹尹。"

芒鞋野服率天真，真觉无官轻一身[一]。
是处钓游仍故我，名缰[二]羁勒又何人。
撑胸未改虞翻[三]骨，污面宁堪庾亮尘[四]。
好与沙鸥交莫逆，生涯从寄水之滨[五]。

注释：

[一] 宋苏轼《借前韵贺子由生第四孙斗老》："无官一身轻，有子万事足。"

[二] 名缰：功名的缰绳。因功名能束缚人，故称。汉东方朔《与友人书》："不可使尘网名缰拘锁，怡然长笑，脱去十洲三岛，相期拾瑶草，吞日月之光华，共轻举耳！"

[三] 虞翻：三国时吴人，经学家。《三国志》注引《虞翻别传》："翻放弃南方，云'自恨疏节，骨体不媚，犯上获罪，当长没海隅，生无可与语，死以青蝇为吊客，使天下一人知己者，足以不恨。'"唐韩愈《韶州留别张端公使君》："久钦江总文才妙，自叹虞翻骨相屯。"

[四] 庾亮尘：南朝宋刘义庆《世说新语·轻诋》："庾公权重，足倾王公（王导）。庾在石头，王在冶城坐。大风扬尘，王以扇拂尘曰：'元规尘污人！'"

[五] 此句化用鸥盟之典。

菱角鸡头[一]几折磨，儒冠终古羡渔蓑。
逍遥也似天随子[二]，富贵何殊春梦婆[三]。
容易烟霞成痼疾[四]，等闲块垒付狂歌[五]。
一竿只合芦中老，世路如今尽网罗。

注释：

[一] 菱角鸡头：菱角磨作鸡头，喻困难波折很多。宋陆游《书斋壁》诗："平生忧患苦萦缠，菱刺磨成芡实圆。"自注："俗谓困折多者谓菱角磨作鸡头。"

[二] 天随子：唐代诗人陆龟蒙的别号。陆龟蒙《甫里先生传》："性不喜与俗人交，虽诣门不得见也。不置车马，不务庆吊。……或寒暑得中，体佳无事时，则乘小舟，设篷席，赍一束书、茶灶、笔床、钓具、棹船郎而已。所诣小不会意，径还不留，虽水禽决起、山鹿骇走之不若也。人谓之江湖散人。"

[三] 宋赵令畤《侯鲭录》卷七："东坡老人在昌化，尝负大瓢，行歌于田间。有老妇年七十，谓坡曰：'内翰昔日富贵，一场春梦。'坡然之。里人呼此媪为春梦婆。"
[四]《旧唐书·隐逸传·田游岩》："臣泉石膏肓，烟霞痼疾，既逢圣代，幸得逍遥。"
[五] 等闲：随便。块垒：比喻胸中郁结的愁愤。南朝宋刘义庆《世说新语·任诞》："阮籍胸中垒块，故须酒浇之。"

祖逖渡江三首[一]

丈夫慷慨济时艰，不扫胡尘誓不还。
击楫已成过去事，英风犹被大江间[二]。

注释：

[一] 诗当作于抗日战争时期。
[二]《晋书·祖逖传》："（逖）仍将本流徙部曲百余家渡江，中流击楫而誓曰：'祖逖不能清中原而复济者，有如大江！'"

誓平胡乱涤腥风，气贯云霄定化虹[一]。
嗣响更无人击楫，大江帆影自西东。

注释：

[一]《史记·鲁仲连邹阳列传》："臣闻忠无不报，信不见疑，臣常以为然，徒虚语耳。昔者荆轲慕燕丹之义，白虹贯日，太子畏之。"

慷慨过江吞羯胡[一]，誓将收复旧舆图[二]。
生当乱世成名易，祖逖流风起懦夫。

注释：

[一] 羯胡：泛指北方外族。《魏书·羯胡石勒传》："其先匈奴别部，分散居于上党、武乡、羯室，因号羯胡。"
[二] 舆图：疆土。

《十二美人图》咏

西子苎萝江浣纱

纤纤素手浣纱柔,大好红颜映碧流。
天为苎萝[一]留韵事,江干桃李亦千秋。

注释:
[一] 苎萝:浙江诸暨之山名,相传西施为苎萝山鬻薪者之女。《吴越春秋·勾践阴谋外传》:"乃使相者国中,得苎萝山鬻薪之女曰西施、郑旦。"李白《西施》:"西施越溪女,出自苎萝山。秀色掩今古,荷花羞玉颜。浣纱弄碧水,自与清波闲……一破夫差国,千秋竟不还。"

虞姬楚帐舞剑

散楚歌声四面催[一],英雄儿女总堪哀。
今宵休舞灯前剑,怕忆鸿门往事[二]来。

注释:
[一] 用四面楚歌典。《史记·项羽本纪》:"项王军壁垓下,兵少食尽,汉军及诸侯兵围之数重。夜闻汉军四面皆楚歌,项王乃大惊,曰:'汉皆已得楚乎?是何楚人之多也!'"唐胡曾《咏史诗·乌江》:"争帝图王势已倾,八千兵散楚歌声。"
[二] 鸿门往事:指楚汉相争之往事。楚汉相争,项羽驻军并会宴刘邦于鸿门。

风云龙虎不须提,剑影寒时夜色凄。
留得拔山歌一阕,千秋气节说虞兮[一]。

注释：

[一] 虞兮：项羽姬妾虞姬。《史记·项羽本纪》："项王则夜起，饮帐中。有美人名虞，常幸从；骏马名骓，常骑之。于是项王乃悲歌慷慨，自为诗曰：'力拔山兮气盖世，时不利兮骓不逝。骓不逝兮可奈何，虞兮虞兮奈若何！'歌数阕，美人和之。项王泣数行下，左右皆泣，莫能仰视。"

酒杯泛绿烛摇红，剑气寒生楚帐风。
贱妾无聊甘一死，九原留面见重瞳[一]。

注释：

[一] 重瞳：代指项羽。《史记·项羽本纪》："吾闻之周生曰'舜目盖重瞳子'，又闻项羽亦重瞳子。羽岂其苗裔邪？"

卓文君临邛贳酒[一]

红粉当炉艳帜张，醉翁浑欲倒衣裳[二]。
临邛酒味原多薄，出自文君手便香。

注释：

[一]《史记·司马相如列传》："相如与（文君）俱之临邛，尽卖其车骑，买一酒舍酤酒，而令文君当炉。相如身自著犊鼻裈，与保庸杂作，涤器于市中。"《西京杂记》卷二："司马相如，初与卓文君还成都。居贫愁懑，以所著鹔鹴裘，就市人阳昌贳酒，与文君为欢。既而文君抱颈而泣，曰：'我平生富足，今乃以衣裘贳酒。'遂相与谋于成都卖酒。"

[二] 倒衣裳：颠倒衣裳。《诗经·齐风·东方未明》："东方未明，颠倒衣裳。颠之倒之，自公召之。"

飞燕汉宫艳舞

昭阳[一]春冶晓妆新，戏舞轻盈掌上身[二]。
风里杨花差比拟，细腰难说楚宫人[三]。

注释：
[一] 昭阳：昭阳宫，汉宫殿名。
[二] 掌上身：相传汉成帝之后赵飞燕体态轻盈，能为掌上舞。
[三] 《荀子·君道》："楚庄王好细腰，故朝有饿人。"《韩非子·二柄》："楚灵王好细腰，而国中多饿人。"唐李商隐《碧瓦》："无双汉殿鬓，第一楚宫腰。"

昭君出塞和戎

和亲莫洗汉家羞，一曲琵琶万里愁[一]。
知否丹青玉成你[二]，不随纨扇早悲秋[三]。

注释：
[一] 晋石崇《王昭君词》序云："王明君者，本是王昭君，以触文帝讳改焉。匈奴盛，请婚于汉，元帝以后宫良家子昭君配焉。昔公主嫁乌孙，令琵琶马上作乐，以慰其道路之思。其送明君，亦必尔也。其造新曲，多哀怨之声。故叙之于纸云尔。"
[二] 丹青：画像。此句诗指昭君因没有贿赂画工，而被远嫁南匈奴王呼韩邪单于之事。《西京杂记》卷二："元帝后宫既多，不得常见。乃使画工图形，案图召幸之。诸宫人皆赂画工，多者十万，少者亦不减五万。独王嫱不肯，遂不得见。"
[三] 纨扇早悲秋：指汉班婕妤失宠于成帝，被抛弃之事。汉班婕妤《怨歌行》："新裂齐纨素，皎洁如霜雪。裁为合欢扇，团团似明月。出入君怀袖，动摇微风发。常恐秋节至，凉风夺炎热。弃捐箧笥中，恩情中道绝。"

貂蝉凤仪亭诉苦[一]

掬出芳心一片酸，温侯[二]怒发欲冲冠。
凤仪亭上佳人舌，抵作凌霜剑锷看[三]。

注释：
[一] 貂蝉是《三国演义》中的人物，中国古代四大美女之一，司徒王允家的

歌伎。貂蝉在凤仪亭向吕布哭诉被董卓霸占之苦，致使董、吕二人反目成仇，吕布暗中下了杀董卓的决心。

〔二〕温侯：吕布。

〔三〕参罗贯中《三国演义》第八回"王司徒巧使连环计，董太师大闹凤仪亭"："貂蝉手扯布曰：'妾今生不能与君为妻，愿相期于来世。'布曰：'我今生不能以汝为妻，非英雄也！'蝉曰：'妾度日如年，愿君怜而救之。'布曰：'我今偷空而来，恐老贼见疑，必当速去。'蝉牵其衣曰：'君如此惧怕老贼，妾身无见天日之期矣！'布立住曰：'容我徐图良策。'语罢，提戟欲去。貂蝉曰：'妾在深闺，闻将军之名，如雷灌耳，以为当世一人而已；谁想反受他人之制乎！'"

张丽华临春晓妆

晓妆艳绝隔帘窥〔一〕，灼灼长城目不移〔二〕。
怪道美人颜色好，景阳宫井〔三〕有胭脂。

注释：

〔一〕南朝宋刘义庆《世说新语·惑溺》："韩寿美姿容，贾充辟以为掾。充每聚会，贾女于青璅中看，见寿，说之。"唐李商隐《无题》诗之二："贾氏窥帘韩掾少，宓妃留枕魏王才。"

〔二〕灼灼：鲜明貌。《诗经·周南·桃夭》："桃之夭夭，灼灼其华。"长城：指可资倚重的人。目不移：指被其美貌所吸引。

〔三〕景阳宫井：景阳井，又称胭脂井。《韵语阳秋》卷五："陈后主起临春、结绮、望仙三阁，极其华丽。后主与张丽华、孔贵妃各居其一，与狎客赋诗，互相赠答，采其艳丽者被以新声，奢淫极矣。隋克台城，后主与张、孔坐观无计，遂俱入井，所谓胭脂井是也。"

杨玉环华清出浴

绿波灼灼出芙蕖，洛水〔一〕当年艳不如。
尚恐君王看不足〔二〕，东风轻为飏罗裙。

注释：

〔一〕洛水：指洛水神女宓妃。魏曹植《洛神赋》："迫而察之，灼灼芙蕖出绿波。"
[二] 唐白居易《长恨歌》："缓歌慢舞凝丝竹，尽日君王看不足。"

　　　　赐浴华清恩眷隆[一]，玉环颜色冠唐宫。
　　　　而今野老谈天宝，剩水依然有落红。

注释：
[一] 唐白居易《长恨歌》："春寒赐浴华清池，温泉水滑洗凝脂。侍儿扶起娇无力，始是新承恩泽时。云鬓花颜金步摇，芙蓉帐暖度春宵。"

崔莺莺[一]西厢待月

　　　　闷倚西厢送夕晖，相思一刻减腰围[二]。
　　　　黄昏鸟宿禅房寂，独怪蟾宫[三]尚掩扉。

注释：
[一] 崔莺莺：《西厢记》主人公，崔相国之女，后与书生张珙恋爱，终成眷属。
[二] 元王实甫《长亭送别》："意似痴，心如醉，昨宵今日，清减了小腰围。"
[三] 蟾宫：蟾宫客，诗指张生。

梁红玉[一]击鼓破金兵

　　　　桴鼓声中敌胆催，夫人腕底起风雷。
　　　　千年史册称韩岳[二]，娖妮[三]将军入画来。

注释：
[一] 梁红玉：南宋抗金女英雄，韩世忠妻子。曾在与金军长江大战中，亲自擂鼓助战退敌，名震天下。
[二] 韩岳：韩世宗、岳飞。
[三] 娖妮：娴静美好貌。《红楼梦》第七八回："（恒公）遂超拔林四娘统辖诸姬，又呼为'娖妮将军'。"

陈园园[一]歌筵进酒

倾座新声莺比喉,红牙细按唱梁州[二]。
捧觞别有撩人处,未饮偏能辞粉侯[三]。

注释:

[一] 陈园园:陈圆圆,明末秦淮八艳之一,吴三桂妾。
[二] 倾座:倾动全座之人。唐杜甫《李监宅》:"一见能倾座,虚怀只爱才。"莺比喉:比莺喉。梁州:乐曲名,亦作"凉州"。《乐府诗集·近代曲辞一·凉州》引《乐苑》曰:"《凉州》,宫调曲。开元中,西凉府都督郭知运进。"又引《乐府杂录》曰:"《梁州曲》,本在正宫调中,有大遍小遍。至贞元初,康昆仑翻入琵琶玉宸宫调,初进曲在玉宸殿,故有此名。"
[三] 粉侯:诗指吴三桂。《续资治通鉴·宋哲宗绍圣四年》:"俗谓驸马都尉为粉侯。"

香妃[一]春郊试猎

宝马雕弓赛健男,春坰试猎晚风酣。
旧恩不为新恩夺,眼角眉梢恨尚含[二]。

注释:

[一] 香妃:相传为新疆回部酋长霍集占的王妃。后来回部叛乱,霍集占被清廷诛杀,将军兆惠将香妃生擒送与乾隆。但香妃性格刚烈,誓死不从乾隆,最后被太后赐死。
[二] 毛泽东《贺新郎·别友》:"眼角眉梢都似恨,热泪欲零还住。"

魏　武　帝[一]

破袁灭吕[二]扫青幽,魏武囊将括九州。
不待二乔[三]锁铜雀,当时气已夺孙刘[四]。

注释：

[一] 魏武帝：曹操。
[二] 破袁灭吕：指打败袁术、袁绍、吕布诸人。
[三] 二乔：大乔（孙策妻）、小乔（周瑜妻）。唐杜牧《赤壁》："折戟沉沙铁未销，自将磨洗认前朝。东风不与周郎便，铜雀春深锁二乔。"
[四] 孙刘：孙权和刘备。

温 泉 游 泳

不断辚辚[一]车马尘，临流皆欲洁其身。
出山泉水休云浊[二]，世上趋炎[三]大有人。

注释：

[一] 辚辚：车行声。唐杜甫《兵车行》："车辚辚，马萧萧，行人弓箭各在腰。"
[二] 唐杜甫《佳人》："在山泉水清，出山泉水浊。"
[三] 趋炎：诗意双关。

西子浣纱二首

纱浣朝朝越水滨，红颜那肯任埋湮。
亡吴毕竟功谁属，应把黄金铸美人[一]。

注释：

[一] 黄金铸：《国语·越语下》："王命金工以良金写范蠡之状而朝礼之，浃日而令大夫朝之，环会稽三百里者以为范蠡地。"唐司马扎《美刘太保》："论道复论功，皆可黄金铸。"唐李白《西施》："西施越溪女，出自苎萝山。秀色掩今古，荷花羞玉颜。浣纱弄碧水，自与清波闲。皓齿信难开，沉吟碧云间。勾践征绝艳，扬蛾入吴关。提携馆娃宫，杳渺讵

可攀。一破夫差国，千秋竟不还。"

浣纱才罢上苏台[一]，香泽犹存越水隈。
是处女郎皆似玉，争教范蠡不重来。

注释：
[一] 苏台：姑苏台。相传为春秋时吴王阖庐所筑，夫差于台上立春宵宫，作长夜之饮。

苦　　夏

炎蒸五内竟如焚[一]，岸帻[二]依然汗雨纷。
谁谓老农偏耐苦，戴将红日事耕耘。

注释：
[一] 五内：五脏。此句用"五内如焚"成语。
[二] 岸帻：推起头巾，露出前额。汉孔融《与韦端书》："闲僻疾动，不得复与足下岸帻广坐，举杯相于，以为邑邑。"

美人晓妆二首

残月犹明露未干，妆成高髻有龙蟠。
此时迟付并州剪，留与檀郎[一]作镜看。

注释：
[一] 檀郎：晋潘安小字檀奴，姿仪秀美，后以檀郎为夫婿或美男子的代称。

平明流洗绮窗前，一度妆成几度怜。
万里征夫归未得，花容毕竟为谁妍[一]。

注释：

[一]《卫风·伯兮》："自伯之东，首如飞蓬。岂无膏沐，谁适为容？"《战国策·赵策一》："嗟乎！士为知己者死，女为悦己者容。"宋辛弃疾《醉翁操·长松》："女无悦己，谁适为容。"

春　耕

及春甘雨足郊原，夫出耘田妇馈飧[一]。
但愿官租催莫急，不劳高唱救农村。

注释：

[一] 馈飧：进献饭食。

旧作失题意是五十年前由羊城回至大江赠蔡其俊[一]

鸡黍[二]留人齿颊芬，多年风雨感离群。
侧身[三]天地常看剑，落魄江湖贱卖文。
放浪形骸频笑我[四]，轮囷肝胆最怜君[五]。
别来无慰堪相告，赢得狂名署懒云[六]。

注释：

[一] 此诗录自李道旋《寒山读书草堂应徵文摘录》，同卷该诗后一首诗为程坚甫《1979年旧历十一月廿六日，道旋四子景常结婚，我赠一红色面盆，附录七绝诗一首》，据题目"五十年前"云云，该诗大概作于1929年。
[二] 鸡黍：丰盛的饭菜。语本《论语·微子》："止子路宿，杀鸡为黍而食之。"唐孟浩然《过故人庄》："故人具鸡黍，邀我至田家。"
[三] 侧身：置身。唐杜甫《将赴成都草堂途中有作先寄严郑公》其五："侧身天地更怀古，回首风尘甘息机。"

［四］晋王羲之《兰亭集序》："或取诸怀抱，悟言一室之内；或因寄所托，放浪形骸之外。"
［五］轮囷：高大貌。唐韩愈《赠别元十八协律六首》其四："穷途致感激，肝胆还轮囷。"
［六］作者注："懒云是我当时别名。"

秋夜怀亡友蔡其俊四首

记曾昕夕共盘桓，每为论诗到漏残。
书卷自多名教乐[一]，笠车[二]期作古人看。
曾因阔别牵魂梦，无奈高飞铄羽翰[三]。
臣朔只今饥欲死[四]，更谁推解[五]慰寒酸。

注释：

［一］名教：诗书礼教。南朝宋刘义庆《世说新语·德行》："王平子、胡毋彦国诸人，皆以任放为达，或有裸体者。乐广笑曰：'名教中自有乐地，何为乃尔也？'"宋司马光《题杨中正供奉洗心堂》："雅知名教乐，深笑宴游非。"

［二］笠车：指车笠之交。《太平御览》卷四〇六引晋周处《风土记》："越俗性率朴，意亲好合，即脱头上手巾，解要间五尺刀以与之为交，拜亲跪妻，初定交有礼……祝曰：'卿虽乘车我戴笠，后日相逢下车揖；我虽步行卿乘马，后日相逢卿当下。'"

［三］羽翰：翅膀。南北朝何逊《赠韦记室黯别诗》："无因生羽翰，千里暂排空。"

［四］臣朔：汉代东方朔。《汉书·东方朔传》："侏儒长三尺余，俸一囊粟，钱二百四十。臣朔长九尺余，亦俸一囊粟，钱二百四十。侏儒饱欲死，臣朔饥欲死。"

［五］推解：典出《史记·淮阴侯列传》："汉王授我上将军印，予我数万众，解衣衣我，推食食我，言听计用，故吾得以至于此。"

异乡孤馆共栖迟，读史灯前共析疑[一]。
拼罢晨炊犹品茗，恐惊邻梦戒哦诗。
一回头处成陈迹，再觌面时无后期。
怕向黄公炉[二]下过，人天遥隔恨何之。

注释：
[一] 晋陶渊明《移居二首》其一："奇文共欣赏，疑义相与析。"
[二] 黄公炉：当作"黄公垆"。典出南朝宋刘义庆《世说新语·伤逝》："王濬冲为尚书令，著公服，乘轺车，经黄公酒垆下过，顾谓后车客：'吾昔与嵇叔夜、阮嗣宗共酣饮于此垆，竹林之游，亦预其末。自嵇生天、阮公亡以来，便为时所羁绁。今日视此虽近，邈若山河。'"

最后佗城[一]共一樽，廿年朋旧尚如新。
相逢俱作他乡客，小别翻成隔世人[二]。
消息乍闻疑不实，聪明非福看来真[三]。
凭谁更剪西窗烛，风雨鸡鸣独怆神[四]。

注释：
[一] 佗城：南越国君赵佗城，即广州。
[二] 唐王勃《滕王阁序》："萍水相逢，尽是他乡之客。"宋苏轼《与谢民师推官书》："自还海北，见平生亲旧，惘然如隔世人。"
[三] 宋苏轼《洗儿》："人皆养子望聪明，我被聪明误一生。"
[四] 唐李商隐《夜雨寄北》："何当共剪西窗烛，却话巴山夜雨时。"《诗经·郑风·风雨》："风雨如晦，鸡鸣不已。"

尚欠坟前酒一杯，论交总角忆年才[一]。
弃商学律君何补，节食添书我亦呆。
旧地拾尘浑似梦，大江流水有余哀。
夜阑几点酸辛泪，欲寄西风洒夜台[二]。

注释：
[一] 总角：诗指童年。论交总角忆年才：即论交忆年才总角。
[二] 夜台：指阴间。

读台城复兴报谢养公[一]赠女侍陈巧云诗戏题其后四首

缣素何劳问故夫,残声犹续采蘼芜[二]。
频伽[三]不是人间鸟,收泪纵横莫眼枯[四]。

注释:
[一] 谢养公:谢养初,生平不详。
[二] 汉代佚名《上山采蘼芜》:"上山采蘼芜,下山逢故夫。长跪问故夫,新人复何如?……织缣日一匹,织素五丈余。将缣来比素,新人不如故。"
[三] 频伽:迦陵频伽的省称,妙音鸟也。此鸟鸣声清脆悦耳,佛经谓常在极乐净土。唐段成式《酉阳杂俎》:"频伽,共命鸟,一头两身。"
[四] 唐杜甫《新安吏》:"莫自使眼枯,收汝泪纵横。"

零落胭脂有泪痕[一],护花无使亦无幡[二]。
何期小谢余霞句[三],题到当垆犊鼻裈[四]。

注释:
[一] 唐白居易《后宫词》:"三千宫女胭脂面,几个春来无泪痕。"
[二] 《太平广记·崔玄微》:"阿措曰:'但处士每岁岁日,与作一朱幡,上图日月五星之文,于苑东立之,则免难矣。今岁已过,但请至此月二十一日,平旦微有东风,即立之。庶夫免患也。'玄微许之。乃齐声谢曰:'不敢忘德。'拜而去。……依其言,至此日立幡。是日东风振地,自洛南折树飞沙,而苑中繁花不动。"
[三] 小谢余霞句:指谢养公赠女侍诗。南北朝谢朓《晚登三山还望京邑》:"余霞散成绮,澄江静如练。"
[四] 当垆犊鼻裈:诗指女侍。《汉书·司马相如传上》:"相如身自著犊鼻裈。"王先谦补注:"但以蔽前,反系于后,而无裤裆,即吾楚所称围裙是也。"

美人名士是耶非，迟暮相逢愿已违[一]。
应是诗情无着处，偏怜孔雀[二]东南飞。

注释：

[一] 唐张籍《节妇吟》："还君明珠双泪垂，恨不相逢未嫁时。"宋李清照《青玉案》："相逢各自伤迟暮，犹把新诗诵奇句。"
[二] 孔雀：诗指女侍陈巧云。

镜合钗分[一]总有因，前尘似梦漫沾巾。
诗翁老去怜香切，要呕心肝[二]赠美人。

注释：

[一] 镜合钗分：指夫妻离合聚散。唐白居易《长恨歌》："惟将旧物表深情，钿合金钗寄将去。钗留一股合一扇，钗擘黄金合分钿。但教心似金钿坚，天上人间会相见。"
[二] 唐李商隐《李贺小传》："（李贺）背一古破锦囊，遇有所得，即书投囊中。及暮归，太夫人使婢受囊出之，见所书多，辄曰：'是儿要当呕出心始已耳。'"宋罗大经《鹤林玉露》卷九："夫以诗为学，自唐以来则然，如呕出心肝，掏攫胃肾，此生精力尽于诗者，是诚弊精神于无用矣。"

戏赠陈巧云二首

莫乞春阴护海棠[一]，花难相对叶相当[二]。
诸公尚有诗如锦，抵作缠头赠女郎[三]。

注释：

[一] 宋陆游《花时遍游诸家园》："为爱名花抵死狂，只愁风日损红芳。绿章夜奏通明殿，乞借春阴护海棠。"
[二] 汉宋子侯《董娇饶诗》："洛阳城东路，桃李生路旁。花花自相对，叶叶自相当。"
[三] 古代歌舞艺人演毕，客以罗锦为赠，置之头上，谓之"锦缠头"。唐杜

甫《即事》:"笑时花近眼,舞罢锦缠头。"

徙倚西南一角楼,轻罗袖薄易悲秋。
砌将血泪成诗句,合使重泉李杜[一]愁。

注释:
[一] 重泉李杜:指九泉之下的李白与杜甫。

月下吟成分赠四首

华楼处处绮筵开,对月何人不举杯。
未免无诗负佳节,老娘惟恐倒绷孩[一]。
(自赠)

注释:
[一] 倒绷孩:比喻对素所熟习之事一时失手,犯了不该有的错误。宋魏泰《东轩笔录》卷七:"苗振以第四人及第,既而召试馆职。一日,谒晏丞相,晏语之曰:'君久从吏事,必疏笔砚,今将就试,宜稍温习也。'振率然答曰:'岂有三十年为老娘,而倒绷孩儿者乎!'"

回阑徙倚独眠迟,月姊[一]分明有怨词。
碧海青天空夜夜[二],更无人解慰相思。
(赠陈巧云)

注释:
[一] 月姊:月中仙子。唐李商隐《楚宫二首》其二:"月姊曾逢下彩蟾,倾城消息隔重帘。"
[二] 唐李商隐《嫦娥》:"嫦娥应悔偷灵药,碧海青天夜夜心。"

看月知谁得月先,横空秋色入吟笺。
诗翁竟枉抛心血,争奈嫦娥爱少年。
(赠谢荞公)

每每秋色到台城，檀板金樽闹月明。
怪有诗人吟独苦，高低断续不成声。

（赠余厚波）

夏初服务盐业公会偶成二首

世路崎岖历历经，支撑口腹日劳形[一]。
寄生家国知无补，窃食文章尚有灵。
岁不宽人头渐白，天能容我眼终青[二]。
楼居近水洵幽雅，半世驱驰得暂宁。

注释：
[一] 口腹：饮食。宋陆游《醉中歌》："悠然一饱自笑愚，顾为口腹劳形躯。"
[二] 岁不宽人：岁月不饶人意。眼终青：指其得人举荐任广东省盐业公会秘书事。

聪明人反羡痴呆，造物玄冥[一]理莫清。
一席位能安置我，十年事悔倒绷孩[二]。
开窗风引花香入，扑户山将翠色来。
蝼蚁王侯从命限[三]，该应怀抱暂时开。

注释：
[一] 玄冥：深远幽寂。
[二] 倒绷孩：参《月下吟成分赠四首》诗注。
[三] 唐杜甫《谒文公上方》："王侯与蝼蚁，同尽随丘墟。"

台城再度沦陷逃难纪实

三三[一]痛未定，倭兽再来寇。

初闻据溽城，倏又占海口[二]。
抗战未三日，台城旋失守。
曾不旋踵间，枪声起左右。
倭兽肆残暴，杀戮无良莠[三]。
自忘蝼蚁贱，随众仓惶走。
岂不惜青毡[四]，亦复珍敝帚。
狼狈复狼狈，直类丧家狗[五]。
望门暂投止[六]，昏夜寻戚旧。
牵茨[七]藉地眠，好梦觅何有。
农家屋湫隘[八]，未容展身手。
小儿溺于旁，巨牛喘其后。
岂敢嫌芜秽，视同安乐薮。
抚心窃自念，逆来当顺受。
天幸不绝人，乱离或不久。
果然十天内，兽蹄不留逗。
消息乍传闻，如饮香醇酒。
又如患沉疴，乍获神针灸。
怡然归故里，荆妻伫门首。
门庭不改风，山川依旧秀。
何时天厌乱，殪[九]彼跳梁丑。
共作太平人，击壤歌[十]畎亩。

注释：

[一] 三三：1941年三月初三（公历3月30日）是台城第一次沦陷日，同年九月二十日（公历11月8日），台城再度沦陷，此诗大概作于此时。

[二] 溽城：今广东台山广海。海口：今广东台山端芬海口埠。

[三] 无良莠：无论好人与坏人。

[四] 青毡：故园旧业。唐杜甫《与任城许主簿游南池》："晨朝降白露，遥忆旧青毡。"

[五] 《史记·孔子世家》："孔子适郑，与弟子相失，孔子独立郭东门。郑人或谓子贡曰：'东门有人，其颡似尧，其项类皋陶，其肩类子产，然自要以下不及禹三寸，累累若丧家之狗。'"

[六] 语本《后汉书·党锢传·张俭》："俭得亡命，困迫遁走，望门投止，莫不重其名行，破家相容。"王先谦集解："《通鉴》胡注：'望门而投之，

以求止舍，困急之甚也。'王幼学云：'窘迫之中，见门即投归而止宿，求隐匿也。'"

[七] 茨：茅草。
[八] 湫隘：低下狭小。《左传·昭公三年》："初，景公欲更晏子之宅，曰：'子之宅近市，湫隘嚣尘，不可以居，请更诸爽垲者。'"
[九] 殪：死。
[十] 击壤歌：汉王充《论衡·艺增》："有年五十击壤于路者，观者曰：'大哉，尧德乎！'击壤者曰：'吾日出而作，日入而息，凿井而饮，耕田而食，尧何等力！'"

台城光复后闻好喋在乡遇害

惊闻饮弹野横尸，噩耗传来信不疑。
一霎便归新鬼录，九原休作打油诗。
台山守土非无责，岛国犁庭[一]会有期。
可以慰君湘北捷[二]，复兴民族奠初基。

注释：

[一] 犁庭：消灭，扫平。语本《汉书·匈奴传下》："固已犁其庭，扫其闾，郡县而置之。"
[二] 湘北捷：当指1941年第二次长沙会战，此年10月日军全部退回新墙河以北，中国军队收复全部失地，恢复会战前态势。

乱后归来颇以浇花自乐

疏林暝色欲归鸦，独倚危阑待月华。
忘却经旬离乱事[一]，晓来更勺水浇花。

注释：

[一] 离乱事：指台城陷落事。

哀香江^[一] 二首

鲤鱼翻海^[二]是耶非，依旧炉峰^[三]插翠微。
笙管豪华消昨梦，风雷浩劫昧先机。
覆巢那得求完卵^[四]，困兽终难语突围。
回首洋场如蜃幻^[五]，层峦飞阁记依稀。

注释：

[一] 香江：香港，1941年12月沦陷。
[二] 鲤鱼翻海：喻日军侵华之战。香港沦陷前曾有谶语"鲤鱼有日翻洋海，百载繁华一梦消"流传。
[三] 炉峰：香炉峰，即太平山，位于香港岛西部，海拔554米，是香港岛第一高峰。
[四] 用"覆巢之下，焉有完卵"之意。
[五] 蜃幻：像海市蜃楼一样虚幻。

蓦地胡尘卷土来，血腥重染宋王台^[一]。
古今有恨难淘浪，兴废无凭剩劫灰^[二]。
二虎门空潮寂寞，九龙城死堞摧隤^[三]。
百年顿醒繁华梦，猿鹤虫沙^[四]尽可哀。

注释：

[一] 宋王台：位于香港九龙，为纪念南宋皇帝宋端宗赵昰及其弟赵昺被元朝军队追逼，南逃流亡至此而建。
[二] 劫灰：劫火后的余灰，喻战乱。南朝梁慧皎《高僧传·译经上·竺法兰》："昔汉武穿昆明池底，得黑灰，以问东方朔。朔云：'不委，可问西域人。'后法兰既至，众人追以问之，兰云：'世界终尽，劫火洞烧，此灰是也。'"
[三] 二虎门：未知何指。九龙城：香港九龙城寨。1941年至1945年，日军占领香港期间，为了扩建启德机场的明渠，将九龙城寨的城墙全部拆

毁。摧殨：摧折，败亡。唐元稹《有酒十章》其六："东风吹尽南风来，莺声渐涩花摧殨。"
[四] 猿鹤虫沙：指战死沙场。《艺文类聚》卷九十引晋葛洪《抱朴子》："周穆王南征，一军尽化，君子为猿为鹤，小人为虫为沙。"

哭堂兄遇鳞

堂上弟兄能几时，罡风吹折树连枝[一]。
恨无海外回生药[二]，剩有人间堕泪碑[三]。
千古牛山嗟泯没[四]，十年羊石[五]忆追随。
沧桑变幻今殊昔，家运何堪话盛衰。

注释：
[一] 旧题汉苏武《诗》之一："况我连枝树，与子同一身。"唐鲍溶《秋思三首》其二："风折连枝树，水翻无蒂萍。"
[二] 海外回生药：《史记·秦始皇本纪》："方士徐市等入海求神药，数岁不得。"
[三] 堕泪碑：典出《晋书·羊祜列传》："襄阳百姓于岘山祜平生游憩之所建碑立庙，岁时飨祭焉。望其碑者莫不流涕，杜预因名为堕泪碑。"
[四]《晏子春秋·谏上十七》："景公游于牛山，北临其国城而流涕曰：'若何滂滂去此而死乎？'"
[五] 羊石：指羊昙及谢安（字安石），典出《晋书·谢安传》："羊昙者，太山人，知名士也，为安所爱重。安薨后，辍乐弥年，行不由西州路。尝因石头大醉，扶路唱乐，不觉至州门。左右白曰：'此西州门。'昙悲感不已，以马策扣扉，诵曹子建诗曰：'生存华屋处，零落归山丘。'恸哭而去。"

赠汤褒公[一]二首

压线[二]蓬门肯自媒，高丘千载屈原哀[三]。
玄空笺解无余子[四]，赤水珠遗[五]有轶才。
和我诗声随击砵[六]，泥人[七]茶话乐衔杯。
梁园荒尽邹枚老[八]，往事宁堪首一回。

注释：

[一] 汤褒公：汤子褒，广东台山台城人。
[二] 压线：喻徒为别人辛苦忙碌。唐秦韬玉《贫女》："苦恨年年压金线，为他人作嫁衣裳。"
[三] 《楚辞·离骚》："忽反顾以流涕兮，哀高丘之无女。"王逸注："楚有高丘之山。女以喻臣。言己虽去，意不能已，犹复顾念楚国无有贤臣，心为之悲而流涕也。"
[四] 玄空：谓无形之道。南朝梁沈约《游沈道士馆》："所累非外物，为念在玄空。"李善注："《广雅》曰：'玄，道也。'然道体无形，故曰空。"金末元初元好问《论诗三十首》之十二："诗家总爱西昆好，独恨无人作郑笺。"
[五] 珠遗：遗失的珍珠，喻弃置未用的贤德之才。《庄子·天地》："黄帝游乎赤水之北，登乎昆仑之丘而南望。还归，遗其玄珠。"
[六] 击砵：当为击钵。《宋史·王僧孺传》："竟陵王子良尝夜集学士，刻烛为诗，四韵者则刻一寸，以此为率。文琰曰：'顿烧一寸烛，而成四韵诗，何难之有！'乃与令楷、江洪等共打铜钵立韵，响灭则诗成，皆可观览。"
[七] 泥人：缠人，惹人。宋方岳《送别史金》："夕阳随水去，春草泥人愁。"
[八] 梁园：西汉梁孝王修建的范围。邹枚：指邹阳、枚乘。《史记·司马相如列传》："司马相如者，蜀郡成都人也，字长卿。少时好读书，学击剑……事孝景帝，为武骑常侍，非其好也。会景帝不好辞赋，是时梁孝王来朝，从游说之士齐人邹阳、淮阴枚乘、吴庄忌夫子之徒，相如见而说之，因病免，客游梁。"

西园[一]佳处像田家,偷得些闲坐吃茶。
笑我劳形真似草[二],怜君妙舌欲翻花[三]。
姓名未说先惊座[四],诗句能奇便掩瑕。
天恐三台风雅绝,却容吾辈学涂鸦。

注释:
[一] 西园:陈中美注谓在台城市府西侧,是台山著名古园林,今毁作酒店。
[二] 《诗经·小雅·巷伯》:"骄人好好,劳人草草。"
[三] 五代王仁裕《开元天宝遗事·粲花之论》:"李白有天才俊逸之誉,每与人谈论,皆成句读,如春葩丽藻,粲于齿牙之下,时人号曰李白粲花之论。"
[四] 惊座:典出《汉书·游侠传·陈遵》:"(陈遵,字孟公)所到,衣冠怀之,唯恐在后。时列侯有与遵同姓字者,每至人门,曰陈孟公,坐中莫不震动,既至而非,因号其人曰陈惊座云。"

修时计和褒公并次韵

进行弗懈是吾师,省却巡檐验晷移[一]。
壮不如人宁守寂,疲于奔命莫嫌迟[二]。
他生休昧轮回事,此别犹多机会时。
仔细伐毛兼洗髓[三],偶然纰漏[四]未为痴。

注释:
[一] 巡檐:来往于檐前。晷:日影。
[二] 《烛之武退秦师》:"臣之壮也,犹不如人;今老矣,无能为也已。"《左传·成公七年》:"余必使尔罢于奔命以死。"
[三] 伐毛兼洗髓:涤除尘垢,脱胎换骨。
[四] 纰漏:错误疏失。

褒公邀往西濠饮茶，谈诗欢甚，归时竟忘去路，以诗纪之

旧雨[一]情殷唤吃茶，迷楼恍入帝王家。
刘郎[二]信是忘回棹，张使[三]何因错泛槎。
诗味熏人浑似醉，歧途误我只空嗟。
他时相值休相谑，世上原多开倒车。

注释：

[一] 旧雨：旧朋。唐杜甫《秋述》："常时车马之客，旧，雨来；今，雨不来。"
[二] 刘郎：指东汉刘晨。东汉刘晨、阮肇入天台山采药遇二仙女，得成夫妇。半年后回家探望，发现已过了七代。后又入山，两人不知所终，参南朝宋刘义庆《幽明录》。
[三] 张使：张骞。《太平御览》卷五十一引南朝梁宗懔《荆楚岁时记》曰："张骞寻河源，得一石，示东方朔，朔曰：'此石是天上织女支机石，何至于此？'"

悼亡兄仰可[一]

三生因果堕微茫，掩泣从今怕陟冈[二]。
一肚牢骚消薄槚[三]，五更风雨忆连床。
琴书典尽随身物，符诀虚传辟谷[四]方。
留得青山旧茅屋，九原犹可对高堂[五]。

注释：

[一] 仰可：程仰可，逝于1942年，名君嵩，台城城西洗布山人，作者之兄。擅丹青人像。此诗亦大概作于1942年。
[二] 《诗经·魏风·陟岵》："陟彼冈兮，瞻望兄兮。"

［三］薄椟：薄木棺材。
［四］辟谷：道家的一种修炼之术，谓可长生。《南史·隐逸传下·陶弘景》："弘景善辟谷导引之法，自隐处四十许年，年逾八十而有壮容。"
［五］九原：九泉。陈中美注此句谓留得祖屋在，死后亦对得起父母。

修时计第二唱仍用前韵

如君精细实堪师，标准谁教有改移。
沥沥［一］撩人声已寂，姗姗望尔步何迟。
同心一结终成错，旧好重修尚费时。
他日迎归休负约，鸡鸣戒旦［二］慰吾痴。

注释：
［一］沥沥：时钟走动之声。
［二］鸡鸣戒旦：天还没亮就起床。《诗经·齐风·鸡鸣序》："《鸡鸣》，思贤妃也。哀公荒淫怠慢，故陈贤妃贞女夙夜警戒相成之道焉。"

曲栏干上盆栽花木多种，皆予所爱，旦夕灌溉不辍。自入县城机关［一］服务，无暇及此，遂致大好秾华，相继凋谢。慨韶华之不再，嗟人事之靡常，率成是诗以志感慨。花神有知，其亦月明环佩姗姗来迟耶

先秋红紫已凋伤，回首春风欲断肠［二］。
花债未完难免恨，主人垂老尚怜香。
忙于升斗饥为祟，负却芳菲得不偿。
留与他年寻旧约，栏干斜倚看新妆［三］。

注释：
［一］县城机关：指台城的广东省盐业公会。
［二］唐罗隐《桃花》："尽日无人疑怅望，有时经雨乍凄凉。旧山山下还如

此,回首东风一断肠。"
[三] 唐李白《清平调词三首》其三:"名花倾国两相欢,长得君王带笑看。解释春风无限恨,沉香亭北倚阑干。"

夜吟和褒公作并次原韵

推敲月下费徘徊,裁句未成更漏催。
独自行吟频入瓮[一],三人对饮且停杯[二]。
星光堕砚毫生采,烛泪堆盘纸有灰。
乍获新稿还一笑,夜深犹幸不空回。

注释:

[一] 入瓮:喻受酷刑,诗指耽于苦吟。
[二] 唐李白《月下独酌》:"花间一壶酒,独酌无相亲。举杯邀明月,对影成三人。"

惆怅词三首

三生未了是情痴,心畔闲愁渐上眉[一]。
地老天荒犹有恨,月明花好又何时。
珠将解赠休还泪[二],叶倘通媒易得诗[三]。
今夜料应眠不得,怪他残漏故迟迟。

注释:

[一] 宋范仲淹《御街行·秋日怀旧》:"愁肠已断无由醉,酒未到,先成泪。残灯明灭枕头欹,谙尽孤眠滋味。都来此事,眉间心上,无计相回避。"
[二] 语本唐张籍《节妇吟寄东平李司空师道》:"君知妾有夫,赠妾双明珠。感君缠绵意,系在红罗襦。妾家高楼连苑起,良人执戟明光里。知君用心如日月,事夫誓拟同生死。还君明珠双泪垂,恨不相逢未嫁时。"
[三] 用唐宫女"红叶题诗"巧结良缘故事,见唐孟棨《本事诗·情感》:

"顾况在洛,乘间与三诗友游于苑中,坐流水上,得大梧叶题诗上曰:'一入深宫里,年年不见春。聊题一片叶,寄与有情人。'况明日于上游,亦题叶上,放于波中。诗曰:'花落深宫莺亦悲,上阳宫女断肠时。帝城不禁东流水,叶上题诗欲寄谁?'后十余日,有客来苑中寻春,又于叶上得诗,以示况。诗曰:'一叶题诗出禁城,谁人酬和独含情?自嗟不及波中叶,荡漾乘春取次行。'"

    早识寻春事不谐,爱丝终莫割予怀。
    信无旧约寄金钿[一],签可前知梦玉鞋[二]。
    秋夜渐长衾似水[三],伊人不见月当阶。
    新诗底用夸才调,怨恨分明纸上排。

注释:

[一] 唐白居易《长恨歌》:"惟将旧物表深情,钿合金钗寄将去。钗留一股合一扇,钗擘黄金合分钿。但教心似金钿坚,天上人间会相见。"

[二] 唐蒋防《霍小玉传》:"梦脱鞋,惊寤自解曰:'鞋者谐也,夫妇再合;脱者解也,既合而解,亦当永诀。'"唐王涣《惆怅诗十二首》其六:"薄倖檀郎断芳信,惊嗟犹梦合欢鞋。"

[三] 宋苏过《和范信中雪诗二首》其二:"布衾冷如水,敢效无鱼叹。"

    无缘何必寄情深,闷倚花阴又月阴[一]。
    隔院灯明春意闹,入秋人瘦夜寒侵。
    抽丝作茧如蚕缚,带泪成丝和蟀吟[二]。
    最恨五更帘外雨,一声声欲碎愁心[三]。

注释:

[一] 月阴:月影。

[二] 唐释智严《十二时》其四:"虚忙恰似采花蜂,自缚何殊蚕作茧。"唐李商隐《无题》:"春蚕到死丝方尽,蜡炬成灰泪始干。"

[三] 元马致远《双调·寿阳曲》:"渔灯暗,客梦回,一声声滴人心碎。孤舟五更家万里,是离人几行情泪。"唐李煜《浪淘沙令·帘外雨潺潺》:"帘外雨潺潺,春意阑珊,罗衾不耐五更寒。梦里不知身是客,一晌贪欢。"

懊恼词二首

爱河谁遣夜潮翻,雨打梨花添泪痕[一]。
长恨金铃[二]难尽力,竟教红粉有含冤。
焚琴并煮孤山鹤[三],叫月愁听三峡猿[四]。
苦我欲眠眠未得,霜横被冷壁灯昏。

注释:
[一] 唐白居易《长恨歌》:"玉容寂寞泪阑干,梨花一枝春带雨。"
[二] 金铃:典出五代王仁裕《开元天宝遗事·花上金铃》:"宁王日侍,好声乐,风流蕴藉,诸王弗如也。至春时,于后园中纫红丝为绳,密缀金铃,系于花梢之上。每有鸟鹊翔集,则令园吏掣铃索以惊之,盖惜花之故也。"
[三] 唐李商隐《义山杂纂·杀风景》:"其一曰杀风景,谓清泉濯足,花上晒裤,背山起楼,烧琴煮鹤,对花啜茶,松下喝道。"
[四] 《水经注疏》卷三十四《江水》:"巴东三峡巫峡长,猿鸣三声泪沾裳。"

一水盈盈欲语难[一],伊人竟当画图看。
脸含薄怒偏增媚,腰觉微丰未碍胖。
错嫁终怜卿薄命,相思徒苦我无端。
来生愿化频伽[二]去,指海为盟[三]莫要寒。

注释:
[一] 《古诗十九首》其十:"盈盈一水间,脉脉不得语。"
[二] 频伽:妙音鸟也,佛经谓常在极乐净土。唐段成式《酉阳杂俎》:"频伽,共命鸟,一头两身。"
[三] 指海为盟:海誓山盟。

重　阳

木叶纷飞堕劫尘，重阳风雨满城闉[一]。
一杯在手诗情动，且喜门无催债人。

注释：
[一] 城闉：城内重门。亦泛指城郭。唐李峤《送骆奉礼从军》："希君勒石返，歌舞入城闉。"宋潘大临《题壁》诗："满城风雨近重阳。"

中秋宴饮适园偶成排律一首

中秋不教负，宴饮[一]适园西。
珍果时当熟，深林路欲迷。
花香无远近，鸟语有高低。
宅割留三径[二]，门回绕一溪。
市声闻北郭，爽气挹东堤。
干禄[三]知前误，归山觅旧栖。
多公情似蜜，容我醉如泥[四]。
风月酬宾客，今宵任取携[五]。

注释：
[一] 宴饮：聚会欢饮。
[二] 三径：喻隐士家园。晋陶渊明《归去来辞》："三径就荒，松菊犹存。"李善注引赵岐《三辅决录》："蒋诩，字元卿，舍中三径，唯羊仲、求仲从之游，皆挫廉逃名不出。"
[三] 干禄：求仕。唐李中《春日途中作》："干禄趋名者，迢迢别故林。"
[四] 醉如泥：烂醉貌。《后汉书·周泽传》"一岁三百六十日，三百五十九日斋"，唐李贤注："《汉官仪》此下云：'一日不斋醉如泥。'"

［五］宋苏轼《前赤壁赋》："惟江上之清风，与山间之明月，耳得之而为声，目遇之而成色，取之无禁，用之不竭。是造物者之无尽藏也，而吾与子之所共适。"

悼周丽卿女史

愧无薄酒奠孤坟，记得江湖贱卖文。
欲誓苍天焚笔砚[一]，独怜青眼出钗裙。
未因鹅肉伤廉士[二]，何异猪肝累使君[三]。
知己感恩歌代哭[四]，迢迢泉路可曾闻。

注释：
［一］焚笔砚：焚烧笔砚，即不欲作文。宋陆游《村居闲甚戏作二首》其二："我欲从今焚笔砚，兴来随分看青山。"
［二］《孟子·滕文公下》："陈仲子岂不诚廉士哉？居于陵，三日不食，耳无闻，目无见也。……他日归，则有馈其兄生鹅者，已频顣曰：'恶用是鶃鶃者为哉？'他日，其母杀是鹅也，与之食之。其兄自外至，曰：'是鶃鶃之肉也。'出而哇之。"
［三］《后汉书·周黄徐姜等传序》："（闵仲叔）客居安邑。老病家贫，不能得肉，日买猪肝一片，屠者或不肯与，安邑令闻，敕吏常给焉。仲叔怪而问之，知，乃叹曰：'闵仲叔岂以口腹累安邑邪？'遂去，客沛。以寿终。"
［四］《乐府诗集·杂曲歌辞·悲歌》："悲歌可以当泣，远望可以当归。"秋瑾《挽故人陈阕生女士》："手挽一章，亦长歌代哭之意。"

即　　事[一]

几历星霜半白头，叶熊无梦老妻羞[二]。
庄姜莫遇终风怨[三]，后稷还从隘巷求[四]。
他日有成凭你命，将来负债是吾忧。
家贫身外无多物，此后平添一赘疣[五]。

注释：

[一] 作者之妻何莲花，广东南海县人，年老无子，欲买一养子，此诗即为此而作。
[二] 叶熊无梦：无叶梦熊，叶通协，即无合梦熊。作者年老无子之谓。语本《诗经·小雅·斯干》："吉梦维何？维熊维罴。"
[三] 庄姜：春秋时期齐国公主，卫庄公夫人。终风：指《国风·邶风·终风》，诗谓庄姜遭宠妾之子州吁之暴。《毛诗序》："《终风》，卫庄姜伤己也。遭州吁之暴，见侮慢而不能正也。"
[四] 后稷：周之先祖，名弃，虞舜命为农官，初生时曾被弃于隘巷。参《大雅·生民》一章。
[五] 赘疣：喻多余无用之物。

红梅四首

一枝奚惜傍东篱[一]，便作浓妆计亦宜。
林下只今虚好梦，江南曾昔寄相思[二]。
乍逢冷艳初开日，休讶斜阳反照时。
好买丹朱描倩影，分明舞罢醉西施[三]。

注释：

[一] 宋郭祥正《送菊与刘守汉臣》："一年爱惜傍东篱，今日才开四五枝。"
[二] 明高启《梅花九首》之一："雪满山中高士卧，月明林下美人来。"《太

平御览》卷九七〇引南朝宋盛弘之《荆州记》:"陆凯与范晔相善,自江南寄梅花一枝,诣长安与晔,并赠花诗曰:'折花逢驿使,寄与陇头人。江南无所有,聊赠一枝春。'"

[三] 醉西施:以醉西施比红梅。元耶律楚材《红梅二首》其一:"李白诗成怨妃子,吴宫宴罢醉西施。"

故园依旧好风光,巡遍朱檐索笑忙[一]。
谪自瑶台应有恨[二],扫空色相定无方[三]。
吹融绛雪风偏暖,认作桃花蝶亦狂。
妃子楼东浑索寞,更谁烧烛照红妆[四]。

注释:

[一] 唐杜甫《舍弟观赴蓝田取妻子到江陵喜寄》其二:"巡檐索共梅花笑,冷蕊疏枝半不禁。"

[二] 明高启《梅花九首》之一:"琼姿只合在瑶台,谁向江南处处栽。"秋瑾《梅十首》其一:"本是瑶台第一枝,谪来尘世具芳姿。"

[三] 明杨基《梅花》:"落莫香魂绕旧宫,讵知色相本来空。"清郑用锡《白梅花》:"尽洗铅华空色相,独留雪月见精神。"

[四] 妃子:以妃子喻梅花。宋李弥逊《子美士曹送示梅花似表弟有诗因次其韵》:"轻绡衬雪香未透,月中妃子新来瘦。"宋苏轼《海棠》:"只恐夜深花睡去,更烧高烛照红妆。"

东风膏沐[一]晚妆红,冷暖无心咎化工[二]。
色似绛仙[三]浑可掬,梦非逋婿[四]不甘同。
一时香国难为伍,久客朱门别有衷。
昨夜枝头飞瑞雪,凭他点缀倍玲珑。

注释:

[一] 膏沐:润泽。

[二] 化工:自然的造化者。宋陆游《春雨三首》其一:"长贫博得身强健,久矣无心咎化工。"

[三] 绛仙:隋代美女吴绛仙。吴梅《东风第一枝·辛未季冬探梅过香雪海赋此》:"但徙倚六角荒亭,细识绛仙丰采。"

[四] 逋婿：谓以林逋为夫婿。宋代林逋隐居西湖孤山，植梅养鹤，终生不娶，人谓"梅妻鹤子"。汪精卫《生平不解作咏物诗，冬窗晴暖，红梅作花，眷然不能已于言》其二："底事凝脂生薄晕，似闻佳婿是林逋。"

邓尉[一]风光未足夸，山楼一角抹红霞。
花开错引渔郎棹，根托偏宜处士家[二]。
设色远殊庸粉黛，冲寒秀出矮篱笆。
女儿颜面天然好，不羡神仙萼绿华[三]。

注释：

[一] 邓尉：邓尉山，在今江苏苏州西南。相传东汉太尉邓禹曾隐居于此，故名。山以产梅著称。
[二] 花开错引渔郎棹：谓渔郎因贪看梅花而误路。处士：林逋，称林处士，又称孤山处士。
[三] 萼绿华：女仙。唐李商隐《重过圣女祠》："萼绿华来无定所，杜兰香去未移时。"

读褰公见赠《读拙作红梅有感》即答

愁里寻诗强自宽，摛词[一]仍恐涉悲观。
不因蓬鬓嗟年老，将与梅花共岁寒。
帖写宜春[二]毫尚劲，酒赊除夕味忘酸。
得公正好能攻错[三]，尚有题红[四]兴未阑。

注释：

[一] 摛词：写词。
[二] 帖写宜春：宜春帖是旧时立春及春节所剪或书写的字样。南朝梁宗懔《荆楚岁时记》："立春之日，悉剪彩为燕，戴之，帖'宜春'二字。"
[三] 攻错：弥补错误。语出《诗经·小雅·鹤鸣》："它山之石，可以为错……它山之石，可以攻玉。"
[四] 题红：在红叶上题诗。诗指写作红梅诗。

村 居 二 首

江干竹木掩孤村,黄叶风飘入酒樽。
万里江天供醉眼,一秋晴雨系吟魂。
宁将黜陟[一]看荣辱,聊以清闲度晓昏。
满目畏途行不得,夕阳篱角牧鸡豚。

注释:
[一] 黜陟:升降。

几点归鸦夕照斜,村前晚望兴偏赊。
秧针[一]泼绿经新雨,树盖烘丹锁暮霞。
睡味嚼余甘似酒,世情看透薄于纱[二]。
老妻未免嫌多事,嘱汲新泉煮嫩茶[三]。

注释:
[一] 秧针:初生的稻秧。
[二] 宋陆游《临安春雨初霁》:"世味年来薄似纱,谁令骑马客京华。"
[三] 元蔡廷秀《茶灶石》:"仙人应爱武夷茶,旋汲新泉煮嫩芽。"

登 楼 二 首

楼小无人晚独凭,望中台阁入云层。
投闲[一]且作忧时士,垂老真成退院僧[二]。
匪石矢心终不转[三],贪泉[四]沾舌一何曾。
西风疏尽林间叶,未免秋来百感增。

注释:
[一] 投闲:置身清闲。

[二] 退院僧：脱离寺院的僧人。宋陆游《初夜》："身似游边客，心如退院僧。"宋李格非《绝句》其二："若无万里还家梦，便是三湘退院僧。"
[三] 《诗经·邶风·柏舟》："我心匪石，不可转也。"孔颖达疏："言我心非如石然，石虽坚尚可转，我心坚，不可转也。"
[四] 贪泉：典出《晋书·良吏传·吴隐之》："朝廷欲革岭南之弊，隆安中，以隐之为龙骧将军、广州刺史、假节，领平越中郎将。未至州二十里，地名石门，有水曰贪泉，饮者怀无厌之欲。隐之既至，语其亲人曰：'不见可欲，使心不乱。越岭丧清，吾知之矣。'乃至泉所，酌而饮之，因赋诗曰：'古人云此水，一歃怀千金。试使夷齐饮，终当不易心。'及在州，清操逾厉。"

莫借西风散郁伊[一]，登楼好趁夕阳时。
芦花水浅渔舟泊，黄叶村深牧笛吹。
远岫朝宗如列笏[二]，荒江无主待垂丝。
四郊多垒[三]笳声动，直恐无诗写乱离。

注释：
[一] 郁伊：抑郁忧闷。
[二] 朝宗：臣子朝见帝王。笏：古代官员上朝时所执的手板。诗谓诸山排列如拿着手板朝见皇帝的臣子。
[三] 四郊多垒：参《和郭赓祥先生中秋月下书怀三首》诗注。此两诗亦当作于抗日战争时期。

断　肠　词

四十年间[一]堕劫尘，难将后果问前因。
无多涕泪酬亡者，留得形骸作恨人。
胶不续肠拚尽断，珠经离掌倍堪珍[二]。
破藤箱子遗衣在，偶一回看一怆神。

注释：
[一] 四十年间：当写于1938年，作者虚岁40岁。《断肠词》《懊恼词》《悃

怅词》皆是程坚甫早期爱情诗，大概都作于1938年。
［二］珠经离掌倍堪珍：指东西失去了才觉得宝贵。唐薛涛《十离诗·珠离掌》："皎洁圆明内外通，清光似照水晶宫。只缘一点玷相秽，不得终宵在掌中。"

读　　词

结习难忘爱读书，温馨尤爱读诗余[一]。
风吹皱水嘲偏好[二]，山抹微云誉岂虚[三]。
白石新词仍瘦硬[四]，黄州健笔少纡徐[五]。
合将七宝庄严[六]座，献与南唐后主[七]居。

注释：

［一］诗余：词的别称。
［二］宋陆游《南唐书·冯延巳传》："元宗（李璟）尝因曲宴内殿，从容谓曰：'吹皱一池春水，何干卿事。'延巳对曰：'安得如陛下小楼吹彻玉笙寒之句！'"
［三］宋秦观有《满庭芳》词，为苏轼所赏识。因词中有"山抹微云"句，故苏戏为句云："山抹微云秦学士，露花倒影柳屯田。"
［四］白石：指白石道人姜夔。姜夔词情意真挚，格律严密，语言华美，风格清幽冷隽，有以瘦硬清刚之笔调矫婉约词柔媚无力之意。
［五］黄州健笔：指苏轼的豪放词（苏轼曾贬为黄州团练副史）。纡徐：委婉舒缓。
［六］七宝庄严：建筑富丽堂皇，气象尊严。《无量寿经》卷上："又讲堂精舍，宫殿楼观，皆七宝庄严，自然化成。"
［七］南唐后主：李煜。句谓李煜词作最好。

灯

一点功成破黑山,天涯羁旅漫悲观。
笙歌易澈华堂夜,风雨难禁草阁寒。
扑朔蛾飞如豆小[一],逡巡鼠瞰渐花残[二]。
此身终愧人提挈,要上楼船百尺竿。

注释:
[一] 如豆小:光线如豆粒一样小,喻灯光暗弱。
[二] 逡巡:徘徊不进。渐花残:灯花渐残。

悼汤褒公二首

十载论交师友兼,一时形影似胶黏。
诗常诲我偏怜钝,语可砭时[一]未碍尖。
莫为经书笑边腹[二],曾无山水负苏髯[三]。
翛然[四]遽醒浮生梦,不为人间斗粟淹[五]。

注释:
[一] 砭时:针砭时弊。
[二] 边腹:边韶之腹。《后汉书·边韶传》:"韶口辩,曾昼日假卧,弟子私嘲之曰:'边孝先,腹便便;懒读书,但欲眠。'"
[三] 苏髯:苏轼。宋释道潜在《余初入智果院》一诗中谓苏轼"立谈政即成,兴不负山水"。
[四] 翛然:超脱貌。唐王维《冬晚对雪忆胡居士家》:"借问袁安舍,翛然尚闭关。"
[五] 淹:诗指束缚。

望门我自恸西州^[一]，泉下投诗不达邮。
此日山灵应候驾，他生仙侣或同舟^[二]。
最怜作客参余幕，犹是还乡愧敝裘^[三]。
恨史从今添一恨，北邙^[四]风雨泣松楸。

注释：

[一] 西州：典出《晋书·谢安传》："羊昙者，太山人，知名士也，为安所爱重。安薨后，辍乐弥年，行不由西州路。尝因石头大醉，扶路唱乐，不觉至州门。左右白曰：'此西州门。'昙悲感不已，以马策扣扉，诵曹子建曰：'生存华屋处，零落归山丘。'恸哭而去。"

[二] 山灵：山神。《文选·班固〈东都赋〉》："山灵护野，属御方神。"李善注："山灵，山神也。"《后汉书·郭太传》："始见河南尹李膺，膺大奇之，遂相友善，于是名震京师。后归乡里，衣冠诸儒送至河上，车数千两。林宗唯与李膺同舟而济，众宾望之，以为神仙焉。"

[三] 敝裘：典出《战国策·秦策》："（苏秦）说秦王书十上而说不行。黑貂之裘弊，黄金百斤尽，资用乏绝，去秦而归。"

[四] 北邙：坟墓。晋陶渊明《拟古》其四："一旦百岁后，相与还北邙。"

客归乡居二首^[一]

千里轻舟载石^[二]归，青云敢恨历阶^[三]微。
客囊似水^[四]贫难掩，妇面如霜笑更稀。
落叶九秋人共悴，绕枝三匝鹊奚依^[五]。
自怜卒岁无完褐^[六]，何况黄金带十围^[七]。

注释：

[一] 作者于1945年秋抗日战争胜利后出任中山地方法院秘书，接着又任广东高等法院汕头分院秘书，至1948年秋还乡。此诗大概作于1948年。

[二] 载石：典出《南史·江革传》："将还，赠遗一无所受，送故依旧订舫，革并不纳，唯乘台所给一舸。舸艚偏欹，不得安卧。或请济江徙重物以迮轻艚，革既无物，乃于西陵岸取石十余片以实之。其清贫如此。"

[三] 历阶：所升的阶位。

[四] 客囊似水：用囊空如水洗意。
[五] 三匝：反复盘旋。魏曹操《短歌行》："月明星稀，乌鹊南飞。绕树三匝，何枝可依？"
[六] 《诗经·七月》："无衣无褐，何以卒岁。"
[七] 黄金带十围：言腰带粗大金贵，喻高官厚禄。宋陆游《蔬圃绝句七首》其二："百钱新买绿蓑衣，不羡黄金带十围。"南朝宋刘义庆《世说新语·容止》："庾子嵩长不满七尺，腰带十围。"

　　　　去燕来鸿漠不关，索居穷巷转心闲。
　　　　绝交久矣无今雨[一]，临眺依然有故山。
　　　　衣染流尘劳拂拭，灯看走马悟循环。
　　　　残书可读吟情在，天与狂生未算悭[二]。

注释：

[一] 今雨：新朋。唐杜甫《秋述》："常时车马之客，旧，雨来；今，雨不来。"
[二] 悭：悭吝。

蜗　　牛

　　　　局促曾无陋巷忧[一]，豆棚瓜架雨初收[二]。
　　　　触蛮[三]共处休争角，鸟雀环飞莫出头。
　　　　春梦繁华宁羡蝶[四]，世情冷落任呼牛[五]。
　　　　绿苔深处蠕蠕动，天步艰难似尔不[六]。

注释：

[一] 陋巷忧：典出《论语·雍也》："贤哉，回也！一箪食，一瓢饮，在陋巷，人不堪其忧，回也不改其乐。"
[二] 清王士祯《题聊斋志异》："姑妄言之姑听之，豆棚瓜架雨如丝。"
[三] 触蛮：参《题梅健行先生汀江钓叟图四首》诗注。
[四] 宁羡蝶：不羡庄周之蝶梦。

[五] 呼牛：毁誉不加计较。《庄子·天道》："昔者子呼我牛也，而谓之牛；呼我马也，而谓之马。"
[六] 《诗经·小雅·白华》："天步艰难，之子不犹。"

道遇林伯埔翁有赠

三台风雅垂垂绝[一]，寥落诗徒剩两三。
敢拟项斯劳遍说[二]，偶逢庞德[三]且长谈。
十年不见公犹健，斗粟难谋我不堪。
底用门前寻雪迹，家风久已愧河南[四]。

注释：
[一] 三台：台山的别称，因县城北有三台山之故。垂垂：渐渐。唐贯休《陈情献蜀皇帝》："一瓶一钵垂垂老，千水千山得得来。"
[二] 项斯劳遍说：即说项。典出唐李绰《尚书故实》："杨祭酒敬之爱才公心，尝知江表之士项斯，赠诗曰：'处处见诗诗总好，及观标格过于诗。平生不解藏人善，到处相逢说项斯。'项斯因此名振，遂登高科也。"
[三] 庞德：庞德公，襄阳人，东汉末年名士，隐居于鹿门山，采药而终。
[四] 河南：指程坚甫的老祖宗程颐（今河南洛阳人）。句用"程门立雪"典。

幸三自惠寄后讫无消息赋此寄怀

自从醉别杏花村[一]，几度春宵系梦魂。
返棹何时瞻叔度[二]，买丝有日绣平原[三]。
重洋念我金能断，古道[四]照人衣倍温。
乱世生涯惟煮字[五]，请缨投笔[六]总难论。

注释：
[一] 杏花村：泛指家乡。唐杜牧《清明》："借问酒家何处有？牧童遥指杏

花村。"
- [二] 叔度：汉黄宪字。《后汉书·黄宪传》："黄宪字叔度，汝南慎阳人也。世贫贱，父为牛医。……郭林宗少游汝南，先过袁阆，不宿而退；进往从宪，累日方还。或以问林宗。林宗曰：'奉高之器，譬诸汜滥，虽清而易挹。叔度汪汪若千顷陂，澄之不清，淆之不浊，不可量也。'"
- [三] 平原：平原君，指战国赵惠文王弟赵胜。丝绣平原，表崇敬仰慕之意。典出唐李贺《浩歌》："不须浪饮丁都护，世上英雄本无主。买丝绣作平原君，有酒惟浇赵州土。"
- [四] 古道：诗指幸三有古人的道德高风。
- [五] 煮字：写作诗文。
- [六] 请缨投笔：投笔从戎之意。《汉书·终军传》："南越与汉和亲，乃遣军使南越，说其王，欲令入朝，比内诸侯。军自请：'愿受长缨，必羁南越王而致之阙下。'"《后汉书·班超传》："（班超）家贫，常为官佣书以供养。久劳苦，尝辍业投笔叹曰：'大丈夫无它志略，犹当效傅介子、张骞立功异域，以取封侯，安能久事笔研间乎？'"

林伯墉翁尝誉周燕五，周谓其织帽太高，非申请政府免费斩竹不可。此语甚俊，戏赠之以诗二首

淇园嶰谷多修竹[一]，差免求官笔墨劳。
拟把九天增一倍，先生织帽不妨高。

注释：
- [一] 南朝梁任昉《述异记》卷下："卫有淇园，出竹，在淇水之上。《诗》云：'瞻彼淇澳，绿竹猗猗。'"汉应劭《风俗通·声音序》："昔黄帝使伶伦自大夏之西，昆仑之阴，取竹于嶰谷，生其窍厚均者，断两节而吹之，以为黄钟之管。"

奖饰居然不惮劳，殷勤织帽赠诗豪。
周郎[一]且莫嫌高压，正好持归夸尔曹。

注释：

[一] 周郎：周燕五。开平苍城人，长期居留台城，常与程坚甫等诗人唱和；20世纪60年代末返故乡，冻饿而死。

菊梦二首

黄粱未熟[一]晚来炊，莫笑渊明富贵迟。
老圃日斜浑索寞，晓窗霜霁尚迷离。
凄凉佇让寒蛩语，幽邈[二]防教浪蝶知。
恰被西风吹半醒，美人妆罢卷帘时[三]。

注释：

[一] 黄粱未熟：唐沈既济《枕中记》谓卢生得道士吕翁枕，做了一梦，梦中享尽富贵荣华。及醒，向前所蒸黄粱尚未熟。
[二] 幽邈：清幽高远。
[三] 宋李清照《醉花阴·薄雾浓云愁永昼》："帘卷西风，人比黄花瘦。"

东篱淡淡幕烟轻，秋夜初长鸡未鸣。
三径依稀霜有迹，一场圆美月无声。
板桥流水空呜咽，荻港渔灯半灭明。
送酒白衣[一]来复去，山居原不解逢迎。

注释：

[一] 宋潘自牧《记纂渊海》："陶潜九日无酒，坐东篱，摘菊盈把。未几，王弘遣白衣送酒，便即酣饮。"

半 世 二 首[一]

半世行藏与愿违，杜鹃频劝不如归[二]。
偶然行过东篱下，比较黄花尚觉肥[三]。

注释：
[一] 此两诗不见于《不磷室拾遗》，陈中美谓此二诗出自作者抄付女弟子陈惠群的手稿。似作于20世纪50年代，故上移至此。
[二] 宋辛弃疾《瑞鹧鸪》其二："老去行藏与愿违。"杜鹃：亦叫子规。杜鹃啼声酷似人言"不如归去"，因用为催人归家之词。
[三] 黄花：菊花。宋李清照《醉花阴·薄雾浓云愁永昼》："莫道不消魂，帘卷西风，人比黄花瘦。"程诗反用李清照诗意。

半世漂流似转蓬，而今饥饱付天公。
夕阳肯借人颜色，照到西山分外红。

读周公燕五招隐诗感成一首书后

半叟卧林泉，辍耕并废读。
莽然望神州，有怀陈独漉[一]。
读公招隐诗，万感萦心曲。
酒不解真愁，何论清与浊[二]。

注释：
[一] 陈独漉：岭南三大家之一的陈恭尹，晚号独漉子，取自古乐府："独漉独漉，水深泥触。……父冤不报，欲活何为！"
[二] 何论清与浊：即无论清酒还是浊酒。《三国志·魏书·徐邈传》："平日醉客谓酒清者为圣人，浊者为贤人。"作者注："余尝自署西山半叟。"

自　　嘲

漫天阴雨酿新寒，半叟依然褐不完[一]。
往事如烟难摭拾，余生似竹尚平安[二]。
偶成诗画惭摩诘[三]，倘着袈裟是懒残[四]。
皮相[五]俗流应笑我，学农仍未脱儒酸。

注释：

[一] 褐不完：短褐不完。《韩非子·五蠹》："故糟糠不饱者不务粱肉，短褐不完者不待文绣。"

[二] 唐段成式《酉阳杂俎续集·支植下》："卫公（李德裕）言北都惟童子寺有竹一窠，才长数尺，相传其寺纲维，每日报竹平安。"

[三] 摩诘：唐王维，字摩诘。元辛文房《唐才子传》："维诗入妙品上上，画思亦然。至山水平远，云势石色，皆天机所到，非学而能。"唐窦臮《述书赋》："诗兴入神，画笔雄精。"

[四] 懒残：唐衡岳寺僧明瓒禅师，性懒而食残，号懒残。

[五] 皮相：仅从外表看。汉韩婴《韩诗外传》卷十："延陵子知其为贤者，请问姓字。牧者曰：'子乃皮相之士也，何足语姓字哉！'"

书怀示周公[一]

屡空曾不顾瓢箪[二]，刻意吟梅与咏兰。
吟咏半生成画饼[三]，推敲一字竟忘餐。
枯毫濡墨何尝润，枵腹[四]求诗未免难。
珠玉当前休索和，迩来清兴渐阑珊[五]。

注释：

[一] 周公：周燕五。

[二] 此句用瓢箪屡空意,指缺衣少食,生活贫困。晋陶渊明《五柳先生传》:"环堵萧然,不蔽风日,裋褐穿结,箪瓢屡空,晏如也。"
[三] 画饼:徒有虚名无补实用的人。《三国志·魏书·卢毓传》:"选举莫取有名,名如画地作饼,不可啖也。"
[四] 枵腹:喻空疏无学。宋赵蕃《幽居即事八首》其三:"枵腹搜诗甚苦,睡眼看山若无。"
[五] 阑珊:衰落,消沉。唐白居易《咏怀》:"白发满头归得也,诗情酒兴渐阑珊。"

秋夜检读幸三君悼亡兄仰可诗率成一章书后

语挚情真友谊长,新诗读罢黯然伤。
西风洒尽鸰原[一]泪,又向灯前一断肠。

注释:
[一] 鸰原:词出《诗经·小雅·常棣》:"脊令在原,兄弟急难。"

寄 怀 二 首

退野宁希处士衔[一],论诗长愧口难缄。
胸无城郭那藏拙,味爱山林便觉馋。
短短梦惊残夜漏,斑斑尘卸旧征衫。
牵萝补屋堪容膝[二],敢拟当年傅说岩[三]。

注释:
[一] 处士衔:用宋人隐士徐复赐号为"冲晦处士"事。宋叶梦得《避暑录话》卷下:"徐复,所谓冲晦处士者,建州人,初亦举进士。……自筮终身无禄,遂罢举……命以大理评事,不就,赐号而归。杭州万松岭,其故庐也。"
[二] 唐杜甫《佳人》:"侍婢卖珠回,牵萝补茅屋。"容膝:仅容双膝,言居

室狭窄也。晋皇甫谧《高士传》卷中《陈仲子》:"陈仲子者,齐人也。其兄戴为齐卿,食禄万钟,仲子以为不义,将妻子适楚,居于陵,自谓于陵仲子。……妻曰:'夫子左琴右书,乐在其中矣。结驷连骑,所安不过容膝;食方丈于前,所甘不过一肉。今以容膝之安,一肉之味,而怀楚国之忧,乱世多害,恐先生不保命也。'"

[三]《史记·殷本纪》:"得说于傅险中。是时,说为胥靡,筑于傅险。"司马贞索隐:"旧本作'险',亦作'岩'也。"张守节正义引《地理志》:"傅险即傅说版筑之处,所隐之处窟名圣人窟,在今陕州河北县北七里,即虞国、虢国之界。"

新署西山半叟衔,远劳亲友惠鱼缄[一]。
只应虫臂由天付,常恐猪肝笑我馋[二]。
茗可消愁聊代酒,叶能蔽体莫论衫。
色空勘破无荣辱,廊庙何尝胜野岩[三]。

注释:

[一] 鱼缄:书信。
[二] 虫臂:参《长贫自觉负人多辘轳体五首》诗注。猪肝:参《悼周丽卿女史》诗注。
[三] 廊庙:指在朝廷为官。野岩:指山野之士。

茗余感吟

潦倒原知福命悭,午窗茶熟且开颜。
梦醒已失槐安国[一],吟苦休嘲饭颗山[二]。
渐觉一身非我有[三],惟求半刻作农闲。
漫云两腋风清甚[四],误尽年华是此间。

注释:

[一] 槐安国:唐李公佐《南柯太守传》记淳于棼梦至槐安国历尽荣华盛衰之事。

[二] 唐李白《戏赠杜甫》："饭颗山头逢杜甫，头戴笠子日卓午。借问别来太瘦生，总为从前作诗苦。"

[三] 《庄子·知北游》："舜曰：'吾身非吾有也，孰有之哉？'曰：'是天地之委形也……'"

[四] 唐卢仝《走笔谢孟谏议寄新茶》："六碗通仙灵，七碗吃不得也。唯觉两腋习习清风生，蓬莱山，在何处？玉川子，乘此清风欲归去。"

菜花叠韵

菜花有色惜无香，不齿芳丛姊妹[一]行。
好供癯翁多采撷，也如贫女俭梳妆[二]。
纵横欲满黄云陇，点缀宜登绿野堂[三]。
十丈软尘人似栉[四]，谁从物外赏风光。

注释：

[一] 姊妹：姊妹花，属蔷薇科，花重瓣，深粉红色，常7～10朵簇生在一起，具芳香。

[二] 唐王维《相思》："愿君多采撷，此物最相思。"唐秦韬玉《贫女》："谁爱风流高格调，共怜时世俭梳妆。"

[三] 《新唐书·裴度传》："乃治第东都集贤里，沼石林丛，岑缭幽胜。午桥作别墅，具燠馆凉台，号绿野堂，激波其下。度野服萧散，与白居易、刘禹锡为文章、把酒，穷昼夜相欢，不问人间事。"

[四] 栉：栉比，形容人多。清龚自珍《长相思》词序："软红十丈中，尘福易易，恐践此约大难。"清周赓盛《地安门外观荷花登酒楼和秋士》："君不见东华十丈软红尘，都是朝官马蹄路。"

不因气味妒芹香，浑似金钗十二行[一]。
矮屋疏篱饶野趣，风晨雨夕洗华妆。
叶垂褐是苍生色[二]，秀拔黄于太守堂[三]。
拟买冰绡[四]描淡墨，小窗横幅共灯光。

注释：

[一] 金钗十二行：形容妇女头上首饰多。诗以各色首饰喻菜花。南朝梁武帝《河中之水歌》："河中之水向东流，洛阳女儿名莫愁……头上金钗十二行，足下丝履五文章。"

[二] 苍生色：菜色。元末舒頔《百牛图歌》："斗米三钱户不扃，四海苍生无菜色。"

[三] 太守堂：古代太守官衙的厅堂用雌黄涂墙。宋姚勉《送陈纠任满归》："黄堂太守政如神，馆阁掾官清似水。"

[四] 冰绡：薄而洁白的丝绸。

村姝不羡绮罗香，篱畔疏疏列几行。
冷暖渐能知世味，妖娆宁肯效时妆。
影摇半亩成金坞，梦冷三更隔玉堂。
为问刘郎惆怅否[一]，重来未免惜年光。

注释：

[一] 唐刘禹锡《再游玄都观》："百亩庭中半是苔，桃花净尽菜花开。种桃道士归何处，前度刘郎今又来。"

毕竟无香胜有香，寒英粲列一行行。
羞将本色邀时赏，愿借清流洗俗妆。
膏沐[一]最宜微雨夜，味投应到冷官堂。
宵深虫语西风急，满陇金摇碎月光。

注释：

[一] 膏沐：润泽。

双美难兼色与香，英雄学种仅成行[一]。
客来要识乡村味，我见犹怜晓晚妆。
汲水抱残居士瓮[二]，郁金开作美人堂[三]。
隔篱瓜豆应相妒，独占词家笔墨光。

注释：

[一]《三国志·蜀书·先主传》"先主据下邳"裴松之注引晋胡冲《吴历》："备时闭门，将人种芜菁，曹公使人窥门。既去，备谓张飞、关羽曰：'吾岂种菜者乎？曹公必有疑意，不可复留。'"

[二]《庄子·天地》："子贡南游于楚，反于晋，过汉阴，见一丈人方将为圃畦，凿隧而入井，抱瓮而出灌，搰搰然用力甚多而见功寡。"

[三] 郁金堂指女子芳香高雅的居室。唐沈佺期《古意》："卢家少妇郁金堂，海燕双栖玳瑁梁。"

偶 写

笠屐飘然到野间，醉吟要仿白香山[一]。
吟成尚愧诗无骨，醉后全凭酒借颜[二]。
菊梦微醒犹味永，菜花叠韵觉才悭。
入城雅践论文约，风雪途中独往还。

注释：

[一] 白香山：唐诗人白居易，号香山居士，又号醉吟先生。
[二] 唐李中《晋陵罢任寓居依韵和陈锐秀才见寄》："当秋每谢蛩清耳，渐老多惭酒借颜。"明王越《和邹克清韵》："老来无复梦周公，醉后衰颜借酒红。"

晚望仍用前韵

伫立长桥俯仰间，夕阳一线挂寒山。
飞鸿翩若佳人影[一]，落叶衰于壮士颜。
偶倚虹腰叹水逝[二]，敢将虫臂[三]怨天悭。
路旁古木应相识，莫讶宵深客未还。

注释：

[一] 魏曹植《洛神赋》："其形也，翩若惊鸿，婉若游龙。"
[二]《论语·子罕》："子在川上曰：逝者如斯夫，不舍昼夜。"
[三] 虫臂：参《长贫自觉负人多辘轳体五首》诗注。

赠　内　人

柴门不闭北风寒，桶可藏身且暂安[一]。
嗟尔何尝贪逸乐，遇人未免感艰难[二]。
樵苏仆仆穿晨径，藜藿粗粗了晚餐。
镜匣无缘膏沐少，管教蓬首似鸠盘[三]。

注释：

[一] 明黄姬水《贫士传》："吾乡吕徽之先生……刺船而去，遣人遥尾其后。路甚僻远，识其所而返。雪晴，往访焉，惟草屋一间，家徒壁立。忽米桶中有人，乃先生妻也。因天寒，故坐其中。"
[二]《诗经·王风·中谷有蓷》："慨其叹矣，遇人之艰难矣！"
[三] 蓬首：形容头发散乱如飞蓬。鸠盘：即鸠盘茶，喻老妇人之丑状。唐孟棨《本事诗·嘲戏》："中宗朝，御史大夫裴谈崇奉释氏。妻悍妒，谈畏如严君，尝谓之：'妻有可畏者三：少妙之时，视之如生菩萨。及男女满前，视之如九子魔母，安有人不畏九子母耶？及五十六十，薄施妆粉，或黑视之，如鸠盘茶，安有人不畏鸠盘茶？'"

林翁[一]牧牛限牛字二首

桃林花落又逢秋，近水遥山眼底收。
败笠只应飞作蝶，教鞭谁料用于牛。
黄泥坂上无游屐，红蓼滩前有系舟[二]。
田野何如城市好，试将此语问巢由[三]。

注释：
［一］ 林翁：林荣耀（1925—2005），广东台山四九复盛岐山村人。广州大学肄业，长期任中学、小学教师，曾任台山市中华诗词楹联学会理事。著有《岐山吟草》。陈中美注程诗谓此诗作于1958年。
［二］ 黄泥坂及红蓼滩皆泛指地名。宋苏轼《黄泥坂词》："走雪堂之陂陀兮，历黄泥之长坂。"唐李节《过耒江吊子美》："耒阳浦口系扁舟，红蓼滩头宿白鸥。"
［三］ 巢由：巢父和许由的并称。相传二人皆为尧时隐士，尧让位于二人，皆不受。

饮水何论上下流［一］，西风黄叶晚飕飕。
迩来瑟缩［二］应如猬，便借琴弹莫对牛。
残齿料随呼喝尽，一绳长系梦魂忧。
高低归踏斜阳路，谁念翁衰腰脚浮［三］。

注释：
［一］ 晋皇甫谧《高士传·许由》："由于是遁耕于中岳颍水之阳，箕山之下，终身无轻天下色。尧又召为九州长，由不欲闻之，洗耳于颍水滨。时其友巢父牵犊欲饮之，见由洗耳，问其故。对曰：'尧欲召我为九州长，恶闻其声，是故洗耳。'巢父曰：'子若处高岸深谷，人道不通，谁能见子。子故浮游，欲闻求其名誉，污吾犊口。'牵犊上流饮之。"
［二］ 瑟缩：蜷缩。
［三］ 腰脚浮：因饥饿全身虚弱浮肿。1958年全国正闹饥荒。

杏和林［一］店内，新插杜鹃花一枝，鲜艳可爱，爱以诗赠

胆瓶新插一枝红，室内风光便不同。
未敢花前轻索笑，恐防花笑白头翁。

注释：

［一］杏和林：广东台山一药店名。

江南菊和周公^[一]并次韵

幽香未许蝶频探，谁倚楼头笛弄三^[二]。
声落冰盘惊冷梦^[三]，分明吹出忆江南^[四]。

注释：

［一］周公：周燕五。
［二］笛弄三：即三弄笛。《晋书·桓伊传》："（伊）善音乐，尽一时之妙……徽之（王徽之）便令人谓伊曰：'闻君善吹笛，试为我一奏。'伊是时已贵显，素闻徽之名，便下车，踞胡床，为作三调，弄毕，便上车去。"宋苏轼《昭君怨·金山送柳子玉》："谁作桓伊三弄，惊破绿窗幽梦。"
［三］唐白居易《琵琶行》："嘈嘈切切错杂弹，大珠小珠落玉盘。"宋郑刚中《灵峰闻秋雨》："夜静荷池叶翻翻，声如珠玑落冰盘。"
［四］忆江南：亦作词牌名。

梅 花 八 咏

窗外玲珑雪一枝，乍疑有女夜相窥^[一]。
酒倾白堕^[二]风怀冷，人静黄昏月影移^[三]。
鹤别孤山应忆伴^[四]，驴疲灞岸正寻诗^[五]。
千年邓尉^[六]香成海，种向朱门便不宜。

注释：

［一］有女夜相窥：这是把梅花比喻成美男子。南朝宋刘义庆《世说新语·惑溺》："韩寿美姿容，贾充辟以为掾。充每聚会，贾女于青璅中看，见

寿，说之。"
[二] 白堕：美酒名。北魏杨衒之《洛阳伽蓝记·法云寺》："河东刘白堕善能酿酒。季夏六月，时暑赫晞，以罂贮酒，暴于日中。经一旬，其酒不动，饮之香美而醉，经月不醒。"
[三] 宋林逋《山园小梅二首》其一："疏影横斜水清浅，暗香浮动月黄昏。"
[四] 孤山鹤指西湖孤山处士林逋所养之鹤。伴指林逋所种梅花。《诗话总龟》："林逋隐于武林之西湖，不娶无子，所居多植梅畜鹤，泛舟湖中，客至则放鹤致之，因谓妻梅子鹤云。"
[五]《北梦琐言》卷七："或曰：'相国（唐相国郑綮）近有新诗否？'对曰：'诗思在灞桥风雪中驴子上，此处何以得之？'盖言平生苦心也。"
[六] 邓尉：参《红梅四首》诗注。

　　　　索寞山居客未知，霏霏雨雪岁寒时[一]。
　　　　世情冷落怜双鬓，水影横斜爱一枝[二]。
　　　　林下月明醒尚早[三]，江南春好寄偏迟[四]。
　　　　诗人老去风怀在，几度巡檐[五]莫笑痴。

注释：

[一]《诗经·小雅》："今我来思，雨雪霏霏。"宋刘儗《喜迁莺》："正梅花弄粉，岁寒时候。"
[二] 宋林逋《山园小梅二首》其一："疏影横斜水清浅，暗香浮动月黄昏。"
[三] 明高启《梅花九首》之一："雪满山中高士卧，月明林下美人来。"
[四]《太平御览》卷九七〇引南朝宋盛弘之《荆州记》："陆凯与范晔交善，自江南寄梅花一枝，诣长安与晔，并赠花诗曰：'折花逢驿使，寄与陇头人。江南无所有，聊赠一枝春。'"
[五] 巡檐：来往于檐前。唐杜甫《舍弟观赴蓝田取妻子到江陵喜寄》诗之二："巡檐索共梅花笑，冷蕊疏枝半不禁。"

　　　　啸卧林泉兴正赊，经春宁复羡繁华。
　　　　暗笑十里招词客[一]，明月三更入酒家[二]。
　　　　卧雪久将忘岁月，调羹去尚恋烟霞[三]。
　　　　此身虽被瑶台谪，犹作人间第一花[四]。

注释：

[一] 宋杨万里《自彭田铺至汤田道旁梅花十余里》："一行谁栽十里梅，下临溪水恰齐开。此行便是无官事，只为梅花也合来。"宋杨万里《和吴监丞景雪中湖上访梅四首》其四："闻君踏雪访梅花，不怕苏堤十里赊。"

[二] 明月三更入酒家：似用师雄遇梅典。唐柳宗元《龙城录》曾记载："隋开皇中，赵师雄迁罗浮。一日天寒日暮，在醉醒间，因憩仆车于松林间酒肆旁舍。见一女人，淡妆素服，出迓师雄。时已昏黑，残雪对月色微明，师雄喜之，与之语，但觉芳香袭人，语言极清丽。因与之扣酒家门，得数杯，相与饮。少顷，有一绿衣童来，笑歌戏舞，亦自可观。顷醉，寝，师雄亦惝然。但觉风寒相袭。久之，时东方已白，师雄起视，乃在大梅花树下，上有翠羽啾嘈相顾，月落参横，但惆怅而已。"

[三] 卧雪：参袁安卧雪典，把梅花比喻成袁安。调羹：古人以梅子作为酸味调制羹汤。宋无名氏《小重山·竹里清香帘影明》："竹里清香帘影明。一枝照水弄精神。楼头横管罢龙吟。休三弄，留为与调羹。"

[四] 明高启《梅花九首》之一："琼姿只合在瑶台，谁向江南处处栽。"秋瑾《梅十首》其一："本是瑶台第一枝，谪来尘世具芳姿。"明薛瑄《沅州院中红梅二首》其二："自是人间第一花，天教绝色冠群葩。"

　　　　　　山窗伴我读南华[一]，月上黄昏酒待赊。
　　　　　　春意未阑心早淡，风情无分影偏斜。
　　　　　　洛阳颜色夸三月[二]，林下襟怀别一家[三]。
　　　　　　修到今生多傲骨，佇教流俗笑槎丫。

注释：

[一] 南华：《南华真经》的省称，即《庄子》。

[二] 宋刘克庄《莺梭》："洛阳三月春如锦，多少工夫织得成。"宋代李新《次赵继公得未开牡丹之什》："洛阳二月三月春，车轮马足飘香尘。"

[三] 明高启《梅花九首》之一："雪满山中高士卧，月明林下美人来。"

　　　　　　篱落疏疏雪未残，一枝斜出俨凭栏。
　　　　　　生无傲骨非名士，老薄浮华似冷官。
　　　　　　锄月庭虚留鹤守[一]，点妆檐早怯春寒[二]。
　　　　　　年来孰若山居乐，十里烟霞天地宽。

注释：

[一] 锄月：诗指种植梅花。宋余复观《梅花引》："撷银云，锄璧月，栽得寒花寄愁绝。"明郑昂《林处士幽居》："岁馑无僧供菜把，天寒有鹤守梅花。"

[二]《太平御览》卷九七〇引《宋书》："武帝女寿阳公主人日卧于含章檐下，梅花落公主额上，成五出之华，拂之不去，皇后留之。自后有梅花妆，后人多效之。"

踏碎琼瑶[一]兴未阑，荆南蓟北[二]一般看。
得名岂自番风始[三]，出世谁能太璞完[四]。
呵笔几回难绘影，调羹有日合留酸。
怜伊独惹人寻味，松竹苍苍只耐寒。

注释：

[一] 踏碎琼瑶：即踏雪寻梅。宋苏轼《西江月》："可惜一溪明月，莫教踏碎琼瑶。"清末金武祥《茗溪雨雪归途口占》："踏碎琼瑶兴未孤，连天风雪认归途。"

[二] 荆南蓟北：泛指南方与北方。唐张说《幽州新岁作》："去岁荆南梅似雪，今年蓟北雪如梅。"

[三] 番风始：宋周煇《清波杂志》卷九："江南自初春至首夏有二十四番风信，梅花风最先，楝花风居后。"

[四] 太璞：未经雕琢的玉。太璞完：保持自然本性。

天风吹尔渡江来，竹外篱边次第开[一]。
白战[二]无诗能点染，黄昏荷月共徘徊。
甘同处士孤山梦[三]，冷入他乡异客杯[四]。
我欲化身[五]殊不得，不妨花底作莓苔。

注释：

[一] 唐杜审言《和晋陵陆丞早春游望》："云霞出海曙，梅柳渡江春。"元陆德源《和题新安梅花次韵》："东风一夜渡江新，开遍梅花照眼明。"宋尤袤《梅花二首》其一："竹外篱边一树斜，可怜芳意自萌芽。"

[二] 白战：指作"禁体诗"时禁用某些较常用的字。欧阳修为颍州太守，曾

与客会饮，作咏雪诗，禁用"玉、月、梨、梅、絮、鹤、鹅、银、舞、白"诸字。
[三] 孤山处士指林逋。
[四] 异客杯：似为梅花杯，唐宋时其形多为五瓣梅花口。唐白居易《和薛秀才寻梅花同饮见赠》："忽惊林下发寒梅，便试花前饮冷杯。"
[五] 化身：化身梅花。宋陆游《梅花绝句六首》其三："闻道梅花坼晓风，雪堆遍满四山中。何方可化身千亿，一树梅花一放翁。"

    春到江南处处栽[一]，卜居何必择楼台[二]。
    芒鞋踏雪[三]神先往，纸帐[四]闻香梦乍回。
    百咏未容闲笔墨，一丝曾不染尘埃[五]。
    偶逢白也应求识，同是瑶京被谪来[六]。

注释：
[一] 明高启《梅花九首》之一："琼姿只合在瑶台，谁向江南处处栽。"
[二] 宋苏轼《秋晚客兴》："草满池塘霜送梅，疏林野色近楼台。"
[三] 踏雪：用踏雪寻梅意。宋吕本中《雪后》："近买芒鞋供踏雨，更收藜杖与寻梅。"
[四] 纸帐：梅花纸帐。宋林洪《山家清事·梅花纸帐》："法用独床。旁置四黑漆柱，各挂以半锡瓶，插梅数枝，后设黑漆板约二尺，自地及顶，欲靠以清坐。"
[五] 一丝曾不染尘埃：即一尘不染。宋张耒《腊月小雪后圃梅开》："一尘不染香到骨，姑射仙人风露身。"
[六] 白：李白。瑶京：玉京，天帝所居。《新唐书·李白传》："往见贺知章，知章见其文，叹曰：'子，谪仙人也！'"

岁暮寄怀四首

    谁谓文章值一钱，食无兼味坐无毡[一]。
    空桑偶涉逾三宿[二]，孤剑横磨愧十年。
    惊梦不关帘外雨，寄愁还有酒中天[三]。
    低徊镜影须眉丑，输与梅花老愈妍。

注释：

[一] 兼味：两种以上的菜肴。《后汉书·安帝纪》："朝廷躬自菲薄，去绝奢饰，食不兼味，衣无二彩。"《梁书·江革传》："（江革）至镇，惟资公俸，食不兼味。"无毡：没有毡子。《晋书·吴隐之传》："寻拜度支尚书、太常，以竹篷为屏风，坐无毡席。"唐杜甫《戏简郑广文虔兼呈苏司业源明》："才名四十年，坐客寒无毡。赖有苏司业，时时与酒钱。"

[二]《后汉书·郎顗襄楷列传下·襄楷》："又闻宫中立黄老、浮屠之祠。此道清虚，贵尚无为，好生恶杀，省欲去奢。今陛下嗜欲不去，杀罚过理，既乖其道，岂获其祚哉！或言老子入夷狄为浮屠。浮屠不三宿桑下，不欲久生恩爱，精之至也。"

[三] 唐李煜《浪淘沙令·帘外雨潺潺》："帘外雨潺潺，春意阑珊，罗衾不耐五更寒。梦里不知身是客，一晌贪欢。"《后汉书·仲长统传》："百虑何为，至要在我。寄愁天上，埋忧地下。"

　　　　孤村寂寞依江干，晚稻收藏岁又阑。
　　　　风避便宜窗纸密，愁消端赖酒杯宽。
　　　　山林遁迹交将绝，旦暮酬诗债未完。
　　　　料得心灰难再热，夜长无梦到槐安[一]。

注释：

[一] 槐安：参《茗余感吟》诗注。

　　　　年来无复慕金台[一]，未必燕昭爱散材[二]。
　　　　千里烟尘归老圃，一冬愁绪属寒梅。
　　　　心机密密将诗织，眉锁重重借酒开。
　　　　早晚未妨鸦雀噪，凭他催唤好春回。

注释：

[一] 金台：指战国时燕昭王所筑的黄金台。故址在今河北易县东南。相传燕昭王筑台以招纳天下贤士，故也称贤士台、招贤台。

[二] 散材：不为世所用之人。

便填沟壑[一]亦何伤，莫向黄昏叹夕阳[二]。
品茗渐于杯有味，吟梅终觉句难香。
宵来梦短因年老，冬至农闲觉日长。
戒口未能删绮语[三]，琅琅对客读西厢。

注释：
[一] 填沟壑：死。《战国策·赵策四》："（舒祺）十五岁矣。虽少，愿及未填沟壑而托之。"
[二] 唐李商隐《登乐游原》："夕阳无限好，只是近黄昏。"
[三] 绮语：纤婉言情之辞。

菜花重咏四首

别去霜畦岁又周，寒英依旧不胜收。
美人高髻[一]无颜色，谁把金钗[二]插陇头。

注释：
[一] 高髻：高绾之发髻。
[二] 金钗：喻菜花。

霏霏金屑[一]晚烟寒，叠韵为诗兴已阑。
自笑铅刀难割爱[二]，畦边持杖几回看。

注释：
[一] 金屑：黄色的花粉。
[二] 铅刀难割爱：喻虽无才华，但还可一用。自谦之词。《后汉书·班超传》："况臣奉大汉之威，而无铅刀一割之用乎？"

绰约风前弄晓姿，经年阔别系相思。
草裙烟鬟佳人渺，空忆梅溪挑菜词[一]。

注释：

[一] 梅溪：史达祖号梅溪。梅溪挑菜词：即史达祖的《夜行船·正月十八日闻卖杏花有感》词："不剪春衫愁意态。过收灯、有些寒在。小雨空帘，无人深巷，已早杏花先卖。　白发潘郎宽沈带。怕看山、忆他眉黛。草色拖裙，烟光惹鬓，常记故园挑菜。"

　　　　　香纵无称色有余，花开遥映野人居。
　　　　　西风吹断繁华梦，未向东篱[一]叹不如。

注释：

[一] 东篱：菊花。

某君以情诗寄恋人，恳余代作诗压尾，应付后，复作二诗规之

　　　　　写尽相思笔一枝，缠绵更系几行诗。
　　　　　鹊桥未架天方梦，那管人间怨别离。

　　　　　石榴裙下首甘低[一]，痴语连篇索我题。
　　　　　太息春蚕空自缚，何尝野鹜胜家鸡[二]。

注释：

[一] 用俗语"拜倒在石榴裙下"之意。
[二] 家鸡野鹜典出《太平御览》卷九一八引《晋书》："（庾翼）书，少时与右军齐名，右军后进，庾犹不忿，在荆州与都下人书云：'小儿辈贱家鸡爱野雉，皆学逸少书，须吾下，当比之。'"

杂咏二首

天容暗淡雨霏微,有叟提筐趁市归。
凭君莫笑腰如削,披上蓑衣便觉肥。

风斜雨细近清明,草长池塘蛙乱鸣[一]。
水底笙歌空复尔[二],惊人原不在多声。

注释:
[一] 元倪瓒《二月十五日雨作》:"寒食清明看又近,满川烟雨乱鸣蛙。"
[二] 空复尔:徒然而已。

余尝于乡校门前手植紫荆一株,伐竹掩护,朝夕灌溉,因有"伐竹防伤乌桕树,编篱细护紫荆花"之句。曾不几时,乌桕经霜叶落,紫荆亦憔悴可怜,树犹如此,人何以堪!感慨之余,爰各系诗一章,以志微怀。诗成于冬至后一日

乌 桕

不辨霜痕与泪痕,村前乌桕最消魂。
枝横无影空临水,叶落随风欲打门。
吹冷几回销绿意,凝愁一似怨黄昏。
阳生昨日春犹小,柳宠桃娇且莫论。

紫　荆

春风回首实堪哀，曾是痴翁手自栽。
一勺勤浇供雨露，四围密护似楼台。
妍争虢国[一]应输色，艳著槃塘[二]喜脱胎。
林下只今憔悴甚，凭谁更赏可憎才[三]。

注释：

[一] 虢国：唐杨贵妃姊，被封为虢国夫人。《杨太真外传》："封大姨为韩国夫人，三姨为虢国夫人，八姨为秦国夫人，同日拜命，皆月给钱十万为脂粉之资。然虢国不施妆脂粉，自炫美艳，常素面朝天。"

[二] 槃塘：即盘塘，用元代文学家揭傒斯在湖南盘塘遇仙事。元陶宗仪《南村辍耕录卷四·奇遇》："揭曼硕先生未达时，多游湖湘间。一日泊舟江涘……临别谓先生曰：君大富贵人也，亦宜自重，因留诗曰：'盘塘江上是奴家，郎若闲时来吃茶。黄土筑墙茅盖屋，庭前一树紫荆花。'明日舟阻风，上岸沽酒，问其地，即盘塘镇，行数步见一水仙祠，墙垣皆黄土，中庭紫荆芬然，及登殿所设像与夜中女子无异。"

[三] 可憎才：可爱的人。诗指紫荆。元王实甫《西厢记》第一本第二折："借与我半间儿客舍僧房，与我那可憎才居止处门儿相向。"

剃须二首

借得并刀[一]快似风，一挥浑若散秋蓬。
宵吟恰值诗才滞，欲撚频教手落空[二]。

注释：

[一] 并刀：并州剪。宋陆游《秋思》："诗情也似并刀快，剪得秋光入卷来。"
[二] 唐卢延让《苦吟》："吟安一个字，撚断数茎须。"

懒逐刘郎学染髭[一]，抽刀断雪不嫌迟。
不知散向风前去，混合梅花第几枝。

注释：
[一] 刘郎：指唐代刘驾。染髭：把胡须染黑。唐刘驾《白髭》："到处逢人求至药，几回染了又成丝。素丝易染髭难染，墨翟当年合泣髭。"

眼　　镜

眊眼[一]还明未有方，人生四十[二]太匆忙。
添些障碍难藏老，看到糊涂始借光。
偶退闲时花隔雾[三]，相钩连处鬓堆霜[四]。
夜阑书案灯无色，赖尔玲珑[五]读几行。

注释：
[一] 眊眼：昏花的眼睛。
[二] 四十：1938年，作者虚岁40岁，此诗当作于此时。
[三] 花隔雾：看花隔雾，指眼睛不明。唐杜甫《小寒食舟中作》："春水船如天上坐，老年花似雾中看。"
[四] 鬓堆霜：一片花白，喻看不清楚。
[五] 玲珑：明彻貌。

垅上吟二首

迩来学圃[一]尽忘机，晓垅巡行曙色微。
雨润绿肥新菜甲[二]，泥沾黄满旧蓑衣。
十年久客惭归雁，半亩寒畦息倦骓[三]。
志远如何称小草，出山安石便蒙讥[四]。

注释：
[一] 学圃：学种蔬菜。语出《论语·子路》："（樊迟）请学为圃，子曰：

'吾不如老圃。'"
[二] 菜甲：菜初生的叶芽。唐杜甫《有客》："自锄稀菜甲，小摘为情亲。"
[三] 倦骖：倦马。
[四] 安石：指谢安，其人字安石。南朝宋刘义庆《世说新语·排调》："谢公始有东山之志，后严命屡臻，势不获已，始就桓公司马。于时人有饷桓公药草，中有远志。公取以问谢：'此药又名小草，何一物而有二称？'谢未即答。时郝隆在坐，应声答曰：'此甚易解，处则为远志，出则为小草。'谢甚有愧色。"

摆脱名缰[一]万虑空，登楼几度送飞鸿[二]。
身经尘海犹惊浪，诗作田家渐变风。
倚枕闻鸡声喔喔，披蓑巡垅影蓬蓬。
种瓜未有安排地，更辟畦边地数弓[三]。

注释：

[一] 名缰：参《题梅健行先生汀江钓叟图四首》诗注。
[二] 晋嵇康《四言赠兄秀才入军诗》之四："目送归鸿，手挥五弦。俯仰自得，游心太玄。"
[三] 弓：旧时丈量地亩的计算单位，其制历代不一。《清史稿·食货志·田制》："凡丈量地五尺为弓，二百四十弓为亩，百亩为顷。"

春宵偶成二首

袷衣[一]浑欲怯春寒，品茗登楼兴已阑。
忽忽灯前忆亲友，鱼书[二]检出几回看。

注释：

[一] 袷衣：夹衣。《文选·潘岳〈秋兴赋〉》："藉莞蒻，御袷衣。"李善注："袷，衣无絮也。"
[二] 鱼书：书信。《乐府诗集·相和歌辞十三·饮马长城窟行之一》："客从远方来，遗我双鲤鱼。呼儿烹鲤鱼，中有尺素书。"

虫声断续夜阑时，听雨听风入梦迟。
博得明朝添一事，案头誊出^[一]几行诗。

注释：
[一] 誊出：写出。

别后奉怀寄呈周公^[一]

几年酬唱杏林^[二]中，文字交情倍洽融。
烛影半窗宵剪雨^[三]，茶香七碗午倾风^[四]。
才如弩末^[五]休称我，名在卢前^[六]恰让公。
归去溪山应更好，不闻猿鹤怨周颙^[七]。

注释：
[一] 周公：周燕五。
[二] 杏林：指广东台山杏和林药店。
[三] 唐李商隐《夜雨寄北》："何当共剪西窗烛，却话巴山夜雨时。"
[四] 唐卢仝《走笔谢孟谏议寄新茶》："六碗通仙灵，七碗吃不得也。唯觉两腋习习清风生，蓬莱山，在何处？玉川子，乘此清风欲归去。"
[五] 弩末：强弩之末。喻力量衰弱。
[六] 卢前：典出《旧唐书·文苑传上·杨炯》："炯与王勃、卢照邻、骆宾王以文词齐名，海内称为王、杨、卢、骆，亦号为'四杰'。炯闻之，谓人曰：'吾愧在卢前，耻居王后。'当时议者，亦以为然。"
[七] 周颙：字彦伦，汝南人。南朝宋齐文学家。猿鹤怨周颙：典出孔稚珪《北山移文》，该文谓周颙为"身在江湖，心悬魏阙"的假隐士，其人出山后"蕙帐空兮夜鹤怨，山人去兮晓猿惊"。

岳武穆四首

几时还我好河山,顾此头颅莫等闲[一]。
二圣誓迎湔耻辱[二],十年转战历危艰。
偏安[三]有意和戎去,奏凯无歌奉诏还。
竟使西湖驴背客,雄心消尽酒杯间[四]。

注释:
[一] 莫等闲:不要虚度光阴。宋岳飞《满江红·怒发冲冠》:"莫等闲、白了少年头,空悲切。"
[二] 二圣:指被金人掳去的徽宗、钦宗二帝。宋岳飞《满江红·怒发冲冠》:"靖康耻,犹未雪。臣子恨,何时灭。驾长车,踏破贺兰山缺。"
[三] 偏安:不思进取,苟安于一方。
[四] 西湖驴背客:南宋大将韩世忠。《宋史·韩世忠传》:"自此杜门谢客,绝口不言兵,时跨驴携酒,从一二奚童,纵游西湖以自乐。"

金牌未下伏风波[一],自坏长城[二]意若何。
食肉庙堂[三]诤论少,攀辕父老哭声多[四]。
十年师旅空曾苦[五],半壁江山误议和。
应是精忠矢无贰[六],诛奸宁不解回戈[七]。

注释:
[一] 伏风波:指岳飞、岳云等人在风波亭被杀害事。
[二] 自坏长城:典出《南史·檀道济传》:"道济见收,愤怒气盛,目光如炬,俄尔间引饮一斛。乃脱帻投地,曰:'乃坏汝万里长城。'"《宋史·岳飞传》:"昔刘宋杀檀道济,道济下狱,嗔目曰:'自坏汝万里长城!'高宗忍自弃其中原,故忍杀飞,呜呼冤哉!呜呼冤哉!"
[三] 食肉庙堂:指身居高位者。语出《左传·庄公十年》:"肉食者鄙,未能远谋。"杜预注:"肉食,在位者。"
[四] 攀辕:拉住车辕不让走。《宋史·岳飞传》:"飞班师,民遮马恸哭,诉

曰：'我等戴香盆、运粮草以迎官军，金人悉知之。相公去，我辈无噍类矣。'飞亦悲泣，取诏示之曰：'吾不得擅留。'"

[五]《宋史·岳飞传》："桧知飞志锐不可回，乃先请张俊、杨沂中等归，而后言飞孤军不可久留，乞令班师。一日奉十二金字牌，飞愤惋泣下，东向再拜曰：'十年之力，废于一旦。'"

[六]《宋史·岳飞传》："（秦）桧遣使捕飞父子证张宪事，使者至，飞笑曰：'皇天后土，可表此心！'初命何铸鞫之，飞裂裳以背示铸，有'尽忠报国'四大字，深入肤理。"

[七] 回戈：掉转兵戈。

唱罢满江红一阕，眼前胡骑正纵横[一]。
山河破碎悲残局，尘土功名感半生[二]。
涅背[三]不忘惟报国，凭心妙运已论兵[四]。
出师欲慰喁喁[五]望，肯负壶箪[六]父老情。

注释：

[一] 满江红：指宋岳飞的《满江红·怒发冲冠》。唐杜甫《八哀诗·赠左仆射郑国公严公武》："汉议尚整肃，胡骑忽纵横。"

[二] 宋文天祥《过零丁洋》："山河破碎风飘絮，身世浮沉雨打萍。"宋岳飞《满江红·怒发冲冠》："三十功名尘与土，八千里路云和月。"

[三] 涅背：指岳飞背上曾刺"精忠报国"四字。

[四]《宋史·岳飞传》："阵而后战，兵法之常；运用之妙，存乎一心。"

[五] 喁喁：仰望期待貌。汉赵晔《吴越春秋·越王无余外传》："恶无细而不诛，功无微而不赏，天下喁喁，若儿思母、子归父而留越。"

[六] 壶箪：箪食壶浆，指犒师拥军。典出《孟子·梁惠王下》："以万乘之国伐万乘之国，箪食壶浆以迎王师，岂有他哉！避水火也。"《宋史·岳飞传》："先是，绍兴五年，飞遣梁兴等布德意，招结两河豪杰……父老百姓争挽车牵牛，载糗粮以馈义军，顶盆焚香迎候者，充满道路。"

黄龙未饮遽班师[一]，宋祚难延已可知。
此日诛奸谁请剑，当年破虏独搴旗。
九重天视未尘掩，三字狱[二]成行路悲。
赢得西湖埋骨处，水光山色总相宜。

注释：

[一] 黄龙饮：指彻底击败敌人，痛饮欢庆。《宋史·岳飞传》："金统制王镇、统领崔庆、将官李觊、崔虎、华旺等皆率所部降……金将军韩常欲以五万众内附。飞大喜，语其下曰：'直抵黄龙府，与诸君痛饮尔！'"

[二] 三字狱：《宋史·岳飞传》："狱之将上也，韩世忠不平，诣桧诘其实，桧曰：'飞子云与张宪书虽不明，其事体莫须有。'世忠曰：'莫须有三字，何以服天下？'时洪皓在金国中，蜡书驰奏，以为金人所畏服者惟飞，至以父呼之，诸酋闻其死，酌酒相贺。"

吊岳武穆二首

莫叩天阍[一]剖素衷，千秋遗恨饮黄龙。
山河断送秦三字[二]，尘土长蒙宋二宗[三]。
纲鼎[四]敢言终乞退，宪云无忝死相从[五]。
棠梨几度花开落，泪洒斜阳马鬣封[六]。

注释：

[一] 天阍：天门。宋王灼《次韵任元受除夕》："九重无路扣天阍，万里何时返荜门。"
[二] 秦三字：指秦桧所说的"莫须有"三字。
[三] 宋二宗：指被金人掳去的徽宗、钦宗二帝。
[四] 纲鼎：南宋主战派李纲与赵鼎。
[五] 宪云：张宪与岳云。无忝：不玷辱。当岳飞以"莫须有"的罪名被赐死时，岳云与张宪同被处斩。
[六] 马鬣封：坟墓。唐白居易《寒食野望吟》："棠梨花映白杨树，尽是死生离别处。"

议和有约战无功，赢得千年血食[一]丰。
鬓影鞭丝[二]来士女，夕阳荒草吊英雄。
西湖山水名难泯，南渡朝廷运易终。
日暮吴娘歌杳杂[三]，远听浑似满江红[四]。

注释：

［一］血食：祭品。
［二］鬓影鞭丝：妇女和马鞭。借指出游。宋陆游《齐天乐·左绵道中》："塞月征尘，鞭丝帽影，常把流年虚占。"
［三］沓杂：纷乱。
［四］满江红：指岳飞的《满江红·怒发冲冠》。

夜过纪真楼下有怀周公

灯暗楼台冷故居，沧桑回首怅何如。
苍城隔水诗声远[一]，皎月窥帘纸帐虚。
天上星辰通感应，人间气运有乘除[二]。
遥知一枕蕉窗梦[三]，无复朝来惊走车[四]。

注释：

［一］周公燕五是今广东开平苍城镇人，开平与台山隔一潭。
［二］乘除：消长盛衰。
［三］蕉梦典出《列子·周穆王》："郑人有薪于野者，遇骇鹿，御而击之，毙之。恐人见之也，遽而藏诸隍中，覆之以蕉，不胜其喜。俄而遗其所藏之处，遂以为梦焉。"
［四］走车：驱车。指周燕五过访事。

半局残如未拾棋，伊人遥在水之湄[一]。
月明来去浑无赖，客过徘徊有所思。
宿燕梁犹栖玳瑁[二]，流尘架欲掩玻璃。
茅冈[三]细雨村醪熟，醉梦何须问醒时。

注释：

［一］水之湄：河水对岸。《诗经·国风·秦风·蒹葭》："蒹葭萋萋，白露未晞。所谓伊人，在水之湄。"

[二] 玳瑁梁是画梁的美称。唐沈佺期《古意》："卢家少妇郁金堂，海燕双栖玳瑁梁。"
[三] 茅冈：广东开平县地名，周公燕五的故乡。

吊刘得之翁

海外空传有十洲，药能起死费寻搜[一]。
魂招珂里天难问[二]，恨遇珠江水不流。
旧雨匏樽成隔世[三]，荒山草木易惊秋。
六和茶寺无今昔，共识悬壶[四]客姓刘。

注释：

[一] 十洲：仙境。《海内十洲记》："汉武帝既闻王母说八方巨海之中有祖洲、瀛洲、玄洲、炎洲、长洲、元洲、流洲、生洲、凤麟洲、聚窟洲。有此十洲，乃人迹所稀绝处。"《史记·秦始皇本纪》："方士徐市等入海求神药，数岁不得。"
[二] 珂里：故里。天难问：难问天。汉王逸《〈楚辞·天问〉序》："《天问》者，屈原之所作也。何不言问天？天尊不可问，故曰天问也。"
[三] 旧雨：旧友，诗指刘得之。匏樽：饮酒器。宋黄庭坚《赠无咎八音歌》："匏樽酌吾子，虽陋意不浅。"
[四] 悬壶：行医卖药。

夜　　雨

春雨凄迷夜，离骚读未宁。
引屏[一]遮短烛，移榻避疏棂。
市远难买醉，巷深宜卧听。
不应天尚梦，虫语满空庭。

注释：

[一] 引屏：拉上屏风。

赠卜者云中鹤四首

蹭蹬[一]江湖白发催，观田望岁[二]总堪哀。
天地饮啄[三]原非易，莫向云中唤鹤回。

注释：

[一] 蹭蹬：潦倒失意。
[二] 望岁：盼望丰收。
[三] 饮啄：生活。语本《庄子·养生主》："泽雉十步一啄，百步一饮，不蕲畜乎樊中。"

相逢争忍话前尘，总被儒冠误此身[一]。
我自买锄[二]君卖卜，大家都是可怜人。

注释：

[一] 唐杜甫《奉赠韦左丞二十二韵》："纨袴不饿死，儒冠多误身。"
[二] 买锄：种田。

信是天高不易攀，云中鹤竟堕尘间。
龟蓍卜筮生涯陋，谁识当年骆慕颜[一]。

注释：

[一] 龟蓍：古人以蓍草与龟甲占卜凶吉，因以指占卜。骆慕颜：台山文人，1927年6月《台城舆论报》曾刊发其长诗《游三仙寺》。云中鹤当是指骆慕颜。

举目沧桑欲断魂，消愁无酒惜匏樽。
相逢正是春光好，往事凄凉不忍言。

雨夜寄怀

家贫疏把酒，怀抱几时开。
灯影随风乱，虫声催雨来。
春深寒渐薄，更静梦初回。
老去繁华歇，凭谁话劫灰[一]。

注释：
[一] 劫灰：参《哀香江二首》诗注。

春归日寄怀和周公二首

沧桑随转瞬，海屋迭添筹[一]。
梦远三千里，香残十二楼[二]。
莺花拚一别，风雨触孤愁。
寂寞江城暮，珠帘半卸钩。

注释：
[一] 添筹：添岁。宋苏轼《东坡志林·三老语》："尝有三老人相遇，或问之年……一人曰：'海水变桑田时，吾辄下一筹，尔来吾筹已满十间屋。'"
[二] 十二楼：泛指高阁。唐王昌龄《放歌行》："南渡洛阳津，西望十二楼。明堂坐天子，月朔朝诸侯。"

不信飞花尽，佳人尚莫愁[一]。
闲教春入夏，慵取葛更裘。
丰啬随天付，浮沉与俗流。
青门多局促，休羡种瓜侯[二]。

注释：

［一］莫愁：古乐府中传说的女子。诗句双关。南朝梁武帝《河中之水歌》："河中之水向东流，洛阳女儿名莫愁……十五嫁为卢家妇，十六生儿字阿侯。"

［二］种瓜侯：即邵平，秦故东陵侯，秦亡后，为布衣，种瓜长安城东青门外。《艺文类聚》卷八十七《果部下·瓜》："《史记》曰：邵平故秦东陵侯，秦灭后，为布衣，种瓜长安城东。种瓜有五色，甚美，故世谓之东陵瓜，又云青门瓜，青门东陵也。"

送春和周公二首

转眼风光淡，花飞东复西。
离亭歌未歇，芳草恨无涯[一]。
老去情天缺，人归梦雨[二]迷。
只应肠断尽，十里暮莺啼。

注释：

［一］唐李煜《清平乐·别来春半》："离恨恰如春草，更行更远还生。"唐耿湋《送张侍御赴郴州别驾》："王孙对芳草，愁思杳无涯。"

［二］梦雨：迷蒙细雨。唐李商隐《重过圣女祠》："一春梦雨常飘瓦，尽日灵风不满旗。"

九十春光短，羲和[一]催著鞭。
飘飘花扑袂，袅袅柳飞绵。
薄霭遮前驿，哀禽咽暮天。
临风一杯酒，送别恨年年。

注释：

［一］羲和：驾驭日车的神。《楚辞·离骚》："吾令羲和弭节兮，望崦嵫而勿迫。"王逸注："羲和，日御也。"

往事和周公三首

往事难重拾，聊凭楮墨陈。
窥臣邻有女[一]，似叔巷无人[二]。
雁吊寒云影，尘栖弱草身[三]。
即今贫复病，虚度一年春。

注释：
[一] 战国宋玉《登徒子好色赋》："然此女登墙窥臣三年，至今未许也。"
[二] 《诗经·国风·郑风·叔于田》："叔于田，巷无居人。岂无居人？不如叔也，洵美且仁。"
[三] 晋皇甫谧《列女传》："人生世间，如轻尘栖弱草耳，何至辛苦迺尔！"《南史·鱼弘传》："丈夫生如轻尘栖弱草，白驹之过隙。"

往事知多少[一]，吟笺短莫陈。
惭非题柱客[二]，终负卷帘人[三]。
梦境空回首，名场悔置身。
裁书答亲友，憔悴不因春。

注释：
[一] 唐李煜《虞美人》其二："春花秋月何时了，往事知多少。"
[二] 题柱客：指司马相如。《华阳国志》："城北十里有升仙桥，有送客观。司马相如初入长安，题市门曰：'不乘赤车驷马，不过汝下也。'"
[三] 卷帘人：指程坚甫妻何莲花。

廿年回首处，鸿爪迹成陈[一]。
诗酒琴棋客，东西南北人。
烟云消昨梦，萍絮[二]认前身。
不知残照里，更送几番春。

注释：

[一] 鸿爪：喻往事留下的痕迹。宋苏轼《和子由渑池怀旧》："人生到处知何似，应似飞鸿踏雪泥。雪上偶然留爪印，鸿飞那复计东西。"
[二] 萍絮：萍踪絮影，喻漂泊不定。

端午和周公

蝉嘶窗影静，榴火[一]灼骄阳。
酒熟蒲多味[二]，脐肥蟹倍香[三]。
淳风尚荆楚，佳节侑杯觞。
独羡茅冈客[四]，醉余诗兴长。

注释：

[一] 榴火：石榴花。因其红艳似火，故称。
[二] 南朝梁宗懔《荆楚岁时记》："五月五日谓之浴兰节，四民并蹋百草之戏，采艾以为人，悬门户上以禳毒气，以菖蒲或镂或屑以泛酒。"
[三] 蟹脐指蟹腹。
[四] 茅冈客：指周公燕五。

寒冬之夜风雨大作竟夕不寐吟成四首

打窗风雨夜沉沉，萧瑟绳床感不禁。
天问莫凭三寸舌[一]，冬来惟剩一条衾。
富邻隔壁难偷暖，寒士能诗但苦吟。
家世百年人事异，门前积雪未应深。

注释：

[一] 汉王逸《〈楚辞·天问〉序》："《天问》者，屈原之所作也。何不言问天？天尊不可问，故曰天问也。屈原放逐，忧心愁悴。……见楚有先王

之庙及公卿祠堂……周流罢倦，休息其下，仰见图画，因书其壁，呵而问之以渫愤懑，舒泻愁思。"

何来广厦万千间，毕竟难宽老杜颜[一]。
今夜频闻风挟雨，明朝应积雪成山。
鸡鸣惊枕知谁舞[二]，蠖屈[三]如弓笑我孱。
最是壁灯摇欲灭，破窗门费几回关。

注释：
[一] 唐杜甫《茅屋为秋风所破歌》："安得广厦千万间，大庇天下寒士俱欢颜，风雨不动安如山。"
[二] 用闻鸡起舞典。
[三] 蠖屈：像尺蠖一样弯曲。

无端风夜闹终宵，震荡浑教天地摇。
五夜不闻铜漏滴[一]，一壶空忆玉冰烧[二]。
灯残代取供神蜡，被冷偏来借睡猫。
雪里料应憔悴尽，潘郎鬓与沈郎腰[三]。

注释：
[一] 五夜：五更。铜漏：铜壶，古代一种计时器。宋岳珂《闲居六咏》其六："铜漏水仍滴，金炉香未灰。"
[二] 玉冰烧：广东地方名酒，以肥猪肉浸酿而成。
[三] 南朝梁沈约老病，百余日中，腰带数移孔；又晋潘岳年始三十二岁，即生白发。后因以"沈腰潘鬓"为形容身体消瘦、头发斑白之典。

催晓鸡声又一回，宵残香烬博山灰[一]。
闻风竟似惊弓鸟，傲雪除非倚槛梅。
肤到栗时肠百结，梦无寻处眼双开。
是间远隔邯郸道，敢望仙人送枕来[二]。

注释：
[一] 博山：即博山炉。唐刘禹锡《泰娘歌》："妆奁虫网厚如茧，博山炉侧倾

寒灰。"
[二] 唐沈既济《枕中记》谓卢生在邯郸客店中遇道士吕翁,用其所授瓷枕做了一梦。及醒,店主所炊黄粱还未熟。

悼亡侄四首

廿六年华真似梦,八年客路恰才归。
巫医兼用功何补,广受相依愿已违[一]。
续命丝难灯草代[二],伤心泪并纸钱飞。
怪他冬后风如剪,断我生机一线微。

注释:
[一] 广受:西汉疏广、疏受叔侄。此处指作者与其亡侄。
[二] 《太平御览》卷八一四引汉应劭《风俗通》:"五月五日赐五色续命丝,俗说益人命。"

灯前搔首几踟蹰,养老扶持望总虚。
你命虽然冥[一]有限,我心争奈碎无余。
莫明风水玄空[二]理,怕见亲朋慰唁书。
记得死生分手日,再迟一月岁刚除。

注释:
[一] 冥:冥冥之中。
[二] 玄空:参《赠汤褒公二首》诗注。

兜率[一]魂归念我不,分明寄世若蜉蝣[二]。
一丝实系千钧重[三],双泪难凭片语收。
骨肉有情从此断,参苓[四]无效果何由。
伤心今后门庭冷,未必前生德不修。

注释:
[一] 兜率:即兜率天。释尊成佛以前,在兜率天,从兜率天降生人间成佛。

《法华经·劝发品》:"若有人受持读诵,解其义趣,是人命终……即往兜率天上弥勒菩萨所。"
[二] 《诗经·曹风·蜉蝣》:"蜉蝣之羽,衣裳楚楚。"毛传:"蜉蝣,渠略也,朝生夕死。"
[三] 《汉书·枚乘传》:"枚乘字叔,淮阴人也,为吴王濞郎中。吴王之初怨望谋为逆也,乘奏书谏曰:'……夫以一缕之任系千钧之重,上县无极之高,下垂不测之渊,虽甚愚之人犹知哀其将绝也。'"
[四] 参苓:人参与茯苓,有延年益寿的作用。

莫说三生果与因[一],重泉从此渺音尘。
生无福寿轮回误,死有爷娘依傍亲。
只是悲酸难过我,幸教施赠免求人。
寒山草短斜阳淡,添个坟碑数尺新。

注释:
[一] 三生果与因:亘过去、现在、未来三世而寻因果也。《因果经》曰:"欲知过去因者,见其现在果。欲知未来果者,见其现在因。"

岁暮寄怀二首

尘海归来两鬓秋,夜来无复念潮州[一]。
酒沽茅舍香偏洌,诗写田家韵欲流。
淡与菊交成莫逆[二],稔闻稻讯忽忘忧。
暮年耕读行吾素,万里从何觅一侯[三]。

注释:
[一] 潮州:作者曾任广东高等法院汕头分院秘书(驻地在潮州)。
[二] 即与菊成莫逆之交。
[三] 行吾素:我行我素。《后汉书·班超传》:"生燕颔虎颈,飞而食肉,此万里侯相也。"

犬马余生万事乖，酒炉茶臼费安排。
那从破榻求完梦，幸有新诗慰老怀。
履健行犹思竹杖，饭甘功不在盐斋^[一]。
冬寒渐减登临兴，闲却山隈与水涯。

注释：

[一] 因饥饿而觉饭甘。陈中美注谓此诗是1958年"大跃进"以后的作品。

忆周公二首

古巷阴阴独倚窗，高吟低唱少新腔。
未闻好月常三五，敢有良朋聚一双。
秀韵叠成公手敏，德音频惠我心降。
夜灯午茗缘堪续，文旆何时再渡江^[一]。

注释：

[一] 文旆：犹言尊驾、大驾。江：指潭江。周公燕五所居苍城与作者家乡台山只相隔一条江，即潭江。

梦到苍城幻若真，溯洄秋水感伊人^[一]。
闭门种菜^[二]功名淡，剪烛论文气味亲。
昨夜星辰教忆友^[三]，他生元白^[四]愿为邻。
春光不向贫家好，灯下诗成一怆神。

注释：

[一] 溯洄：逆流而上。《诗经·秦风·蒹葭》："蒹葭苍苍，白露为霜。所谓伊人，在水一方。溯洄从之，道阻且长。"
[二] 闭门种菜：典出《三国志·蜀书·先主传》"先主据下邳"裴松之注引晋胡冲《吴历》："备时闭门，将人种芜菁，曹公使人窥门。既去，备谓张飞、关羽曰：'吾岂种菜者乎？曹公必有疑意，不可复留。'"
[三] 唐李商隐《无题二首》其一："昨夜星辰昨夜风，画楼西畔桂堂东。身无彩凤双飞翼，心有灵犀一点通。"

[四] 元白：唐元稹与白居易。元辛文房《唐才子传》："（白居易）与元稹极善胶漆，音韵亦同，天下曰元白。"

读周公脚肿诗书后

药香书味室氤氲，天步艰难人亦云[一]。
蝴蝶方浓归后梦[二]，鹧鸪愁向病中闻[三]。
丹砂服去精神健，珠玉吟成齿颊芬[四]。
老圃冬来多寂寞，盥蔷正待捧郎云[五]。

注释：
[一]《诗经·小雅·白华》："天步艰难，之子不犹。"
[二]《庄子·齐物论》："昔者庄周梦为胡蝶，栩栩然胡蝶也，自喻适志与！不知周也。俄然觉，则蘧蘧然周也。"
[三] 周燕无脚肿，不能行步，故听鹧鸪啼叫"行不得也哥哥"而发愁。明李时珍《本草纲目·禽二·鹧鸪》："鹧鸪性畏霜露，早晚稀出，夜栖以木叶蔽身，多对啼，今俗谓其鸣曰：'行不得也哥哥。'"
[四]《晋书·夏侯湛传》："咳唾成珠玉，挥袂出风云。"宋赵长卿《好事近》："齿颊带余香，謦咳总成珠玉。"
[五] 盥蔷：用蔷薇露洗手。唐冯贽《云仙杂记·大雅之文》："柳宗元得韩愈所寄诗，先以蔷薇露灌手，薰玉蕤香后发读，曰：'大雅之文，正当如是。'"郎云：又称"郎笺"，对他人书信的敬称。《新唐书·韦陟传》："常以五采笺为书记，使侍妾主之，其裁答受意而已，皆有楷法，陟唯署名，自谓所书'陟'字若五朵云，时人慕之，号'郎公五云体'。"

暮冬随笔廿首[一]

沽酒消寒强自宽,缥箱检点褐无完[二]。
曝闻野叟言多妄[三],诗出迂儒味带酸。
耕砚半生余四壁[四],勾珠一错累全盘。
行藏得失寻常事[五],怪有旁人冷眼看。

注释:

[一] 陈中美注程诗谓此组诗作于1959年。
[二] 缥箱:淡青色的箱子。《韩非子·五蠹》:"故糟糠不饱者不务粱肉,短褐不完者不待文绣。"汉扬雄《逐贫赋》:"人皆文绣,余褐不完;人皆稻粱,我独藜飧。"
[三] 《列子·杨朱篇》:"昔者宋国有田夫,常衣缊黂,仅以过冬。暨春东作,自曝于日,不知天下之有广厦隩室,绵纩狐貉。顾谓其妻曰:'负日之暄,人莫知者;以献吾君,将有重赏。'"
[四] 四壁:形容家境贫寒,一无所有。《史记·司马相如列传》:"文君夜亡奔相如,相如乃与驰归成都。家居徒四壁立。"
[五] 《论语·述而》:"子谓颜渊曰:'用之则行,舍之则藏,唯我与尔有是夫。'"

几声爆竹动江城,新旧年间懒送迎。
赠粟谁周公瑾乏[一],采薇终让伯夷清[二]。
不因风雪怀先冷,可是烟霞疾已成[三]。
垂钓往来鸥鹭熟,家贫赢得一身轻。

注释:

[一]《三国志·吴书·鲁肃传》:"周瑜为居巢长,将数百人故过候肃,并求资粮。肃家有两囷米,各三千斛,肃乃指一囷与周瑜,瑜益知其奇也,遂相亲结。"
[二]《史记·伯夷列传》:"武王已平殷乱,天下宗周,而伯夷、叔齐耻之,

义不食周粟，隐于首阳山，采薇而食之。"
[三]《旧唐书·隐逸传·田游岩》："臣泉石膏肓，烟霞痼疾，既逢圣代，幸得逍遥。"

半世家贫累老妻，父书徒读愧修齐[一]。
忘机友欲盟鸥鹭[二]，争食吾宁与鹜鸡[三]。
兵马纵横闲看弈，江天俯仰独扶藜。
眼前一幅萧条画，十里寒芜夕照低。

注释：

[一] 父书徒读：典出《史记·廉颇蔺相如列传》："括徒能读其父书传，不知合变也。"修齐：修身、齐家、治国、平天下的省称。
[二] 典出《列子·黄帝》："海上之人有好沤鸟者，每旦之海上，从沤鸟游，沤鸟之至者百住而不止。其父曰：'吾闻沤鸟皆从汝游，汝取来，吾玩之。'明日之海上，沤鸟舞而不下也。"
[三]《楚辞·卜居》："宁与骐骥亢轭乎？将随驽马之迹乎？宁与黄鹄比翼乎？将与鸡鹜争食乎？此孰吉孰凶？何去何从？"

短发稀疏雪染须，等闲[一]换了好头颅。
那容诗酒称狂客[二]，已买竿丝学钓徒。
百结难分衣厚薄[三]，一箪宁计饭精粗[四]。
凭君休问飞鸿迹，点点泥尘是畏途。

注释：

[一] 等闲：轻易，随便。
[二]《汉书·盖宽饶传》："无多酌我，我乃酒狂。"《旧唐书·贺知章传》："知章晚年尤加纵诞，无复规检，自号四明狂客，又称秘书外监，遨游里巷。醉后属词，动成卷轴，文不加点，咸有可观。"
[三] 宋黄庭坚《次韵吉老十小诗》之九："半菽一瓢饮，县鹑百结衣。"
[四]《论语·雍也》："一箪食，一瓢饮，在陋巷，人不堪其忧，回也不改其乐。"

风雪穷庐夜夜灯，蝇头细拾旧诗誊。
乍来复去窥窗月，似是还非退院僧[一]。
谀墓求金劳亦绌[二]，灌园抱瓮[三]老犹能。
京华曩昔交游盛，车马何人念笠簦[四]？

注释：

[一] 退院僧：参《登楼二首》诗注。

[二] 唐李商隐《刘叉》："后以争语不能下诸公，因持愈（韩愈）金数斤去，曰：'此谀墓中人得耳，不若与刘君为寿。'"

[三] 灌园抱瓮：汲水浇菜。《庄子·天地》："子贡南游于楚，反于晋，过汉阴，见一丈人方将为圃畦，凿隧而入井，抱瓮而出灌，搰搰然用力甚多而见功寡。"

[四]《太平御览》卷四〇六引晋周处《风土记》："越俗性率朴，意亲好合，即脱头上手巾，解要间五尺刀以与之为交，拜亲跪妻，初定交有礼……祝曰：'卿虽乘车我戴笠，后日相逢下车揖；我虽步行卿乘马，后日相逢卿当下。'"

背山面水野人居，黄叶飘残竹木疏。
策杖寻梅村以外，脱衣换酒岁之余[一]。
食贫有粥宁希肉[二]，忆友无诗不寄书。
留得寒畦三五亩，岂宜赪尾叹鲂鱼[三]。

注释：

[一]《晋书·阮孚传》："迁黄门侍郎、散骑常侍。尝以金貂换酒，复为所司弹劾，帝宥之。"唐李白《将进酒》："五花马，千金裘，呼儿将出换美酒。"宋司马光《都下秋怀呈聂之美》："解衣换斗酒，且尽平生怀。"

[二]《诗经·卫风·氓》："自我徂尔，三岁食贫。"

[三] 鲂鱼赪尾喻人民穷困劳苦。《诗经·周南·汝坟》："鲂鱼赪尾，王室如毁。"毛传："赪，赤也；鱼劳则尾赤。"朱熹集传："鲂尾本白而今赤，则劳甚矣。"

贫病交侵记麦秋[一],不惟脚肿面犹浮[二]。
死生已悟彭殇妄[三],饥饱宁关丰歉收。
局外观棋还守默,椟中藏玉肯求售[四]。
扁竿挑菜入城市,且为茶香尽一瓯。

注释:

[一] 麦秋:农历四五月麦熟,故云秋。
[二] 脚肿面犹浮:这是当时普遍性的饥荒现象。
[三] 彭殇妄:把长寿和短命同等看待是虚妄的。语本《庄子·齐物论》"天下莫大于秋毫之末,而大山为小;莫寿于殇子,而彭祖为夭"。晋王羲之《〈兰亭集〉序》:"固知一死生为虚诞,齐彭殇为妄作。"
[四] 《论语·子罕》:"子贡曰:'有美玉于斯,韫椟而藏诸?求善贾而沽诸?'子曰:'沽之哉!沽之哉!我待贾者也。'"

朔风吹送腊将残,四壁为家特地寒[一]。
被有温时容梦熟,饭无饱日觉肠宽。
恐招人妒诗低诵,幸免官催租早完。
细雨黄昏蓑影绿,更谁峨博羡衣冠[二]。

注释:

[一]《史记·司马相如列传》:"文君夜亡奔相如,相如乃与驰归成都。家居徒四壁立。"
[二] 唐张志和《渔歌子》:"西塞山前白鹭飞,桃花流水鳜鱼肥。青箬笠,绿蓑衣,斜风细雨不须归。"峨博衣冠,即峨冠博带,古代士大夫的装束。

簸弄难回造物心[一],半生人海叹浮沉。
交亲散后吟情淡,醉梦醒时暮气深。
巷僻有苔侵老屋,风高无叶补疏林。
便宜两耳聪[二]优在,听尽黄昏牧笛音。

注释:

[一] 簸弄难回造物心:即难回造物簸弄心。造物即天。宋吴潜《满江红》其八:"造物小儿忺簸弄,翻云覆雨难撙触。"

［二］聪：听觉，听力。

  蓑笠浓拖晓陇烟，老宁学圃不逃禅[一]。
  志无枥骥常千里[二]，身似辕驹又一年[三]。
  年矢催来垂暮日，唾壶击碎奈何天[四]。
  盘斋媚灶[五]羞随俗，爆竹声中独黯然。

注释：

［一］学圃：参《垅上吟二首》诗注。逃禅：遁世而参禅。
［二］魏曹操《步出夏门行》："老骥伏枥，志在千里。"
［三］《史记·魏其武安侯列传》："今日廷论，局趣效辕下驹。"
［四］南朝宋刘义庆《世说新语·豪爽》："王处仲（王敦）每酒后辄咏'老骥伏枥，志在千里。烈士暮年，壮心不已'。以如意打唾壶，壶口尽缺。"
［五］盘斋媚灶：斋灶，旧时祭灶习俗。《论语·八佾》："与其媚于奥，宁媚于灶。"

  暮雨萧萧江上村，索居滋味向谁论。
  诗成竟似风萧瑟，酒后常忘日晓昏。
  动把园蔬欺食指[一]，每听邻笛[二]怆吟魂。
  梦中忽作陶彭泽，亲旧来招共一樽[三]。

注释：

［一］园蔬欺食指：即被食指动所欺骗，以为有异味，结果只得蔬菜。语出《左传·宣公四年》："楚人献鼋于郑灵公。公子宋与子家将见。子公之食指动，以示子家，曰：'他日我如此，必尝异味。'及入，宰夫将解鼋，相视而笑。"
［二］邻笛：典出晋向秀《思旧赋》序："余与嵇康、吕安居止接近；其人并有不羁之才，然嵇志远而疏，吕心旷而放。其后各以事见法……余逝将西迈，经其旧庐，于时日薄虞渊，寒冰凄然，邻人有吹笛者，发声寥亮，追思曩昔游宴之好，感音而叹，故作赋云。"
［三］陶彭泽：陶渊明，他曾任彭泽县令。晋陶渊明《五柳先生传》："性嗜酒，家贫不能常得。亲旧知其如此，或置酒而招之；造饮辄尽，期在

必醉。"

> 逃名[一]未得况求闻,彳亍[二]寒畦日易曛。
> 久客余生还老圃,故人厚禄隔重云[三]。
> 风霜饱历襟怀冷,芋栗初尝齿颊芬。
> 自笑年来狂渐减,不曾沽酒索妻裙[四]。

注释:

[一] 逃名:不求声名。
[二] 彳亍:走走停停。
[三] 唐杜甫《狂夫》:"厚禄故人书断绝,恒饥稚子色凄凉。"
[四] 唐元稹《遣悲怀三首》其一:"顾我无衣搜画箧,泥他沽酒拔金钗。"

> 一枕黄粱梦境虚[一],藜羹[二]肉食味何如。
> 有情山水容吾老,无赖光阴促岁除。
> 夕照苍茫常久立,冬耕响应敢闲居。
> 桃符爆竹皆微物,却累荆妻罄积储。

注释:

[一] 唐沈既济《枕中记》谓卢生在邯郸客店中遇道士吕翁,用其所授瓷枕做了一梦。及醒,店主所炊黄粱还未熟。
[二] 藜羹:用藜菜做的羹,泛指粗劣的食物。《庄子·让王》:"孔子穷于陈蔡之间,七日不火食,藜羹不糁。"

> 半世光阴仿佛间,崎岖难越是关山。
> 可堪客路重回首,且为村醪一破颜。
> 自劳浑忘心力瘁,吾衰不仅鬓毛斑[一]。
> 暮年所急惟温饱,腊尾春头付等闲[二]。

注释:

[一]《论语·述而》:"甚矣,吾衰也!久矣,吾不复梦见周公。"
[二] 腊尾春头:年末春初。宋范成大《闰月四日石湖众芳烂漫》:"开尝腊尾蒸来酒,点数春头接过花。"句谓唯求温饱,无心节日。

暮年身世百无聊，俯仰微吟寄慨遥。
瓦釜雷鸣慵复羡[一]，酒帘风软喜相招[二]。
一蓑细雨朝巡垅，半里斜阳晚过桥。
抱瓮[三]去来瓜又熟，江湖回首梦痕消。

注释：

[一] 《文选·屈原〈卜居〉》："黄钟毁弃，瓦釜雷鸣。谗人高张，贤士无名。"李周翰注："瓦釜，喻庸下之人；雷鸣者，惊众也。"
[二] 宋韩琦《次韵酬子渊学士灯夕不出闻诸公继有游赏》："月闲花院掩，风软酒帘斜。"
[三] 抱瓮：汲水灌溉。出自《庄子·天地》。

青山老屋息征骓[一]，犬睡门前过客稀。
风急长林天籁[二]峭，日斜隔水市声微。
买蓑莫笑非儒服，压线[三]终惭作嫁衣。
渐觉眼前生意好，霜畦晚菜绿初肥。

注释：

[一] 征骓：征马。
[二] 天籁：自然界的声响，如风声、鸟声、流水声等。《庄子·齐物论》："女闻人籁而未闻地籁，女闻地籁而未闻天籁夫！"
[三] 压线：参《赠汤褒公二首》诗注。

蕉鹿[一]糊涂梦太痴，清溪抱瓮醒来时。
闲寻曲水流觞[二]味，怕续南山种豆诗[三]。
窗近柳阴春睡早，日斜笠影晚归迟。
年光冉冉冬将暮，未许新愁入酒卮。

注释：

[一] 蕉鹿：参《夜过纪真楼下有怀周公》诗注。
[二] 曲水流觞：本是中国古代上巳节的一种传统习俗，后来发展成为文人墨客诗酒唱酬的一种雅事。晋王羲之《三月三日兰亭诗序》："永和九年，岁在癸丑，暮春之初，会于会稽山阴之兰亭，修禊事也。群贤毕至，少

长咸集。此地有崇山峻岭，茂林修竹，又有清流激湍，映带左右，引以为流觞曲水，列坐其次。"
[三] 南山种豆诗：司马迁外孙杨恽因《歌诗》获罪事。汉杨恽《歌诗》："田彼南山，芜秽不治。种一顷豆，落而为萁。人生行乐耳，须富贵何时。"宋洪迈《容斋四笔》卷十三："杨恽之《报孙会宗书》，初无甚怨怒之语，其诗曰：'田彼南山，芜秽不治。种一顷豆，落而为萁。'张晏释以为言朝廷荒乱，百官谄谀。可谓穿凿。而廷尉当以大逆无道，刑及妻子。"

　　　　　　浮云富贵梦繁华[一]，田野生涯亦足夸。
　　　　　　半世穷能全我节，百篇慧不拾人牙[二]。
　　　　　　独嫌酒价昂于米，转使风怀薄似纱。
　　　　　　喜与邻翁交渐密，夕阳篱角话桑麻[三]。

注释：
[一] 《论语·述而》："不义而富且贵，于我如浮云。"
[二] 慧不拾人牙：即不拾人牙慧。
[三] 晋陶渊明《归园田居五首》其二："时复墟曲中，披草共来往。相见无杂言，但道桑麻长。"

　　　　　　才了农忙冬又终，蒸藜[一]煨芋味无穷。
　　　　　　十年足遍江湖客，一变身为田舍翁[二]。
　　　　　　饯腊讵嫌村酒淡，赠诗还爱野花红。
　　　　　　山妻老去寒衣少，有桶犹堪避冽风[三]。

注释：
[一] 蒸藜：煮野菜。唐王维《积雨辋川庄作》："积雨空林烟火迟，蒸藜炊黍饷东菑。"
[二] 田舍翁：年老的庄稼汉。唐李白《秋浦歌十七首》其十六："秋浦田舍翁，采鱼水中宿。"
[三] 参《赠内人》诗注。

天风吹雪堕空阶,拟咏梅花韵未谐。
门外催租声太急,书中求粟愿多乖。
心灰不逐炉香热,头白拼教瓮酒埋[一]。
长铗羞弹鱼味旷[二],一年何日食非斋[三]。

注释:
[一]《晋书·刘伶传》:"常乘鹿车,携一壶酒,使人荷锸而随之,谓曰:'死便埋我。'"
[二]《战国策·齐人有冯谖者》:"齐人有冯谖者,贫乏不能自存,使人属孟尝君,愿寄食门下。……左右以君贱之也,食以草具。居有顷,倚柱弹其剑,歌曰:'长铗归来乎!食无鱼。'"
[三]《后汉书·周泽传》:"生世不谐,作太常妻,一岁三百六十日,三百五十九日斋。"

周公久无讯息赋此寄之二首

山城索寞小楼居,佳日登临付阙如[一]。
多病偏能诗笔健,绝交无怪孔兄[二]疏。
风前搔首应伤短[三],夜半扪心可遂初[四]。
我愧治田春复夏,垄间非种[五]不曾锄。

注释:
[一] 付阙如:即付之阙如。《论语·子路》:"君子于其所不知,盖阙如也。"
[二] 孔兄:孔方兄,钱也。宋黄庭坚《戏呈孔毅父》:"管城子无食肉相,孔方兄有绝交书。"
[三] 唐杜甫《春望》:"白头搔更短,浑欲不胜簪。"
[四] 遂初:遂其初愿。《晋书·孙绰传》:"(孙绰)少与高阳许询俱有高尚之志。居于会稽,游放山水,十有余年,乃作《遂初赋》以致其意。"
[五] 非种:语出《史记·齐悼惠王世家》:"深耕穊种,立苗欲疏;非其种者,锄而去之。"

卸却征衫万斛尘[一]，山林息影葆吾真。
未容陈酒常谋妇[二]，便得新诗懒示人。
物换星移伤往事，絮飞花落悟前因。
苍城咫尺相思苦，漫说天涯若比邻[三]。

注释：

[一] 万斛：古代以十斗为一斛，南宋末年改为五斗。万斛极言数量之多。
[二] 南朝宋刘义庆《刘伶病酒》："刘伶病酒，渴甚，从妇求酒。"宋苏轼《后赤壁赋》："归而谋诸妇。妇曰：'我有斗酒，藏之久矣，以待子不时之需。'"
[三] 唐王勃《送杜少府之任蜀州》："海内存知己，天涯若比邻。"

  李亦梧先生，雅人也，亦挚友也。推诚待士，蔼如春风，尤于病者临诊，悉心切脉，瘝恫[一]在抱，见诸颜色。询为叔世[二]中之古人，亦晚近不可多得之医生。没后数年，偶怀及之

知音难得更知心，流水从今不入琴[三]。
却为和风思柳下[四]，记曾终日坐梧阴。
狂吟愧我邀殊誉，惠济[五]唯公抱热忱。
数载依然口碑在，可征医德感人深。

注释：

[一] 瘝恫：病痛，疾苦。
[二] 叔世：犹末世。
[三] 句用伯牙绝弦事，典出《吕氏春秋》卷十四《孝行览·本味》："伯牙鼓琴，钟子期听之，方鼓琴而志在太山，钟子期曰：'善哉乎鼓琴，巍巍乎若太山。'少选之间，而志在流水，钟子期又曰：'善哉乎鼓琴，汤汤乎若流水。'钟子期死，伯牙破琴绝弦，终身不复鼓琴，以为世无足复为鼓琴者。"
[四] 和风：即诗题"推诚待士，蔼如春风"之意。柳下：诗亦指柳下惠，以柳下惠比李亦梧。《孟子·万章下》："孟子曰：'伯夷，圣之清者也；伊

尹，圣之任者也。柳下惠，圣之和者也；孔子，圣之时者也。'"
[五] 惠济：谓施恩于人。

戏题桥头之神

屹立桥头谓有神，能司祸福幻耶真。
淫祠[一]尽毁偏留你，镇日无言冷看人。
香火云屯缘早结，苔痕雨洗貌常新。
年来谙尽鸡豚味，应念苍生多食贫[二]。

注释：
[一] 淫祠：民间滥建的不在祀典的祠庙。《礼记·曲礼下》："非其所祭而祭之，名曰淫祀。"
[二] 《诗经·卫风·氓》："自我徂尔，三岁食贫。"

媚鬼民风迄未移，难将钟鼓醒迷痴。
便教片石留千载，能替长桥护几时。
杯酒还宜浇赵土[一]，香烟何必冷冯夷[二]。
记从月下朦胧看，疑是羊公堕泪碑[三]。

注释：
[一] 赵土：赵州土。燕赵古称多慷慨悲歌之士，酒浇赵州土，是对前贤的祭奠，是对英雄豪杰的敬仰。诗似用西门豹治邺事。唐李贺《浩歌》："不须浪饮丁都护，世上英雄本无主。买丝绣作平原君，有酒惟浇赵州土。"
[二] 冯夷：黄河之神，即河伯。
[三] 堕泪碑：参《哭堂兄遇鳞》诗注。

黄昏入市,见李沛君裸其上身,手托木盆,将往河边洗濯,戏以诗赠五首[一]

尘网撄人垢腻多,托盆应忆鼓盆歌[二](李君丧偶)。
濯缨濯足分清浊[三],可奈西门只一河。

注释:

[一] 李沛:李道旋(1908—1981),广东台山附城板岗浪波村人,清末举人张启煌弟子。曾当过店员、商贩、教师等。著有《寒山读书草堂诗集》。诗指其裸身洗衣事,参李道旋和作《和程公戏我裸身浣衣》:"敢随世俗逐虚名,人爱衣冠我裸裎。附势人情争趋炎,波澜汹涌听涛声。"
[二] 鼓盆歌:典出《庄子集释》卷六下《外篇·至乐》:"庄子妻死,惠子吊之,庄子则方箕踞鼓盆而歌。惠子曰:'与人居,长子老身,死不哭亦足矣,又鼓盆而歌,不亦甚乎!'"
[三]《孟子·离娄上》:"沧浪之水清兮,可以濯我缨;沧浪之水浊兮,可以濯吾足。"

素衣不用叹流尘[一],世浊那能独洁身。
惆怅西门一河水,近来洗耳[二]更无人。

注释:

[一] 晋陆机《为顾彦先赠妇》之一:"京洛多风尘,素衣化为缁。"宋陆游《寄陈鲁山二首》其一:"即今举手遮西日,应有流尘化素衣。"
[二] 洗耳:典出晋皇甫谧《高士传·许由》:"由于是遁耕于中岳颍水之阳,箕山之下,终身无轻天下色。尧又召为九州长,由不欲闻之,洗耳于颍水滨。时其友巢父牵犊欲饮之,见由洗耳,问其故。对曰:'尧欲召我为九州长,恶闻其声,是故洗耳。'巢父曰:'子若处高岸深谷,人道不通,谁能见子。子故浮游,欲闻求其名誉,污吾犊口。'牵犊上流饮之。"

江天垂暮雨初收，十里清流变浊流。
论到苍黄丝易染[一]，知君难免色然忧[二]。

注释：

[一]《墨子·所染》："见染丝者而叹曰：染于苍则苍，染于黄则黄，所入者变，其色亦变。"
[二]色然：变色貌。《公羊传·哀公六年》："诸大夫见之，皆色然而骇。"何休注："色然，惊骇貌。"

若论沐浴不相宜，晞发阳阿俟异时[一]。
挤拥江干人洗濯，恐惊尘垢污冯夷。

注释：

[一]晞发：晒发。阳阿：神山名，朝阳初升时所经之处。《楚辞·九歌·少司命》："与女沐兮咸池，晞女发兮阳之阿。"王逸注："阿，曲隅，日所行也。言己愿托司命，俱沐咸池，干发阳阿。"

衣冠容易盗虚名，怪独先生爱裸裎[一]。
浣濯归来天已暮，可曾呜咽听江声。

注释：

[一]裸裎：赤身露体。

人工湖竹枝词十四首[一]

人工构造费工夫，花木亭台似画图。
半载动员劳动力，果然弄出一西湖。

注释：

[一]人工湖：台城人工湖位于台城南面的牛山和猫山下，分东湖、西湖和南湖，总称宁城公园。此湖于1958年由台山人民开挖。陈中美注程诗谓此组诗作于1960年。

小立湖堤纳晚凉,好风时送柳花香。
过桥人似过江鲫,更有何人逛广场。

晚晴湖影接天光,异草奇花夹道旁。
少妇回头频唤女,要行路侧避狂伧[一]。

注释:

[一] 狂伧:放荡粗野。

扁舟一叶木兰桡,儿女双双学弄潮。
让妹坐头郎坐尾,白桥穿过又红桥。

一行疏柳晚风清,不少诗情与脚情。
有客问予予问客,拱桥何以号超英[一]。

注释:

[一] 超英:超英赶美之意。

掌声笑语入云端,划艇刚刚比赛完。
乡妇入城增眼福,嘱郎明日再来看。

晚游湖上涤尘胸,四角凉亭四面风。
行出小桥回首望,两三灯火是南隆[一]。

注释:

[一] 南隆:今广东台山南隆村。

湖心凸起草青青,金碧辉煌几座亭。
电光亮时上燕喜[一],香烟缕缕讲茶经。

注释:

[一] 燕喜:台山酒楼燕喜楼。

晚风吹散一湖烟，短艇无篷系柳边。
来岁风光应更好，新荷出水叶田田[一]。

注释：

[一] 田田：莲叶盛密貌。《乐府诗集·相和歌辞一·江南》："江南可采莲，莲叶何田田。"

柳影参差水蔚南，饱看风景不嫌贪。
羡他少妇凭阑好，家住环城路近南。

花明柳暗路盘陀，蜡屐弓鞋印像多。
郎自看猴侬看兔，免教男女鬓相磨。

绿衣黄发小娃娃，牵住娘衣要摘花。
娘笑回头哄娇女，板牌告示谓严拿。

本地风光胜莫愁[一]，宜春宜夏亦宜秋。
台山八景无颜色，让尔后来居上游。

注释：

[一] 莫愁：南京莫愁湖，清时号称"金陵第一名胜"。

一花一木出心裁[一]，水榭山亭生面开。
只恐哥哥行不得，环城桥侧是蓬莱。

注释：

[一] 出心裁：即别出心裁。

重游人工湖即成四首

人造湖成春复秋，风光召我几回游。
湖心尚少烹茶地，却在亭边系一舟[一]。

注释：
［一］一舟：湖心岛边建设的船形湖心舫茶楼。

$$晚踱湖心避俗尘，眼前风景总清新。$$
$$分明一幅徐熙^{[一]}画，置我身为画里人。$$

注释：
［一］徐熙：五代南唐杰出画家，善画花竹林木、蝉蝶草虫。

$$大小湖如大小乔^{[一]}，小乔更比大乔娇。$$
$$禁他不住诗情动，水面风过塔影摇。$$

注释：
［一］大小湖：大湖当为西湖，小湖当为东湖。大小乔：大乔（孙策妻）、小乔（周瑜妻）。

$$双亭桥上峙双亭，伫望遥山入杳冥^{[一]}。$$
$$自笑看花心未足，更扶藜杖过前汀。$$

注释：
［一］杳冥：高空。

瞽叟行

偶尔行过鬼谷庙，庙貌颓然[一]香火少。
时有瞽者六七人，聚坐门前裂唇笑。
中有瞽者曾相识，问以谋生新方式。
旧业既为时所弃，尔辈从何觅衣食。
瞽叟闻语频摇头，谓予不幸瞎双眸。
总角从师学卜筮，生活以外无他求。

学成开业历时久,姓名渐渐挂人口。
赡养妻儿绰有余,街头日坐谈休咎[二]。
算命有时庄杂谐,愚夫愚妇信如迷。
腹馁方知天已暮,囊金[三]归去媚娇妻。
生活优游日易过,六十余年一刹那。
头颅白了不自见,摩挲两颊皱纹多。
自从解放便取缔,员警不时来告诫。
自惟残废且年高,侥幸或在宽容例。
今逢社会"大跃进"[四],政令厉行扫迷信。
巫卜星相及堪舆[五],到此山穷水亦尽。
我辈尚蒙待遇优,着令碎炭握煤球。
因人力量配工作,工资分别按劳酬。
迩来生活赖维持,不争手皴[六]如龟皮。
空闲机会不可得,今日君来值假期。
我辈目盲心未盲,趋向光荣大路行。
时时洗刷旧思想,不愿乡愚称先生。
我闻瞽叟语滔滔,心窃佩其见地高。
年老目瞎犹操劳,何况双目炯炯如吾曹。[七]

注释:

[一] 颓然:坍塌。
[二] 休咎:吉凶。魏晋陆机《君子行》:"休咎相乘蹑,翻覆若波澜。"
[三] 囊金:把钱装进口袋。
[四] "大跃进":此诗作于1960年"大跃进"运动时。
[五] 堪舆:风水。
[六] 皴:皮肤因受冻而裂开。《南史·梁纪中·武帝下》:"执笔触寒,手为皴裂。"
[七] 《不磷室拾遗》书稿注:"以上为不磷室拾遗诗二百六十二首。"加上下面5首词,共有诗词267首,这是《西山半叟诗集》的上部,止于1960年春。

蝶 恋 花

局促常嫌天地小。强拭啼痕,转向人前笑。煮茗楼头烟袅袅,一杯消得愁多少。

绮陌寻春花窈窕[一]。回首前尘,似梦还缥缈。漏歇灯残窗未晓,山村二月寒犹峭。

注释:
[一] 窈窕:娴静美好。宋苏轼《南歌子》:"紫陌寻春去,红尘拂面来。无人不道看花回。"

南 柯 子

老渐忘书卷,贫难续酒杯。闲阶花落点苍苔[一],汲水烹茶怀抱暂时开。

春恨年年续,名心寸寸灰[二]。韩江江水自迂回,湘子桥边何日我重来[三]。

注释:
[一] 唐王涯《春闺思》:"闲花落尽苍苔地,尽日无人谁得知。"
[二] 唐李商隐《无题二首》其二:"春心莫共花争发,一寸相思一寸灰。"
[三] 韩江、湘子桥都在潮州,是作者任汕头法院秘书时的旧游处。

卖 花 声

大梦几时醒[一]。尘海劳形。破柴依旧冷门庭。回首可怜歌舞地,酒绿灯青[二]。

岁月不居停[三]。朋旧凋零。潘郎老去鬓星星[四]。似恐吟魂消未尽,雨逼疏棂。

注释：
[一]《庄子·齐物论》："且有大觉而后知此其大梦也。"元朱希晦《春日》："微名空自绊，大梦几时醒。已悟身如寄，乾坤一旅亭。"
[二]唐杜甫《秋兴八首》其六："回首可怜歌舞地，秦中自古帝王州。"
[三]汉孔融《论盛孝章书》："岁月不居，时节如流，五十之年，忽焉已至。"
[四]潘郎：潘岳，诗人自比。宋史达祖《齐天乐·白发》："秋风早入潘郎鬓，斑斑遽惊如许。"宋沈邈《剔银灯》："等闲临照，潘郎鬓、星星易老。"

西江月二首

流水光阴易度，凌云意气难平。高楼煮茗共谈情，暂把心猿[一]勒定。
老去未忘春恨，梦回长恼风声。室中微火暗如萤，无奈沉沉夜永。

注释：
[一]心猿：语本《维摩经·香积佛品》："以难化之人，心如猿猴，故以若干种法，制御其心，乃可调伏。"

买醉越王台[一]畔，寻芳湘子桥头。翩翩肥马与轻裘[二]，常恐欢场落后。
往事如烟易散，韶华似水难留。如今借酒遣穷愁，羞向灯前话旧。

注释：
[一]越王台：在今广东广州越秀山，为汉时南越王赵佗所筑。
[二]《论语·雍也》："赤（公西赤）之适齐也，乘肥马，衣轻裘。"

晚望村南遥山感吟一律[一]

雨余云散见遥峰,抹翠如妆晚尚浓。
此日供人舒望眼,当年劳我插行踪。
寒溪有影留残月,怪石无言对古松。
寄语山中麋鹿友,樵夫别后渐龙钟[二]。

注释:
[一] 这是《西山半叟诗集》下部第一首诗,大概亦作于1960年。
[二] 南朝梁元帝《金楼子·兴王》:"夷雍之子名伯夷、叔齐,不食周粟,饿于首阳,依麋鹿以为群。"龙钟:衰老。唐王维《夏日过青龙寺谒操禅师》:"龙钟一老翁,徐步谒禅宫。"

戏赠柴镰[一]

割鸡割肉两无关,渐被尘埃掩旧颜。
今日偶然翻眼底,当年曾不去腰间。
锋芒易挫终成钝,草莽难除且退闲。
延濑歌残人亦老[二],岂宜携手再登山。

注释:
[一] 陈中美注程诗谓此诗作于1960年。
[二] 延濑:长河之滨。《文选》吕向注云:"苏门先生游于延濑,见一人采薪,谓之曰:'子以终此乎?'采薪人曰:'吾闻圣人无怀,以道德为心,何怪乎而为哀也?'遂为歌二章而去。"

庚子暮春[一]寄怀

省却桃花几页笺[二]，一春吟兴不如前。
雷闻深巷惊幽蛰，雨过平林抹淡烟。
消恨功难凭鲁酒[三]，畏寒忧未割吴绵[四]。
老翁渐识闲中味，非鸟如今亦信天[五]。

注释：

[一] 庚子暮春：即1960年3月底。
[二] 桃花笺即桃花纸。纸质薄而韧，可糊风筝或做窗纸等用。唐冯贽《云仙杂记·桃花纸》："杨炎在中书，后阁糊窗，用桃花纸，涂以冰油，取其明甚。"
[三] 鲁酒：薄酒的代称。唐李白《沙丘城下寄杜甫》："鲁酒不可醉，齐歌空复情。"
[四] 吴绵：吴地所产之丝绵。唐白居易《新制布裘》："桂布白似雪，吴绵软于云。"
[五] 信天：指信天翁鸟，亦叫信天缘。宋洪迈《容斋五笔·瀛莫间二禽》："其一类鹄，色正苍而喙长，凝立水际不动，鱼过其下则取之，终日无鱼，亦不易地，名曰信天缘。"清末陈宝琛《竹醉日僎园招饮同愔仲韵》："倚杆张弓谁料得，衰残任唤信天翁。"清末王恩汾《六十自遣二首》其一："屈指杖乡今已届，腼颜等作信天翁。"

乱眼慵看花样新，懒残[一]遮莫是前身。
不妨午梦逢亡友，未必春光属老人。
阴雨酿成三月暮，俗缘消尽一杯亲。
醉来也有诗题壁，红袖还须替拂尘[二]。

注释：

[一] 懒残：参《自嘲》（漫天阴雨酿新寒）诗注。
[二] 《青箱杂记》卷六："世传魏野尝从莱公游陕府僧舍，各有留题。后复同游，见莱公之诗已用碧纱笼护，而野诗独否，尘昏满壁。时有从行官妓

颇慧黠，即以袂就拂之。野徐曰：'若得常将红袖拂，也应胜似碧纱笼。'莱公大笑。"

赠翼园[一] 用林伯墉原韵

年光转眼竟如流，叱犊犁云老未休。
难得方圆[二]能应世，偶逢摇落莫悲秋[三]。
千头橘[四]雨频催熟，两腋茶风足散忧[五]。
早晚入城忙底事，友声相悦便相求[六]。

注释：
[一] 翼园：即谭锦洪。
[二] 方圆：变通。唐罗隐《谗书·答贺兰友书》："非仆之不可苟合，道义之人，皆不合也。而受性介僻，不能方圆。"
[三] 《楚辞·九辩》："悲哉秋之为气也！萧瑟兮草木摇落而变衰。"
[四] 千头橘：千棵柑橘树。《三国志·吴书·孙休传》："丹阳太守李衡。"裴松之注引晋习凿齿《襄阳记》："衡每欲治家，妻辄不听，后密遣客十人于武陵龙阳汜洲上作宅，种甘橘千株。临死，敕儿曰：'汝母恶我治家，故穷如是。然吾州里有千头木奴，不责汝衣食，岁上一匹绢，亦可足用耳。'"
[五] 唐卢仝《走笔谢孟谏议寄新茶》："六碗通仙灵，七碗吃不得也。唯觉两腋习习清风生，蓬莱山，在何处？玉川子，乘此清风欲归去。"
[六] 《诗经·小雅·伐木》："嘤其鸣矣，求其友声。"

春 归 日

蝶老莺残花乱飞，一年惆怅是春归[一]。
纵教村舍能留醉，毕竟愁城[二]莫解围。
暗淡薄烟迷草驿，黄昏细雨掩柴扉。
佳人也恨韶光[三]促，拾翠[四]重来愿已违。

注释：

[一] 宋刘儗《贺新郎》其三："暗伤怀、莺老花残，几番春暮。"唐白居易《三月三十日题慈恩寺》："惆怅春归留不得，紫藤花下渐黄昏。"
[二] 愁城：喻愁苦难消的心境。南北朝庾信《愁赋》："攻许愁城终不破，荡许愁门终不开。"
[三] 韶光：春光。唐白居易《春末夏初闲游江郭二首》其二："西日韶光尽，南风暑气微。"
[四] 拾翠：游春。魏曹植《洛神赋》："或采明珠，或拾翠羽。"唐杜甫《秋兴八首》其八："佳人拾翠春相问，仙侣同舟晚更移。"

送　春

杯酒长亭暮，离杯怆素怀。
香尘驰驿路，阴雨暗萧斋[一]。
期有来年会，愁无着处排。
落梅归玉笛[二]，飞絮碍金钗[三]。
赋别才将尽，诗成意未佳。
从今牵梦远，芳草绕天涯[四]。

注释：

[一] 萧斋：书斋。
[二] 落梅：指《梅花落》曲。唐李白《与史郎中钦听黄鹤楼上吹笛》："黄鹤楼中吹玉笛，江城五月落梅花。"
[三] 宋贺铸《掩萧斋》："落日逢迎朱雀街。共乘青舫度秦淮。笑拈飞絮胃金钗。"
[四] 汉淮南小山《招隐士》："王孙游兮不归，春草生兮萋萋。"唐戴叔伦《江上别刘驾》："天涯芳草遍，江路又逢春。"

悼黄增作君

讯息沉沉两地分,飞来恶耗不堪闻。
几宵风雨无圆梦,廿载亲朋似败军。
南亩田夫多乐道,北坑校长独能文[一]。
伤春伤别予怀渺[二],更作新词一诔君。

注释:
[一] 南亩田夫:诗人自指。北坑校长:指黄增作,其曾任北坑小学校长。
[二] 唐李商隐《杜司勋》:"刻意伤春复伤别,人间惟有杜司勋。"宋苏轼《前赤壁赋》:"桂棹兮兰桨,击空明兮溯流光。渺渺兮予怀,望美人兮天一方。"

辛三兄一再惠寄赋此奉谢[一]

海外传来活命汤,感恩知己最难忘。
身如断雁留残阵,心有灵犀通异邦。
取醉莫能娱暮景,消寒惟望借春光。
一冬壮士无颜色,徼幸黄金再上床[二]。

注释:
[一] 此诗亦作于1960年左右,当时作者只有靠海外亲朋惠寄钱物生存。
[二] 徼幸:即侥幸。唐张籍《行路难》:"君不见床头黄金尽,壮士无颜色。"

函请云超兄惠寄食物附诗一首

罄竹[一]情难尽,书成附短章。
一寒如范叔[二],十索学丁娘[三]。
贫贱难言守[四],惠廉俱恐伤[五]。
他时应有梦,菜圃践牛羊[六]。

注释:

[一] 罄竹:言感情极多,难以一一记载。《旧唐书·李密传》:"密作书移郡县,数隋炀帝十罪,且曰:'罄南山之竹,书罪未穷;决东海之波,流恶难尽。'"

[二] 范叔:秦国臣相范雎,魏人。《史记·范雎蔡泽列传》:"范雎既相秦,秦号曰张禄,而魏不知,以为范雎已死久矣。魏闻秦且东伐韩魏,魏使须贾于秦。范雎闻之,为微行,敝衣间步之邸,见须贾。须贾见之而惊曰:'范叔固无恙乎!'范雎曰:'然。'须贾笑曰:'范叔有说于秦邪?'曰:'不也。雎前日得过于魏相,故亡逃至此,安敢说乎!'须贾曰:'今叔何事?'范雎曰:'臣为人庸赁。'须贾意哀之,留与坐饮食,曰:'范叔一寒如此哉!'乃取其一绨袍以赐之。"

[三] 丁娘十索指隋代乐妓丁六娘所作的乐府诗,因每首末句有"从郎索衣带""从郎索花烛"等语,本十首,故称"十索"。

[四] 宋欧阳修《富贵贫贱说》:"富贵易安而患于难守,贫贱难处而患于易夺。"宋苏轼《夜泊牛口》:"富贵耀吾前,贫贱独难守。"

[五] 《孟子·离娄下》:"可以取,可以无取,取伤廉;可以与,可以无与,与伤惠。"

[六] 菜圃践牛羊:用"羊踏菜园"典,喻惯吃蔬菜的人偶食荤腥美食。魏邯郸淳《笑林》:"有人常食蔬茹,忽食羊肉,梦五藏神曰:'羊踏破菜园!'"

春日即景补遗

童牧牛归妇唤豚,风吹暝色入江村。
啼乌林际如呼侣,画角城头惹断魂。
短管书怀毛易秃,破绵着体絮犹温。
不因灯火移人视,忘却今宵是上元[一]。

注释:
[一] 上元:正月十五。

登　墓

若论风水理玄冥,劫后家山色尚青[一]。
弹铗[二]归来成堕落,登坟未免愧先灵。

注释:
[一] 玄冥:冥冥之道。《吕氏春秋·应同》:"及禹之时,天先见草木秋冬不杀。禹曰:'木气胜。'木气胜故其色尚青,其事则木。"
[二] 弹铗:参《暮冬随笔廿首》之二十诗注。

晨间携鸡数头出市求售交易不成归赠以诗二首

翼长鸡雏渐学飞,今朝出市复携归。
只缘读墨谈兼爱[一],未忍分教两面违。

注释:
[一] 兼爱:无差别等级、不分厚薄亲疏的爱。战国时墨子提倡的一种伦理

学说。

雌伏雄飞各有期[一]，山家更不设樊篱。
主人老去无多乐，赠尔诗成一解颐。

注释：
[一] 雌伏：比喻隐藏，不进取。雄飞：比喻奋发有为。《后汉书·赵典传》："大丈夫当雄飞，安能雌伏！"

昼梦亡友黄增作

曾因逝者赋哀章，弹指光阴两载强。
白昼居然来入梦，黄泉毕竟住何乡。
空瓢陋巷交情少[一]，蔓草平原惹恨长[二]。
犹忆看花一回事，君为熟魏我生张[三]。

注释：
[一]《论语·雍也》："一箪食，一瓢饮，在陋巷，人不堪其忧，回也不改其乐。"
[二] 南朝梁江淹《恨赋》："试望平原，蔓草萦骨，拱木敛魂。"
[三] 宋沈括《梦溪笔谈》卷十六："北都有妓女，美色而举止生梗，士人谓之'生张八'。……野赠之诗曰：'君为北道生张八，我是西州熟魏三。莫怪尊前无笑语，半生半熟未相谙。'"今谓行止软熟随和为熟魏，举止生硬为生张。

赠甄福民君二首，末首倒用前韵

世上难寻安乐窝[一]，入城归野又如何。
漫云平地风波[二]少，正恐余生忧患多[三]。
笑我交游心渐淡，输君涵养气常和。
遥知垂钓春江罢，细雨黄昏湿绿蓑。

注释：
[一] 安乐窝：典出《宋史·邵雍》："初至洛，蓬荜环堵，不芘风雨，躬樵爨以事父母，虽平居屡空，而怡然有所甚乐，人莫能窥也。及执亲丧，哀毁尽礼。富弼、司马光、吕公著诸贤退居洛中，雅敬雍，恒相从游，为市园宅。雍岁时耕稼，仅给衣食。名其居曰'安乐窝'，因自号安乐先生。"
[二] 平地风波：语本唐刘禹锡《竹枝词》："常恨人心不如水，等闲平地起波澜。"唐杜荀鹤《将过湖南经马当山庙因书三绝》其二："只怕马当山下水，不知平地有风波。"
[三] 宋苏轼《跋嵇叔夜〈养生论〉后》："东坡居士以桑榆之末景，忧患之余生，而后学道，虽为达者所笑，然犹贤乎已也。"宋王之望《食橄榄有感》："余生足忧患，备已尝险阻。"

茫茫烟水一渔蓑，小样居然张志和[一]。
邂逅樵夫闲话久，归来炊妇笑颜多。
羡鱼曾虑渊深否[二]，沽酒其如市远何。
乡味渐浓世味淡，不妨留恋旧巢窝。

注释：
[一] 张志和：唐代诗人，弃官隐居，有《渔夫词》五首。其《渔歌子》："青箬笠，绿蓑衣，斜风细雨不须归。"
[二] 句谓鱼虽美，但渊却深，非用"临河而羡鱼，不若归家织网"意也。

七月十五夜月下偶成

山村夜色最清幽,莫遣嫦娥笑白头。
好是中元[一]前一日,眼前光景似中秋。

注释:

[一] 中元:中元节。农历七月十五日。

云超兄久无讯息赋此寄之二首

雁札鱼书久寂寥,过江未必付洪乔[一]。
流光转眼春将夏,离索牵怀暮复朝。
贻我仍嫌悭笔墨,报君殊愧乏琼瑶[二]。
山窗几度风兼雨,常恐痴魂不耐消。

注释:

[一] 洪乔:典出南朝刘义庆《世说新语·任诞》:"殷洪乔作豫章郡,临去,都下人因附百许函书。既至石头,悉掷水中,因祝曰:'沉者自沉,浮者自浮,殷洪乔不能作致书邮。'"
[二] 《诗经·卫风·木瓜》:"投我以木桃,报之以琼瑶。"毛传:"琼瑶,美玉。"

短短春宵屡梦君,相思瘦尽沈休文[一]。
人从别后年光促,诗未吟成恨绪纷。
带病饥猫真似我,惊寒孤雁正呼群[二]。
何时盼到天风便,吹落郇公五朵云[三]。

注释:

[一] 沈休文:南朝梁文学家沈约。《南史·沈约传》:"初,约久处端揆,有

志台司，论者咸谓为宜，而帝终不用。乃求外出，又不见许。与徐勉素善，遂以书陈情于勉，言已老病，'百日数旬革带常应移孔，以手握臂，率计月小半分'。欲谢事，求归老之秩。"

[二] 唐杜甫《孤雁》："孤雁不饮啄，飞鸣声念群。谁怜一片影，相失万重云。"

[三] 邰公五朵云：参《读周公脚肿诗书后》诗注。

绮　　梦

自笑春心老未灰[一]，镜台难拭是尘埃[二]。
春风半夜多情甚，吹送巫阳暮雨[三]来。

注释：

[一] 春心：男女之间相思爱慕的情怀。唐李商隐《无题》："春心莫共花争发，一寸相思一寸灰。"宋苏轼《送柳子玉赴灵仙》："世事方艰便猛回，此心未老已先灰。"

[二] 唐慧能《偈》其一："菩提本无树，明镜亦无台。本来无一物，何处惹尘埃。"

[三] 巫阳暮雨：用巫山云雨典，指男女情事。战国宋玉《高唐赋》序："昔者先王尝游高唐，怠而昼寝。梦见一妇人，曰：'妾巫山之女也，为高唐之客。闻君游高唐，愿荐枕席。'王因幸之。去而辞曰：'妾在巫山之阳，高丘之阻，旦为朝云，暮为行雨，朝朝暮暮，阳台之下。'旦朝视之，如言，故为之立庙，号曰朝云。"

慰我平生卖剩痴，飞琼[一]也有入怀时。
一春韵事君知否，梦里佳人醒后诗。

注释：

[一] 飞琼：传说为西王母之侍女。《汉武帝内传》："（王母）命侍女董双成吹云龢之笙，又命侍女石公子击昆庭之钟，又命侍女许飞琼鼓震灵之簧，侍女阮凌华拊五灵之石。"

翼园主人谭锦洪君，嘱予日后将诗稿全部赠他留念，因而忆起在杏和林与周公燕五唱和时尝作温稿诗一首，周公亦有和作，但已遗亡，仅记其存字韵有"诗词散失君休虑，卷帙编成我代存"二句而已。迄今周公不知存亡，所有诗稿亦未识存在与否，回首前尘，感慨系之矣

刻苦吟成五七言，寒宵更取稿重温。
丁兹浊世邀谁赏，未必名山[一]替我存。
覆瓿[二]何妨付朋友，传家终恐乏儿孙。
眼前堆积将盈尺，为绌为工且莫论。

注释：

[一] 名山：指可以传之不朽的藏书之所。《史记·太史公自序》："以拾遗补艺，成一家之言……藏之名山，副在京师，俟后世圣人君子。"

[二] 覆瓿：指毫无价值的著作，自谦之词。《汉书·扬雄传下》："雄以病免，复召为大夫。家素贫，耆酒，人希至其门。时有好事者载酒肴从游学，而巨鹿侯芭常从雄居，受其《太玄》《法言》焉。刘歆亦尝观之，谓雄曰：'空自苦！今学者有禄利，然尚不能明易，又如玄何？吾恐后人用覆酱瓿也。'雄笑而不应。"

谢李沛君馈食物

剥啄柴门访隐潜[一]，频来村妇泯猜嫌。
几番馈物情偏厚，半月登盘味不兼[二]。
熊掌敢云随所欲，猪肝为累恐伤廉[三]。
惭君爱我求诗稿，两载曾无一字添。

注释：

［一］剥啄：敲打。唐韩愈《剥啄行》："剥剥啄啄，有客至门。"唐高适《重阳》："岂有白衣来剥啄，亦从乌帽自欹斜。"隐潜：隐居。
［二］登盘：把食物放在盘中。味不兼：即无兼味。
［三］《孟子·告子上》："鱼，我所欲也；熊掌，亦我所欲也。二者不可得兼，舍鱼而取熊掌者也。"猪肝：参《悼周丽卿女史》诗注。

寄呈岭背邝熙甫[一]先生二首

半生涂抹愧雕虫，尚赖高明诱掖[二]功。
遣兴偶然编旧稿，为声原不比焦桐[三]。
若云并驾无余子，只恐评词有未公。
千古汝南称月旦[四]，可曾秋水洗双瞳[五]。

注释：

［一］邝熙甫：广东台山附城岭背人，前清秀才，侨眷，20世纪五六十年代常与程坚甫唱和。
［二］诱掖：引导和扶持。《诗经·陈风·衡门序》："诱僖公也。愿而无立志，故作是诗以诱掖其君也。"郑玄笺："诱，进也。掖，扶持也。"
［三］焦桐：琴名。《后汉书·蔡邕传》："吴人有烧桐以爨者，邕闻火烈之声，知其良木，因请而裁为琴，果有美音，而其尾犹焦，故时人名曰'焦尾琴'焉。"
［四］《后汉书·许劭传》："初，劭与（许）靖俱有高名，好共核论乡党人物，每月辄更其品题，故汝南俗有'月旦评'焉。"
［五］双瞳：当为"双瞳"，即双眼。唐李贺《唐儿歌》："骨重神寒天庙器，一双瞳人剪秋水。"

登龙御李[一]更无缘，只有神交在死前。
声气应求[二]宁限地，文章显晦亦凭天。
先生德望如冬日，贱子流离届暮年。
且喜风怀犹未减，写诗传寄薛涛笺[三]。

注释：

[一] 登龙御李：为贤士所赏识。《后汉书·党锢传·李膺》："膺独持风裁，以声名自高。士有被其容接者，名为登龙门。"《后汉书·李膺传》："李膺字元礼，颍川襄城人也。……荀爽尝就谒膺，因为其御，既还，喜曰：'今日乃得御李君矣。'其见慕如此。"
[二] 声气应求：同声相应、同气相求之意。
[三] 薛涛笺：薛涛自己设计的尺幅较小、比较精巧的笺纸。宋钱易《南部新书》："元和之初，薛涛好制小诗，惜其幅大，不欲长剩，乃狭小之。蜀中才子以为便，后减诸笺亦是，特名曰'薛涛笺'。"

周公存稿顷为李沛君携去因成一绝

闭置穷庐十有年，最难呵护是尘烟[一]。
谁知好句难埋没，岭背如今又诵传。

注释：

[一] 尘烟：诗指诗稿，自谦之词。

昨卖一鸡与邻家，顷复飞回，璧还后感成一律

玉汝于成[一]几费神，出售应谅主人贫。
隔邻索价姑从贱，逸槛飞回岂厌新。
濒死未为登俎物[二]，超生犹望系铃人[三]。
痴翁抚事增惆怅，异类非亲竟似亲。

注释：

[一] 玉汝于成：锻炼磨炼你，使你成功。
[二] 登俎物：待宰之物。《左传·隐公五年》："鸟兽之肉，不登于俎。"
[三] 用"解铃还须系铃人"之意。

冬宵遣怀三首

且喜山村近市都，壶中酒尽不难沽。
自怜口拙[一]凭诗语，未可身危托杖扶。
弄笔无文铭陋室[二]，窥窗有月笑狂夫。
天寒拥被迢迢夜，梦入袁安卧雪图[三]。

注释：
[一] 口拙：作者口吃，故云。
[二] 文铭陋室：像刘禹锡一样作《陋室铭》。
[三] 《汉书·袁安传》中唐李贤注引《汝南先贤传》曰："时大雪积地丈余，洛阳令身出案行，见人家皆除雪出，有乞食者。至袁安门，无有行路。谓安已死，令人除雪入户，见安僵卧。问何以不出。安曰：'大雪人皆饿，不宜干人。'令以为贤，举为孝廉。"

久矣儒冠误此身，呼牛呼马且由人[一]。
行藏自喜终为累，骨肉无多[二]况患贫。
白纻抛残[三]慵话旧，黄粱梦好惜非真。
殷情自把山窗掩，半避狂风半避尘。

注释：
[一] 作者注："久矣儒冠误此身，借放翁句。"久矣儒冠误此身：出自宋陆游《成都大阅》："属櫜缚裤毋多恨，久矣儒冠误此身。"唐杜甫《奉赠韦左丞二十二韵》："纨袴不饿死，儒冠多误身。"呼牛呼马：毁誉不加计较。《庄子·天道》："昔者子呼我牛也，而谓之牛；呼我马也，而谓之马。"
[二] 骨肉无多：儿女不多。作者无亲生子女。
[三] 白纻抛残：听尽《白纻歌》。清谢遵王《吴中感兴》："两月金阊住，听残《白纻歌》。"

自笑平生百事乖[一]，未曾销歇是吟怀。
借诗遣闷从吾好，煮茗谈情与客偕。
岂有文章移造化[二]，未妨名姓付沉埋。
凭君去向闲云问，出岫何如返岫佳[三]。

注释：
[一] 乖：背离。唐元稹《遣悲怀三首》其一："谢公最小偏怜女，嫁与黔娄百事乖。"
[二] 文章移造化：指文章能与自然一样化育万物。宋陆游《读陶诗》："陶谢文章造化侔，篇成能使鬼神愁。"
[三] 出岫何如返岫佳：诗指从仕岂如归隐好。晋陶渊明《归去来兮辞》："云无心以出岫，鸟倦飞而知还。"

偶成一首

老夫久矣不吟诗，今又吟成瓮菜[一]词。
想是因缘犹未了，寒灰故有复燃时。

注释：
[一] 瓮菜：空心菜。

赠李沛君绝句二首

月去月来来去忙，采将吟料压行囊[一]。
惟君染得诗书味，散入青山一路香。

注释：
[一] 吟料压行囊：李道旋为货郎诗人。

好古如今人有几，可怜《论语》当薪烧[一]。
期君簸地扬风雅，我乐山居守寂寥。

注释：

[一]《论语》当薪烧：指"文革"期间"破四旧"的活动。

读朱九江[一]先生集

五色花丛笔下开[二]，知公大有过人才。
百年我起谈声律，恐是前生亲炙[三]来。

注释：

[一] 朱九江：朱次琦（1807—1881），字稚圭，号子襄，世称九江先生，广东南海人。道光进士。咸丰二年（1852）任山西襄陵知县。旋引疾归隐，讲学九江，从学者颇多。康有为、简朝亮皆出其门下。
[二] 用妙笔生花典。
[三] 亲炙：亲身受到教益。《孟子·尽心下》："非圣人而能若是乎？而况于亲炙之者乎？"朱熹集注："亲近而熏炙之也。"

抒怀五首[一]

蘧然一枕梦初回[二]，起视窗棂日上才。
暖谷昔闻吹有律[三]，芳村今欲赏落梅。
暂凭俚语为诗语，更取茶杯代酒杯。
白屋天寒聊自慰，陈思容我乞余才[四]。

注释：

[一] 作者自注谓此组诗作于其61岁之年，当是1960年。
[二] 蘧然：惊喜之貌。《庄子·齐物论》："昔者庄周梦为胡蝶，栩栩然胡蝶也，自喻适志与！不知周也。俄然觉，则蘧蘧然周也。"
[三]《艺文类聚》卷九引汉刘向《别录》："邹衍在燕，燕有谷，地美而寒，不生五谷，邹子居之，吹律而温气至，而谷生，今名黍谷。"

［四］陈思：指陈思王曹植。宋无名氏《释常谈·八斗之才》："文章多谓之八斗之才，谢灵运尝曰：'天下才有一石，曹子建独占八斗，我得一斗，天下共分一斗。'"

几年除夕卖痴呆[一]，可奈痴呆去复来。
目已双盲慵借镜，心难真热似寒灰。
延龄功不归苓苯，养老恩犹及草莱[二]。
昨夜门前阻风雪，芋香曾学懒残[三]煨。

注释：

［一］卖痴呆：宋时吴中民俗，除夕小儿绕街呼叫卖痴卖呆，意谓将痴呆转移给别人。宋范成大《腊月村田乐府十首序》："其九《卖痴呆词》：分岁罢，小儿绕街呼叫云：'卖汝痴！卖汝呆！'世传吴人多呆，故儿辈讳之，欲贾其余，益可笑。"
［二］草莱：草民，平民。
［三］懒残：参《自嘲》（漫天阴雨酿新寒）诗注。

门巷阴阴静掩扉，眼前雨雪正霏微[一]。
一袍范叔[二]凭谁赠，四海虞翻[三]知已稀。
往事悲欢皆梦境[四]，暮年肥瘦任腰围。
芳村当有华筵在，赴饮邻翁侧帽[五]归。

注释：

［一］《诗经·小雅》："今我来思，雨雪霏霏。"
［二］范叔：参《函请云超兄惠寄食物附诗一首》诗注。
［三］虞翻：参《题梅健行先生汀江钓叟图四首》诗注。
［四］宋陆游《大圣乐词》："试思量往事，虚无似梦，悲欢万状，合散如烟。"
［五］侧帽：斜戴帽子。《北史·独孤信传》："在秦州，尝因猎，日暮，驰马入城，其帽微侧，诘旦，而吏人有戴帽者，咸慕信而侧帽焉。"

幽居淡食似山僧，弹铗[一]思鱼记昔曾。
贫甚锥从何处出[二]，古稀年已忽将登。
苦吟宁识新腔调，聚饮难招旧友朋。
入市逢人多窃笑，可知吾貌太崚嶒[三]。

注释：
[一] 弹铗：参《暮冬随笔廿首》之二十诗注。
[二]《史记·平原君虞卿列传》："平原君曰：'夫贤士之处世也，譬若锥之处囊中，其末立见。今先生处胜之门下三年于此矣，左右未有所称诵，胜未有所闻，是先生无所有也。先生不能，先生留。'毛遂曰：'臣乃今日请处囊中耳。使遂蚤得处囊中，乃颖脱而出，非特其末见而已。'"
[三] 峻嶒：瘦削。

　　韶州浪迹又潮州[一]，壮不如人老更羞[二]。
　　还我少年除是梦，问谁暮岁了无愁。
　　迎霜凋尽生花笔[三]，行路难如逆水舟。
　　拟买屠苏[四]醉春节，黄金仍否在床头[五]。

注释：
[一] 诗指其曾任韶关警察局文书、中山地方法院秘书、广东高等法院汕头分院秘书等事。
[二]《烛之武退秦师》："臣之壮也，犹不如人；今老矣，无能为也已。"
[三] 五代王仁裕《开元天宝遗事·梦笔头生花》："李太白少时，梦所用之笔头上生花，后天才赡逸，名闻天下。"
[四] 屠苏：屠苏酒，诗用以泛指酒。宋王安石《元日》："爆竹声中一岁除，春风送暖入屠苏。千门万户曈曈日，总把新桃换旧符。"
[五] 唐张籍《行路难》："君不见床头黄金尽，壮士无颜色。"

病后感吟

　　暮年未免感伶仃，且借琴书养性灵。
　　安得香醪千日醉[一]，最难寒雨五更听。
　　有人竟取矛攻盾[二]，无子休教赢负蛉[三]。
　　老病殷殷求药汤，何心索笔续《茶经》[四]。

注释：

[一] 千日醉：美酒名。晋张华《博物志》卷五："昔刘玄石于中山酒家酤酒，酒家与千日酒，忘言其节度，归至家大醉，不醒数日，而家人不知，以为死也，具棺殓葬之。酒家计千日满，乃忆玄石前来酤酒，醉当醒矣。往视之，云玄石亡来三年，已葬。于是开棺，醉始醒。俗云，玄石饮酒一醉千日。"

[二] 矛攻盾：指语言前后矛盾。《韩非子·难一》："楚人有鬻盾与矛者，誉之曰：'吾盾之坚，物莫能陷也。'又誉其矛曰：'吾矛之利，于物无不陷也。'或曰：'以子之矛陷子之盾，何如？'其人弗能应也。夫不可陷之盾与无不陷之矛，不可同世而立。"

[三] 蠃：一种黑色的细腰土蜂。负：背。蛉：螟蛾的幼虫。《诗经·小雅·小宛》："中原有菽，庶民采之。螟蛉有子，蜾蠃负之。教诲尔子，式穀似之。"

[四] 《茶经》：唐代陆羽所著的第一部关于茶的专门著作。

茗后偶成

嗜茗谁云老不宜，一杯在手易成诗。
虚惊巢覆无完卵，恰好茶名有寿眉[一]。
市井寄踪毋亦俗，文章写意岂求知。
浮生渐与世情淡，不即何妨更不离[二]。

注释：

[一] 巢覆无完卵：用"覆巢之下，焉有完卵"之意。寿眉：属于白茶类，主要产于福建，寿眉以单张叶片为主，叶片的叶缘微卷曲，叶背披满白毫，外形酷似老寿星的眉毛，故名寿眉。

[二] 不即何妨更不离：即与世不即不离。《圆觉经》卷上："不即不离，无缚无脱。始知众生本来成佛，生死涅槃犹如昨梦。"

眼病数月，不药渐愈，近且诗兴勃然，因成七律一首

可知人力不如天，病眼还原岂偶然。
有日看花眸灼灼，何时食肉腹便便[一]。
岁阑诗笈[二]频添稿，天晓寒厨未绝烟。
消得平安无复憾，扫除茅舍待新年。

注释：
[一] 腹便便：肚大。《后汉书·边韶传》："韶口辩，曾昼日假卧，弟子私嘲之曰：'边孝先，腹便便；懒读书，但欲眠。'"
[二] 诗笈：诗囊。

香炉峰下赠蔡湘云[一]

廿年骚首感离群，何意香江有断云[二]。
借取杜陵诗句赠，落花时节又逢君[三]。

注释：
[一] 香炉峰：即太平山，位于香港岛西部，海拔554米，是香港岛第一高峰，被视为香港的标志。此诗编在《西山半叟诗集》下部，当非20世纪60年代的作品，似为其早年之作。
[二] 宋林逋《寿阳城南写望怀历阳故友》："吟罢骚然略回首，历阳诗社久离群。"断云：诗指蔡湘云。
[三] 唐杜甫《江南逢李龟年》："岐王宅里寻常见，崔九堂前几度闻。正是江南好风景，落花时节又逢君。"

暮年自遣四首

未能免俗日营营,命运那从造物争。
应世无才心渐懒,看书有得目将盲。
自从病后孤吟苦,不料冬残百感生。
寄语高人休枉驾,说诗吾欲愧匡衡[一]。

注释:

[一] 枉驾:屈驾来访。《古诗十九首·凛凛岁云暮》:"良人惟古欢,枉驾惠前绥。"匡衡:西汉东海承人,字稚圭。元帝时曾任丞相。《汉书·匡衡传》:"诸儒为之语曰:'无说诗,匡鼎来;匡说诗,解人颐。'"东汉服虔注:"鼎犹言当也,若言匡且来也。"

也随英俊竞时髦,老卧林泉敢谓高。
鸡肋已将看世味,龙头未必属吾曹[一]。
衰颜我自惭明镜,贾勇[二]人谁夸宝刀。
买得宜春丹帖[三]在,兴来浑欲一挥毫。

注释:

[一]《三国志·魏书·华歆传》"议论持平,终不毁伤人",裴松之注引三国魏鱼豢《魏略》:"歆与北海邴原、管宁俱游学,三人相善,时人号三人为'一龙',歆为龙头,原为龙腹,宁为龙尾。"
[二] 贾勇:鼓足勇气。
[三] 宜春丹帖:宜春笺,用以书写宜春帖子。唐孙思邈《千金玉令》:"立春日,贴宜春字于门。"

铸铁当初错已成[一],山林遁迹息心兵[二]。
天寒大有风尘味,岁末偏多世俗情。
未可典衣将换酒[三],何妨啜茗代餐英。
夕阳满耳归禽语,谁鹊谁鸦未分明。

注释：
［一］ 典出《资治通鉴·唐昭宗天祐三年》，参《长贫自觉负人多辘轳体五首》诗注。
［二］ 心兵：喻心事。《吕氏春秋·荡兵》："在心而未发，兵也。"
［三］ 典：典当。唐杜甫《曲江》之二："朝回日日典春衣，每日江头尽醉归。"

湖海元龙气[一]已消，夜阑沽酒慰无聊。
绮年未敢称双陆[二]，晚景何须羡二乔[三]。
山色梦曾招我隐，风声今竟欲谁骄。
近来写得诗成帙，闲教儿童作俚谣。

注释：
［一］ 元龙气：参《和郭赓祥先生中秋月下书怀三首》诗注。
［二］ 双陆：陆机、陆云两兄弟。
［三］ 二乔：大乔、小乔两姐妹。

岁云暮矣旦夕吟哦一无济事赋此自嘲

叉手为诗暮复朝，诗成强半似童谣。
光阴有限浑虚度，名誉虽浮[一]未易邀。
敢望一身兼福慧，恰怜四壁太萧条[二]。
记曾拈韵求宽境，不押三肴押二萧[三]。

注释：
［一］ 名誉虽浮：名誉虽然如浮云。
［二］ 《史记·司马相如列传》："文君夜亡奔相如，相如乃与驰归成都。家居徒四壁立。"
［三］ 二萧比三肴韵更宽。

抒怀续咏三首

底用前途问吉凶[一]，余生万事付天公。
幸留老妻相为命，倘作诗人未碍穷。
粟酒飘香娱暮日，柴门送暖待春风。
迎年爆竹谁家早，欲借残声一振聋。

注释：

[一] 宋沈括《梦溪笔谈》卷二一："嘉祐中，伯兄为卫尉丞，吴僧持一宝鉴来云：'斋戒照之，当见前途吉凶。'"

梦里钧天乐[一]未终，犹将踪迹插人丛。
前身合是张平子[二]，晚景何如陆放翁[三]。
徂岁难偿诗有债，驻颜除借酒无功。
老妻劝我吟声辍，留待来春答候虫。

注释：

[一] 钧天乐：仙乐。《史记·赵世家》："赵简子疾，五日不知人……居二日半，简子寤。语大夫曰：'我之帝所甚乐，与百神游于钧天，广乐九奏万舞，不类三代之乐，其声动人心。'"
[二] 张平子：张衡，字平子。东汉发明家、文学家。张衡蹭蹬宦途，暮年亦有辞官归田之愿。其《归田赋》："游都邑以永久，无明略以佐时……弹五弦之妙指，咏周孔之图书。挥翰墨以奋藻，陈三皇之轨模。苟纵心于物外，安知荣辱之所如。"
[三] 陆放翁：陆游，号放翁。晚年长期隐居山阴农村。

自慰无从转自嘲，消寒有酒更寻肴。
等闲霜气凋蒲柳[一]，谁信诗声出草茅。
天半笙歌消旧梦，山中麋鹿是新交[二]。
衡门[三]上有泥尘渍，方便新来燕筑巢。

注释：

[一] 南朝宋刘义庆《世说新语·言语》："蒲柳之姿，望秋而落；松柏之质，经霜弥茂。"

[二] 南朝梁元帝《金楼子·兴王》："夷雍之子名伯夷、叔齐，不食周粟，饿于首阳，依麋鹿以为群。"

[三] 衡门：语出《诗经·陈风·衡门》："衡门之下，可以栖迟。"朱熹集传："衡门，横木为门也。门之深者，有阿塾堂宇，此惟横木为之。"

归途有作

云暗江干惘惘[一]归，愁能酒遣是耶非。
中年哀乐催吟苦，半世行藏与愿违[二]。
路本无歧初步误，情犹宛在旧交稀。
迩来狂甚君知否，洗布山前一布衣。

注释：

[一] 惘惘：惶遽而无所适从。《楚辞·九章·悲回风》："抚珮衽以案志兮，超惘惘而遂行。"王逸注："失志惶遽。"

[二] 宋辛弃疾《瑞鹧鸪》其二："老去行藏与愿违。"

早春寄怀十首

桃符焕映几人家，满眼芳菲竞岁华。
正好炰羔陪柏酒[一]，未妨偕鹤守梅花。
廿年事往难回首，一笑唇开有剩牙。
六十七年[二]林下叟，诗情犹在尽堪夸。

注释：

[一] 炰羔：烤乳羊肉。《汉书·杨恽传》："田家作苦，岁时伏腊，亨羊炰羔，

斗酒自劳。"颜师古注:"炰,毛炙肉也,即今所谓燔也。"柏酒:即柏叶酒。古代习俗,谓春节饮之,可以辟邪。南朝梁宗懔《荆楚岁时记》:"正月一日……长幼悉正衣冠,以次拜贺,进椒柏酒,饮桃汤。"

[二] 六十七年:诗当作于1965年,此时作者正好虚岁67岁。

    依依春色到柴门,报喜分明有鸟言。
    半世蹉跎身尚健,一般横逆^[一]量能吞。
    为诗敢说风兼雅^[二],下酒浑宜鸡与豚。
    天地苍茫犹恨隘,更从醉里觅乾坤^[三]。

注释:

[一] 横逆:蛮横暴逆。
[二] 风兼雅:指《诗经》中的《国风》《大雅》《小雅》。
[三] 宋陈三聘《朝中措》其五:"醉里乾坤广大,人间宠辱兼忘。"宋蔡戡《遣兴》其二:"醉里乾坤大,闲中日月长。"

    新年便觉喜沾沾,儿女新妆炫眼帘。
    快意欲求三日醉,酡颜^[一]更取几杯添。
    园荒将有花倾国,巷僻宁无鹊噪檐^[二]。
    容易诗情增艳丽,收将春色入毫尖。

注释:

[一] 酡颜:因饮酒而脸红貌。
[二] 宋陆游《八月三日骤凉有感》诗:"佳客误占萤入户,远书空喜鹊鸣檐。"钱仲联校注引《田家杂占》:"鹊噪檐前,主有佳客至及有喜事。"

    耕砚年年笔代犁,自修无补况家齐^[一]。
    开筵恰是逢新岁,举箸何妨劝老妻。
    敢望微躯顽似铁,但寻佳节醉如泥^[二]。
    早春风色浑无定,不信垂杨尽向西^[三]。

注释:

[一] 自修:修养自己的德性。《礼记·大学》:"如琢如磨者,自修也。"家

齐：齐家治国意。《礼记·大学》："欲齐其家者，先修其身。"
［二］宋陆游《雨晴风日绝佳徙倚门外三首》其三："独有此身顽似铁，倚门常看暮山青。"醉如泥：参《中秋宴饮适园偶成排律一首》诗注。
［三］唐刘方平《代春怨》："朝日残莺伴妾啼，开帘只见草萋萋。庭前时有东风入，杨柳千条尽向西。"

山居随处是芳邻，未敢灯前惜此身。
酒约禁谈前日事，春风先暖老年人。
岁能复始何伤暮，雷得重闻亦算新。
书剑归来长寂寞，也应胜似困风尘。

柳梢梅萼雪初融，爆竹人家满地红。
风雅未衰犹勉我，山林久卧已成翁。
孤行岂获世情谅，一饱方知天眷隆。
剩有豚蹄卮酒在［一］，更从南亩［二］祝年丰。

注释：

［一］《史记·项羽本纪》："项王按剑而跽曰：'客何为者？'张良曰：'沛公之参乘樊哙者也。'项王曰：'壮士！赐之卮酒。'则与斗卮酒。哙拜谢，起，立而饮之。项王曰：'赐之彘肩。'则与一生彘肩。"
［二］南亩：泛指农田。《诗经·小雅·大田》："俶载南亩，播厥百谷。"

东风吹绿上蓬蒿，半叟逢春兴尚豪。
呼取小炉烘绿蚁［一］，暂宜高阁置离骚。
桓温老泪徒沾柳［二］，潘岳前身但爱桃［三］。
莫放韶华轻易去，一江流水日滔滔。

注释：

［一］绿蚁：酒名。《文选·谢朓〈在郡卧病呈沈尚书诗〉》："嘉鲂聊可荐，绿蚁方独持。"
［二］《晋书·桓温列传》："温自江陵北伐，行经金城，见少为琅邪时所种柳皆已十围，慨然曰：'木犹如此，人何以堪！'攀枝执条，泫然流涕。"
［三］《白氏六帖》卷二十一："潘岳为河阳令，种桃李花，人号曰：河阳一

县花。"

> 春去期年恰又逢，三多满耳祝华封[一]。
> 香浮玉斝[二]催添酒，花插银瓶赏吊钟[三]。
> 淑气温人贫亦乐，诗情动我老弥浓。
> 得春偏是田家早，合使书生转业农。

注释：

[一] 三多：指多福、多寿、多男子。《庄子·天地》："尧观乎华，华封人曰：'嘻，圣人。请祝圣人，使圣人寿。'尧曰：'辞。''使圣人富。'尧曰：'辞。''使圣人多男子。'尧曰：'辞。'"

[二] 玉斝：指精美的酒杯。唐萧彧《送钟员外》："丽汉金波满，当筵玉斝倾。"

[三] 吊钟：吊钟花。花开后似钟状，故称。

> 这回嘲可免山僧，生啖豚肩却未能[一]。
> 风味不忘婪尾酒[二]，春光待赏上元灯。
> 无言我本如桃李[三]，争长人偏学薛滕[四]。
> 岁月消磨成老物，比邻花鸟莫相憎[五]。

注释：

[一] 宋陆游《病中戏咏》："斋钵僧嘲薄，盘餐客笑悭。"生啖豚肩：参前诗注。

[二] 婪尾酒：唐代称宴饮时酒巡至末座为婪尾酒。唐苏鹗《苏氏演义》卷下："今人以酒巡匝为婪尾。又云婪，贪也。谓处于座末得酒为贪婪。"

[三] 《史记·李将军列传》："谚曰：'桃李不言，下自成蹊。'此言虽小，可以喻大也。"

[四] 争长：争行礼先后。典出《左传·隐公十一年》："十一年春，滕侯、薛侯来朝，争长。薛侯曰：'我先封。'滕侯曰：'我，周之卜正也。薛，庶姓也，我不可以后之。'"

[五] 《晋书·宣穆张皇后传》："帝尝卧疾，后往省病。帝曰：'老物可憎，何烦出也。'"

忧患余生百感侵,翛然春色到山林[一]。
俛衣敛食浑无味,问柳寻梅尚有心。
去日盘飧[二]殊草草,新年杯酒饮深深。
他乡有客来相劝,便是饥寒莫废吟。

注释:

[一] 忧患余生:宋苏轼《跋嵇叔夜〈养生论〉后》:"东坡居士以桑榆之末景,忧患之余生,而后学道,虽为达者所笑,然犹贤乎已也。"翛然:迅疾貌。诗指突然。

[二] 盘飧:盘装的食物。唐杜甫《客至》:"盘飧市远无兼味,樽酒家贫只旧醅。"

人日有怀云超

故人消息渺,清夜最难忘。
我已成衰老,君应尚健康。
立春又人日,梅柳斗风光。
未若高常侍,题诗寄草堂[一]。

注释:

[一] 高常侍:即高适。题诗寄草堂:指高适写给杜甫的《人日寄杜二拾遗》。农历正月初七为人日。唐高适《人日寄杜二拾遗》:"人日题诗寄草堂,遥怜故人思故乡。柳条弄色不忍见,梅花满枝空断肠。身在远藩无所预,心怀百忧复千虑。今年人日空相忆,明年人日知何处。一卧东山三十春,岂知书剑老风尘。龙钟还忝二千石,愧尔东西南北人。"

偶　　成

浅斟复低唱[一],岁月易消磨。
莫为头颅惜,今年白更多。

注释：

［一］ 宋柳永《鹤冲天》："忍把浮名，换了浅斟低唱。"

侄女自阳春宁家感慨之余率成二律[一]

长途殊苦汝奔波，衰落其如[二]家运何。
且喜门庭犹可认，须知骨肉已无多。
天乎虽大心还狭，叔也无成发已皤。
比似春来梁上燕，不能忘是旧巢窠。

注释：

［一］ 侄女：作者胞兄程仰可之女。阳春：广东阳春。宁家：已嫁的女子回家省视父母。《诗经·周南·葛覃》："害浣害否，归宁父母。"
［二］ 其如：无奈。

儒巾尺幅误人多[一]，二十年来几折磨。
已惯向空书咄咄[二]，蓦然见汝忆哥哥。
新装尚称田家妇，旧事宁非春梦婆。
水驿山亭途曲折，何堪弱女历风波。

注释：

［一］ 用"儒冠多误身"意。
［二］ 书咄咄：参《长贫自觉负人多辘轳体五首》诗注。

送侄女归阳春二首[一]

后会知何日,凄凄送远行。
相看俱欲泪,话别不成声。
拱木[二]将吾待,移根祝汝荣。
阳春路修阻,且莫误归程。

注释:
[一] 陈中美注程诗谓此组诗作于1963年。
[二] 拱木:墓旁之木。《左传·僖公三十二年》:"尔何知?中寿,尔墓之木拱矣。"

是处多鱼雁[一],毋悭别后书。
残年犹见汝,歧路最愁予。
云暗重山远,花开二月初。
叮咛惟一事,贫莫厌耕锄。

注释:
[一] 鱼雁:用鱼雁传书典。《乐府诗集·相和歌辞十三·饮马长城窟行之一》:"呼儿烹鲤鱼,中有尺素书。"《汉书·苏武传》:"教使者谓单于,言天子射上林中,得雁,足有系帛书。"

读侄女宁家与送行诗感成一绝

骨肉相逢喜复悲,泪痕满纸写新诗。
花飞也有还枝日,泉下亡兄[一]恐未知。

注释:
[一] 亡兄:作者胞兄程仰可。

无 题 二 首^[一]

归来早已息征骓,望断天涯讯息稀。
隔水沙明流水浅,平芜日落远山微。
绝书真欲先埋笔,沽酒何妨再典衣^[二]。
同是众生同食粟,几人消瘦几人肥。

注释:

[一] 此两诗不见于《不磷室拾遗》,录自陈中美编《洗布山诗存》,因作于20世纪60年代,故移录至此。
[二] 典衣:典押衣服。唐杜甫《曲江二首》之二:"朝回日日典春衣,每日江头尽醉归。"

六十年头又几秋^[一],自怜身世任沉浮。
炎凉饱受心中苦,风景萧条眼底收。
沧海遗珠^[二]原可惜,碔砆乱玉^[三]却争售。
故人约我登楼去,啜茗余香泛碧瓯。

注释:

[一] 此两诗大概作于1962年。
[二] 沧海遗珠:比喻被埋没的人才或为人所忽视的珍品。《新唐书·狄仁杰传》:"举明经,调汴州参军。为吏诬诉,黜陟,使阎立本召讯,异其才,谢曰:'仲尼称观过知仁,君可谓沧海遗珠矣。'"
[三] 碔砆乱玉:比喻以假乱真,似是实非。清李慈铭《越缦堂诗话》卷上:"徐祯卿在武昌作云:'洞庭叶未下,潇湘秋欲生。高斋寒雨夜,独卧武昌城。重以桑梓感,凄其江汉情。不知天外雁,何事乐南征?'诗格固高,而乏真诣。既云洞庭,又云潇湘,又云江汉,地名错出,尤为诗病。此所谓碔砆混玉,似是实非者,而渔洋极赏之。"

春 日 漫 写

难得春容点染工，如烟雨细草蒙茸。
也知花好开常缓，信是人贫变则通[一]。
早岁未逢杨狗监[二]，暮年聊学祝鸡翁[三]。
家传尚有丹青在，画取山林夕照红[四]。

注释：

[一] 宋张至龙《寓兴十首》其五："莫言无好花，好花开较迟。"《周易·系辞下》："穷则变，变则通，通则久。"
[二] 杨狗监：参《司马题桥三首》诗注。
[三] 祝鸡翁：事见汉刘向《列仙传·祝鸡翁》："祝鸡翁者，洛人也。居尸乡北山下，养鸡百余年。鸡有千余头，皆立名字。暮栖树上，昼放散之，欲引，呼名即依呼而至。卖鸡及子得千余万，辄置钱去。之吴，作养鱼池。后升吴山，白鹤孔雀数百常止其傍云。"
[四] 作者注："先父及伯父，俱业丹青。"

春 寒

雨凄风厉渐难支，压榜春寒忆旧诗。
藉访古人开卷帙，何殊新妇闭车帷[一]。
飧飧[二]尚续贫犹幸，冷暖相关老倍知（借查初白句）[三]。
竹外绛桃应未放，不妨迟[四]我赏花时。

注释：

[一] 新妇闭车帷：《梁书·曹景宗列传》："今来扬州作贵人，动转不得，路行开车幔，小人辄言不可。闭置车中，如三日新妇。遭此邑邑，使人无气。"

[二] 飧飧：饭食。
[三] 清查慎行《敝裘》："冷暖相关老倍知，黑貂何必胜羊皮。"
[四] 迟：等待。

代书寄呈周公燕五二首[一]

曾记当年借切劘[二]，杏林[三]春去剩残枝。
好从故里吟松菊，莫说长安似弈棋[四]。
七十公应刀未老[五]，再三[六]吾已鼓收衰。
人间当有东坡在，转恨传来消息迟[七]。

注释：

[一] 此两诗的周燕五和作有几十首之多，这里选录8首。周燕五《和程坚甫次韵》："诗句求工刮复劘，探花须折上林枝。松间竹外能安履，酒后茶余共下棋。老耄应知来日少，精神已比昔年衰。鱼眠涸辙情原急，待到西江决水迟。""蜉蝣天地且随时，后事如何孰预知。满地飞花怜浩劫，长亭折柳苦难离。天空难得传书雁，山小偏名出水龟。儿女姻缘能撮合，媒人善用大蒲葵。""手持刀笔自磋劘，万树偏难借一枝。无酒无鱼枵此腹，输车输马剩残棋。幽兰寥落天胡醉，蔓草荒芜地亦衰。不管他人争跃进，珊珊步履独行迟。""寒林已是日斜时，壮不如人老可知。蝴蝶梦中情仿佛，杜鹃声里恨似离。过江行客多于鲫，负郭圆山恰似龟。因陇开畦分左右，一边种果一边葵。""《聊斋》《水浒》喜研劘，长者何妨为折枝。静听弦歌来戏院，消磨岁月斗军棋。临风把酒情还热，刻烛催诗兴未衰。次第看花舒老眼，杏花开早菊花迟。""老年人可测天时，翻雨翻风骨便知。恨水悠悠山叠叠，落花片片草离离。前尘回想还留象，后事无须再卜龟。芍药芙蓉颜色好，丹心向日不为葵。""寂寂空山养晦时，幽怀未许俗人知。顽躯笑我还康健，色相由他怪陆离。已是潜踪同隐豹，何须卜卦乞灵龟。凉生枕簟浑忘热，匝地浓阴覆绿葵。""丹黄一卷独钻劘，兰蕙春来落几枝。园里还留千岁果，洞中不见八仙棋。世当文武周方盛，传到桓灵汉转衰。阅遍兴亡人亦老，衡门之下可栖迟。"

[二] 切劘：切磋相正。宋王安石《与王深父书》之一："自与足下别，日思

规箴切劘之补,甚于饥渴。"
[三] 杏林:指广东台山杏和林药店,周燕五曾于此工作。
[四] 唐杜甫《秋兴八首》其四:"闻道长安似弈棋,百年世事不胜悲。"
[五] 刀未老:用"宝刀未老"之意。
[六] 再三:指周燕五反复唱和。《左传·庄公十年》:"夫战,勇气也;一鼓作气,再而衰,三而竭。"
[七] 清潘永因《宋稗类钞》卷六:"东坡在惠州,天下传其已死。后七年北归,时章丞相方贬雷州。东坡见南昌太守叶祖洽,叶问曰:'世传端明已归道山,今尚尔游戏人间耶?'坡曰:'途中见章子厚,乃回返耳。'"

　　鱼沉雁断几多时,生死茫茫两不知[一]。
　　百里路遥偏梦短,十年神合奈形离。
　　世间得失休论马[二],林下优游省卜龟。
　　寄与茅岗老吟长,未应倾日负丹葵[三]。

注释:

[一] 鱼沉雁断:指没有消息音讯。宋苏轼《江城子·乙卯正月二十日夜记梦》:"十年生死两茫茫,不思量,自难忘。"
[二] 得失休论马:用"塞翁失马,焉知非福"故事。
[三] 倾日:向日。诗用"葵花向日"意。

有忆二首

　　有限光阴竟似梭,书生才气易消磨。
　　笔花[一]欲谢新诗少,襟泪难干旧恨多。
　　未可功名羁柳永[二],肯将成败付萧何[三]。
　　山林归卧垂垂[四]老,耳畔犹闻傅寿[五]歌。

注释:

[一] 笔花:五代王仁裕《开元天宝遗事·梦笔头生花》:"李太白少时,梦所用之笔头上生花,后天才赡逸,名闻天下。"

[二] 柳永：北宋词人，原名三变，字耆卿。宋吴曾《能改斋漫录》："仁宗留意儒雅，务本理道，深斥浮艳虚薄之文。初，进士柳三变好为淫冶讴歌之曲，传播四方，尝有《鹤冲天》词云：'忍把浮名，换了浅斟低唱。'及临轩放榜，特落之，曰：'且去浅斟低唱，何要浮名！'"

[三] 宋洪迈《容斋续笔·萧何绐韩信》："韩信为人告反，吕后欲召，恐其不就，乃与萧相国谋，诈令人称陈豨已破，绐信曰：'虽病强入贺。'信入，即被诛。信之为大将军，实萧何所荐，今其死也，又出其谋，故俚语有'成也萧何，败也萧何'之语。"

[四] 垂垂：渐渐。

[五] 傅寿：明万历时歌妓，字灵修，性情豪爽。在南京教坊中以擅唱北曲著名。

　　　　镇日寻芳遣客愁，他乡信美是韶州[一]。
　　　　轻裘肥马成春梦，紫陌红尘忆旧游[二]。
　　　　解愠有时花作枕[三]，钓诗常借酒为钩[四]。
　　　　风流往事随云散，剩有青山伴白头。

注释：

[一] 诗指其曾任韶关警察局文书事。

[二] 轻裘肥马：豪奢富贵。《论语·雍也》："赤之适齐也，乘肥马，衣轻裘。"南北朝江总《长安道》："轰轰紫陌上，蔼蔼红尘飞。"唐刘禹锡《元和十一年自朗州召至京戏赠看花诸君子》："紫陌红尘拂面来，无人不道看花回。"

[三] 解愠：消除愁怨。宋陆游《余年二十时尝作菊枕诗颇传于人今秋偶复采菊缝枕囊凄然有感二首》："采得黄花作枕囊，曲屏深幌闷幽香。"

[四] 钓诗钩是酒的别名，谓喝酒可以引起诗兴。宋苏轼《洞庭春色》："应呼钓诗钩，亦号扫愁帚。"

忆 亡 兄[一]

宿草[二]荒烟掩墓门,可堪回首望平原[三]。
他生或再联花萼[四],当日曾同咬菜根[五]。
名并高山犹可仰[六],诗求零稿已无存。
宵来一副辛酸泪,洒落绳床被不温。

注释:

[一] 亡兄:即作者胞兄程仰可。
[二] 宿草:隔年的草。《礼记·檀弓上》:"朋友之墓,有宿草而不哭焉。"孔颖达疏:"宿草,陈根也,草经一年则根陈也,朋友相为哭一期,草根陈乃不哭也。"
[三] 南朝梁江淹《恨赋》:"试望平原,蔓草萦骨,拱木敛魂。"
[四] 花萼:指兄弟。《诗经·小雅·常棣》:"常棣之华,鄂不韡韡。凡今之人,莫如兄弟。"
[五] 咬菜根:清苦的生活。语本宋吕本中《东莱吕紫微师友杂志》:"汪信民尝言:'人常咬得菜根,则百事可做。'胡安国康侯闻之,击节叹赏。"
[六] 《诗经·小雅·车辖》:"高山仰止,景行行止。"

无 题 二 首

因果三生[一]不要论,天荒地老剩情根。
漫将绿绮[二]传心事,怕检青衫认泪痕[三]。
我已难寻极乐境,君何误入买愁村[四]。
蓬山[五]远隔无消息,月上黄昏总断魂。

注释:

[一] 因果三生:参《悼亡侄四首》诗注。
[二] 绿绮:古琴名。魏晋张载《拟四愁诗四首》其四:"佳人遗我绿绮琴,

何以赠之双南金。"
〔三〕唐白居易《琵琶行》:"莫辞更坐弹一曲,为君翻作琵琶行。……座中泣下谁最多?江州司马青衫湿。"
〔四〕宋胡铨《贬朱崖行临高道中买愁村古未有对马上口占》:"北往长思闻喜县,南来怕入买愁村。区区万里天涯路,野草荒烟正断魂。"
〔五〕蓬山:蓬莱山。唐李商隐《无题》:"蓬山此去无多路,青鸟殷勤为探看。"

卅年蓬岛泛归槎^[一],别后无从到谢家^[二]。
飘渺魂应归兜率^[三],肯将情当缚琅琊^[四]。
倘无香冢休埋玉,安得金铃^[五]借护花。
何日携将卮酒去,武陵渡口吊余霞。

注释:

〔一〕泛槎指乘木筏登天。晋张华《博物志》卷十:"旧说云天河与海通。近世有人居海渚者,年年八月有浮槎去来,不失期,人有奇志,立飞阁于槎上,多赍粮、乘槎而去。十余日中犹观星月日辰,自后茫茫忽忽亦不觉尽夜。去十余日,奄至一处,有城郭状,屋舍甚严。遥望宫中多织妇,见一丈夫牵牛渚次饮之。牵牛人乃惊问曰:'何由至此?'此人见说来意,并问此是何处,答曰:'君还至蜀郡,访严君平,则知之。'竟不上岸,因还如期。后至蜀,问君平,君平曰:'某年月日,有客星犯牵牛宿。'计年月,正此人到天河时也。"
〔二〕谢家:指闺房。五代张泌《寄人》:"别梦依依到谢家,小廊回合曲阑斜。"
〔三〕兜率:参《悼亡侄四首》诗注。
〔四〕琅琊:指东晋琅琊王廞,其人字伯舆。南朝宋刘义庆《世说新语·任诞》:"王长史登茅山,大恸哭曰:'琅琊王伯舆,终当为情死。'"
〔五〕金铃:参《懊恼词二首》诗注。

漫　写

醉亦无妨醒亦佳，贫家那有酒如淮[一]。
风无可避姑开户，月不劳招早下阶。
惊蛰恰逢新节令，读书重觅旧生涯。
炊烟不断宁非幸，一饱何论荤与斋。

注释：
[一] 酒如淮：酒如淮河之水。《左传·昭公十二年》："穆子曰：有酒如淮，有肉如坻。寡君中此，为诸侯师。"

吸　烟

香雾随风卷或舒，开窗借我口吹嘘。
恰怜香火气犹在，莫谓芝兰[一]味不如。
未了俗缘偏癖嗜，何来滑贾欲奇居[二]。
诗人吐属浑宜辣，好供茶边与饭余。

注释：
[一] 芝兰：芷和兰，皆香草。《荀子·王制》："其民之亲我欢若父母，好我芳若芝兰。"
[二] 癖嗜：特别喜爱。奇居：囤积奇货以待善价。《史记·吕不韦列传》："（子楚）居处困，不得意。吕不韦贾邯郸，见而怜之，曰：'此奇货可居。'"

残屐为薪赋诗吊之

曾向红尘踏几回,有人错认谢公[一]来。
足音最好留空谷,齿印尚防损嫩苔。
伐木山中怜破斧,劳薪釜底[二]又成灰。
长途风雨宁无恨,蓑笠从今失衬陪。

注释:
[一] 谢公:即谢灵运。《宋书·谢灵运传》:"寻山陟岭,必造幽峻,岩嶂千重,莫不备尽。登蹑常著木履,上山则去前齿,下山去其后齿。"
[二] 劳薪釜底:锅底下的柴火。诗谓残屐被抛弃作为柴火烧掉了。南朝宋刘义庆《世说新语·术解》:"荀勖尝在晋武帝坐上食笋进饭,谓在坐人曰:'此是劳薪炊也。'坐者未之信,密遣问之,实用故车脚。"

再呈熙甫先生

岭背先生爱我诗,我诗平淡本无奇。
常妨一字能招祸,何况千篇莫疗饥。
笔墨摅怀[一]空自扰,文章憎命[二]更谁欺。
高人偏有嗜痂癖,刻画无盐似不宜[三]。

注释:
[一] 摅怀:抒怀。
[二] 文章憎命:语本唐杜甫《天末怀李白》诗:"文章憎命达,魑魅喜人过。"
[三]《宋书·刘邕传》:"邕所至嗜食疮痂,以为味似鳆鱼。尝诣孟灵休,灵休先患灸疮,疮痂落床上,因取食之。灵休大惊。答曰:'性之所嗜。'"刻画无盐:以丑为美。《晋书·周𫖮传》:"庾亮尝谓𫖮曰:'诸人咸以君方乐广。'𫖮曰:'何乃刻画无盐,唐突西施也。'"

写　意

尘海归来学晦韬，英雄终古让刘曹[一]。
十年客里无珠履[二]，一醉山中有玉醪[三]。
静爱清泉流韵远，寒惊修竹引风高。
偶从濠濮观鱼乐[四]，照水犹堪惜鬓毛。

注释：
[一] 晦韬：即韬光养晦意。刘曹：刘备、曹操。《三国志·先主备传》："是时曹公从容谓先主曰：'今天下英雄，唯使君与操耳。本初之徒，不足数也。'"
[二] 珠履：珠饰之履。《史记·春申君列传》："春申君客三千余人，其上客皆蹑珠履。"
[三] 玉醪：喻美酒。
[四] 濠濮：濠水、濮水。《庄子·秋水》："庄子与惠子游于濠梁之上。庄子曰：'儵鱼出游从容，是鱼之乐也。'惠子曰：'子非鱼，安知鱼之乐？'庄子曰：'子非我，安知我不知鱼之乐？'"

遣　怀

怆怀今昔不胜悲，荆树凋零家运衰[一]。
门内难求亲骨肉，人间空剩老头皮[二]。
不劳旁劝常加饭，似有前缘爱咏诗。
长夜如年虫语寂，一灯风雨断肠时。

注释：
[一]《艺文类聚》卷八九引周景式《孝子传》："古有兄弟，忽欲分异，出门见三荆同株，接叶连阴。叹曰：'木犹欣聚，况我而殊哉！'还为雍和。"
[二] 老头皮：老年男子的戏称。诗人自指。宋赵令畤《侯鲭录》卷六："真

宗东封，访天下隐者，得杞人杨朴，能为诗。召对，自言不能。上问：'临行有人作诗送卿否？'朴言：'独臣妻有诗一首云：更休落魄贪杯酒，亦莫猖狂爱咏诗。今日捉将官里去，这回断送老头皮！'上大笑，放还山。"

看　　花

好是春风二月天，嫣红姹紫斗鲜妍。
只嫌近市难赊酒，偶涉芳丛便欲仙。
羁勒宽人容放浪，杖藜扶我且流连。
同游更有明朝约，老兴何妨亦勃然[一]。

注释：
[一] 勃然：突然兴起。

随处春光总可怜，绿杨留客意缠绵。
爱从叶底窥蝴蝶，厌向风前听杜鹃[一]。
感事已无新涕泪[二]，看花还有旧姻缘。
浮生好景难多得，寄语羲和缓著鞭[三]。

注释：
[一] 杜鹃：其叫声很像"不如归去"，有催人归去之义，故作者"厌向风前听杜鹃"。明田艺蘅《留青日札·姊规》："子规，人但知其为催春归去之鸟，盖因其声曰归去了，故又名思归鸟。"
[二] 唐杜甫《春望》："感时花溅泪，恨别鸟惊心。"
[三] 羲和：传说为太阳驾车的神。《楚辞·离骚》："吾令羲和弭节兮。"汉王逸注："羲和，日御也。"作者注："黄仲则诗云'茫茫来日愁如海，寄语羲和快著鞭'，易其快字而反其意。"

花 下 感 吟

沧桑回首总堪嗟,忍思梁园飞暮鸦[一]。
借洗鮀江襟上泪,恰宜龙井雨前茶[二]。
心无栖处常空洞,诗有成时亦小家。
且喜连朝风雨霁,赏春曾不负年华。

注释:

[一] 梁园:西汉梁孝王修建的范围。唐岑参《山房春事二首》其二:"梁园日暮乱飞鸦,极目萧条三两家。"
[二] 鮀江:汕头的别名。雨前:谷雨前。4月5日以后至4月20日左右采摘,用细嫩芽尖制成的茶叶称雨前茶。

     独立苍茫泪湿衣[一],看花回首故人稀。
     悲欢不尽因离合[二],今昨何能定是非[三]。
     只恐梅香彰窦臭[四],岂宜燕瘦妒环肥[五]。
     余生尚作江湖梦,寄到当归不肯归[六]。

注释:

[一] 宋谢薖《潘邠老尝作诗云满城风雨近重阳邠老亡后无逸兄用此句足成四篇今去重阳只数日风雨不止凄然有怀作二绝句念泉下二人不再作不觉流涕覆面也》其一:"却因风雨重阳近,独立苍茫泪一巾。"清黄侃《感事》其一:"萍浮南北吾良愈,独立苍茫泪浥衣。"
[二] 宋郑刚中《几先坐上赠友人》:"离合悲欢言不尽,东西南北恨还生。"
[三] 晋陶渊明《归去来兮辞》:"实迷途其未远,觉今是而昨非。"
[四] 宋欧阳修《归田录》卷二:"梅学士询在真宗时已为名臣,至庆历中,为翰林侍读以卒。性喜焚香,其在官舍,每晨起将视事,必焚香两炉,以公服罩之,撮其袖以出,坐定撒开两袖,郁然满室浓香。有窦元宾者,五代汉宰相正固之孙也,以名家子有文行为馆职,而不喜修饰,经时未尝沐浴。故时人为之语曰'盛肥丁瘦,梅香窦臭'也。"

[五] 燕瘦环肥：比喻体态不同而各擅其美。宋苏轼《孙莘老求墨妙亭诗》："杜陵评书贵瘦硬，此论未公吾不凭。短长肥瘦各有态，玉环飞燕谁敢憎。"

[六] 当归：药材名。意为"应当归来"。《晋书·五行志中》："魏明帝太和中，姜维归蜀，失其母。魏人使其母手书呼维令反，并送当归以譬之。维报书曰：'良田百顷，不计一亩，但见远志，无有当归。'"

感旧二首

莫说求浆与射屏[一]，小家碧玉最娉婷[二]。
鬓云覆额垂垂绿，别后添来几点星。

注释：

[一] 求浆：典出《太平广记·裴航》："航遍求访之。灭迹匿形，竟无踪兆。遂饰妆归辇下。经蓝桥驿侧近，因渴甚，遂下道求浆而饮。见茅屋三四间，低而复隘，有老妪绩麻苧。航揖之求浆，妪咄曰：'云英擎一瓯浆来，郎君要饮。'"射屏：典出《旧唐书·后妃传上·高祖窦皇后》："窦毅闻之，谓长公主曰：'此女才貌如此，不可妄以许人，当为求贤夫。'乃于门屏画二孔雀，诸公子有求婚者，辄与两箭射之，潜约中目者许之。前后数十辈莫能中，高祖后至，两发各中一目。毅大悦，遂归于我帝。"

[二]《乐府诗集·碧玉歌二》："碧玉小家女，不敢攀贵德。"题解引《乐苑》："《碧玉歌》者，宋汝南王所作也。碧玉，汝南王妾名。以宠爱之甚，所以歌之。"

水剪双瞳雪捏肌[一]，也曾持扇乞新诗[二]。
人间玉杵何从觅[三]，枉却相逢未嫁时[四]。

注释：

[一] 水剪双瞳：喻眼珠清澈。唐李贺《唐儿歌》："骨重神寒天庙器，一双瞳人剪秋水。"雪捏肌：谓皮肤如捏雪而成，喻洁白柔嫩。清李符《澡兰香·浴》："着鲜肤、频溜柔荑，浑如搓琼捏雪。"

[二] 宋赵令畤《侯鲭录》卷四："韩康公绛子华谢事后……子华新宠鲁生舞罢，为游蜂所螫，子华意不甚怪。久之呼出，持白圆扇从东坡乞诗。坡书云：'窗摇细浪鱼吹日，舞罢花枝蜂绕衣。不觉南风吹酒醒，空教明月照人归。'上句记姓，下句书蜂事。康公大喜，坡云：'惟恐他姬厮赖，故云耳。'客皆大笑。"

[三] 玉杵：传说裴航过蓝桥驿，以玉杵臼为聘礼，娶云英为妻，后夫妇俱入玉峰成仙。事见唐裴铏《传奇·裴航》。

[四] 唐张籍《节妇吟寄东平李司空师道》："还君明珠双泪垂，恨不相逢未嫁时。"

漫　　成

斜风细雨近清明，拟吊介推[一]诗未成。
梦里几回天未曙，却教凭壁听鸡声。

注释：

[一] 介推：又名介之推，春秋时期晋国人，从晋公子重耳（文公）出亡。后与母隐于绵山而终。相传寒食节为其而设。

寒　　食

风飘飘又雨潇潇[一]，巷僻无人话寂寥。
忽忽梦回浑有忆，禁城百五[二]是今朝。

注释：

[一] 宋蒋捷《一剪梅·舟过吴江》："江上舟摇，楼上帘招。秋娘渡与泰娘桥。风又飘飘，雨又潇潇。"

[二] 百五：寒食日。在冬至后的一百零五天，故名。

清　明

寒食匆匆节又过，踏青[一]其奈老衰何。
倾江添作思亲泪，洒向清明雨更多。

注释：
[一] 踏青：清明节前后郊游。唐孟浩然《大堤行》："岁岁春草生，踏青二三月。"

暮春二首

光阴忽忽过清明，梦里犹闻唤卖饧[一]。
半月吟哦新意少，几番晴雨暮春成。
红消巷陌花无色，绿映池塘蛙有声。
拄杖堤边问杨柳，折腰何事学逢迎[二]。

注释：
[一] 卖饧：卖糖。古代风俗，寒食节这一天要食饧（糖）粥。
[二] 折腰：弯腰。《晋书·隐逸传·陶潜》："吾不能为五斗米折腰，拳拳事乡里小人耶！"明袁宏道《闲居杂题》其五："笑杀陶家五杨柳，春来依旧折腰肢。"

悄立东风未碍凉，平林晚望黯然伤。
春来春去忙三月，花落花开梦一场[一]。
草长江南莺羽乱[二]，雨过帘外燕泥香。
浮生好景原无几，偏是痴翁惹恨长。

注释：
[一] 唐王枢《和严恽落花诗》："花落花开人世梦，衰荣闲事且持杯。"

[二] 南北朝丘迟《与陈伯之书》："暮春三月，江南草长，杂花生树，群莺乱飞。"宋苏轼《常润道中有怀钱塘寄述古五首》其二："草长江南莺乱飞，年来事事与心违。"

雨后新晴漫写

好是新晴风日妍，山川草木色欣然[一]。
移琴避燕忙终日[二]，载酒听莺忆往年[三]。
仄径扫花还有帚，寒家坐客已无毡[四]。
自扪腹笥经何在，也学边韶[五]白昼眠。

注释：

[一]《庄子·知北游》："山林与，皋壤与，使我欣欣然而乐与！"宋释宝昙《和蓬莱老之兄卓宣教见遗》："要结灵山未了缘，山中草木亦欣然。"
[二] 宋陆游《幽栖二首》其一："咊米留鸡食，移琴避燕泥。"
[三] 唐冯贽《云仙杂记》卷二："戴颙春携双柑、斗酒，人问何之，曰：'往听黄鹂声。此俗耳针砭，诗肠鼓吹，汝知之乎？'"
[四] 无毡：参《岁暮寄怀四首》诗注。
[五] 边韶：参《悼汤褒公二首》诗注。

有　　感

古巷萧然车迹稀[一]，黄昏风雨掩柴扉。
两三更后愁难遣，六十年间事尽非[二]。
白发遮羞余皂帽[三]，青灯课读失慈帏[四]。
自怜不及空阶石，借得春苔作绿衣[五]。

注释：

[一] 晋陶渊明《读山海经》："穷巷隔深辙，颇回故人车。"

［二］唐杜甫《送韩十四江东觐省》："兵戈不见老莱衣,叹息人间万事非。"宋周紫芝《湖居无事日课小诗》其五："一生万事无不尔,行年六十尽成非。"

［三］皂帽:黑色的帽子。《三国志·魏书·管宁传》:"宁常著皂帽、布襦袴、布裙,随时单复,出入闺庭,能自任杖,不须扶持。"

［四］慈帏:母亲。

［五］宋赵抃《和沈太博会春晚归》:"名园一夜狂风雨,苔上残花点绿衣。"明黄钺《游维摩》:"松花满地铺金粉,苔藓侵阶长绿衣。"

暮春之夜

乍晴乍雨镇连绵,午夜心情似乱弦。
分绿才过插秧日,催黄已入熟梅天[一]。
一檠灯影愁相对,两部蛙声[二]恼独眠。
应是东皇[三]留不住,杜鹃啼处血痕鲜[四]。

注释:

［一］熟梅天:春末夏初梅子黄熟时候的天气。又称黄梅天。

［二］两部蛙声:《南齐书·孔稚圭列传》:"不乐世务,居宅盛营山水,凭机独酌,傍无杂事。门庭之内,草莱不剪,中有蛙鸣,或问之曰:'欲为陈蕃乎?'稚圭笑曰:'我以此当两部鼓吹,何必期效仲举。'"

［三］东皇:司春之神。

［四］用杜鹃啼血典,句有伤春意。

苦雨二首

刚看农妇插秧回，一雨谁知喜变哀。
无赖四随檐下滴，有声都向枕边来。
不嫌孤榻难寻梦，只恐低原易受灾。
寄意天公须着意，苍生元气待滋培。

水积池塘狭易盈，滂沱雨势似盆倾。
牵萝补屋难遮漏[一]，烧笠祈天莫乞晴[二]。
要出汲时忧井渫[三]，最关怀处碍农耕。
即今斗室沉沉夜，听尽鸡声梦不成。

注释：
[一] 唐杜甫《佳人》："侍婢卖珠回，牵萝补茅屋。"
[二] 久雨不晴时，客家民间往往在天井烧破笠，并令孩童唱《祈晴歌》来乞晴。"莫"通"暮"。
[三] 出汲：从井里打水。忧井渫：担忧井渫之水不能喝。《易·井》："井渫不食，为我心恻。"王弼注："渫，不停污之谓也。"汉王粲《登楼赋》："惧匏瓜之徒悬兮，畏井渫之莫食。"

所见有感[一]

郁郁佳城[二]据岭腰，碣碑赫赫姓名标。
谁知转眼沧桑变，付与行人作小桥[三]。

注释：
[一] 陈中美注程诗谓此诗作于1967年。
[二] 佳城：墓地。《西京杂记》卷四："滕公驾至东都门，马鸣局不肯前，以足跑地久之。滕公使士卒掘马所跑地，入三尺所，得石椁。滕公以烛照

之，有铭焉……曰：'佳城郁郁，三千年见白日。吁嗟滕公居此室！'滕公曰：'嗟乎天也！吾死其即安此乎？'死遂葬焉。"

[三] 毁碣碑为小桥，是"文化大革命"中红卫兵的"破四旧"运动。

嗜吟自嘲

写尽桃花几叠笺[一]，春来诗思更缠绵。
艳香昔慕王疑雨[二]，通俗今师白乐天[三]。
红粉怜才成隔世，金丹换骨[四]又何年。
吟髭多为推敲断[五]，秋夜灯前与枕边。

注释：

[一] 桃花笺即桃花纸。宋苏易简《文房四谱·纸谱》："桓元诏平淮，作桃花笺纸，缥绿青赤者，盖今蜀笺之制也。"

[二] 王疑雨：明末诗人王彦泓，字次回。著有《疑雨集》《疑云集》等。其《疑雨集》《疑云集》多为描写男女情爱的艳体诗。

[三] 白乐天：唐代诗人白居易，字乐天，号香山居士。宋苏轼《祭柳子玉文》："郊寒岛瘦，元轻白俗。"

[四] 金丹换骨：宋陆游《夜吟》诗："六十余年妄学诗，工夫深处独心知。夜来一笑寒灯下，始是金丹换骨时。"钱仲联校注："金丹换骨云者，盖以喻学诗工夫由渐修而入顿悟之境界。"

[五] 唐卢延让《苦吟》："吟安一个字，撚断数茎须。"

野　　望

野望刚逢雨暂晴，幽泉不见但闻声。
溪桥曲折春泥滑，有客徐扶竹杖行。

读熙甫先生和拙作叠韵八首书后仍用前韵

生平窃佩杜陵[一]诗,为像岳家善运奇[二]。
九畹滋兰原见放[三],一囊食粟朔常饥[四]。
龙头[五]属老非吾望,鱼目[六]求售肯自欺。
却累耆英连叠和,春风风我太便宜。

注释:
[一] 杜陵:即杜甫,自号少陵野老。
[二] 岳家:岳家军。运奇:运用奇谋、奇兵。此句孤平。
[三] 原见放:屈原被放逐。《楚辞·离骚》:"余既滋兰之九畹兮,又树蕙之百亩。"王逸注:"十二亩曰畹。"
[四] 朔:西汉文学家东方朔。《汉书·东方朔传》:"臣朔生亦言,死亦言。朱儒长三尺余,奉一囊粟,钱二百四十。臣朔长九尺余,亦奉一囊粟,钱二百四十。朱儒饱欲死,臣朔饥欲死。"
[五] 龙头:参《暮年自遣四首》诗注。
[六] 鱼目:鱼的眼睛。诗指不好的诗。唐李白《鞠歌行》:"玉不自言如桃李,鱼目笑之卞和耻。"

读稿有感

华年误尽苦吟诗,斗角勾心未必奇。
坐困愁城[一]聊代哭,生逢盛世敢言饥。
披霜[二]尚为头颅惜,食肉徒将口腹欺。
幸有山林容老物,读书学圃两非宜[三]。

注释:
[一] 愁城:参《春归日》诗注。

[二] 霜：诗指白发。
[三] 老物：即老人家，参《早春寄怀十首》诗注。学圃：参《垅上吟二首》诗注。

赠李沛君

曾为论诗到野斋，钻研求益意良佳。
独惭半曳倾吟箧，未抵先生踏破鞋[一]。
避俗此时弹古调[二]，赏音他日付朋侪。
人间俦有诗材料，远在山巅与水涯[三]。

注释：

[一] 踏破鞋：诗指李道旋频繁到府上向作者求教。
[二] 唐刘长卿《听弹琴》："古调虽自爱，今人多不弹。"宋薛嵎《山居十首》其八："古调今谁弹，至乐非外假。"宋张炎《征招·答仇山村见寄》："古调谁弹，古音谁赏，岁华空老。"
[三] 宋陈元晋《纪游再用前韵》："要知酒兴并诗料，不在山巅即水涯。"

得周公燕五来书快慰之余复滋感慨爰成二律[一]

故人声气久消沉，一纸飞来贵比金。
盥手开缄薇有露[二]，连肩复坐杏无林[三]。
十年诗债犹相向，两地茶香惜独斟。
我是三生狂杜牧[四]，伤春伤别断难任[五]。

注释：

[一] 周燕五有和作，参其《奉和程坚甫感旧》："鱼雁依然影未沉，故人一纸重千金。韬光养晦栖茅屋，并坐论诗忆杏林。今日凭栏空怅望，何时对酒共低斟。自怜老去同鸠拙，学圃为农两不任。""月落更阑晓漏沉，阮囊羞涩莫论金。掀髯笑我顽于石，把臂伊谁共入林。毫管抛闲书懒学，

玉壶买醉酒频斟。徒然哺啜无生息，欲作劳工国弗任。""吾素吾行爱率真，沧桑劫后剩顽身。穷途那有分金客，问字曾无载酒人。顿觉飘萧生白发，依然憔悴踏红尘。研经读史成何用，漫说儒为席上珍。""含醇抱朴得天真，流水行云寄此身。艺花停鞭思旧侣，旗亭画壁更何人。虽倾瓮里千钟酒，难洗胸中万斛尘。蔬食藜羹能养志，无须海错与山珍。"

［二］参《读周公脚肿诗书后》诗注。

［三］杏无林：即无杏林。杏林指杏和林药店，程、周两人常在此唱和。

［四］三生狂杜牧：比况出入歌舞繁华之地的风流才士。宋姜夔《琵琶仙》："十里扬州，三生杜牧，前事休说。"

［五］唐李商隐《杜司勋》："刻意伤春复伤别，人间惟有杜司勋。"

名士由来自有真，芜城深处寄闲身。
须知北立（山名）吟诗客，未证东吴顾曲人[一]。
灯影夜寒思旧雨，萍踪雨散感前尘。
若论迎稿增多少，敝帚垒垒敢自珍。

注释：

［一］东吴顾曲人：周瑜。典出《三国志·吴书·周瑜传》："瑜少精意于音乐，虽三爵之后，其有阙误，瑜必知之，知之必顾，故时人谣曰：'曲有误，周郎顾。'"

寄怀二首

桑榆暮矣[一]复何求，与世将如风马牛[二]。
惊梦恰嫌今夜雨，畏寒犹似去年秋。
誊诗有稿存箱底，买酒无钱挂杖头[三]。
几日入城心意懒，闲寻野渡看横舟[四]。

注释：

［一］桑榆暮矣：指晚年。清孔尚任《桃花扇·余韵》："六十岁，花甲周，桑榆暮矣！"

［二］风马牛：两不相干。《左传·僖公四年》："君处北海，寡人处南海，唯

是风马牛不相及也。"
[三]《晋书·阮脩传》:"常步行,以百钱挂杖头,至酒店,便独酣畅。"
[四] 唐韦应物《滁州西涧》:"春潮带雨晚来急,野渡无人舟自横。"

>村前小立独扶筇,临水登山意已慵。
>风急欲摧帆影转,日斜未减市声浓。
>向阳好学葵遮足[一],应世难言竹在胸[二]。
>满眼布衣耕陇亩,人间久矣卧无龙[三]。

注释:

[一]《孔子家语》:"今鲍庄子食于淫乱之朝,不量主之明暗,以受大刑,是智之不如葵,葵犹能卫其足。"王肃注:葵倾叶随日转,故曰能卫足也。
[二] 竹在胸:即成竹在胸意。
[三] 卧无龙:即无卧龙,指没有像诸葛亮那样的人物。

前　　题

>门庭改尽旧时观,蛛网飘然夕照残。
>头白未兼诗律老,身癯弥觉褐衣宽[一]。
>风生茗碗无余味[二],雨过桃笙[三]有薄寒。
>失意最嫌今夜梦,依人庑下作衙官[四]。

注释:

[一] 唐杜甫《遣闷戏呈路十九曹长》:"晚节渐于诗律细,谁家数去酒杯宽。"
[二] 余味:指留下回味。
[三] 桃笙:指竹席。
[四] 衙官:指小官。《旧唐书·文苑传上·杜审言》:"(杜审言)又尝谓人曰:'吾之文章,合得屈宋作衙官;吾之书迹,合得王羲之北面。'其矜诞如此。"

乡居杂咏二首

未厌喧嚣近市尘，林泉有地著华巅[一]。
几朝天色昏如夜，信是无愁亦黯然。

注释：
[一] 华巅：白首。《后汉书·崔骃传》："唐且华颠以悟秦，甘罗童牙而报赵。"

一卧林泉素旧乖，不能离是手中杯。
迩来自觉难消遣，闲过邻家弄小孩。

鼠[一]

穿墉谁谓鼠无牙[二]，与鼠如今共一家。
敲案未能惊鼠去，空令惊落好灯花[三]。

注释：
[一] 陈中美注程诗谓此诗作于1967年。
[二] 穿墉：穿墙。《诗经·召南·行露》："谁谓鼠无牙，何以穿我墉。"
[三] 宋赵师秀《约客》："有约不来过夜半，闲敲棋子落灯花。"

漫 成 二 首

浮生恩怨总陈陈，磨折修成百炼身。
老去为诗多感旧，向来赌胜每输人[一]。
尚存慈母缝衣线[二]，懒学先生画网巾[三]。
种菜闭门[四]聊自遣，蛇皮未必化龙鳞[五]。

注释：

[一] 宋赵庚夫《习气》："老去情怀多感旧，贫来亲故不如初。"赌胜：争胜，比高下。唐李颀《古意》："男儿事长征，少小幽燕客。赌胜马蹄下，由来轻七尺。"

[二] 唐孟郊《游子吟》："慈母手中线，游子身上衣。临行密密缝，意恐迟迟归。谁言寸草心，报得三春晖。"

[三] 先生画网巾：实为画网巾先生，明代遗民，坚守品节，最后不屈而死。参清戴名世《画网巾先生传》。

[四] 种菜闭门：参《忆周公二首》诗注。

[五] 明周应光《靳史》："王介甫乃进贤饶氏之甥，其舅党以介甫肤理如蛇皮，目之曰：'此行货亦欲求售耶？'介甫寻举进士，以诗寄之曰：'世人莫笑老蛇皮，已化龙鳞衣锦归。传语进江饶八舅，如今行货正当时。'"

懒寻龟筮[一]向何从，抛却诗书便学农。
敢望桑榆收暮景[二]，尚凭丘壑[三]寄游踪。
风前画柳无金面[四]，雨后看花有病容。
安得邻翁邀共醉，玉醪新揭瓮头封[五]。

注释：

[一] 龟筮：占卦。古时占卜用龟，筮用蓍，视其象与数以定吉凶。《尚书·大禹谟》："鬼神其依，龟筮协从。"

[二] 桑榆收暮景：谓事犹未晚，尚可补救。《后汉书·冯异传》："始虽垂翅

回溪，终能奋翼黾池，可谓失之东隅，收之桑榆。"
[三] 丘壑：山林与幽壑。南朝宋刘义庆《世说新语·品藻》："明帝问谢鲲：'君自谓何如庾亮？'答曰：'端委庙堂，使百僚准则，臣不如亮。一丘一壑，自谓过之。'"
[四] 画柳无金面：指柳非金色。唐李白《宫中行乐词》其二："柳色黄金嫩，梨花白雪香。"
[五] 瓮头封：酒口盖。

郊行二首

曳杖郊行趁晚晴，暖风微度葛衣轻。
岭云聚散皆无赖，江水迂回最有情。
草乱离离难寄恨，莺啼隐隐欲寻声。
酒旂低亚[一]山城暮，一角斜阳照眼明。

注释：
[一] 低亚：低垂。

晚晴天际彩虹消，平远江山入望遥。
行近绿杨看晒网，凭来[一]乌桕听吹箫。
因知苦士书撑腹[二]，未若狂徒酒系腰。
灯火满城茶市闹，杖藜聊复过长桥。

注释：
[一] 凭来：即来凭。
[二] 宋苏轼《试院煎茶》："不用撑肠拄腹文字五千卷，但愿一瓯常及睡足日高时。"

无 聊 自 慰

莫笑诗痴与酒狂,醉吟聊以遣年光。
山林何世非怀葛[一],声律如今合宋唐。
锦里疗贫余芋粟[二],蓬门偕老有糟糠。
紫金丹[三]好堪涂抹,侥幸衰颜不再黄。

注释:

[一] 怀葛:无怀氏、葛天氏的并称。古人以为其世风俗淳朴,百姓无忧无虑。语本晋陶渊明《五柳先生传》:"衔觞赋诗,以乐其志,无怀氏之民欤?葛天氏之民欤?"
[二] 锦里:本指杜甫住在成都草堂时的邻居朱山人,诗为作者自指。唐杜甫《与朱山人》:"锦里先生乌角巾,园收芋粟未全贫。"
[三] 紫金丹:长生丹药。唐杜甫《将赴成都草堂途中有作先寄严郑公》其四:"生理只凭黄阁老,衰颜欲付紫金丹。"

灯 下 吟

懒从灯下看吴钩[一],尚爱名山欲卧游[二]。
老去文章拼贱卖,由来福慧莫兼收。
多纹脸似风吹水,思饮心随月上楼[三]。
且喜登床寻梦易,雨余天气像初秋。

注释:

[一] 吴钩:利剑。唐杜甫《后出塞五首》其一:"少年别有赠,含笑看吴钩。"宋薛嵎《除夜苦雨》:"空余壮心在,灯下看吴钩。"
[二]《宋书·宗炳传》:"有疾还江陵,叹曰:'老疾俱至,名山恐难偏睹,唯当澄怀观道,卧以游之。'凡所游履,皆图之于室。"
[三] 随着月上楼头,渐起饮酒之意。

半夜遣怀[一]

浮云尽日暗长空,不见南来海上鸿。
飞洒有窗关宿雨,呼啸无笔绘狂风。
今看影卧孤灯下,何异身投逆旅[二]中。
我比三闾更多事,夜深呵壁问苍穹[三]。

注释:

[一] 陈中美注程诗谓此诗作于1967年。
[二] 逆旅:旅馆。《左传·僖公二年》:"今虢为不道,保于逆旅。"杜预注:"逆旅,客舍也。"
[三] 三闾:即三闾大夫屈原。汉王逸《〈楚辞·天问〉序》:"屈原放逐,忧心愁悴。……见楚有先王之庙及公卿祠堂……周流罢倦,休息其下,仰见图画,因书其壁,呵而问之以渫愤懑,舒泻愁思。"

有 寄

半世奔驰觅斗升,年来心似玉壶冰[一]。
得鱼至竟归谁有,乞解鸬鹚系颈绳。

注释:

[一] 玉壶冰:喻清廉。南朝宋鲍照《代白头吟》:"直如朱丝绳,清如玉壶冰。"

写　　意

郭外青山山下村[一]，矮篱茅屋古风存。
年荒渐贬诗文值，巷僻曾无车马喧[二]。
敢望余生登耋耄[三]，还期丰岁慰黎元[四]。
遐方戚友[五]休相念，藉草冬眠尚软温。

注释：

[一] 唐孟浩然《过故人庄》："绿树村边合，青山郭外斜。"
[二] 晋陶渊明《饮酒二十首并序》其五："结庐在人境，而无车马喧。"晋陶渊明《读山海经》："穷巷隔深辙，颇回故人车。"
[三] 耋耄：泛指高寿。
[四] 黎元：黎民百姓。唐杜甫《自京赴奉先县咏怀五百字》："穷年忧黎元，叹息肠内热。"
[五] 遐方戚友：海外亲朋。

渔　翁　四　首

最是渔翁清福多，风光占尽一湾河。
短蓑半湿霏微雨，孤艇轻摇潋滟波。
斜日晒罾[一]篷影重，晴堤系缆柳风和。
几声唱晚逍遥甚[二]，胜似王郎斫地歌[三]。

注释：

[一] 晒罾：晒渔网。
[二] 唐王勃《滕王阁序》："渔舟唱晚，响穷彭蠡之滨。"
[三] 王郎斫地歌：参《长贫自觉负人多辘轳体五首》诗注。

冰绡[一]欲买画渔翁，古柳堤边系短篷。
天地有情容一老，烟波无梦到三公[二]。
也从芦苇修邻谊，闲放鸬鹚弄晚风。
愧我缁衣[三]尘万斛，置身常在俗人丛。

注释：
[一] 冰绡：薄而洁白的丝绸。
[二] 明叶元玉《次韵复潮阳柯二守》："天地有情容我老，海山无分伴君游。"
    三公：周以太师、太傅、太保为三公，诗指高官。
[三] 缁衣：黑衣。

竿丝摇曳晚风微，一叶渔舟傍石矶。
且喜月明沽酒便，还因水满钓鱼肥。
振蓑尚恐流尘染，打桨防惊睡鸭飞。
似此波光山色好，不妨鸥鹭共忘机[一]。

注释：
[一] 参《暮冬随笔廿首》诗注。

自笑余生万事空，闲来江畔羡渔翁。
黄昏乱苇丝丝雨，绿褪残蓑叶叶风。
短笛吹时音嫋嫋[一]，香粳饱后乐融融。
夜阑睡去灯犹亮，照到波心一线红。

注释：
[一] 嫋嫋：悠扬婉转。

难 得 糊 涂

难得糊涂语最真，糊涂易保百年身。
东坡已叹聪明误，不愿聪明更误人[一]。

注释：

[一] 宋苏轼《洗儿》："人皆养子望聪明，我被聪明误一生。惟愿生儿愚且鲁，无灾无难到公卿。"作者注："予昔过中山，见石歧某庙悬一朱额，大书'难得糊涂'四字，乃板桥道人遗墨，终身甚佩其言。"

　　聪明原不及糊涂，巧者常为拙者奴[一]。
　　我愿聪明尽消失，来生更不识之无[二]。

注释：

[一] 清刘绎《题羽可舍人竹册》："从来巧为拙者奴，安能敝帚千金享。"清末许南英《乞巧》："我闻用拙存吾道，又闻巧者拙之奴。"
[二] 唐白居易《与元九书》："仆始生六七月时，乳母抱弄于书屏下，有指'无'字、'之'字示仆者，仆虽口未能言，心已默识。"

感旧二首

　　卿本商人妇，琵琶哀怨深[一]。
　　新声出沙浦，旧恨满江浔。
　　灯下闻私语，天涯共此心。
　　岂无诗句赠，凄绝不成吟。

注释：

[一] 语本唐白居易《琵琶行》。

　　翠袖天寒薄，红绡泪迹新[一]。
　　挑灯谈往事，倚竹悟前身。
　　秦氏多娇女[二]，江郎本恨人[三]。
　　昨宵来入梦，疑幻亦疑真。

注释：

[一] 翠袖：青绿色的衣服。唐杜甫《佳人》："天寒翠袖薄，日暮倚修竹。"

红绡：红色薄绸。
[二]《陌上桑》："秦氏有好女，自名为罗敷。"
[三] 江郎：江淹。江淹《恨赋》："于是仆本恨人，心惊不已。直念古者，伏恨而死。"

七夕二首

忽忽浮生岁月催，女儿乞巧[一]夜筵开。
因知乌鹊填河[二]急，未暇清晨报喜来。

注释：

[一] 乞巧：向织女星乞求智巧，旧时风俗。南朝梁宗懔《荆楚岁时记》："七月七日为牵牛织女聚会之夜。是夕，人家妇女结彩缕，穿七孔针，或以金银鍮石为针，陈几筵酒脯瓜果于庭中以乞巧，有蟢子网于瓜上则以为符应。"
[二] 填河：俗传七夕喜鹊填河成桥以渡牛郎、织女。

良夜匆匆欢会少，双星[一]未若双飞鸟。
明朝依旧隔天河，似此相思何日了。

注释：

[一] 双星：指牵牛、织女二星。

雨夜感吟

窗外巴蕉叶欲残，挑灯听雨夜漫漫。
万重愁绪肠千结，六十年华指一弹。
肯向参苓[一]求缓死，尚劳朋旧劝加餐[二]。
人间风月消磨尽，剩有吟诗兴未阑。

注释：
[一] 参苓：参《悼亡侄四首》诗注。
[二] 加餐：谓多进饮食，保重身体。《后汉书·桓荣传》："愿君慎疾加餐，重爱玉体。"《古诗十九首·行行重行行》："弃捐勿复道，努力加餐饭。"

七夕戏赠双星

银汉迢迢舟楫无，填桥乌鹊费工夫。
婚姻久已如儿戏，牛女何因不另图[一]。

注释：
[一] 不另图：劝其分离。当是针对当时社会上随意离婚现象而言。

寿内人录旧作

家贫渐渐笑颜稀，半百年间[一]事尽违。
我已白头君亦老，未妨一醉慰牛衣[二]。

注释：
[一] 半百年间：作者注明录旧作，当作于20世纪50年代。
[二] 牛衣：参《春寒词三首》诗注。

百钱买得玉冰烧[一]，深巷无人夜寂寥。
酌酒劝君须尽醉，好花还有老来娇[二]。

注释：
[一] 玉冰烧：参《寒冬之夜风雨大作竟夕不寐吟成四首》诗注。
[二] 老来娇：花名，一般指雁来红。清郑用锡《老来娇》其一："千红万紫

斗繁华,独立西风对暮霞。美汝经霜颜色好,一枝一叶胜如花。"

> 膝前莫叹更无儿,便即生儿亦已迟。
> 爱子托人原恨事,何如身后有传诗[一]。

注释:

[一] 托人:请托他人。陈中美注谓老人生子,也有托人照顾之恨,不如有诗传世就好了。

> 野肴味薄酒杯深,岁月骎驰[一]老境临。
> 我欲狂吟君欲睡,一灯分照两人心。

注释:

[一] 骎驰:快马奔驰貌。

夜 归

> 阑珊灯火市声沉,踽踽[一]归来夜已深。
> 几点流萤飞乱草,一钩新月挂疏林。
> 尚劳行路扶危杖,安得充囊买醉金。
> 裁句未成姑舍去,凭窗远听弄胡琴。

注释:

[一] 踽踽:独行貌。《诗经·唐风·杕杜》:"独行踽踽。"毛传:"踽踽,无所亲也。"

赠钓叟朱士良

早晚生涯寄一钩，俗情应逐水东流。
微风柳叶舒青眼，浅渚芦花映白头。
似我吟诗难退虏[一]，唯君垂钓易忘忧。
求鱼更有人缘木[二]，莫怪飞凫据上游。

注释：

[一] 宋司马光《涑水记闻》卷六："上在澶渊南城，殿前都指挥使高琼固请幸河北，曰：'陛下不幸北城，北城百姓如丧考妣。'冯拯在旁呵之曰：'高琼何得无礼！'琼怒曰：'君以文章为二府大臣，今虏骑充斥如此，犹责琼无礼，君何不赋一诗咏退虏骑邪？'"

[二]《孟子·梁惠王上》："以若所为求若所欲，犹缘木而求鱼也……缘木求鱼，虽不得鱼，无后灾。以若所为求若所欲，尽心力而为之，后必有灾。"

山居自遣

不嫌吟咏费诗才，门扇双双付绿苔。
饭有余香堪一饱，花无俗气恰初开。
夕阳鸡犬随声返，清夜渔樵入梦来。
又是中元祭幽日，枝头飞上纸钱灰。

闲　　写

入城沽酒本非遥，只隔中间水一条。
玉露金风[一]催短景，浅斟低唱遣长宵[二]。
闲招鸥友泛清渚，更访渔翁就矮寮。
要作诗人无奈瘦，较量差胜[三]绿杨腰。

注释：

[一] 玉露金风：秋景。唐李商隐《辛未七夕》："由来碧落银河畔，可要金风玉露时。"
[二] 宋柳永《鹤冲天》："忍把浮名，换了浅斟低唱。"
[三] 差胜：稍强。

有　　感

莫说诗声动四邻，百年误我是儒巾[一]。
昔曾画饼[二]嘲名士，今欲啣觞[三]作逸民。
柳往雪来人亦老[四]，花前月下友皆新。
朱门酒肉如山海，未必东施可效颦[五]。

注释：

[一] 唐杜甫《奉赠韦左丞二十二韵》："纨袴不饿死，儒冠多误身。"
[二] 画饼：参《书怀示周公》诗注。
[三] 啣觞：即衔觞，引申为饮酒。
[四] 《诗经·小雅·采薇》："昔我来思，杨柳依依。今我往矣，雨雪霏霏。"
[五] 唐杜甫《自京赴奉先县咏怀五百字》："朱门酒肉臭，路有冻死骨。"东施可效颦：《庄子·天运》："故西施病心而颦其里，其里之丑人见而美之，归亦捧心而颦其里。其里之富人见之，坚闭门而不出；贫人见之，挈妻子而去之走。"

三复湘累山鬼歌[一]，世情今已薄于罗[二]。
秋宵亦似春宵短，好梦何如恶梦多。
愁恨有丝难摆脱，光阴随墨易消磨。
迩来朋旧音书渺，未见南楼一雁过[三]。

注释：

[一] 湘累：指屈原。山鬼歌：指屈原的《九歌·山鬼》。

[二] 罗：细薄的丝织品。宋洪刍《曾内相以绝句诗还予诗卷和其韵五首》其五："世味著人浓似酒，交情向我薄于罗。"
[三] 唐赵嘏《寒塘》："乡心正无限，一雁度南楼。"

寄　怀

山色犹苍翠，所争惟卧游[一]。
关河乖旧雨，草木入新秋。
开户迎朝气，寻诗遣暮愁。
门前水清浅，吾欲泛虚舟[二]。

注释：

[一]《宋书·宗炳传》："有疾还江陵，叹曰：'老疾俱至，名山恐难偏睹，唯当澄怀观道，卧以游之。'凡所游履，皆图之于室。"
[二] 虚舟：轻捷之舟。《文选·谢灵运〈游赤石进帆海〉诗》："溟涨无端倪，虚舟有超越。"李周翰注："轻舟而进曰虚舟。"

呈熙甫翁兼简李沛君

自愧半生少读书，唯公长者独心虚。
汕头蛮语难留客，领背诗声易起予[一]。
有日登堂仍请教，无方缩地[二]欲移居。
只今处处农家乐，我辈儒冠合卸除。

注释：

[一]《论语·八佾》："子曰：'起予者，商也，始可与言《诗》已矣。'"
[二] 无方缩地：谓两地相距遥远不能迅速会面。诗指作者无法与熙甫翁经常会面。晋葛洪《神仙传·壶公》："费长房有神术，能缩地脉，千里存在，目前宛然，放之，复舒如旧也。"

入 市 偶 成

绿阴两岸一桥横,入市闲寻诗酒盟。
拂面有风还小立,扶身无杖且徐行。
岩花半向秋前落,野草纷随雨后生。
老我山林何足怪,信知造物[一]有权衡。

注释:

[一] 造物:即造物者,创造万物的神。

邻女阿凤,年垂老矣。及笄[一]时嫁同邑横湖乡。夫固螟蛉子[二],婚后未满一月即遁。凤孀居廿余年后,买一螟蛉为子,长成娶妇,且抱孙矣。近因不堪其媳虐,随一军属北上为佣。见而哀,因纪以诗二首

老去为人役,含饴[三]愿已违。
一肩行李重,双鬓乱蓬飞。
栖凤惟求稳,啼鹃莫劝归[四]。
平安犹贶我[五],相顾共沾衣。

注释:

[一] 及笄:15岁。《礼记·内则》:"(女子)十有五年而笄。"
[二] 螟蛉子:养子。
[三] 含饴:含着饴糖逗小孙子。《东观汉记·明德马皇后传》:"穰岁之后,惟子之志,吾但当含饴弄孙,不能复知政事。"
[四] 明田艺蘅《留青日札·姊规》:"子规,人但知其为催春归去之鸟,盖因其声曰归去了,故又名思归鸟。"
[五] 贶我:赠我。

千里途程远，江山景物殊。
晓风坪石站，暮雨洞庭湖。
折节[一]怜腰弱，调羹[二]怕手粗。
不知残夜梦，能到故乡无。

注释：
[一] 折节：屈己下人。
[二] 调羹：调制羹汤。

早秋寄怀

鸟语啁啾恨未通，山中时有白头翁。
入秋常恐颜将槁，顾影方知腰似篷[一]。
晚望未尝风景异，岁收那望砚田[二]丰。
一杯正好寻茶味，不为登楼目送鸿。

注释：
[一] 腰似篷：诗指腰细似篷布，指消瘦。
[二] 砚田：指诗歌创作。

山居闲写

门前一水曲如环，向晚观鱼杖履闲。
对镜名心应尽死，为诗绮语[一]欲全删。
山村幽静无人到，林木参差有鸟还。
风月满窗眠不得，新词宛转读《花间》[二]。

注释：
[一] 绮语：佛教谓一切含淫意不正之言词也。
[二]《花间》：《花间集》，后蜀赵崇祚编辑的一部词集，集中收录晚唐至五代

18位词人的作品，风格婉约绵缠、妩丽香艳。

早秋有寄二首

谁谓歧途多易迷，飞鸿踪迹遍东西。
十年空惹一头雪，独坐惭看双脚泥。
信是灌畦难学圃[一]，何妨徙宅亦忘妻[二]。
早秋未用伤摇落，杨柳依依绿满堤[三]。

注释：
[一] 灌畦：浇地。学圃：参《垅上吟二首》诗注。
[二] 徙宅亦忘妻：搬家忘记携带妻子。汉刘向《说苑·敬慎》："鲁哀公问孔子曰：'予闻忘之甚者，徙而忘其妻，有诸乎？'孔子对曰：'此非忘之甚者也，忘之甚者忘其身。'"
[三] 《楚辞·九辩》："悲哉秋之为气也！萧瑟兮草木摇落而变衰。"明周思兼《送李罗村大参河南宪长》："春风斗酒邵陵西，新柳依依绿满堤。"

向晚游观目易迷，水流东去日沉西。
榆钱纷落难沽酒[一]，柳絮低飞易染泥。
耕凿十年成野叟，萧条四壁愧山妻[二]。
门前尚觉风光好，柳绿阴垂半里堤。

注释：
[一] 榆钱：榆荚。因其形似小铜钱，故称。唐岑参《戏问花门酒家翁》："道傍榆荚仍似钱，摘来沽酒君肯否。"
[二] 《史记·司马相如列传》："文君夜亡奔相如，相如乃与驰归成都。家居徒四壁立。"

谢李沛君惠金兼简熙甫翁仍用前韵

路途跋涉不忘书,更喜孤怀似谷虚[一]。
绝细虫吟偏动尔,无多鹤俸[二]却分予。
三台文运终当盛,一代诗才未敢居。
此日幸承耆宿教,儒冠儒服莫轻除。

注释:
[一] 用虚怀若谷意。
[二] 鹤俸:诗指钱财。宋陆游《次朱元晦韵题严居厚溪庄图》:"鹤俸元知不疗穷,叶舟还入乱云中。"

中秋夜半寄怀

木樨香好得闻不,待月聊登庾亮楼[一]。
自别双星[二]嗟短景,那堪一雨败中秋。
可无觞咏酬佳节,应有团圆在后头。
试向天街深夜望,长空渐渐湿云收。

注释:
[一] 庾亮楼:南朝宋刘义庆《世说新语·容止》:"庾太尉在武昌,秋夜气佳景清,使吏殷浩、王胡之之徒登南楼理咏。"诗句用以泛指一般的楼阁。
[二] 双星:指牵牛、织女二星。

志　感

风流云散马虺隤[一],回首沧桑尽可哀。
瓜咏黄台伤再摘[二],花看紫陌忍重来[三]。
年华半是吟诗误,怀抱除非借酒开。
满纸江南断肠句,问君何似贺方回[四]。

注释:
[一]《诗经·周南·卷耳》:"陟彼崔嵬,我马虺隤。"毛传:"虺隤,病也。"
[二]唐李贤《黄台瓜辞》:"种瓜黄台下,瓜熟子离离。一摘使瓜好,再摘使瓜稀。三摘尚自可,摘绝抱蔓归。"
[三]唐刘禹锡《元和十一年自朗州召至京戏赠看花诸君子》:"紫陌红尘拂面来,无人不道看花回。玄都观里桃千树,尽是刘郎去后栽。"
[四]江南断肠句:指宋贺铸《青玉案·凌波不过横塘路》:"凌波不过横塘路。……碧云冉冉蘅皋暮,彩笔新题断肠句。试问闲愁都几许?一川烟草,满城风絮,梅子黄时雨。"宋黄庭坚《寄贺方回》:"解道江南断肠句,至今唯有贺方回。"

谢熙甫翁惠寄食物

两地传情诗代书,摘词[一]常感腹中虚。
半生知己多为鬼,一食劳公远念予。
骖脱将同晏婴赠[二],龟灵莫卜屈原居[三]。
山林此日差堪慰,利锁名缰[四]尽解除。

注释:
[一]摘词:造句。
[二]骖脱:即脱骖,以财助人之急。《史记·管晏列传》:"越石父贤,在缧

纼中。晏子出，遭之途，解左骖赎之，载归。"
[三] 卜居指占卜自己该怎么处世。《楚辞·卜居》："屈原既放，三年不得复见。竭知尽忠而蔽障于谗。心烦虑乱，不知所从。乃往见太卜郑詹尹曰：'余有所疑，愿因先生决之。'"
[四] 利锁名缰：谓功名利禄如束缚人的缰绳和锁链。汉东方朔《与友人书》："不可使尘网名缰拘锁，怡然长笑，脱去十洲三岛，相期拾瑶草，吞日月之光华，共轻举耳！"宋柳永《夏云峰》："向此免、名缰利锁，虚费光阴。"

　　　　远望青山路渺漫，何期粉果[一]馈多般。
　　　　独怜长者心肠热，无补鲰生骨相寒[二]。
　　　　入口芋香犹郁郁[三]，出笼桂露定湑湑[四]。
　　　　短章一再酬高厚，留取明年月下看。

注释：

[一] 粉果：明末清初屈大均《广东新语·食语·茶素》："平常则作粉果，以白米浸至半月，入白粳饭其中，乃舂为粉，以猪脂润之，鲜明而薄以为外，茶蘼露、竹胎、肉粒、鹅膏满其中以为内。则与茶素相杂而行者也，一名粉角。"
[二] 鲰生：小人。作者谦称。唐韩愈《韶州留别张端公使君》："久钦江总文才妙，自叹虞翻骨相屯。"
[三] 郁郁：指味道浓烈。
[四] 湑湑：指露水多。《诗经·郑风·野有蔓草》"零露湑兮"，毛传："湑湑然盛多也。"

绝句再呈熙甫翁

　　　　林泉优胜足颐和[一]，八十年间小劫[二]过。
　　　　长愿寿星留岭背，文章知己现无多。

注释：

[一] 颐和：颐养天和。

[二] 小劫：小灾小难。

灯下读周公来书及诗偶成一首

玉缄赚得老怀宽，诗句圆如珠走盘[一]。
两字依然称足下，百花靡不集毫端。
爱公满幅银钩[二]动，忘我深宵灯影寒。
未厌清晨门外望，纪纲来报竹平安[三]。

注释：
[一] 玉缄：书信。宋曾几《赠空上人》："今晨出数篇，秀色若可餐。清妍梅著雪，圆美珠走盘。"
[二] 银钩：书法遒劲。
[三] 纪纲：诗指送信的人。唐段成式《酉阳杂俎续集·支植下》："卫公（李德裕）言北都惟童子寺有竹一窠，才长数尺，相传其寺纲维，每日报竹平安。"

答谈风水者

王侯蝼蚁有前因[一]，儒者惟凭德润身[二]。
后顾茫茫吾老矣，自求多福福何人。

注释：
[一] 唐杜甫《谒文公上方》："王侯与蝼蚁，同尽随丘墟。"
[二] 德润身：道德可以滋润身心。《礼记·大学》："富润屋，德润身，心广体胖，故君子必诚其意。"

寄 怀 二 首

摆脱利锁与名缰[一]，老卧山林岁月长。
借酒暂凭浇块垒[二]，焚诗未敢炫文章[三]。
书从闷读无头绪，食却嗟来有口粮[四]。
好是重阳佳节近，霜天黄菊满篱香。

注释：

[一] 利锁与名缰：参《谢熙甫翁惠寄食物》诗注。
[二] 块垒：参《题梅健行先生汀江钓叟图四首》诗注。
[三] 焚诗：元辛文房《唐才子传》卷五："（贾岛）每至除夕，必取一岁所作置几上，焚香再拜，酹酒祝曰：'此吾终年苦心也。'痛饮长谣而罢。"
[四] 《礼记·檀弓下》："齐大饥，黔敖为食于路，以待饿者而食之。有饿者蒙袂辑屦，贸贸然来。黔敖左奉食，右执饮，曰：'嗟！来食。'"

自笑狂如马脱缰，斗诗赌酒兴弥长。
箧中检出无完褐[一]，梦里吟成有断章。
听尽莺鸣余伐木[二]，留些鸡食合分粮。
蹉跎抱卷空山老，何似黄花晚节香[三]。

注释：

[一] 无完褐：参《自嘲》（漫天阴雨酿新寒）诗注。
[二] 《诗经·小雅·伐木》："伐木丁丁，鸟鸣嘤嘤……嘤其鸣矣，求其友声。"
[三] 黄花：菊花。宋韩琦《九日水阁》："虽惭老圃秋容淡，且看寒花晚节香。"

秋凉有怀云超

空山老卧几人知,岁月匆匆去似驰。
心有难言多托病,怀无可寄但凭诗。
梦随南浦[一]征帆远,恨煞西风归雁迟。
日暮砧声催落叶,出门惘惘欲何之[二]。

注释:

[一] 南浦:送别之地。南朝梁江淹《别赋》:"春草碧色,春水渌波,送君南浦,伤如之何。"
[二] 砧声:捣衣声。唐沈佺期《古意呈补阙乔知之》:"九月寒砧催木叶,十年征戍忆辽阳。"惘惘:参《归途有作》诗注。

秋 日 漫 成

九月初交气渐凉,袷衣[一]残旧怕开箱。
村南村北留踪少,秋雨秋风惹恨长。
砧杵声寒惊薄暮,山林骨瘦近重阳。
写诗尚欲酬佳节,更向黄花寿一觞。

注释:

[一] 袷衣:夹衣。《文选·潘岳〈秋兴赋〉》:"藉莞蒻,御袷衣。"李善注:"袷,衣无絮也。"

秋 夜 漫 成

相伴惟凭朱九江[一]，何堪风雨打孤窗。
检书烛尽无余蜡，约茗人归有吠厖[二]。
残柝声寒山悄悄，近渠形狭水淙淙。
宵来我与僧何异，遮莫前身住海幢[三]。

注释：
[一] 朱九江：参《读朱九江先生集》诗注。
[二] 吠厖：吠犬。
[三] 海幢：海幢寺。

悯　潦

四野鸿声动地哀，仓皇未审潦何来。
岂无脱险侥天倖，惟有登高避水灾。
救苦慈航[一]难普渡，送粮铁鸟[二]自翔回。
衰翁满抱恫瘝[三]念，九日题糕[四]心早灰。

注释：
[一] 慈航：渡人脱离苦海。
[二] 铁鸟：飞机。
[三] 恫瘝：病痛，疾苦。
[四] 题糕：重阳题诗。宋邵博《闻见后录》卷十九："刘梦得作《九日诗》，欲用糕字，以《五经》中无之，辍不复为。宋子京以为不然。故子京《九日食糕》有咏云：'飚馆轻霜拂曙袍，糗餈花饮斗分曹。刘郎不敢题糕字，虚负诗中一世豪。'"

贫甚感吟

贫甚日来将断炊,西江挹注[一]又何时。
欲求郭璞生花笔[二],来写陶潜乞食诗[三]。
剩有残躯供阅历,曾无健足效驱驰。
维摩病榻寒如水[四],鹿友鸥朋恐未知。

注释:

[一] 挹注:谓将彼器的液体倾注于此器,喻取一方以补另一方。《诗经·大雅·泂酌》:"泂酌彼行潦,挹彼注兹,可以濯罍。"

[二] 《南史·江淹传》:"淹少以文章显,晚节才思微退……尝宿于冶亭,梦一丈夫自称郭璞,谓淹曰:'吾有笔在卿处多年,可以见还。'淹乃探怀中得五色笔一以授之。尔后为诗绝无美句,时人谓之才尽。"

[三] 晋陶渊明《乞食》:"饥来驱我去,不知竟何之。行行至斯里,叩门拙言辞。主人解余意,遗赠岂虚来。谈谐终日夕,觞至辄倾杯。情欣新知欢,言咏遂赋诗。感子漂母意,愧我非韩才。衔戢知何谢,冥报以相贻。"

[四] 维摩病:本指佛教徒生病。病榻:生病所躺之床榻。

雨夜漫成

茅斋静听潇潇雨,入夜愁心欲结冰。
门外知谁惊睡犬,灯前顾我像痴蝇[一]。
最怜尘架诗盈帙,无补寒厨米半升。
一事自嘲还自慰,年来傲骨尚棱棱[二]。

注释:

[一] 痴蝇:秋蝇。宋陆游《示子聿》:"我钻故纸似痴蝇,汝复孳孳不少惩。"

[二] 棱棱:瘦削貌。

长 夜 寄 怀

重阳节不佳，忽忽令人病。
雨阻门外车，尘掩窗前镜。
宵静适吟哦，灯寒感孤另[一]。
揣彼维摩室[二]，与我或相称。
禅榻入画图，便是渔翁艇。
故人隔烟水，梦魂欠感应。
世风渐凌夷[三]，人事有衰盛。
谁知老书生，日中饥寒并。
寂寞守空山，不求锥脱颖[四]。
有愿但识韩[五]，无心更思郢[六]。
宠辱有何凭，疾风知草劲[七]。
翻笑梧桐懦，黄叶飘金井[八]。
作此五言诗，借酬秋夜永。

注释：

[一] 孤另：孤独。
[二] 维摩室：佛教徒的居室。唐李商隐《酬崔八早梅有赠兼示之作》："维摩一室虽多病，亦要天花作道场。"
[三] 凌夷：败落。
[四] 脱颖：典出《史记·平原君虞卿列传》："平原君曰：'夫贤士之处世也，譬若锥之处囊中，其末立见。今先生处胜之门下三年于此矣，左右未有所称诵，胜未有所闻，是先生无所有也。先生不能，先生留。'毛遂曰：'臣乃今日请处囊中耳。使遂蚤得处囊中，乃颖脱而出，非特其末见而已。'"
[五] 唐李白《与韩荆州书》："白闻天下谈士相聚而言曰：'生不用封万户侯，但愿一识韩荆州。'何令人之景慕，一至于此耶！岂不以有周公之风，躬吐握之事，使海内豪俊，奔走而归之，一登龙门，则声价十倍！"
[六] 思郢：诗指寻求知己。典出《庄子·徐无鬼》："庄子送葬，过惠子之

墓，顾谓从者曰：'郢人垩慢其鼻端若蝇翼，使匠石斫之。匠石运斤成风，听而斫之，尽垩而鼻不伤，郢人立不失容。宋元君闻之，召匠石曰："尝试为寡人为之。"匠石曰："臣则尝能斫之。虽然，臣之质死久矣。"自夫子之死也，吾无以为质矣，吾无与言之矣。'"

[七]《东观汉记·王霸传》："上谓霸曰：'颍川从我者皆逝，而子独留，始验疾风知劲草。'"《旧唐书·萧瑀传》："（太宗）赐瑀诗曰：'疾风知劲草，板荡识诚臣。'"

[八]唐王昌龄《长信秋词五首》其一："金井梧桐秋叶黄，珠帘不卷夜来霜。"

自 遣

送鸿几度倚危楼，露冷关河入暮秋。
枕上无痕空忆梦，杯中有物尽消愁。
津为可向舟常便，山不能移宅亦幽。
终是卞和愚莫及，底须炫玉去求售[一]。

注释：

[一]卞和：春秋时楚国人，曾先后献玉于楚厉王、楚武王、楚文王。《三国志·蜀书·秦宓传》："宓同郡王商为治中从事，与宓书曰：'贫贱困苦，亦何时可以终身！卞和炫玉以耀世，宜一来，与州尊相见。'"

忆甄苇荫佛心先生二首

忘年交未久，吟社即消沉。
儒服难谐俗，诗声易变金[一]。
桑榆[二]坚士节，荛籥恸人琴[三]。
旧识多耆宿，惟公最赏音。

注释：

［一］诗声易变金：诗易变金声。宋黄庭坚《题子瞻书诗后》："诗就金声玉振，书成虿尾银钩。"明谢榛《四溟诗话》卷一："诵之行云流水，听之金声玉振，观之明霞散绮，讲之独茧抽丝。此诗家四关。"

［二］桑榆：隐居田园。《魏书·逸士传·眭夸》："或人谓夸曰：'吾闻有大才者必居贵仕，子何独在桑榆乎？'"

［三］茭勒：甄芾荫的家乡，位于广东台山汶村镇。恸人琴：典出南朝宋刘义庆《世说新语·伤逝》："王子猷、子敬俱病笃，而子敬先亡……子敬素好琴，（子猷）便径入坐灵床上，取子敬琴弹。弦既不调，掷地云：'子敬子敬，人琴俱亡！'因恸绝良久，月余亦卒。"

> 同社多吟友，今惟我尚存。
> 酒生名未立，仁者语常温。
> 南国难留荫[一]，西风易断魂。
> 不知秋草墓，风雨几黄昏。

注释：

［一］荫：即甄芾荫。

秋 宵 自 遣

> 西风寒逼晚萧萧，落叶哀蝉两不聊[一]。
> 金柝[二]城头闺梦怯，板桥霜迹客魂消[三]。
> 砧闻白帝声犹急[四]，酒杂黄花味更饶。
> 老去悲秋觉无谓，且将吟饮遣长宵。

注释：

［一］不聊：不乐，郁闷。
［二］金柝：刁斗，报更用器。
［三］唐温庭筠《商山早行》："鸡声茅店月，人迹板桥霜。"
［四］唐杜甫《秋兴八首》其一："寒衣处处催刀尺，白帝城高急暮砧。"

· 199 ·

思 亲

难将寸草报春晖[一]，太息门风日式微[二]。
对镜貌如颠米[三]石，开箱泪滴老莱衣[四]。
苫中读礼[五]情犹在，谖背[六]承欢愿已违。
只有年年重九节，登高目送白云飞。

注释：
[一] 春晖：指母爱。唐孟郊《游子吟》："谁言寸草心，报得三春晖？"
[二] 式微：衰败。《诗经·邶风·式微》："式微式微，胡不归。"
[三] 颠米：宋代书法家米芾。芾爱石成癖，行止违世脱俗、倜傥不羁，世称"米颠"。
[四] 《艺文类聚》卷二十引《列女传》："老莱子孝养二亲，行年七十，婴儿自娱，著五色采衣。尝取浆上堂，跌仆，因卧地为小儿啼，或弄乌鸟于亲侧。"
[五] 苫中读礼：居丧守制。苫：草垫子。古礼，居父母之丧，孝子以草荐为席。《礼记·曲礼下》："居丧未葬，读丧礼。既葬，读祭礼。"
[六] 谖背：诗指母亲住的屋子。《诗经·卫风·伯兮》："焉得谖草，言树之背。"

吟余有感用前韵

策杖寻诗趁夕晖，一秋才思渐衰微。
创余病足难为履，瘦尽吟肩不称衣。
已觉聪明非幸福[一]，何因心愿总乖违。
山林有约堪归卧，敢说斋庭鸟待飞[二]。

注释：
[一] 宋苏轼《洗儿》："人皆养子望聪明，我被聪明误一生。"

［二］斋庭：书斋。待飞：待高飞。

暮秋感吟二首

西风敲响碧琅玕[一]，凉入山窗渐变寒。
热不因人还有节，愁来涮[二]我太无端。
暮秋景物催吟易，末路文章唤卖难。
消瘦容光那管得，却劳亲友劝加餐。

注释：

［一］琅玕：竹子。
［二］涮：扰乱。

钓誉入城将买钩，茫茫何处觅羊裘[一]。
廿年无味非鸡肋，三绝惟痴及虎头[二]。
泉石光阴催老景，山河风雨送残秋[三]。
门前一水多惊浪，洗耳从今懒枕流[四]。

注释：

［一］羊裘：典出《后汉书·严光传》："严光字子陵，一名遵，会稽余姚人也。少有高名，与光武同游学。及光武即位，乃变名姓，隐身不见。帝思其贤，乃令以物色访之。后齐国上言：'有一男子，披羊裘钓泽中。'帝疑其光，乃备安车玄𫄸，遣使聘之。"
［二］虎头：东晋画家顾恺之小字虎头。《晋书·文苑传·顾恺之》："俗传恺之有三绝：才绝、画绝、痴绝。"
［三］宋朱淑真《对雪》："自嗟老景光阴速，谁使佳时感怆多。"宋刘敞《雨中入省》："简书无暇日，风雨送残秋。"
［四］洗耳：参《黄昏入市，见李沛君裸其上身，手托木盆，将往河边洗濯，戏以诗赠五首》诗注。枕流：指隐居。南朝宋刘义庆《世说新语·排调》："孙子荆年少时欲隐，语王武子当枕石漱流，误曰漱石枕流。王曰：'流可枕，石可漱乎？'孙曰：'所以枕流，欲洗其耳；所以漱石，

欲砺其齿。'"

邻姥见赠猪脚连醋一碗因以一绝纪之

乌醋豚蹄赠不文[一],何期青眼出钗裙。
也知戴得儒冠后,酸到如今已十分。

注释:
[一] 不文:不才。诗人自指。

夜半写诗感吟一律

早识文章莫借光[一],夜深誊稿为谁忙。
居邻绿竹偏惊雨,瘦比黄花尚傲霜[二]。
嗜读有时萦梦寐,放颠无处寄行藏。
灯前白发三千丈,安得神仙却老方[三]。

注释:
[一] 莫:暮。借光:用匡衡凿壁借光典。
[二] 宋李清照《醉花阴·薄雾浓云愁永昼》:"莫道不消魂,帘卷西风,人比黄花瘦。"
[三] 唐李白《秋浦歌十七首》其十五:"白发三千丈,缘愁似个长。"宋方一夔《大卿先生惠药方》:"已谙林壑投闲趣,且试神仙却老方。"

深秋晚望

几回晚眺意茫茫，对景吟哦腹已荒。
霜重遥山犹滴翠，风高残叶转飞黄。
未妨食肉居无竹[一]，何必烹龟祸及桑[二]。
日暮闲愁推不去，颓然归卧老僧房。

注释：

[一] 宋苏轼《于潜僧绿筠轩》："宁可食无肉，不可居无竹。无肉令人瘦，无竹令人俗。人瘦尚可肥，士俗不可医。"

[二] 南朝宋刘敬叔《异苑》卷三："吴孙权时，永康县有人入山，遇一大龟，即束之以归。龟便言曰：'游不量时，为君所得。'人甚怪之，担出欲上吴王。夜泊越里，缆舟于大桑树。宵中，树忽呼龟曰：'劳乎元绪，奚事尔耶？'龟曰：'我被拘系，方见烹臛，虽然，尽南山之樵，不能溃我。'树曰：'诸葛元逊博识，必致相苦，令求如我之徒，计从安薄？'龟曰：'子明，无多辞，祸将及尔。'树寂而止。既至建业，权命煮之，焚柴万车，语犹如故。诸葛恪曰：'燃以老桑树乃熟。'献者乃说龟树共言，权使人伐桑树煮之，龟乃立烂。"唐白居易《杂感》："犬啮桃树根，李树反见伤。老龟烹不烂，延祸及枯桑。"

寒宵有感

十年踪迹感漂萍，浮海归来两鬓星。
幸有交朋怜野叟，不教逋客愧山灵[一]。
寒宵尚恨难赊酒，刚日何妨多读经[二]。
最是霜风吹未已，飘萧落叶满空庭。

注释：

[一] 逋客：逃跑的人。诗指隐居农村的作者。南朝齐孔稚珪《北山移文》："虽假容于江皋，乃缨情于好爵……故其林惭无尽，涧愧不歇，秋桂遣

风,春萝罢月……请回俗士驾,为君谢逋客。"
[二] 刚日:犹单日。古以"十干"记日,甲、丙、戊、庚、壬五日居奇位,属阳刚,故称。《礼记·曲礼上》:"外事以刚日,内事以柔日。"《曾国藩家书》:"予时时自悔,终未能洗涤自新。九弟归去之后,予定刚日读经、柔日读史之法。"

秋 尽 感 吟

眼前逝者竟如斯[一],又值秋冬交代期。
岩野栖迟今我老,江山摇落昔人悲[二]。
满城风雨[三]魂消日,一枕邯郸梦醒时[四]。
尚愧无诗持赠菊,黄昏惆怅望东篱。

注释:

[一]《论语·子罕》:"子在川上曰:逝者如斯夫,不舍昼夜。"
[二] 宋邓林《感兴》:"竹帛功名九折车,栖迟岩野竟何如。"《楚辞·九辩》:"悲哉秋之为气也!萧瑟兮草木摇落而变衰。"
[三] 满城风雨:宋惠洪《冷斋夜话》卷四:"黄州潘大临工诗……临川谢无逸以书问:'有新作否?'潘答书曰:'秋来景物,件件是佳句,恨为俗氛所蔽翳。昨日闲卧,闻搅林风雨声,欣然起,题其壁曰:"满城风雨近重阳。"忽催租人至,遂败意。止此一句奉寄。'闻者笑其迂阔。"
[四] 唐沈既济《枕中记》谓卢生在邯郸客店中遇道士吕翁,用其所授瓷枕做了一梦。及醒,店主所炊黄粱还未熟。

秋 尽 夜

自笑情怀老更痴,挑灯重写殿秋诗[一]。
蓼红苇白年光短,露冷风凄夜漏迟。
物外身闲犹喜我,天涯梦断最怜伊。
愿寻仙洞观棋去[二],不管人间岁序移。

注释：

[一] 殿秋诗：秋天最后一首诗。宋代宋祁《咏菊》："殿秋安晚节，为隐被香名。"
[二] 南朝梁任昉《述异记》卷上："信安郡石室山，晋时王质伐木至，见童子数人棋而歌，质因听之。童子以一物与质，如枣核。质含之，不觉饥。俄顷，童子谓曰：'何不去？'质起视，斧柯烂尽。既归，无复时人。"

诗才竭矣赋此自嘲二首

吟魂颠倒为谁来，岂有陈思[一]八斗才。
今夜料应裁句易[二]，刚从燕喜酒家回。

注释：

[一] 陈思：参《抒怀五首》诗注。
[二] 裁句易：指喝了酒写诗就容易了。宋苏轼《洞庭春色》："应呼钓诗钩，亦号扫愁帚。"

寒宵觅句句何来，向壁推敲[一]竭我才。
岭背有人[二]将索稿，肯教拍拍手空回。

注释：

[一] 向壁推敲：宋何薳《春渚纪闻》卷七："欧阳文忠公作文既毕，贴之墙壁，坐卧观之，改正尽善，方出以示人。"清唐彪《读书作文谱》："欧阳永叔为文，既成，书而粘之于壁，朝夕观览，有改而仅存其半者，有改而复改，与原本无一字存者。"
[二] 岭背有人：指岭背人邝熙甫。

夜雨二首

历尽三秋感慨深，夜来常恐梦难寻。
最嫌窗外疏疏雨，滴入心头酸不禁。

晚稼由来防夜雨，只今夜雨奈天何。
痴翁渐觉吟情淡，南亩西畴[一]系念多。

注释：

[一] 西畴：西面的田畴。泛指田地。晋陶渊明《归去来兮辞》："农人告余以春及，将有事于西畴。"

霜　降

昨天霜降到山村，今日才闻野老言。
接目平畴犹绿化，沾衣细雨近黄昏。
酒惟薄醉添颜色，诗未成吟系梦魂。
且喜夜来风尚弱，吴绵[一]七尺有余温。

注释：

[一] 吴绵：吴地所产之丝绵。唐白居易《新制布裘》："桂布白似雪，吴绵软于云。"

白 头 有 感

暮阴抱瓮[一]力难胜,虱处[二]农村最下层。
黄脸不嫌操白[三]妇,白头犹守读书灯。
敢将吟咏追耆宿,未免饥寒累友朋。
半世驱驰了无益,空令镜里鬓丝增。

注释:

[一] 抱瓮:参《暮冬随笔廿首》诗注。
[二] 虱处:喻俗人苟安于世。《晋书·阮籍传》:"独不见群虱之处裈中,逃乎深缝,匿乎坏絮,自以为吉宅也。"
[三] 操白:料理家务。《后汉书·冯衍传下》:"衍娶北地女任氏为妻,悍忌,不得畜媵妾,儿女常自操井臼。"

说 梦 二 首

山村尽夜阒无哗,梦入台城去吃茶。
路上相逢似相识,少年僧着黑袈裟。

绳榻萧条伴一灯,前身难说我非僧。
偶然堕落尘间去,觉岸[一]重登却未能。

注释:

[一] 觉岸:佛家语。众生辗转在苦海中,如能觉悟,便可上彼岸。

风雨之夜咳不能寐漫成一首

老病侵寻[一]渐不支,凭床咳嗽气如丝。
满窗风雨飘潇夜,慵复挑灯读楚词。

注释:
[一] 侵寻:渐进,渐次发展。

老妻解雇回家以诗慰之

蒲柳难禁霜雪欺,衡门好暂共栖迟[一]。
如今休问塞翁马,祸福前途未可知[二]。

注释:
[一] 南朝宋刘义庆《世说新语·言语》:"蒲柳之姿,望秋而落;松柏之质,经霜弥茂。"衡门:参《抒怀续咏三首》诗注。
[二] 用"塞翁失马,焉知非福"意。

漫 成

黄竹声哀且莫歌[一],残冬天气尚晴和。
迎年渐觉吟情减,欲睡先愁恶梦多。
大块文章难假借[二],浮生岁月易蹉跎。
即今剩有皮囊在,矍铄何如马伏波[三]。

注释:
[一] 黄竹:指周穆王所作诗。《穆天子传》卷五:"日中大寒,北风雨雪,有

冻人，天子作诗三章以哀民曰：'我徂黄竹……'"唐李商隐《瑶池》："瑶池阿母绮窗开，黄竹歌声动地哀。"
［二］大块文章：指鸿篇巨制。唐李白《春夜宴从弟桃李园序》："况阳春召我以烟景，大块假我以文章。"
［三］矍铄：形容老年人身体健壮。马伏波：东汉马援，曾官伏波将军。《后汉书·马援传》："援据鞍顾眄以示可用。帝笑曰：'矍铄哉是翁也！'"

春 日 试 笔

老去名缰[一]应放松，读书惜未竟全功。
偶然谈辩羞扪虱[二]，便是糊涂莫笑虫[三]。
七律有诗怀旧雨，一樽无酒醉春风。
迩来面槁如秋叶，敢望桃花相映红[四]。

注释：
［一］名缰：参《题梅健行先生汀江钓叟图四首》诗注。
［二］《晋书·王猛传》："猛瑰姿俊伟，博学好兵书……桓温入关，猛被褐而诣之，一面谈当世之事，扪虱而言，旁若无人。"
［三］糊涂莫笑虫：即莫笑糊涂虫。
［四］唐崔护《题都城南庄》："去年今日此门中，人面桃花相映红。"

闻邝翁将枉顾敝庐写诗待赠二首

桃花弄色柳条新，息影[一]山林又一春。
闭户不求人说项[二]，登墙偏有女窥臣[三]。
平生未了惟诗债，垂老相逢亦夙因。
只恐吟声过激越，飘飘惊落屋梁尘[四]。

注释：
［一］息影：指归隐闲居。语本《庄子·渔父》："不知处阴以休影，处静以息

迹，愚亦甚矣！"
[二] 说项：参《道遇林伯墉翁有赠》诗注。
[三] 战国宋玉《登徒子好色赋》："然此女登墙窥臣三年，至今未许也。"
[四] 《艺文类聚》卷四三引汉刘向《别录》："汉兴以来，善《雅歌》者鲁人虞公，发声清哀，盖动梁尘。"

生不封侯愿识韩[一]，谩劳车马渡江干[二]。
暗夫[三]学唱腔常涩，长者论诗眼独宽。
泉水在山犹恐浊[四]，春风入座定忘寒。
新年料得多佳什，他日还须借一看。

注释：

[一] 识韩：参《长夜寄怀》诗注。
[二] 唐杜甫《有客》："岂有文章惊海内，漫劳车马驻江干。"
[三] 暗夫：暗夫，指愚昧之人。
[四] 唐杜甫《佳人》："在山泉水清，出山泉水浊。"

读友人诗有感率成一律书后

最苦相思刻骨深，情天轶出[一]到如今。
残年已自惊风烛，韵事从君说月琴[二]。
诗倘有灵应刮目，结无可解是同心。
云英只在蓝桥上，玉杵偏劳几度寻[三]。

注释：

[一] 轶出：超出。
[二] 月琴：月下听琴，多指男女情事。《西厢记》中有月下听琴内容。
[三] 云英：仙女名。传说裴航过蓝桥驿，以玉杵臼为聘礼，娶云英为妻。后夫妇俱入玉峰成仙。事见唐裴铏《传奇·裴航》。

闲 中 偶 成

老去方知世事艰[一],归来拭目认家山。
渔樵有约神先往,晴雨无关心自闲。
病酒未忘慈母诫,编诗尚待故人删。
别寻方法消长日,替补巢窠待燕还。

注释:
[一] 宋陆游《书愤》:"早岁那知世事艰,中原北望气如山。"

燕子来巢赋诗赠之

空堂从此积香尘,难得双双入幕宾[一]。
栖宿应无羁旅恨,呢喃似说主人贫。
一年别后春如梦,千里来时花正新。
朱雀桥边风景异,偶然回首莫伤神[二]。

注释:
[一] 入幕宾:诗指燕子。语出《晋书·郗超传》:"谢安与王坦之尝诣温论事,温令超帐中卧听之,风动帐开,安笑曰:'郗生可谓入幕之宾矣!'"
[二] 唐刘禹锡《乌衣巷》:"朱雀桥边野草花,乌衣巷口夕阳斜。旧时王谢堂前燕,飞入寻常百姓家。"

燕子五首

　　双影飞飞东复西，一年辛苦是衔泥。
　　日斜巷口休重问[一]，风煖檐牙好共栖。
　　绿树移阴春寂寂，红楼归晚雨凄凄[二]。
　　穿花掠水浑闲事，莫学流莺向晓啼[三]。

注释：
[一] 元李孝光《次王彦谦韵》："寄语归来双燕子，乌衣巷口又斜阳。"
[二] 宋史达祖《双双燕·咏燕》："红楼归晚，看足柳暗花暝。"
[三] 唐金昌绪《春怨》："打起黄莺儿，莫教枝上啼。啼时惊妾梦，不得到辽西。"

　　赚得山翁几首诗，东风又送燕来时。
　　去年朱户无从觅，此恨[一]黄莺有未知。
　　春色衔残香暗淡，夕阳飞倦羽差池[二]。
　　茫茫云水飘零甚，何似鹪鹩稳一枝[三]。

注释：
[一] 此恨：指朱户消失不见。
[二] 《诗经·邶风·燕燕》："燕燕于飞，差池其羽。"马瑞辰通释："差池，义与参差同，皆不齐貌。"
[三] 《庄子·逍遥游》："鹪鹩巢于深林，不过一枝；偃鼠饮河，不过满腹。"

　　门巷依稀认未差，旧巢痕迹剩些些。
　　落花黏染香风远，贴水飞来日影斜。
　　千里归途应有恨，数椽客寓胜无遮。
　　繁华似梦君知否，莫向王家与谢家[一]。

注释：
[一] 王家与谢家：即富贵家族。参唐刘禹锡《乌衣巷》。

俪影看如漆与胶[一]，重来喜尚认西郊。
芳邻雅不嫌蛛网，破垒犹堪傲鹊巢。
点缀易成新画本，拂摇常惜嫩花梢。
莫愁好梦惊风雨，补屋牵萝更结茅[二]。

注释：

[一] 漆与胶：比喻情谊极深，亲密无间。《古诗十九首》其十八："客从远方来，遗我一端绮。相去万余里，故人心尚尔。文彩双鸳鸯，裁为合欢被。著以长相思，缘以结不解。以胶投漆中，谁能别离此？"
[二] 唐杜甫《佳人》："侍婢卖珠回，牵萝补茅屋。"

遮莫前身是淑嘉[一]，再来犹喜室非遐。
飞残海角天涯路，看遍嫣红姹紫花。
远别朱门如梦境，近看绿水有人家[二]。
披襟正好沾春雨，付与闲翁赏物华。

注释：

[一] 淑嘉：指东汉时秦嘉、徐淑夫妇。诗以人比燕。
[二] 宋苏轼《蝶恋花》："燕子飞时，绿水人家绕。"

偶　　成

寄情如我不胜痴，爱咏渔翁燕子诗。
老去精神应有限，迩来吐属况无奇。
恰怜雨后梳翎鹤，不若泥中曳尾龟[一]。
镜里头颅衰几许，懒将功效问参芪[二]。

注释：

[一] 曳尾龟：典出《庄子·秋水》："此龟者，宁其死为留骨而贵乎，宁其生而曳尾于涂中乎？"

[二] 参芪：中药材。有补气益身之功效。

春夜抒怀二首

酌茗归来夜未央[一]，孤眠不用怨更长。
春风吹入维摩榻，便是无花梦亦香。

注释：
[一] 《诗经·小雅·庭燎》："夜如何其？夜未央。"孔颖达疏："谓夜未至旦。"

呕尽心肝不自知[一]，挑灯写稿夜眠迟。
今春燕子浑无赖，飞入西山半叟诗。

注释：
[一] 唐李商隐《李贺小传》："（李贺）背一古破锦囊，遇有所得，即书投囊中。及暮归，太夫人使婢受囊出之，见所书多，辄曰：'是儿要当呕出心始已耳。'"宋罗大经《鹤林玉露》卷九："夫以诗为学，自唐以来则然，如呕出心肝，掏擢胃肾，此生精力尽于诗者，是诚弊精神于无用矣。"

病 后 看 花

伫立衰翁病起才，喜看红紫一齐开[一]。
盈盈春意枝头闹[二]，缓缓歌声陌上来[三]。
未绝友交常入市，犹遵医嘱暂停杯。
花香沁骨堪延寿，底用倾囊买药材。

注释：
[一] 宋柳永《红窗迥》："小园东，花共柳。红紫又一齐开了。"

［二］宋代宋祁《玉楼春·春景》："绿杨烟外晓寒轻，红杏枝头春意闹。"
［三］宋苏轼《陌上花三首并引》："游九仙山，闻里中儿歌陌上花，父老云：吴越王妃每岁春必归临安，王以书遗妃曰：'陌上花开，可缓缓归矣。'吴人用其语为歌，含思宛转，听之凄然。而其词鄙野，为易之云。"宋苏轼《陌上花三首并引》之一："陌上花开蝴蝶飞，江山犹是昔人非。遗民几度垂垂老，游女长歌缓缓归。"

诗 成 有 感

一度诗成几琢磨，尚防音节未调和。
作诗已觉非容易，偏是诗翁日见多。

再 梦 黄 增 作

重泉冥漠隔音尘［一］，死友惟君入梦频。
恐是三生缘未了，更寻香火证前因。

注释：
［一］重泉：即黄泉。冥漠：谓死亡。唐杜甫《九日》之三："欢娱两冥漠，西北有孤云。"仇兆鳌注："冥漠，谓苏郑俱亡。"

山 行 三 首

水复山重去路遥，行行未免客魂消。
风流不若东坡处，忘却腰间系酒瓢。

望里瓶峰［一］最拔群，步行深入万重云。
卧游未必娱心目，窃怪当年宗少文［二］。

注释：
[一] 瓶峰：指台山古兜山山脉上的瓶身山。
[二] 宗少文：南朝宋画家宗炳，字少文。《宋书·宗炳传》："有疾还江陵，叹曰：'老疾俱至，名山恐难偏睹，唯当澄怀观道，卧以游之。'凡所游履，皆图之于室。"

　　　　一声归也别山灵，回首烟霞半掩肩。
　　　　夕照西斜禽鸟乐，风光浑似醉翁亭[一]。

注释：
[一] 宋欧阳修《醉翁亭记》："已而夕阳在山，人影散乱，太守归而宾客从也。树林阴翳，鸣声上下，游人去而禽鸟乐也。"

浣溪纱·雨后

《贵主还宫》[一]乐已成，遥闻水黾[二]互哀鸣，震聋老耳是雷声。
修禊[三]风流过上巳，赏饧[四]时节近清明，黄昏扶杖赏新晴。

注释：
[一]《贵主还宫》：乐曲名。唐李朝威《柳毅传》："复有金石丝竹，罗绮珠翠，舞千女于其左。中有一女前进曰：'此《贵主还宫》乐。'清音宛转，如诉如慕。坐客听下，不觉泪下。"
[二] 水黾：诗泛指水生动物。
[三] 修禊：古代民俗于农历三月上旬的巳日（三国魏以后始固定为三月初三）到水边嬉戏，以祓除不祥，称为修禊。
[四] 赏饧：古代风俗，寒食节这一天要食饧（糖）粥。宋张炎《鹧鸪天·楼上谁将玉笛吹》："修禊近，卖饧时。"

浣溪纱·晚望

雨后群山照眼明，春波潋滟绕台城，晚晴闲望长诗情。
绿蚁[一]倾残犹有味，黄莺听久已无声，石人[二]头角自峥嵘。

注释：
[一] 绿蚁：参《早春寄怀十首》诗注。
[二] 石人：台城东郊的山名，又名石花山，巨石嶙峋，望之如花。

风雨怀故人

天气居然似熟梅[一]，倾樽无酒令怀开。
落花几度风兼雨，偏是故人迟未来。

注释：
[一] 熟梅：参《暮春之夜》诗注。

清　明

九十春光忽忽过，午窗人静独吟哦。
踏青有约成孤负，惆怅清明风雨多。

有 悟

何尝贵贱判云泥[一],事理看来半滑稽。
腹亦负公公负腹[二],藜非扶我我扶藜。
倾城以哲难为妇[三],徙宅能忘岂独妻[四]。
试向西山论半叟[五],越聪明处越昏迷。

注释:

[一] 云泥:云在天,泥在地,比喻两物相差很大。唐张九龄《和姚令公哭李尚书义》:"贵贱虽殊等,平生窃下风。云泥势已绝,山海纳还通。"
[二] 宋苏轼《闻子由瘦》自注谓有俗谚云:"大将军食饱,扪腹而叹曰:'我不负汝。'左右曰:'将军固不负此腹,此腹负将军,未尝出少智虑也。'"
[三] 哲妇倾城,指妇女多计谋会毁坏国事。《诗经·大雅·瞻卬》:"哲夫成城,哲妇倾城。"
[四] 徙宅忘妻,参《早秋有寄二首》诗注。
[五] 西山半叟是作者自号。

寄 怀

不愁无处寄吟怀,家在城隅浅水西。
门外天然图画好,春风杨柳满金堤[一]。

注释:

[一] 明卢宁《题金门待漏图》:"叩仗岂无经国疏,春风杨柳满金堤。"

入市口占

记得周公[一]旧有诗,药材清炖大头龟。
今看市上龟无迹,误我馋涎三尺垂。

注释:
[一] 周公:周燕五。

悼故友黄新法二首

身经人海几沧桑,益友无如江夏黄[一]。
相应相求相砥励,亦风亦雅亦疏狂。
论文待我卢前[二]席,释卷为商绾实筐[三]。
转眼交游尽零落,更缘君洒泪千行。

注释:
[一] 江夏黄:指黄新法。江夏是黄氏先祖居地。
[二] 卢前:参《别后奉怀寄呈周公》诗注。
[三] 释卷为商:放下书本仔细讨论。绾实筐:提着装满果实的筐子。宋释文珦《秋胡诗》:"重义不受金,采采实筐筐。"

卅载论文气味亲,云何遽与鬼为邻。
十灵药不延君命,几卷书徒误我身。
落魄未忘吟饮事,受恩终负解推[一]人。
魂兮倘有归来日,旧路模糊认革新[二]。

注释:
[一] 解推:典出《史记·淮阴侯列传》:"汉王授我上将军印,予我数万众,

解衣衣我，推食食我，言听计用，故吾得以至于此。"
[二] 战国屈原《招魂》："魂兮归来！反故居些。"革新：台城镇路名，是故友之家所在地。

酒 后 狂 吟

青梅味永酒新醅，几日诗怀赖扑开。
人到途穷增阅历，马惟栈念已虺隤[一]。
多年颍上无牛饮[二]，终古辽东有鹤回[三]。
臣朔偏谙兴废事，昆明劫后话余灰[四]。

注释：
[一] 《诗经·周南·卷耳》："陟彼崔嵬，我马虺隤。"毛传："虺隤，病也。"
[二] 颍上：颍水之上。晋皇甫谧《高士传·许由》："由于是遁耕于中岳颍水之阳，箕山之下，终身无轻天下色。尧又召为九州长，由不欲闻之，洗耳于颍水滨。时其友巢父牵犊欲饮之，见由洗耳，问其故。对曰：'尧欲召我为九州长，恶闻其声，是故洗耳。'巢父曰：'子若处高岸深谷，人道不通，谁能见子。子故浮游，欲闻求其名誉，污吾犊口。'牵犊上流饮之。"
[三] 晋陶潜《搜神后记》卷一："丁令威，本辽东人，学道于灵虚山。后化鹤归辽，集城门华表柱。时有少年，举弓欲射之。鹤乃飞，徘徊空中而言曰：'有鸟有鸟丁令威，去家千年今始归。城郭如故人民非，何不学仙冢累累。'遂高上冲天。"
[四] 臣朔：汉代东方朔。南朝梁慧皎《高僧传·译经上·竺法兰》："昔汉武穿昆明池底，得黑灰，以问东方朔。朔云：'不委，可问西域人。'后法兰既至，众人追以问之，兰云：'世界终尽，劫火洞烧，此灰是也。'"

漫　　成

一醉消愁未易言，典衣[一]沽酒不盈樽。
贫家已觉无多物，邻犬偏劳代守门。

注释：
[一] 典衣：参《无题二首》诗注。

检读旧稿漫成一律

残笺夹入乱书丛，检向窗前读一通。
才似微尘栖弱草[一]，声如疏雨滴孤篷。
若云索解[二]何难解，信是求工未必工。
他日莫将题寺壁，误教僧侣碧纱笼[三]。

注释：
[一] 句谓才力弱，自谦之词。晋皇甫谧《列女传》："人生世间，如轻尘栖弱草耳，何至辛苦迺尔！"《南史·鱼弘传》："丈夫生如轻尘栖弱草，白驹之过隙。"
[二] 索解：探索意义。南朝宋刘义庆《世说新语·文学》："谢安年少时，请阮光禄道《白马论》。为论以示谢，于时谢不即解阮语，重相咨尽，阮乃叹曰：'非但能言人不可得，正索解人亦不可得！'"
[三] 五代王定保《唐摭言·起自寒苦》："王播少孤贫，常客扬州惠昭寺木兰院，随僧斋餐。诸僧厌怠，播至，已饭矣。后二纪，播自重位出镇是邦，因访旧游，向之题已皆碧纱幕其上。播继以二绝句曰：'……上堂已了各西东，惭愧阇黎饭后钟。二十年来尘扑面，如今始得碧纱笼。'"

村 居 寄 怀

不因落叶扫庭除,穷巷宁来长者车[一]。
交友只今无一在,读书曾昔足三余[二]。
暂随流俗同生活,未若闲云自卷舒[三]。
昨过农家问丰歉,老怀难恝是荒畲[四]。

注释:

[一] 长者车:语本《史记·陈丞相世家》:"(陈平)家乃负郭穷巷,以弊席为门,然门外多有长者车辙。"
[二] 三余:语本《三国志·魏书·王肃传》裴松之注引《魏略》:"(董)遇言:'(读书)当以三余。'或问三余之意。遇言:'冬者岁之余,夜者日之余,阴雨者时之余也。'"
[三] 唐李白《望终南山寄紫阁隐者》:"有时白云起,天际自舒卷。"唐钱起《晚出青门望终南别业》:"笑指丛林上,闲云自卷舒。"
[四] 恝:淡然。荒畲:未开垦的田地。

前　　题

山水应无恙,登临味索然。
改约嫌草率,看镜惜华颠[一]。
绿叶成阴日,黄杨厄闰年[二]。
相逢赠瓜果,村妇意拳拳[三]。

注释:

[一] 华颠:白头。
[二] 唐杜牧《叹花》:"如今风摆花狼籍,绿叶成阴子满枝。"宋苏轼《监洞霄宫俞康直郎中所居四咏·退圃》:"园中草木春无数,只有黄杨厄闰

年。"自注："俗说，黄杨一岁长一寸，遇闰退三寸。"
[三] 拳拳：诚挚貌。

山居自遣二首

无花无酒不成欢，竟欲糊涂学吕端[一]。
入市印泥双屐滑，隔窗听雨一灯寒。
门常似掩人来少，诗不求工自限宽。
快我朵颐[二]聊代肉，青青豆荚早登盘。

注释：

[一]《宋史·吕端传》："时吕蒙正为相，太宗欲相端。或曰：'端为人糊涂。'太宗曰：'端小事糊涂，大事不糊涂。'决意相之。"
[二] 朵颐：鼓腮嚼食。

俗尘污染到林泉，除是桃源别有天。
年老难希花一笑，日长聊学柳三眠[一]。
畏妻未若方山子[二]，拜佛惟求贾阆仙[三]。
腹笥[四]宿藏何足贵，卖文无补杖头钱[五]。

注释：

[一] 柳三眠：《三辅故事》云："汉武帝苑中有柳，状如人，号曰人柳，一日三起三眠。"
[二] 方山子：宋陈慥的别称。用河东狮吼典。
[三] 阆仙：唐代诗人贾岛，字阆仙。宋周密《齐东野语·贾岛佛》："唐李洞，字子江，苦吟有声，慕贾浪仙之诗，遂铸其像事之，诵贾岛佛不绝口，时以为异。"
[四] 腹笥：肚子里的学问。《后汉书·边韶传》："边为姓，孝为字，腹便便，五经笥。"
[五] 杖头钱：买酒钱。《晋书·阮脩传》："常步行，以百钱挂杖头，至酒店，便独酣畅。"

杂咏二首

鸿爪何心印雪泥[一],廿年偏遣客东西。
吴歌楚舞皆无味,来听青山杜宇啼。

注释:
[一] 宋苏轼《和子由渑池怀旧》:"人生到处知何似,应似飞鸿踏雪泥。泥上偶然留指爪,鸿飞那复计东西?"

繁华十载梦无痕,静掩柴门昼似昏。
病酒几回春又暮,落花风雨总销魂。

偶成寄熙翁

蚊雷聚响震三台[一],多少吟情被折摧。
满架诗书垂老别,一天风雨[二]突如来。
惊摇山上陈抟梦[三],唤起江南庾信[四]哀。
半叟嗜茶狂似昔,月明夜夜踏歌[五]回。

注释:
[一] 三台:台山的别称,因县城北有三台山之故。
[二] 一天风雨:指"文化大革命"时的"破四旧"运动。诗似作于1966年。
[三] 《宋史·陈抟传》:"陈抟字图南,亳州真源人。……后唐长兴中,举进士不第,遂不求禄仕,以山水为乐……因服气辟谷历二十余年,但日饮酒数杯。移居华山云台观,又止少华石室。每寝处,多百余日不起。"
[四] 庾信:字子山,小字兰成,南北朝时期文学家,作有《哀江南赋》。
[五] 踏歌:边走边歌。唐李白《赠汪伦》:"李白乘舟将欲行,忽闻岸上踏歌声。"

村居寄怀

借得山林好遁身,清高长愿竹为邻。
不忘吟饮朝还暮,饱历炎凉冬又春。
诗检也知才力弱,友交难得性情真。
江天漠漠多鳞羽[一],两字平安慰故人。

注释:
[一] 鳞羽:指鱼雁。用鱼雁传书典。

春夜有感[一]

开门不见北风骄,杨柳舒舒绿几条。
半掩窗虚迎旭日,独眠人老负春宵。
闲看蜡泪增惆怅,赖有鸡声破寂寥。
鞭影车尘京洛[二]路,偶然回首总魂消。

注释:
[一] 此诗前作者注为《丁未集》。丁未,是公元1967年,以下大概都是1967年及以后的作品。
[二] 京洛:洛阳。泛指国都。晋陆机《为顾彦先赠妇》之一:"京洛多风尘,素衣化为缁。"

春宵听雨感吟二律

看花卧酒已无心[一],诗恐非时亦懒吟。
自向长宵寻短梦,谁云一刻值千金[二]。
山林兴味随年减,朋友音书付水沉[三]。
健饭未能眠尚稳,静听帘外雨愔愔[四]。

注释:

[一] 唐白居易《华阳观桃花时招李六拾遗饮》:"华阳观里仙桃发,把酒看花心自知。"

[二] 宋苏轼《春宵》:"春宵一刻值千金,花有清香月有阴。歌管楼台声细细,秋千院落夜沉沉。"

[三] 南朝刘义庆《世说新语·任诞》:"殷洪乔作豫章郡,临去,都下人因附百许函书。既至石头,悉掷水中,因祝曰:'沉者自沉,浮者自浮,殷洪乔不能作致书邮。'"

[四] 愔愔:寂寂貌。

寂寞山窗夜不扃,灯前怜取影随形。
长宵每借吟诗度,细雨浑宜欹枕听。
应变也知心匪石[一],畏寒安得肉为屏[二]。
杏花香不来深巷,且看明朝卖素馨[三]。

注释:

[一]《诗经·邶风·柏舟》:"我心匪石,不可转也。"孔颖达疏:"言我心非如石然,石虽坚尚可转,我心坚,不可转也。"

[二] 肉为屏:即肉屏风,亦称肉阵。五代王仁裕《开元天宝遗事·肉阵》:"杨国忠于冬月,常选婢妾肥大者,行列于前,令遮风,盖借人之气相暖,故谓之肉阵。"

[三] 宋吴曾《能改斋漫录·方物》:"岭外素馨花,本名耶悉茗花,丛脞幺麽,似不足贵。唯花洁白,南人极重之,以白而香,故易其名。"宋陆

游《临安春雨初霁》:"小楼一夜听春雨,深巷明朝卖杏花。"

自　　嘲

猥随鸡鹜食相争[一],不信狂奴故态萌[二]。
对镜我犹憎老物[三],读书谁复羡儒生。
闭门兀兀挑灯坐,入市徐徐弃杖行。
遮莫近来才思少,诗成誊稿破三更。

注释:

[一]《楚辞·卜居》:"宁与骐骥亢轭乎?将随驽马之迹乎?宁与黄鹄比翼乎?将与鸡鹜争食乎?此孰吉孰凶?何去何从?"
[二] 故态:老样子,老脾气。《后汉书·严光传》:"霸得书,封奏之。帝笑曰:'狂奴故态也。'车驾即日幸其馆。"
[三]《晋书·宣穆张皇后传》:"帝尝卧疾,后往省病。帝曰:'老物可憎,何烦出也。'"

上元夜吟四首

大好春宵憎不知,满窗风月梦回时。
谁谙美女簪花格[一],试倩明朝代写诗。

注释:

[一] 簪花格:指书法娟秀工整。唐张彦远《法书要录》卷二载南朝梁袁昂《古今书评》:"卫恒书如插花美女,舞笑镜台。"

载酒听莺[一]兴未阑,自忘年老强追欢。
春宵我亦嫌衾薄,不独云屏怯嫩寒[二]。

注释：
[一] 载酒听莺：唐冯贽《云仙杂记》卷二："戴颙春携双柑、斗酒，人问何之，曰：'往听黄鹂声。此俗耳针砭，诗肠鼓吹，汝知之乎？'"
[二] 云屏：有云形彩绘的屏风。宋辛弃疾《念奴娇·书东流村壁》："划地东风欺客梦，一枕云屏寒怯。"

上元[一]夜半梦魂颠，忘却花枝笑独眠[二]。
年少风流难再得，但逢茶肆且流连。

注释：
[一] 上元：农历正月十五日为上元节，也叫元宵节。
[二] 唐皇甫冉《春思》："机中锦字论长恨，楼上花枝笑独眠。"

惭将裘马说轻肥[一]，白发翁年近古稀。
未免贻他风月笑，春来何事减腰围[二]。

注释：
[一]《论语·雍也》："乘肥马，衣轻裘。"
[二]《梁书·昭明太子统传》："体素壮，腰带十围，至是减削过半。"金末元初段成己《望月婆罗门引》其一："问沈郎何事，带减腰围。"

春日写意二首

东风良不恶，吹绿到蓬茅。
老讳言春恨，贫将绝旧交。
山围城似斗[一]，树绕宅如巢。
早识文章贱，无心赋解嘲[二]。

注释：
[一] 南北朝萧贲《长安道》："城形类北斗，桥势似牵牛。"

[二] 解嘲：因被人嘲笑而自作解释。《汉书·扬雄传下》："时雄方草《太玄》，有以自守，泊如也。或嘲雄以玄尚白，而雄解之，号曰《解嘲》。"

及时且行乐[一]，春色满郊圩。
桃李花争发，江山画不如[二]。
未因穷丧节[三]，那恨出无车[四]。
搁却吟哦事，临渊暂羡鱼[五]。

注释：

[一] 汉乐府《西门行》："夫为乐，为乐当及时。"《古诗十九首·生年不满百》："为乐当及时，何能待来兹。"
[二] 唐无名氏《和渔父词》其一："远山重迭水萦纡，水碧山青画不如。"宋彭汝砺《和岩夫如字韵》："试望孤城远，江山画不如。"
[三] 《孔子家语·在厄》："（子贡）入问孔子曰：'仁人廉士，穷改节乎？'孔子曰：'改节即何称于仁廉哉？'子贡曰：'若回也，其不改节乎？'子曰：'然。'"
[四] 出无车：典出《战国策·齐人有冯谖者》："齐人有冯谖者，贫乏不能自存，使人属孟尝君，愿寄食门下。……左右以君贱之也，食以草具。居有顷，倚柱弹其剑，歌曰：'长铗归来乎！食无鱼。'左右以告。孟尝君曰：'食之，比门下之客。'居有顷，复弹其铗，歌曰：'长铗归来乎！出无车。'"
[五] 临渊暂羡鱼：诗用字面意思。《淮南子·说林训》："临河而羡鱼，不若归家织网。"

春　　分[一]

韶华留不住，倏又报春分。
守份甘随俗，谋生贱卖文。
市声来隔水，花影弄斜曛。
莫约寻芳去，吾心属懒云。

注释：

［一］春分：二十四节气中第四个节气。汉董仲舒《春秋繁露·阴阳出入上下》："至于中春之月，阳在正东，阴在正西，谓之春分。春分者，阴阳相半也，故昼夜均而寒暑平。"

上巳前夕吟

水绿浑堪染[一]，山青远胜蓝。
花田春正好，蔗境[二]老弥甘。
旧业传河上[三]，新诗学剑南[四]。
未忘修禊[五]事，明日是初三。

注释：

［一］唐张籍《春别曲》："长江春水绿堪染，莲叶出水大如钱。"宋陆游《题跨湖桥下酒家》："湖水绿于染，野花红欲燃。"
［二］蔗境：喻晚景美好。南朝宋刘义庆《世说新语·排调》："顾长康啖甘蔗，先食尾。人问所以，云渐至佳境。"
［三］河上：即河上公。相传为西汉时道家，姓名不详。在河滨结草为庵，因以为号。
［四］剑南：即陆游，著有《剑南诗稿》。
［五］修禊：参《浣溪纱·雨后》注。

春　　游

踏青才半里，看欲饱吾侪。
柳暗藏春色，花香逗老怀。
清游良不负，薄饮亦云佳。
剩有违心处，故人天一涯[一]。

注释：
［一］唐贯休《鼓吹曲辞·临高台》："故人天一涯，久客殊未回。"

春宵不寐戏成一律

无赖虫声扰睡仙，抚衾竟错怨吴绵。
畏寒欲改春为夏，不寐方知夜似年。
井涸休教余恨水，石灵试采补离天[一]。
梨云[二]易散春宵梦，况是残灯照独眠。

注释：
［一］离天：即离恨天。佛经谓须弥山正中有一天，四方各有八天，共三十三天。民间传说三十三天中，最高者是离恨天。后比喻男女生离、抱恨终身的境地。明陈继儒《小窗幽记》卷二："费长房缩不尽相思地，女娲氏补不完离恨天。"
［二］梨云：指梨花云，用唐王建梦见梨花云事典。唐王建《梦好梨花歌》："薄薄落落雾不分，梦中唤作梨花云。"

忆僧灵鹫

自从吟社散，云水作诗僧。
偶忆天涯友，难忘方外朋。
流年催我老，彼岸[一]让君登。
为问栖真[二]处，云山第几层。

注释：
［一］彼岸：佛教语。佛家以有生有死的境界为"此岸"；超脱生死，即涅槃的境界为"彼岸"。
［二］栖真：道家谓存养真性，返其本元。《晋书·葛洪传论》："游德栖真，

超然事外。"

> 两般瓶与砵，到处不离身。
> 即是心中佛[一]，飘为世外人。
> 三乘参妙谛[二]，一笑悟前因。
> 我亦袈裟侣，无端堕劫尘。

注释：

[一] 即是心中佛：心即是佛。
[二] 三乘：泛指佛法。妙谛：精妙之真谛。

山 居 寄 怀

> 久矣山居薄世荣，白头相对一钗荆[一]。
> 愿无偿日心难死，兴到浓时诗易成。
> 病咳未能除茗癖，老聋犹爱听书声。
> 邻翁有约登楼去，好是黄昏雨乍晴。

注释：

[一] 钗荆：诗指作者妻子何莲花。《太平御览》卷七一八引汉刘向《列女传》："梁鸿妻孟光，荆钗布裙。"

> 好是黄昏雨乍晴，西山爽气入帘清[一]。
> 未能久别惟诗酒，常恐难逃是姓名。
> 看镜不时惭白发，买锄何处斫黄精[二]。
> 夕阳却似怜幽独，返照衡门最有情。

注释：

[一] 南朝宋刘义庆《世说新语·简傲》："王子猷作桓车骑参军，桓谓王曰：'卿在府久，比当相料理。'初不答，直高视，以手版拄颊云：'西山朝来，致有爽气。'"

［二］黄精：药草名。晋嵇康《与山巨源绝交书》："又闻道士遗言，饵术黄精，令人久寿，意甚信之。"唐杜甫《乾元中寓居同谷县作歌七首》其二："长镵长镵白木柄，我生托子以为命。黄精无苗山雪盛，短衣数挽不掩胫。"

寄呈熙甫翁

海立[一]山飞莫认真，福星环照老年人。
献诗借得登门客[二]，阻路难为入幕宾[三]。
怪事书空方咄咄[四]，嘉言贶我[五]望频频。
先生腹有裁缝店，断锦零缣皆可珍。

注释：

［一］海立：海水竖立。宋苏轼《有美堂暴雨》："天外黑风吹海立，浙东飞雨过江来。"
［二］登门客：似为李道旋。李道旋常替作者与邝熙甫传递诗作。
［三］入幕宾：参《燕子来巢赋诗赠之》诗注。
［四］咄咄：参《长贫自觉负人多辘轳体五首》诗注。
［五］贶我：赠我。

赠李君道旋

两肩重压背将驼，仆仆长途唤奈何[一]。
择善而交分损益[二]，抽闲相见但吟哦。
诗书误我良非浅，道义如君有足多。
莫信鹧鸪行不得[三]，早冬风雨正晴和。

注释：

［一］两肩重压：指李道旋背上货担重。李道旋其人为乡村货郎诗人。仆仆：

即风尘仆仆。
[二] 《论语·述而》:"三人行,必有我师焉。择其善者而从之,其不善者而改之。"《论语·季氏》:"益者三友,损者三友。"
[三] 明李时珍《本草纲目·禽二·鹧鸪》:"鹧鸪性畏霜露,早晚稀出,夜栖以木叶蔽身,多对啼,今俗谓其鸣曰:'行不得也哥哥。'"

有怀燕五

隔水偏能断羽鳞[一],文缘再续竟无因。
那从末俗[二]求知己,却为凉风忆故人[三]。
老我形骸犹放浪[四],知公才调最清新[五]。
山城风雨鸡鸣夜[六],剪烛论诗迹已陈。

注释:

[一] 隔水:周燕五家乡苍城与作者家乡台山仅一水之隔。羽鳞:指鱼雁。用鱼雁传书典。
[二] 末俗:世俗之人。
[三] 唐杜甫《天末怀李白》:"凉风起天末,君子意如何。"
[四] 《晋书·王羲之传》:"或因寄所托,放浪形骸之外。"
[五] 才调:犹才气。宋苏轼《南歌子》:"空阔轻红歇,风和约柳春。蓬山才调最清新。"
[六] 《诗经·郑风·风雨》:"风雨凄凄,鸡鸣喈喈。"

晚步荒园感赋[一]

最是荒园寓目难,依稀独见竹平安[二]。
指天[三]毕竟椒非辣,铺地曾无锦可观[四]。
莫将胶黏西日落[五],偶来杖倚北风寒。
呕诗岂有惊人句[六],且博情怀暂一宽。

注释：

[一] 陈中美注程诗谓此诗作于1968年。
[二] 句谓荒园中唯有竹存。唐段成式《酉阳杂俎续集·支植下》："卫公（李德裕）言北都惟童子寺有竹一窠，才长数尺，相传其寺纲维，每日报竹平安。"
[三] 指天：即指天椒。
[四] 铺地：即铺地锦，铺地如锦茵的绿草。清徐珂《清稗类钞·植物·铺地锦》："临桂况夔笙太守周颐官内阁中书时，一日，宴集宣武门外半截胡同江苏会馆，院落修广，见遍地纤草如屩，名铺地锦。时届暮春，著花五色，每色又分浓澹数种，或一花具二色三色，或并二色三色为一色。"
[五] 唐司空图《杂言》："女娲只解补青天，不解煎胶黏日月。"宋陆游《日暮》："眼看白日西南去，绳系胶黏总不能。"
[六] 唐杜甫《江上值水如海势聊短述》："为人性僻耽佳句，语不惊人死不休。"宋李清照《渔家傲》："我报路长嗟日暮，学诗漫有惊人句。"

狂　　言

故旧相逢莫问年，但看松老节弥坚[一]。
出门尚有寻诗杖，入市宁争买酒钱。
素与渔樵形迹密，长因山水梦魂牵。
眼前富贵浮云耳[二]，半叟疏狂岂偶然。

注释：

[一]《论语·子罕》："岁寒，然后知松柏之后凋也。"孙中山《建国方略》："岁寒松柏，至老弥坚。"元曹伯启《和李彦谦御史》："松柏相看期晚节，肯随桃李竞春风。"
[二]《论语·述而》："不义而富且贵，于我如浮云。"

闲写七律四首

幢幢冠盖满京华[一]，半叟埋头养笔花。
似听风声催割稻，试凭月色照烹茶。
看书有悟饥忘食，舍杖能行健可夸。
寻得寒梅堪作友，未妨相约卧烟霞。

注释：

[一] 幢幢：高而团簇笼覆貌。唐杜甫《梦李白二首》其二："冠盖满京华，斯人独憔悴。"

天风送我到田家，誓笔从今朴不华[一]。
岁月骎驰催鹤发[二]，山林终老约梅花。
村夫趁市晨挑菜，邻媪呼灯夜绩麻[三]。
富贵何如闲有味，黄昏倚杖看归鸦。

注释：

[一] 朴不华：质朴无华，指文辞质朴不浮华。
[二] 骎驰：快马奔驰貌。鹤发：白发。
[三] 宋刘克庄《宿庄家二首》其一："邻媪头如雪，灯前自绩麻。"

寄栖聊胜鹊无枝[一]，醉亦无妨醒亦宜。
酒罄恰逢人问字[二]，灯明似劝我吟诗。
延龄敢望回春药，惜目慵看将败棋。
信是西山泉石好，卜居何必问蓍龟[三]。

注释：

[一] 魏曹操《短歌行》："月明星稀，乌鹊南飞。绕树三匝，何枝可依？"
[二] 问字：《汉书·扬雄传下》："间请问其故，乃刘棻尝从雄学作奇字……雄以病免，复召为大夫。家素贫，耆酒，人希至其门。时有好事者载酒

肴从游学，而巨鹿侯芭常从雄居，受其《太玄》《法言》焉。"
[三] 蓍龟：古人以蓍草与龟甲占卜凶吉，因以指占卜。《楚辞·卜居》："屈原既放，三年不得复见。竭知尽忠而蔽障于谗。心烦虑乱，不知所从。乃往见太卜郑詹尹曰：'余有所疑，愿因先生决之。'詹尹乃端策拂龟，曰：'君将何以教之？'"

  夕照苍茫凭短篱，余生笑我欲何之。
  权衡海内无知己，造化冥中有小儿[一]。
  古道犹存贫不病，世情如此老方知[二]。
  乡村十月霜风劲，正是农忙割稻时。

注释：

[一] 唐王勃《送杜少府之任蜀州》："海内存知己，天涯若比邻。"明王鏊《次木斋阁老见寄之韵》其二："谁云海内无知己，且喜尊中有圣人。"造化小儿指命运。《新唐书·文艺传上·杜审言》："审言病甚，宋之问、武平一等省候何如，答曰：'甚为造化小儿相苦，尚何言？'"
[二]《史记·仲尼弟子列传》："若宪，贫也，非病也。"宋司马光《游山呈景仁》："道心闲始见，世路老方知。"宋郭祥正《再登南楼怀元舆三首》其一："欲上层楼足力微，世情尘事老方知。"

灯 前 二 首

  灯前不觉泪沾衣，二十年来事事违[一]。
  回首可怜亲骨肉，西风吹作断蓬飞。

注释：

[一] 唐柳宗元《重别梦得》："二十年来万事同，今朝岐路忽西东。"宋苏轼《常润道中有怀钱塘寄述古五首》其二："草长江南莺乱飞，年来事事与心违。"

  老境凄凉食不甘，灯前搔首独喃喃。
  异乡骨肉如相忆，华发虽疏当可簪[一]。

注释：
［一］唐杜甫《春望》："白头搔更短，浑欲不胜簪。"

邻 妇 吟

之无[一]不识况文章，四十年来做老娘。
难得性情常爽直，不妨颜色半凋伤。
量能容物胸非狭，语易招尤[二]舌莫长。
解道糊涂才是福，那分窦臭与梅香[三]。

注释：
［一］之无：参《难得糊涂》诗注。
［二］招尤：招致他人的怪罪或怨恨。
［三］窦臭与梅香：参《花下感吟》诗注。

饲 鸡

芳草归来性尚驯，攒头争食正纷纷。
一盆何似鸡人[一]禄，并驾难如鸽子军。
要识山翁才半饱，那容野鹜欲平分。
日长好共书窗语，未必云间鹤入群。

注释：
［一］鸡人：周官名，掌供办鸡牲。

读放翁诗后偶成一律

春残秋又尽,衰柳满江潭。
朋友书犹滞,山林梦正酣。
瓮无明日酒,箱有十年衫。
久矣诗为累,何心学剑南[一]。

注释:
[一] 剑南:即陆游,著有《剑南诗稿》。

入 市 感 吟

恰是顽躯健一些,出门缓步懒呼车。
入冬半月风犹暖,趁市多时日已斜。
白堕酒[一]香衣不换,元规尘[二]恶袖难遮。
老夫竟被儒冠误[三],何似江湖客弄蛇。

注释:
[一] 白堕酒:参《梅花八咏》诗注。
[二] 元规尘:南朝宋刘义庆《世说新语·轻诋》:"庾公权重,足倾王公(王导)。庾在石头,王在冶城坐。大风扬尘,王以扇拂尘曰:'元规尘污人!'"
[三] 唐杜甫《奉赠韦左丞二十二韵》:"纨裤不饿死,儒冠多误身。"

冬日寄怀

晴冬似初夏,门外竹如帘。
客有炎凉别,人难福寿兼。
山花摇未落,村酒浊弥甜。
爱日[一]怜衰老,寒衣不用添。

注释:
[一] 爱日:《左传·文公七年》:"赵衰,冬日之日也。"杜预注:"冬日可爱。"后因称冬日为爱日。

晚 望

也学王荆国,松根觅旧题[一]。
长谈逢野老,暂出诳山妻。
陇远牛羊返,林深鸦雀啼。
茫茫翘首望,暮雨暗前溪。

注释:
[一] 王荆国:王安石曾封荆国公,其诗《松间》:"偶向松间觅旧题,野人休诵北山移。丈夫出处非无意,猿鹤从来不自知。"

山居自遣二首

鸟倦知还耳[一]，幽栖非慕仙。
林泉今有味，廊庙[二]夙无缘。
忽忽重阳节，阴阴十月天。
门前车辙少[三]，一枕梦悠然。

注释：

[一] 晋陶渊明《归去来兮辞》："云无心以出岫，鸟倦飞而知还。"
[二] 廊庙：朝廷。诗指高官。
[三] 南北朝张正见《赋得落落穷巷士诗》："门外无车辙，自可绝公卿。"

山村闲度日，已老未龙钟。
风味三酸[一]似，渔樵一笑逢。
有诗偿夙债，无酒醉初冬。
邀得芳邻谅，虽狂不碍农。

注释：

[一] 三酸：《学海余滴》："金山寺住持佛印乃端卿出家。有三才学，守戒行。同黄门黄鲁直与先生友善。一日遇谒佛印曰：吾得桃华醋，甚美。取而共尝，皆皱其眉，称为三酸。"

入市见壁间大字报[一]有云"打倒刘长卿"者戏以诗咏

古今偏有姓名符，一个诗人一俗夫[二]。
暴虎不殊由也勇[三]，老拳[四]挥击莫糊涂。

注释：

[一] 大字报：指1967年"文革"运动中的贴大字报潮流。
[二] 诗人：指唐代著名诗人刘长卿。俗夫：陈中美谓指当时广东台山武装部部长刘长卿。
[三] 暴虎：空手和老虎搏斗。不殊：没有区别。由：孔子学生仲由。《论语·述而》："子路曰：'子行三军，则谁与？'子曰：'暴虎冯河，死而无悔者，吾不与也。必也临事而惧，好谋而成者也。'"《论语·公冶长》："子曰：由也好勇过我，无所取材。"
[四] 老拳：典出《晋书·石勒载记下》："初，勒与李阳邻居……乃使召阳。既至，勒与酣谑，引阳臂笑曰：'孤往日厌卿老拳，卿亦饱孤毒手。'"

夜 归

灯火微茫夜独归，朔风寒逼路人稀。
九天未得扶摇上[一]，却借狂飙欲起飞。

注释：

[一] 九天：天空最高处。《庄子·逍遥游》："鹏之徙于南冥也，水击三千里，抟扶摇而上者九万里。"成玄英疏："扶摇，旋风也。"

遣 兴

家住西山绕一溪，兴来随处觅诗题。
卖蓑市上无惊虎[一]，打稻场中有叱鸡。
我未龙钟常借杖，谁教牛老尚拖犁。
呜呜远听村童笛，吹到林梢日脚低[二]。

注释：

[一] 惊虎：喻流言蜚语。语本《韩非子·内储说上》："庞恭与太子质于邯

郸，谓魏王曰：'今一人言市有虎，王信之乎？'曰：'不信。''二人言市有虎，王信之乎？'曰：'不信。''三人言市有虎，王信之乎？'王曰：'寡人信之。'庞恭曰：'夫市之无虎也明矣，然而三人言而成虎。今邯郸之去魏也远于市，议臣者过于三人，愿王察之。'"

［二］日脚：太阳穿过云隙射下来的光线。唐杜甫《羌村》其一："峥嵘赤云西，日脚下平地。"

旧作失题[一]

鸡鹜相争[二]太纠纷，飘飘野鹤独离群。
不妨隔岸闲观火，一自归山懒似云。
笔有别名宜半叟，诗无吟侣是孤军。
汕头汕尾涛声急[三]，侥幸年来耳不闻。

注释：

［一］陈中美注程诗谓此诗作于1967年。
［二］鸡鹜相争：诗指红卫兵各派之争。《楚辞·卜居》："宁与骐骥亢轭乎？将随驽马之迹乎？宁与黄鹄比翼乎？将与鸡鹜争食乎？此孰吉孰凶？何去何从？"
［三］涛声急："文革"时的各种政治运动。

寄 怀

也随父老望年登，论可瘳饥未敢凭。
泽畔行吟犹有我[一]，竹边闲话惜无僧[二]。
乌能反哺[三]非凡鸟，鸥倘忘机是稔朋[四]。
陋巷箪瓢素风在[五]，万钱一食让何曾[六]。

注释：

［一］战国屈原《渔父》："屈原既放，游于江潭，行吟泽畔，颜色憔悴，形容

枯槁。"
[二] 唐李涉《题鹤林寺僧舍》："因过竹院逢僧话，又得浮生半日闲。"
[三] 反哺：乌雏长成，衔食喂养其母。晋成公绥《乌赋》："雏既壮而能飞兮，乃衔食而反哺。"
[四] 参《暮冬随笔廿首》诗注。
[五] 《论语·雍也》："一箪食，一瓢饮，在陋巷，人不堪其忧，回也不改其乐。"
[六] 何曾：字颖考，陈国阳夏人。助司马氏废魏帝。晋武帝受禅，任丞相，拜太尉，封朗陵公，官至太傅。《晋书·何曾传》："（何曾）性奢豪，务在华侈。帷帐车服，穷极绮丽，厨膳滋味，过于王者……食日万钱，犹曰无下箸处。"

冬日寄怀二首

林泉冷落客谁来，也嘱山妻涤酒杯。
絮被重铺容虱伏，柴扉半掩待鸡回。
沉沉夜守芸窗火，渐渐寒惊葭管灰[一]。
好是霜风吹几度，不曾憔悴到莓苔。

注释：

[一] 葭管灰：古人烧苇膜成灰，置于律管中，放密室内，以占气候。《后汉书·律历志上》："候气之法，为室三重，户闭，涂衅必周，密布缇缦。室中以木为案，每律各一，内庳外高，从其方位，加律其上，以葭莩灰抑其内端，案历而候之。气至者灰动。"

北风绕屋气萧森，低唱何妨更浅斟[一]。
尚有藜羹[二]供匕箸，曾无彩笔[三]写山林。
谋生实拙逢迎术，入世终偿归隐心。
经笥[四]久荒佣再读，恐教流俗笑书淫。

注释：

[一] 唐杜甫《秋兴八首》其一："玉露凋伤枫树林，巫山巫峡气萧森。"宋柳

永《鹤冲天》："忍把浮名，换了浅斟低唱。"清潘永因《宋稗类钞》卷四："陶学士谷，买得党太尉故妓。取雪水烹团茶，谓妓曰：'党家应不识此？'妓曰：'彼粗人，安得有此？但能销金帐下，浅斟低唱，饮羊羔美酒耳。'"

[二] 藜羹：指粗劣的食物。

[三] 彩笔：典出《南史·江淹传》："淹少以文章显，晚节才思微退……尝宿于冶亭，梦一丈夫自称郭璞，谓淹曰：'吾有笔在卿处多年，可以见还。'淹乃探怀中得五色笔一以授之。尔后为诗绝无美句，时人谓之才尽。"唐杜甫《秋兴八首》其八："彩笔昔曾干气象，白头吟望苦低垂。"

[四] 经笥：《后汉书·边韶传》："边为姓，孝为字，腹便便，五经笥。"

再呈熙甫翁仍用真韵

山林葆养性情真，蔼蔼分明是吉人[一]。
朋友择交宁弃我，夫妻敬老尚如宾。
书罹秦劫[二]遗留少，诗有唐音唱和频。
持向灯前百回读，一时胜似获奇珍。

注释：

[一] 蔼蔼：和气貌。《诗经·卷阿》："蔼蔼王多吉人，维君子命，媚于庶人。"

[二] 秦劫：用焚书坑儒典。

诗家三昧[一]务求真，牙慧那轻拾取人。
古调重弹公与我，世情一变主为宾[二]。
高山流水知音少[三]，黑塞青林[四]入梦频。
昨日蓬门生异彩，客来探出袖中珍。

注释：

[一] 诗家三昧：作诗的诀窍。宋陆游《九月一日夜读诗稿有感走笔作歌》："诗家三昧忽见前，屈贾在眼元历历。"

[二] 变主为宾：即喧宾夺主意。诗句谓当今之世有诗才之人反而为宾，无能之小人反而为主。
[三] 《列子·汤问》："伯牙善鼓琴，钟子期善听。伯牙鼓琴，志在高山。钟子期曰：'善哉！峨峨兮若泰山！'志在流水。钟子期曰：'善哉！洋洋兮若江河！'"
[四] 黑塞青林：知己朋友所在之处。唐杜甫《梦李白》："魂来枫林青，魂返关塞黑。"

再赠道旋君仍用真韵

交如管鲍[一]最情真，末俗惟君学古人。
物换星移仍故我，山鸣谷应有来宾[二]。
礼隆馈赠防伤惠[三]，诗重磋磨莫厌频。
洛纸价腾他日事[四]，暂教儿辈作家珍。

注释：

[一] 管鲍：春秋时管仲和鲍叔牙的并称。《史记·管晏列传》："生我者父母，知我者鲍子也。鲍叔既进管仲，以身下之。子孙世禄于齐，有封邑者十余世，常为名大夫。天下不多管仲之贤而多鲍叔能知人也。"
[二] 物换星移：形容时序和世事的变化。唐王勃《滕王阁》："闲云潭影日悠悠，物换星移几度秋。"山鸣谷应：诗谓两人同声相应，同气相求。宋苏轼《后赤壁赋》："划然长啸，草木震动，山鸣谷应，风起水涌。"
[三] 伤惠：对恩惠有损害。《孟子·离娄下》："可以取，可以无取，取伤廉；可以与，可以无与，与伤惠。"
[四] 《晋书·左思传》："于是豪贵之家竞相传写，洛阳为之纸贵。"

蚁穴功名莫谓真[一]，何如袖手作闲人。
钗荆裙布[二]难为妇，野蕨山肴[三]亦飨宾。
入市暂因风力阻，谈诗怕是漏声频。
词坛硕果留君赏，李柰登场未足珍[四]。

注释：

[一] 唐李公佐《南柯太守传》记淳于棼梦至槐安国（原是槐树下的蚁穴）历尽荣华盛衰之事。
[二] 钗荆裙布：语出《太平御览》卷七一八引汉刘向《列女传》："梁鸿妻孟光，荆钗布裙。"
[三] 野蔌山肴：野味和蔬菜。宋欧阳修《醉翁亭记》："山肴野蔌，杂然而前陈者，太守宴也。"
[四] 李柰：李子和柰子。南朝梁周具嗣《千字文》："果珍李柰，菜重芥姜。"

有感仍用真韵

世情非幻亦非真，判断全凭观察人。
漫道落花无结果，谁知夺主有喧宾。
清高反是求名易，饱饫应嫌请宴频。
为问恒河沙[一]几许，不妨韫椟视为珍[二]。

注释：

[一] 恒河沙：恒河中的沙粒。喻数量多。
[二] 韫椟：珍藏。《论语·子罕》："子贡曰：'有美玉于斯，韫椟而藏诸？求善贾而沽诸？'子曰：'沽之哉！沽之哉！我待贾者也。'"

戊申[一]早春闲咏

冬心独抱几人知，腊鼓声中岁序移。
穷巷萧然翻省事，老夫耄矣尚谈诗[二]。
枌榆旧社[三]迎春早，风雨寒宵入梦迟。
留得眼前生意在，闲阶条理水横枝[四]。

注释：

[一] 戊申：指1968年。
[二] 《史记·陈丞相世家》："至其家，家乃负郭穷巷。"晋陶渊明《五柳先生传》："环堵萧然，不蔽风日，裋褐穿结，箪瓢屡空，晏如也。"耄矣：老矣。《左传·隐公四年》："老夫耄矣，无能为也。"
[三] 枌榆旧社：泛指家乡。宋杨亿《十九哥赴舒州太湖簿仍得假归乡》："枌榆旧社虽堪恋，星火严程不可违。"
[四] 水横枝：在南方暖和地区，取栀子的一段浸植于水钵，便可长出绿叶，叫水横枝。

北风猎猎雨霏霏，梅柳争迎青帝[一]归。
禁例特宽元日酒[二]，春风难作老人衣。
也随白傅耽吟饮[三]，谁向苍生问瘦肥[四]。
静掩柴门朝复暮，空山云暗客来稀。

注释：

[一] 青帝：司春之神。
[二] 禁例特宽：诗指元旦这一天宽限禁例，可以饮酒。元日酒：传统民俗，正月初一饮酒辟恶驱邪。南朝梁宗懔《荆楚岁时记》："正月一日，是三元之日也……长幼悉正衣冠，以次拜贺，进椒柏酒，饮桃汤。进屠苏酒，胶牙饧，下五辛盘。"
[三] 白傅：唐人白居易，曾官太子少傅，故称。其《醉吟先生传》："性嗜酒，耽琴淫诗，凡酒徒、琴侣、诗客多与之游。"
[四] 唐李商隐《贾生》："可怜夜半虚前席，不问苍生问鬼神。"《资治通鉴·唐纪二十九》："上尝临镜默然不乐，左右曰：'韩休为相，陛下殊瘦于旧，何不逐之！'上叹曰：'吾貌虽瘦，天下必肥。萧嵩奏事常顺指，既退，吾寝不安。韩休常力争，既退，吾寝乃安。吾用韩休，为社稷耳，非为身也。'"

七十^[一]戏吟

七十光阴似电飞^[二]，前尘影事记依稀。
戒除曲糵经时久，典肆犹多未赎衣^[三]。

注释：
[一] 七十：诗当作于1968年，此年作者刚好70虚岁。
[二] 宋卫宗武《为徐进士天隐赋辟谷长吟》："荣华富贵能几何，百岁光阴如电扫。"
[三] 曲糵：酒。唐杜甫《曲江二首》其二："朝回日日典春衣，每日江头尽醉归。酒债寻常行处有，人生七十古来稀。"

转眼流年届古稀，横经负耒事皆非^[一]。
来途缥渺知何处，也似王孙不忆归^[二]。

注释：
[一] 横经：横陈经籍。指受业或读书。南朝梁何逊《七召·儒学》："横经者比肩，拥帚者继足。"负耒：从事农耕。《孟子·滕文公上》："陈良之徒陈相，与其弟辛，负耒耜而自宋之滕。"清钱澄之《西田庄记》："是故出而负耒，入而横经，举孝弟力田以此。"
[二] 汉淮南小山《招隐士》："王孙游兮不归，春草生兮萋萋。"唐王维《山中送别》："春草年年绿，王孙归不归。"

入市归途感赋

北风萧瑟雨霏微，打伞村翁趁市归。
世事十年变迁尽^[一]，不能忘旧是蓑衣。

注释：
［一］变迁尽：指"文革"时期世事的沧桑巨变。

悼堂侄其萃

十载乖离恨未消，榻前相见药香飘。
病情危重瘵癌结，家运衰微根蒂摇。
香岛[一]客归才半月，缑山仙去不崇朝[二]。
老夫泪恰如零雨，洒落寒江涨暮潮[三]。

注释：
［一］香岛：香港。
［二］缑山仙去：诗指逝世。不崇朝：不到一个早晨，喻时间短。汉刘向《列仙传·王子乔》："王子乔者，周灵王太子晋也。好吹笙，作凤凰鸣。游伊洛之间，道士浮丘公接以上嵩高山。三十余年后，求之于山上，见桓良曰：'告我家：七月七日待我于缑氏山巅。'至时，果乘白鹤驻山头，望之不得到，举手谢时人，数日而去。"
［三］清朱鹤龄《哭筇在三首》其三："长留一掬西台泪，洒向寒江涌暮潮。"

添置门扇戏成一绝

添一重门好避尘，髹[一]将颜色又翻新。
只愁他日来巢燕，错谓蜗庐易主人。

注释：
［一］髹：把漆涂在器物上。

偶　　成

屈指看花约已过，浮生何日不蹉跎[一]。
窗前晓日黄昏雨，惟有诗人感慨多。

注释：
[一] 蹉跎：虚度光阴。

野 望 二 首

矫首游观意释然，雨余村舍起炊烟。
眼前何处非图画，金字山头井字田[一]。

注释：
[一] 金字山头：即"峚"字，谓高峻。井字田：即"畊"字。诗谓到处都是高山与耕田。

流窜人间七十年，繁华过眼尽云烟[一]。
独怜郊野生机足，绿树重阴水满田[二]。

注释：
[一] 唐张祜《退宫人二首》其一："开元皇帝掌中怜，流落人间二十年。"宋苏轼《宝绘堂记》："譬之烟云之过眼，百鸟之感耳，岂不欣然接之，然去而不复念也。"宋苏辙《次韵王巩上元见寄三首》其二："过眼繁华真一梦，终宵寂寞未应愁。"
[二] 元张逊《题挟弹图》："绿树阴阴水满堤，春风立马看黄鹂。"

种 豆 吟

种豆南山村妇忙,往来负畚或提筐[一]。
老夫久旷田间事,倚竹哦诗兴独狂。

注释：
[一] 晋陶渊明《归园田居》其三："种豆南山下,草盛豆苗稀。"负畚：用畚箕负土劳作。

新 妇 吟

步出璇闺[一]心胆寒,承颜怕失老姑[二]欢。
可怜西蜀蚕丛[三]地,未若人间妇道难。

注释：
[一] 璇闺：闺房的美称。
[二] 老姑：婆婆。
[三] 蚕丛：蜀王先祖。唐李白《蜀道难》："噫吁嚱,危乎高哉！蜀道之难,难于上青天！蚕丛及鱼凫,开国何茫然！尔来四万八千岁,不与秦塞通人烟。"

过 桥 口 占

世事纷纷了不关,农忙放着老翁闲。
过桥未觉衣襟湿,细雨空蒙[一]望远山。

注释:
[一] 空蒙:缥缈迷茫。

七十寄怀

七十光阴转眼过,看花其奈老翁何。
浮生屈指开怀少,往事回头负疚多。
灯下谈心无旧友,田间说梦有春婆[一]。
山林久卧消尘味,尚愧尧夫安乐窝[二]。

注释:
[一] 春梦婆,参《题梅健行先生汀江钓叟图四首》诗注。
[二] 尧夫安乐窝:参《赠甄福民君二首,末首倒用前韵》诗注。

半生湖海历风烟,曾累慈帏望眼穿。
岁月无情催暮日,文章有价待何年。
愿随太白为诗仆,未若渊明作地仙[一]。
七十老翁求渐少,关心还在杖头钱[二]。

注释:
[一] 宋洪朋《怀黄太史》:"屈宋堪奴仆,曹刘在指挥。"渊明:陶渊明。地仙:比喻闲散享乐的人。宋苏轼《李行中秀才醉眠亭》:"已向闲中作地仙,更于酒里得天全。"
[二] 杖头钱:参《山居自遣二首(俗尘污染到林泉)》诗注。

林泉卧久渐龙钟,策杖游春意已慵。
索解最嫌人问字[一],逃名偏有客寻踪。
漫云七十从心欲[二],未免三分带病容。
伯道无儿还有寿[三],相逢休更祝华封[四]。

注释：

[一] 索解：参《检读旧稿漫成一律》诗注。问字：参《闲写七律四首》诗注。

[二] 《论语·为政》："七十而从心所欲，不逾矩。"

[三] 伯道：晋邓攸，字伯道。南朝宋刘义庆《世说新语·赏誉》："谢太傅重邓仆射，常言：'天地无知，使伯道无儿。'"

[四] 《庄子·天地》："尧观乎华，华封人曰：'嘻，圣人。请祝圣人，使圣人寿。'尧曰：'辞。''使圣人富。'尧曰：'辞。''使圣人多男子。'尧曰：'辞。'"

    白云乡远我安归，惆怅驹光疾似飞[一]。
    昨夜星辰终散乱，少年裘马漫轻肥[二]。
    山林有约还初服，风雨无聊掩素扉。
    正是夜乌啼切处，依稀梦里见慈帏[三]。

注释：

[一] 驹光：短暂的光阴。清王学潜《岁暮感怀》："怅恨驹光似掷梭，几茎白发影婆娑。"

[二] 唐杜甫《秋兴八首》其三："同学少年多不贱，五陵裘马自轻肥。"

[三] 唐白居易《慈乌夜啼》："慈乌失其母，哑哑吐哀音。昼夜不飞去，经年守故林。夜夜夜半啼，闻者为沾襟。声中如告诉，未尽反哺心。百鸟岂无母，尔独哀怨深。应是母慈重，使尔悲不任。"

雨天有感二首

    几度看花约不成，兼旬有雨竟无晴。
    黑云深处天方梦，那管人间有怨声。

    望里春容淡似秋，老夫耄矣未忘忧[一]。
    几回沽酒春衣尽，安得钱常挂杖头[二]。

注释：

[一] 明汪本《春暮》："春光恰似秋容淡，处处春风吹落花。"氅矣：参《戊申早春闲咏》诗注。
[二] 唐杜甫《曲江二首》之二："朝回日日典春衣，每日江头尽醉归。"《晋书·阮脩传》："常步行，以百钱挂杖头，至酒店，便独酣畅。"

浣溪沙·送别钦权

漠漠西江去路遥，旗亭[一]话别语寥寥，不能禁得是魂消。
春水渡旁看解缆，落梅风[二]里听吹箫。此时情景笔难描。

注释：

[一] 旗亭：酒楼。
[二] 落梅风：农历五月的季风。又为曲调名，常用以表达离别相思。元贯云石《落梅风》："新秋至，人乍别，顺长江水流残月。悠悠画船东去也！这思量起头儿一夜。"

沟　　水

舍旁穿出水溅溅，恍若银瓶乍破时[一]。
将比绿波应失色，不逢红叶莫题诗[二]。
数声呜咽流年急，半里迂回下堰迟。
最是空山新雨后，清泉无处不分支[三]。

注释：

[一] 唐白居易《琵琶行》："银瓶乍破水浆迸，铁骑突出刀枪鸣。"
[二] 红叶题诗，参《惆怅词三首》诗注。
[三] 分支：雨后沟水四溢。唐王维《山居秋暝》："空山新雨后，天气晚来秋。明月松间照，清泉石上流。"

郊　　行

郊原四望草萋萋，耳畔莺声似学啼。
有意春光随左右，无情溪水自东西。
寻芳昔日狂于蝶[一]，遣兴何时醉似泥[二]。
且喜高楼香茗熟，杖藜扶我上危梯。

注释：
[一] 清文廷式《南歌子·咏蝶》："著雨花如绣，寻芳尔最忙。"
[二] 唐李白《襄阳歌》："旁人借问笑何事，笑杀山公醉似泥。"《后汉书·周泽传》"一岁三百六十日，三百五十九日斋"，唐李贤注："《汉官仪》此下云：'一日不斋醉如泥。'"

夜　　寒

金柝声中灯影寒，满窗风雨夜漫漫[一]。
期君休洒牛衣泪[二]，且作袁安卧雪[三]看。

注释：
[一] 宋释道璨《和蔡提干二首》其二："落尽灯花独倚阑，四檐风雨夜漫漫。"
[二] 《汉书·王章传》："章疾病，无被，卧牛衣中，与妻决，涕泣。"
[三] 袁安卧雪：参《冬宵遣怀三首》诗注。

风雨寒宵梦莫寻，堆冰为枕水为衾。
深山木客[一]闺中妇，便是无诗也苦吟。

注释：
[一] 木客：山野之人。诗人自指。宋苏轼《虔州八境图》之八："回峰乱嶂

郁参差，云外高人世得知。谁向空山弄明月，山中木客解吟诗。"王十朋注引赵次公曰："《寰宇记》所载上洛山多木客，乃鬼类也，形似人，语亦似人。而徐铉小说载鄱阳山中有木客，自言秦时造阿房宫采木者也，食木实，遂得不死，时就民间饮酒，为诗一章云：'酒尽君莫酤，壶倾我当发。城市多嚣尘，还山弄明月。'"

感 赋[一]

古调难谐俗，新诗且寄怀。
早花寒易落，香茗旧弥佳。
世事波千折，故人天一涯[二]。
最嫌惊梦雨，长夜滴空阶[三]。

注释：
[一] 陈中美注程诗谓此诗作于1968年。
[二] 唐贯休《鼓吹曲辞·临高台》："故人天一涯，久客殊未回。"
[三] 南北朝何逊《从镇江州与游故别诗》："夜雨滴空阶，晓灯暗离室。"

对镜感吟

窗前揽镜几回看，无那书生骨相寒[一]。
白了须眉犹似戟，黯然颜色已非丹。
家山林壑埋头易，人海风波寓目难。
难得门前多绿竹，纪纲[二]晨起报平安。

注释：
[一] 骨相寒：参《题梅健行先生汀江钓叟图四首》诗注。
[二] 纪纲：参《灯下读周公来书及诗偶成一首》诗注。

晚　　晴

黄昏游览独扶筇，半饷[一]春晴不易逢。
爱竹怕教牛砺角[二]，看花还愿蝶留踪。
雨无今旧思良友[三]，风有唐虞[四]羡老农。
洗耳未遑聊濯足[五]，山泉流出水汹汹。

注释：
[一] 半饷：半日。
[二] 宋黄庭坚《题竹石牧牛》："石吾甚爱之，勿遣牛砺角。牛砺角犹可，牛斗残我竹。"
[三] 今雨旧雨分别指新旧朋友。唐杜甫《秋述》："常时车马之客，旧，雨来；今，雨不来。"
[四] 唐虞：唐尧与虞舜的并称，亦指尧与舜的时代，古人以为太平盛世。《论语·泰伯》："唐虞之际，于斯为盛。"
[五] 洗耳：参《黄昏入市，见李沛君裸其上身，手托木盆，将往河边洗濯，戏以诗赠五首》诗注。《孟子·离娄上》："沧浪之水清兮，可以濯我缨；沧浪之水浊兮，可以濯吾足。"

游人工湖[一]在湖心舫茶话

望里湖心舫易寻，一壶聊当醉花阴。
垂垂帘影知风定，袅袅炉香讠人水沉[二]。
有意争春桃吐火，无端作态柳摇金[三]。
凭天多付诗材料，半叟年来未废吟。

注释：
[一] 人工湖：参《人工湖竹枝词十四首》诗注。
[二] 水沉：即沉香。

［三］唐年融《春游》："楼前弱柳摇金缕，林外遥山隔翠岚。"

写　意

　　山林缺处有人家[一]，策杖寻幽野径斜。
　　且喜春来连日雨，不曾红损杜鹃花。

注释：
［一］明末清初钱谦益《西山道中二首》其二："望里青山开复遮，数峰缺处有人家。"

抒　怀

　　无边春色费安排，城野园林处处佳。
　　乍睹江山新气象，未忘诗酒旧生涯[一]。
　　从心所欲吾趋淡[二]，市肉而归妇破斋。
　　昨夜裁书谢朋友，不曾买得踏青鞋。

注释：
［一］唐高适《真定即事奉赠韦使君二十八韵》："江山澄气象，崖谷倚冰壶。"
　　　唐戴叔伦《客中言怀》："故园归有日，诗酒老生涯。"
［二］《论语·为政》："七十而从心所欲，不逾矩。"

无聊中戏成一律

愿同山水结芳邻,清福能消亦夙因[一]。
寻醉欲瞒黄脸妇,游春忘是白头人。
食无兼味[二]那云饱,诗有微名未算真。
但得一壶香茗在,世间犹有葛天民[三]。

注释:
[一] 清侯晰《浣香图题赠芥轩诗》:"羡君清福能消受,应是前生结静缘。"
[二] 兼味:参《岁暮寄怀四首》诗注。
[三] 葛天民:葛天氏是传说中的上古帝王,葛天民是赞叹生当风俗淳朴之世的老百姓。晋陶渊明《五柳先生传》:"衔觞赋诗,以乐其志,无怀氏之民欤?葛天氏之民欤?"

春宵梦回有感

一舸归来廿载强,昨宵犹是梦他乡。
不妨老去吟情淡,难得春来睡味长[一]。
心隘未能虚似竹,性悛仍恐辣于姜[二]。
壮年豪气消磨尽,半在名场半利场。

注释:
[一] 宋陆游《客叩门多不能接往往独坐至晚戏作》:"官情已尽诗情在,世味无余睡味长。"
[二] 《宋史·晏敦复传》:"吾终不为身计误国家,况吾姜桂之性,到老愈辣。"

遣 怀

叠叠山中岁月增,为农为圃[一]已无能。
本来面目人难识,老去形骸我亦憎[二]。
鲁酒[三]谋赊晨洗盏,楚辞借读夜挑灯。
百年荣悴随天付,此意还须告友朋。

注释:

[一] 为农为圃:《论语·子路》:"樊迟请学稼,子曰:'吾不如老农。'请学为圃,子曰:'吾不如老圃。'"
[二]《晋书·宣穆张皇后传》:"帝尝卧疾,后往省病。帝曰:'老物可憎,何烦出也。'"
[三] 鲁酒:参《庚子暮春寄怀》诗注。

山 居 写 意

卸却斑斑衣上尘,投闲转得自由身。
未应老物生人厌,犹有仁翁念我贫。
海外鱼鸿[一]千障隔,山中猿鹤一家亲。
江南已入兰成赋,且喜今年非戊辰[二]。

注释:

[一] 鱼鸿:书信。《乐府诗集·相和歌辞十三·饮马长城窟行之一》:"呼儿烹鲤鱼,中有尺素书。"《汉书·苏武传》:"教使者谓单于,言天子射上林中,得雁,足有系帛书。"
[二] 兰成赋:指庾信(字兰成)的《哀江南赋》。《哀江南赋》:"粤以戊辰之年,建亥之月,大盗移国,金陵瓦解。余乃窜身荒谷,公私涂炭。华阳奔命,有去无归。"

偶读赵松雪"往事已非何用说,且将忠赤报皇元",因忆起吴梅村过淮南旧里诗末二句"我本淮王旧鸡犬,不随仙去落人间"。两诗参现,赵松雪可谓良心尽泯矣,梅村尚有愧悔之心。爰作一绝咏之[一]

愿将忠赤报皇元,里过淮南有感言。
两个降臣相比较,还应松雪愧梅村。

注释:

[一] 松雪:宋末元初时文人赵孟頫,号松雪道人,宋灭时降元。梅村:明末清初文人吴伟业,号梅村,明灭时降清。宋周密《癸辛杂识》:"赵子昂入觐之初,上命作诗嘲留忠斋云:'状元曾受宋朝恩,目击权奸不敢言。往事已非那可说,好将忠孝报皇元。'留以此衔之终身云。"明宋濂《元史·赵孟頫传》:"帝曰:'汝以梦炎贤于李耶?……汝以梦炎父友,不敢斥言其非,可赋诗讥之。'孟頫所赋诗,有'往事已非那可说,且将忠直报皇元'之语,帝叹赏焉。""往事已非何用说,且将忠赤报皇元"实为赵松雪讥讽留梦炎而作。吴伟业《过淮阴有感》:"登高怅望八公山,琪树丹崖未可攀。莫想阴符遇黄石,好将鸿宝驻朱颜。浮生所欠只一死,尘世无由识九还。我本淮王旧鸡犬,不随仙去落人间。"

感　赋

慈帏渺矣恨终天,灯影机声绘目前[一]。
寂寞门庭今昔似,不知何以慰黄泉[二]。

注释:

[一] 恨终天:即抱恨终天。灯影机声:指母亲在灯下劳作的情形。常用来表达怀念母亲之情。机声:织机声。清黄钺《题洪编修同年机声灯影图》:"机声灯影中,一忆一流涕。"

[二] 黄泉：阴间。诗指作者已故的母亲。

遣　怀

一贫几不续厨烟，拭目犹看丰乐年。
三尺久消门外雪，千诗无补杖头钱。
山妻取暖惟知桶[一]，座客虽寒莫问毡[二]。
老卧林泉堪自慰，鸟啼花落足春眠[三]。

注释：
[一] 参《赠内人》诗注。
[二] 毡：毡子。唐杜甫《戏简郑广文虔兼呈苏司业源明》："才名四十年，坐客寒无毡；赖有苏司业，时时与酒钱。"
[三] 唐孟浩然《春晓》："春眠不觉晓，处处闻啼鸟。夜来风雨声，花落知多少。"

遣　兴

种瓜种豆不相关，便觉春来尽日闲。
钓乐昔尝思笠泽[一]，诗情今似近船山[二]。
花香撩引闻风起，茶话流连踏月还。
我比东坡年更老，依然游戏在人间[三]。

注释：
[一] 笠泽：诗指唐代陆龟蒙，著有《笠泽丛书》。其人常携书籍、茶灶、笔床、钓具泛舟往来于太湖，自称江湖散人、天随子、甫里先生。
[二] 船山：诗指清代诗人张问陶。其人号船山，著有《船山诗草》，与袁枚、赵翼合称清代"性灵派三大家"。
[三] 宋惠洪《冷斋夜话·东坡和陶渊明诗》："东坡至南昌，太守云：'世传端明已归道山，今尚尔游戏人间耶？'"宋苏轼《峡山寺》："佳人剑翁

孙，游戏暂人间。"

闲居有感

读书未可慰生平，失意徒令世俗轻。
耕砚迄今无稔岁，作诗垂老有虚名。
亲朋契阔[一]知谁在，岁月蹉跎更自惊。
买得一壶何处醉，绿杨留我最多情。

注释：

[一] 契阔：久别。唐李中《安福县秋吟寄陈锐秘书》："苦恨交亲多契阔，未知良会几时同。"

春风吹拂百花香，古巷阴阴午梦长。
吟苦料无才可续，爱闲怕有事来商。
未应誉我称词客，常恐绷孩[一]笑老娘。
晚近世情君且看，一钱不值[二]是文章。

注释：

[一] 绷孩：参《月下吟成分赠四首》诗注。
[二] 一钱不值：语出《史记·魏其武安侯列传》："生平毁程不识不直一钱，今日长者为寿，乃效女儿呫嗫耳语！"

戏咏息妫[一]

香车引入细腰宫[二]，雨露三年恩最隆。
寄语君王休错怪，多情尽在不言中[三]。

注释：

[一] 息妫：息夫人，陈国君主陈庄公之女，因嫁给息国国君，故亦称息妫。

[二] 细腰宫：章华台的别称，是楚灵王于公元前535年主持修建的离宫。句谓息国被灭，息妫被迫嫁给楚文王事。
[三] 句用息妫不语之典。《春秋左传·庄公十四年》："楚子如息，以食入享，遂灭息。以息妫归，生堵敖及成王焉，未言。楚子问之，对曰：'吾一妇人而事二夫，纵弗能死，其又奚言？'"

迩来自觉狂甚写诗自遣

频年书剑客江湖，白发归来马亦瘏[一]。
好梦难成休恨枕，余生有几且提壶[二]。
酒逢佳品心先醉，诗入中年胆渐粗。
海内亲朋应谅我，莫将故态笑狂奴[三]。

注释：

[一] 瘏：病。《诗经·周南·卷耳》："我马瘏矣，我仆痡矣。"
[二] 壶：酒壶。
[三] 《后汉书·严光传》："霸得书，封奏之。帝笑曰：'狂奴故态也。'车驾即日幸其馆。"

几日虽闲却似忙，清游常恐负年光。
花如不落春长在[一]，我亦难明老更狂。
赖有园蔬供匕箸，才知村酿胜茶汤。
论诗昔误轻前辈，鲍老何尝异郭郎[二]。

注释：

[一] 宋彭汝砺《敏叔家会仙洞》："花开洞府春长在，人会瀛洲夜未归。"明秦潙《琴窗》："花落春长在，荷香夜不眠。"
[二] 汉孔融《论盛孝章书》："今之少年，喜谤前辈。"宋陈师道《后山诗话》："杨大年《傀儡诗》云：'鲍老当筵笑郭郎，笑他舞袖太郎当。若教鲍老当筵舞，转更郎当舞袖长。'语俚而意切，相传以为笑。"

农 村 幽 趣

武陵乡不远,但惜阙桃花[一]。
犬睡人声寂,鸦飞日影斜。
清谈来野老,丰乐说田家。
室至茶刚熟,寒香沁凿牙。

注释:

[一] 晋陶渊明《桃花源记》:"晋太元中,武陵人捕鱼为业。缘溪行,忘路之远近。忽逢桃花林,夹岸数百步,中无杂树,芳草鲜美,落英缤纷。"

寄 闲 情

问年已过七旬关,诗债累累尚待还。
敢谓臣心常似水[一],不忘友约是看山。
居邻药肆羞言病,老在农村许放闲。
我有文章无处写,付他禽鸟语林间。

注释:

[一] 《汉书·郑崇传》:"(赵昌)知其见疏,因奏崇与宗族通,疑有奸,请治。上责崇曰:'君门如市人,何以欲禁切主上?'崇对曰:'臣门如市,臣心如水。愿得考覆。'"

窗外时闻鸟雀音,始知人乐不如禽。
诗情尚薄宜深写,酒价犹昂暂浅斟。
略似苏髯惟笠屐[一],恨无庞老[二]共山林。
举杯欲向东风祝,莫遣流尘上素襟[三]。

注释：

［一］ 宋费衮《梁溪漫志》："东坡在儋耳，一日过黎子云，遇雨，乃从农家借箬笠戴之，著屐而归。妇人小儿相随争笑，邑犬群吠。……今时亦有画此者，然多俗笔也。"
［二］ 庞老：即庞德公，襄阳人，东汉末年名士，隐居于鹿门山，采药而终。
［三］ 唐武元衡《秋日台中寄怀简诸僚》："忧悔耿遐抱，尘埃缁素襟。"

看花感吟

江山一览焕然新，岁月频催春复春。
壮不如人遑待老[一]，富无求处且安贫。
只宜友视杯中物[二]，未必儒为席上珍[三]。
策杖也随蝴蝶后，看花那肯负芳辰。

注释：

［一］《烛之武退秦师》："臣之壮也，犹不如人；今老矣，无能为也已。"
［二］ 杯中物：指酒。晋陶渊明《责子》："天运苟如此，且进杯中物。"
［三］ 宋汪洙《神童诗》："学乃身之宝，儒为席上珍。"

夜读有感

两字功名付子虚[一]，不应弹铗[二]尚思鱼。
箕裘绪坠难言浅[三]，车笠盟[四]寒渐悔初。
百岁光阴能有几，半生涕泪已无余。
窗前兀兀[五]青灯在，犹记当年夜读书。

注释：

［一］ 子虚：即子虚乌有。《汉书·司马相如传上》："相如以'子虚'，虚言也，为楚称；'乌有先生'者，乌有此事也，为齐难。"

[二] 弹铗：参《暮冬随笔廿首》之二十诗注。
[三] 箕裘：祖上的事业。绪坠：行将断绝。语本《礼记·学记》："良冶之子，必学为裘；良弓之子，必学为箕。"
[四] 车笠盟：《太平御览》卷四〇六引晋周处《风土记》："越俗性率朴，意亲好合，即脱头上手巾，解要间五尺刀以与之为交，拜亲跪妻，初定交有礼……祝曰：'卿虽乘车我戴笠，后日相逢下车揖；我虽步行卿乘马，后日相逢卿当下。'"
[五] 兀兀：勤勉貌。

读古人"三千宫女如花院[一]，几个春来无泪痕"之句爱作一绝书后

一到春来恨便多，勿论卫女与陈娥[二]。
宫中休洒无聊泪，料得羊车早晚过[三]。

注释：

[一] 如花院：当为"如花面"。唐白居易《后宫词》："三千宫女胭脂面，几个春来无泪痕。""胭脂面"又作"如花面"。
[二] 卫女与陈娥：指恋爱中的少女。南朝梁江淹《别赋》："下有芍药之诗，佳人之歌，桑中卫女，上宫陈娥。"
[三] 《晋书·后妃传上·胡贵嫔》："（晋武帝）常乘羊车，恣其所之，至便宴寝。宫人乃取竹叶插户，以盐汁洒地，而引帝车。"

春 日 有 感[一]

宠柳骄花满目前[二]，人间春色信无边。
老怀冷若支床石[三]，吟思迟于上水船[四]。
枥骥有能惟识路[五]，井蛙无识莫谈天[六]。
新来白发知多少，门外风光似去年。

注释：

[一] 陈中美注程诗谓此诗作于1969年。
[二] 宋李清照《念奴娇》："宠柳娇花寒食近，种种恼人天气。"
[三] 唐方干《赠中岳僧》："支床移片石，春粟引高泉。"清曾国藩《漫与》："微官冷似支床石，去国情如失乳儿。"
[四] 上水船：五代王定保《唐摭言·敏捷》："梁太祖受禅，姚洎为学士。尝从容，上问及廷裕行止，洎对曰：'顷岁左迁，今闻旅寄衡水。'上曰：'颇知其人构思甚捷。'对曰：'向在翰林，号为下水船。'太祖应声谓洎曰：'卿便是上水船也。'洎微笑，深有惭色。"
[五] 用老马识途典。
[六] 用井底之蛙典。

  世味年来已遍尝，偶然呕出变文章。
  鬘丝将秃难藏老，袜线为才恨不长[一]。
  咄咄[二]人谁识殷浩，期期[三]我欲学周昌。
  眼前正是春光好，花木何曾尽向阳。

注释：

[一] 宋孙光宪《北梦琐言》卷五："韩昭，仕王氏，至礼部尚书、文思殿大学士。粗有文章，至于琴棋书算射法，悉皆涉猎。以此承恩于后主。时有朝士李台嘏曰：'韩八座事艺，如拆袜线，无一条长。'"
[二] 咄咄：参《长贫自觉负人多辘轳体五首》诗注。
[三] 期期：口吃结巴貌。语本《史记·张丞相列传》："昌为人口吃，又盛怒，曰：'臣口不能言，然臣期期知其不可。'"

读王渔洋[一]过露筋祠诗书后

  妇德沦亡大可哀，白莲独向野风开。
  明珰翠羽[二]无缘见，好句空令读几回。

注释：

［一］王渔洋：王士祯，号渔洋山人。清王士祯《再过露筋祠》："翠羽明珰尚俨然，湖云祠树碧如烟。行人系缆月初堕，门外野风开白莲。"宋王象之《舆地纪胜》卷四十三："露筋庙去城三十里。旧传有女夜过此，天阴蚊盛，有耕夫田舍在焉。其嫂止宿。姑曰：'吾宁处死，不肯失节。'遂以蚊死，其筋见焉。"

［二］明珰翠羽：珍贵的饰物。

读岑嘉州"青云羡鸟飞"之句爰成二律以反其意［一］

蹭蹬频年遇合稀，杜鹃声里浩然归［二］。
富贫自不关荣辱，今昨何尝有是非［三］。
草满墙头堪补屋，竹疏门外未成围。
也知老眼无多力，不向青云羡鸟飞。

注释：

［一］岑嘉州：岑参，曾任嘉州刺史，故世称"岑嘉州"。唐岑参《寄左省杜拾遗》："白发悲花落，青云羡鸟飞。"
［二］蹭蹬：潦倒失意。杜鹃叫声像"不如归去"，诗取此意。
［三］富贫自不关荣辱：即自不关荣辱富贫。晋陶渊明《归去来兮辞》："实迷途其未远，觉今是而昨非。"

半生行藏与愿违［一］，归农一旦脱缰靮。
恰怜老屋依山在，羞向贪泉［二］饮水肥。
扫叶烹茶烟漠漠，披蓑种菜雨微微。
鸥闲鱼乐皆堪羡，岂独青云有鸟飞。

注释：

［一］宋辛弃疾《瑞鹧鸪》其二："老去行藏与愿违。"
［二］贪泉：参《登楼二首》诗注。

早春寄呈熙甫先生四首

友声何日再闻莺[一],云树苍茫山岭横。
青鸟不来音耗绝[二],望风怀想是先生[三]。

注释:
[一] 《诗经·小雅·伐木》:"嘤其鸣矣,求其友声。"
[二] 青鸟:信使的代称。音耗:消息。唐李商隐《无题》:"蓬山此去无多路,青鸟殷勤为探看。"
[三] 汉李陵《答苏武书》:"远托异国,昔人所悲,望风怀想,能不依依。"

不劳弦上辨松风,赵瑟秦筝古调同[一]。
惆怅前缘悭一面,白云遮断两山翁。

注释:
[一] 赵瑟秦筝:指名贵的乐器。句谓作者与熙甫翁心调相同。唐李白《听蜀僧浚弹琴》:"蜀僧抱绿绮,西下峨眉峰。为我一挥手,如听万壑松。"

数年林下托神交,引玉居然到草茅。
邺架旧藏书几许[一],亏公能以肚皮包。

注释:
[一] 唐韩愈《送诸葛觉往随州读书》:"邺侯家多书,插架三万轴。"

惆怅山居各一方,未容连袂赏春光。
我非人日高常侍[一],也学题诗寄草堂。

注释:
[一] 人日高常侍:参《人日有怀云超》诗注。

春日寄朗轩

几年尘垢污颜丹，巾幅无多拂拭难。
自写奇文还自赏，谁谙古调向谁弹[一]。
小园尚有三弓[二]地，寸土无非七里滩[三]。
我愧春来风味薄，挑灯听雨夜漫漫。

注释：

[一] 唐刘长卿《听弹琴》："古调虽自爱，今人多不弹。"宋薛嵎《山居十首》其八："古调今谁弹，至乐非外假。"宋张炎《征招·答仇山村见寄》："古调谁弹，古音谁赏，岁华空老。"

[二] 弓：旧时丈量地亩的计算单位，其制历代不一。《清史稿·食货志·田制》："凡丈蒙地五尺为弓，二百四十弓为亩，百亩为顷。"

[三] 七里滩：即严陵濑。相传为东汉严光隐居垂钓处。

春日寄怀

山翁闲自检生平，大似猖狂阮步兵[一]。
百醉不嫌村酒味，一贫方识世人情。
有家真悔归来晚，无子便宜担负轻。
老卧山林应自足，春愁虽迫未成城[二]。

注释：

[一] 猖狂：放纵不羁。阮步兵：阮籍曾任步兵校尉，故称。唐王勃《滕王阁序》："阮籍猖狂，岂效穷途之哭！"

[二] 此句把"愁城"二字拆开。

山 居 闲 寄

翁老虽贫未算穷,清生两腋是茶风[一]。
夕阳不是无情物[二],照到山林分外红。

注释:
[一] 唐卢仝《走笔谢孟谏议寄新茶》:"六碗通仙灵,七碗吃不得也。唯觉两腋习习清风生,蓬莱山,在何处?玉川子,乘此清风欲归去。"
[二] 清龚自珍《己亥杂诗》其五:"落红不是无情物,化作春泥更护花。"

七一[一] 述怀寄呈熙甫翁

七十年过又出头,林泉有味且勾留。
醉心禅悦缘无份,卖力农耕老亦休。
书剑都成身外物,箪瓢[二]正急眼前谋。
厨烟稀薄犹堪续,田野黄云[三]待割收。

注释:
[一] 七一:当是虚岁,此年当为1969年。邝熙甫有和作,参其《奉和程子七一寄怀》(二首):"七秩年逾笑白头,光阴过客岂容留。诗肠郁抑愁难遣,酒债寻常负未休。画饼充饥都妄想,烹茶解渴不须谋。备战备荒忙生产,原隰高低丰熟收。""抱膝长吟付笔头,西山诗卷久存留。文章灾枣多佳作,富贵昙花顷刻休。药石有灵瘳我疾,箪瓢无计为人谋。一丝一粟靠侨汇,汇率低时半折收。"
[二] 箪瓢:饮食。
[三] 黄云:比喻成熟的稻麦。宋王安石《同陈和叔游齐安院》:"缲成白雪桑重绿,割尽黄云稻正青。"

樵夫田妇共为邻，灾眚[一]虽横未及身。
呼酒楼头狂汉醉，赐金岭背老翁[二]仁。
山川隔面宁无恨，文字交情信有真。
自笑颓龄逾七秩，诗名且让后来人。

注释：

[一] 灾眚：灾祸。诗指当时的"文化大革命"。
[二] 岭背老翁：即岭背人邝熙甫。

寄闲情二首

余生真似木鸡呆[一]，闲卧萧斋万念灰。
午梦未成闻犬吠，不知深巷有谁来。

注释：

[一]《庄子·达生》："鸡虽有鸣者，已无变矣，望之似木鸡矣，其德全矣，异鸡无敢应者，反走矣。"

秋深曾未损苍苔，门扇随风自掩开。
笑遣山妻沽酒去，今朝应有客人来。

山居寄怀录旧作

处处青山叫鹧鸪，底须长短问前途[一]。
林泉有味堪留足，霜雪无情遽上须。
莫道为容求悦己[二]，终怜食性未谙姑[三]。
明朝拟对黄花醉，赊得吴姬酒一壶[四]。

注释：

[一] 宋黄庭坚《次韵题粹老客亭诗后》："客亭长短路南北，衮衮行人那

得知。"
[二] 汉刘向《战国策·赵策一》："嗟乎！士为知己者死，女为悦己者容。"
[三] 唐王建《新嫁娘词三首》其三："未谙姑食性，先遣小姑尝。"
[四] 唐李白《金陵酒肆留别》："风吹柳花满店香，吴姬压酒唤客尝。"

山居思客录旧作

将踏青云未有阶，索居吟饮作生涯。
诗由才限难言美，酒为愁多不易排。
虱处[一]山林常寂寂，鸡鸣风雨自喈喈[二]。
蓬蒿掩户人空老[三]，客至何时畅素怀。

注释：

[一] 虱处：《晋书·阮籍传》："独不见群虱之处裈中，逃乎深缝，匿乎坏絮，自以为吉宅也。行不敢离缝际，动不敢出裈裆，自以为得绳墨也。然炎丘火流，焦邑灭都，群虱处于裈中而不能出也。君子之处域内，何异夫虱之处裈中乎！"
[二] 喈喈：鸡叫声。《诗经·郑风·风雨》："风雨凄凄，鸡鸣喈喈。"
[三] 《高士传》卷中《张仲蔚》："常居穷素，所处蓬蒿没人，闭门养性，不治荣名。"宋代宋濂《送天台陈庭学序》："然吾闻古之贤士，若颜回、原宪，皆坐守陋室，蓬蒿没户，而志意常充然。"

重　阳

秋深老圃太荒凉，篱菊稀疏满地霜。
浊酒一杯聊自慰，西风落叶又重阳[一]。

注释：

[一] 宋吴芾《重阳即席呈诸兄叔》："渐渐西风作晚凉，惊人节物又重阳。"

寄 怀

剪刀莫断鬓边霜,常觉人间岁月忙。
饮兴未阑缘市近,老怀难恝[一]是庄荒。
眼前黄菊虚三径[二],足下青苔共一堂。
似比太常[三]妻尚好,山荆[四]贫不厌糟糠。

注释:
[一] 恝:淡然。
[二] 三径:参《中秋宴饮适园偶成排律一首》诗注。
[三] 太常:指东汉周泽。《后汉书·周泽传》:"泽性简,忽威仪,颇失宰相之望。数月,复为太常。清洁循行,尽敬宗庙。常卧疾斋宫,其妻哀泽老病,窥问所苦。泽大怒,以妻干犯斋禁,遂收送诏狱谢罪。当世疑其诡激。时人为之语曰:'生世不谐,作太常妻,一岁三百六十日,三百五十九日斋。'"
[四] 山荆:妻子的谦称。

树下感吟

独怜田野景清幽,茂树盘桓羡牧牛。
岁月骎驰难免老,江山摇落易悲秋[一]。
功名奚似杯中物[二],今昔徒嗟镜里头。
惭愧风流白居易,犹教小玉唱伊州[三]。

注释:
[一]《楚辞·九辩》:"悲哉秋之为气也!萧瑟兮草木摇落而变衰。"
[二]《晋书·张翰传》:"使我有身后名,不如即时一杯酒。"唐孟浩然《自洛之越》:"且乐杯中物,谁论世上名。"清徐嘉炎《昭化寺古罗汉松歌

赠苍岩沈师》:"功名若胜杯中酒,越水吴山亦笑人。"
[三] 唐白居易《伊州》:"老去将何散老愁,新教小玉唱伊州。亦应不得多年听,未教成时已白头。"

暮秋寄怀

此身与世复何争,磨折多时气自平。
扫榻[一]正宜寻断梦,挑灯未敢赋闲情[二]。
菊辞篱落秋无色,叶落阶除夜有声。
渐觉眼前风景尽,且将图画看山城。

注释:

[一] 扫榻:拂拭坐卧用具。宋惠洪《冷斋夜话·范尧夫揖客对卧》:"范尧夫谪居永州,闭门,人稀识面。客苦欲见者,或出则问寒暄而已。僮扫榻奠枕,于是揖客解带,对卧良久,鼻息如雷霆。"
[二] 赋闲情:赋写闲情。陶渊明作有《闲情赋》。

苦吟示道旋

斗室徘徊诗未成,喃喃语细不闻声[一]。
推敲未觉旁人笑,工拙先由自己评。
半夜抽毫[二]灯欲烬,几回搔首帽将倾。
此时情状君知否,词客原非幸得名。

注释:

[一]《北史·隋房陵王勇传》:"乃向西北奋头,喃喃细语。"
[二] 抽毫:写作。

暮 秋 自 遣

云烟纷向眼前过，七十年来一刹那[一]。
贫贱无心争毁誉，登临有约付蹉跎。
丹枫霜泫秋江冷，黄叶风飘野径多。
自笑诗情抛未得，几回抚景动吟哦。

注释：
[一] 宋苏轼《宝绘堂记》："譬之烟云之过眼，百鸟之感耳，岂不欣然接之，然去而不复念也。"七十年：诗作于1969年。

鬓毛白尽莫生嗔，岁月由来不贷人[一]。
霜降渐催禾稼熟，夜寒弥觉酒杯亲。
有书尚惜双眸子，无物能酬五脏神[二]。
曳杖入城还自笑，农忙偏剩一闲身。

注释：
[一] 贷人：饶人。宋陆游《对酒》："绿尊有味能消日，白发无情不贷人。"
[二] 五脏神：道教谓五脏各有神主，即心神、肺神、肝神、肾神、脾神，合称"五脏神"。

闲 中 有 作

征衣卸却唱刀环[一]，终老何妨在野间。
清夜闻风如有骨，白头问世已无颜。
三台郊外山重叠，半曳门前水一湾[二]。
久矣功名求不得，此时求得是清闲。

注释：

[一] 刀环：还归的隐语，诗指归乡。《汉书·李陵传》："立政等见陵，未得私语，即目视陵，而数数自循其刀环，握其足，阴谕之，言可归还也。"
[二] 宋李光《失题二首》其二："贺监门前水一湾，藕花十里对梅山。"

初冬有怀云超

早向江湖扑一空，晚收犹祝砚田丰。
已邀俗眼无多白，惟恨衰颜不再红[一]。
七十光阴如过客，两般风雅[二]属山翁。
故人遥在天之末，未必芜缄可寄鸿[三]。

注释：

[一] 俗眼无多白：即俗人不再给作者很多白眼。宋刘克庄《春日五首》其一："眼边桃李过匆匆，镜里衰颜岂再红。"
[二] 两般风雅：指写诗与饮茶。
[三] 唐马吉甫《秋夜怀友》："故人在天末，空庭明月时。"芜缄：称己之信，自谦之词。

饮 酒

消遣全凭酒一卮，古人狂甚[一]亦堪师。
日斜西岭撑无术，月上南楼饮有辞。
敢望柴门迎紫气[二]，未闻蓬鬓返青丝。
与君争取须臾乐，杯里弓蛇[三]不用疑。

注释：

[一] 古人狂甚：诗指如阮籍、刘伶一类的酒狂。

[二] 紫气：喻祥瑞之气。
[三] 杯里弓蛇：用杯弓蛇影典。指"文革"时期人们彼此之间的猜惧之心。

诞 辰 感 吟

我生之日在初冬，屈指弧辰今又逢[一]。
每饭不忘[二]惟老母，一身难善况光宗[三]。
微茫梦断烟波棹，晓暮听残山寺钟。
七十无求洵老矣[四]，诗情酒兴尚争浓。

注释：

[一] 弧辰：男子生日。此诗当作于1969年10月20日（因作者生于1899年10月20日）。
[二] 每饭不忘：典出《史记·张释之冯唐列传》："文帝曰：'吾居代时，吾尚食监高袪数为我言赵将李齐之贤，战于钜鹿下。今吾每饭，意未尝不在钜鹿也。'"
[三] 《孟子·尽心上》："穷则独善其身，达则兼善天下。"
[四] 唐王维《夷门歌》："向风刎颈送公子，七十老翁何所求？"

记录旧作客居海宴作[一]

客邸曾无故与亲，酒杯灯影共昏晨。
短髭易染他乡雪，破伞难遮一路尘。
溽海涛声常碎梦，汶村春事暂牵身[二]。
作书寄慰山中妇，莫为天寒忆远人。

注释：

[一] 作者注明记录旧作，陈中美谓因海宴地处海滨，有盐场，此诗大概是作于其任广东省盐业公会秘书时。
[二] 溽海：在今台山广海。汶村：指台山海宴汶村。

奉怀寄呈熙甫翁[一]

山岭迢迢隔几重,最关怀是丈人峰[二]。
身如已健须加饭,步即能行莫弃筇。
邀福良由公盛德,献诗难竭我微衷。
三生石上[三]缘如在,香火从中一笑逢。

注释:
[一] 熙甫和作《步程子奉怀》:"老病垂危险几重,夕阳西落挂斜峰。红尘游戏三生石,赤手扶行五尺筇。憎命文章幸宿愿,引年医药慰私衷。前因后果缘犹在,不约而同邂逅逢。""八六年关度一重,病容对镜蹙眉峰。养生且喜黄粱饭,扶老何如紫竹筇。鸩毒杀人休染指,莺鸣求友共谈衷。道途倾盖何时遇,待约湖滨品茗逢。"
[二] 丈人峰:本是泰山上的山峰名,此处借指熙甫翁。
[三] 三生石上:借指前世姻缘,来世重新缔结。唐袁郊《甘泽谣》:"三生石上旧精魂,赏月吟风不要论。惭愧情人往相访,此生虽异性长存。"

己酉[一]残冬留咏二首

草草杯盘媚灶君,贫家度岁亦聊云[二]。
文章价贱难偿酒,腊鼓声高易遏云[三]。
扪虱解襟迎爱日[四],呼鸡归棚趁斜曛。
晚风吹皱寒塘水,遥映山翁颊上纹。

注释:
[一] 己酉:即1969年。
[二] 媚灶君:指民间祭灶习俗,一般在农历小年这一天。聊云:聊尔,姑且、如此之意。
[三] 遏云:使云停止不前。《列子·汤问》:"薛谭学讴于秦青,未穷青之技,

自谓尽之,遂辞归。秦青弗止。饯于郊衢,抚节悲歌,声振林木,响遏行云。薛谭乃谢,求反,终身不敢言归。"

[四] 爱日:参《冬日寄怀》诗注。

曝背篱边借一温,暮冬抚景易消魂。
沉檀[一]香烬空斋冷,爆竹烟笼大地昏。
婪尾酒酣聊取乐[二],杖头钱尽不须论。
吊钟花[三]浸铜瓶水,懒更寻梅过别村。

注释:

[一] 沉檀:用沉香木和檀木做的熏香料。
[二] 婪尾酒:参《早春寄怀十首》诗注。
[三] 吊钟花:花开后形似钟状故称。

奉怀四首再呈熙甫翁仍用前韵

取煖衾棉恨不重,几宵寒似玉山峰[一]。
遥知却病频投药,已得行吟缓曳筇。
但有诗来如觌面[二],可无书寄互谈衷[三]。
茅容蔬食堪留客[四],不限湖滨座上逢。

注释:

[一] 唐杜甫《九日蓝田崔氏庄》:"蓝水远从千涧落,玉山高并两峰寒。"宋晁公溯《中岩十八咏·寒峰轩》:"崖阴日惨惨,石润露浐浐。何似蓝田下,高并玉山寒。"
[二] 觌面:见面。
[三] 谈衷:谈心。
[四] 《后汉书·郭太传》:"茅容字季伟,陈留人也。年四十余,耕于野,时与等辈避雨树下,众皆夷踞相对,容独危坐愈恭。林宗行见之而奇其异,遂与共言,因请寓宿。旦日,容杀鸡为馔,林宗谓为己设,既而以供其母,自以草蔬与客同饭。林宗起拜之曰:'卿贤乎哉!'因劝令学,

辛以成德。"

　　　　　　李杜门深历几重，丈人诗已达高峰。
　　　　　　闲教艳丽花随笔，稳握平安竹作筇。
　　　　　　肝胆照人[一]存古道，文章知己慰愚衷。
　　　　　　眼前未可无佳作，爆竹声中春又逢。

注释：
[一] 肝胆照人：以赤诚之心待人。《史记·淮阴侯列传》："臣愿披腹心，输肝胆，效愚计，恐足下不能用也。"

　　　　　　冲破年关又一重，遥看春色上瓶峰[一]。
　　　　　　消愁长赖三花酒[二]，扶老无劳九节筇[三]。
　　　　　　我本粗人诗乏味，公真仁者语由衷。
　　　　　　谁知雨雪其雱[四]候，爱日慈云[五]得再逢。

注释：
[一] 瓶峰：指台山古兜山山脉上的瓶身山。
[二] 三花酒：酒名。
[三] 九节筇：竹杖名。宋陆游《老学庵笔记》卷三："筇竹杖蜀中无之，乃出徼外蛮峒，蛮人持至泸叙间卖之，一枝才四五钱，以坚润细瘦九节而直者为上品。"
[四] 雨雪其雱：雪下得很大。《诗经·邶风·北风》："北风其凉，雨雪其雱。"
[五] 慈云：慈心广大，覆于一切，譬如云也。

　　　　　　江山劫后恨重重，泪湿铜驼背上峰[一]。
　　　　　　游艺生平惟恃笔，缓行里许未须筇。
　　　　　　匡时媚世皆无术[二]，息影[三]埋名别有衷。
　　　　　　我辈精神相感应，宁争机会一朝逢。

注释：
[一]《晋书·索靖列传》："靖有先识远量，知天下将乱，指洛阳宫门铜驼，

叹曰：'会见汝在荆棘中耳！'"
[二] 匡时：匡正时世，挽救时局。《后汉书·荀淑传论》："平运则弘道以求志，陵夷则濡迹以匡时。"媚世：求悦于当世。语出《孟子·尽心下》："阉然媚于世也者，是乡原也。"
[三] 息影：亦作"息景"。语本《庄子·渔父》："不知处阴以休影，处静以息迹，愚亦甚矣！"后因以"息影"谓归隐闲居。

早春[一]寄怀

正恐吟诗髓易枯，迩来清兴寄茶壶。
看花出郭心将懒，与竹为邻德未孤。
半世躯驰归白屋[二]，卅年亲友感黄垆[三]。
苔痕又向空阶绿，春色何尝弃老夫。

注释：

[一] 早春：指1970年早春。
[二] 白屋：贫士所居。
[三] 黄垆：当作"黄垆"，参《秋夜怀亡友蔡其俊四首》诗注。

分得山林一角春，聊将淑气养精神。
运移莫解桃符[一]厄，面槁不随杨柳新。
丹去求仙难却老，酒归谋妇转嫌频[二]。
昨宵翻册寻诗味，胜似铜盘列五辛[三]。

注释：

[一] 桃符：唐徐坚等辑《初学记》引《典术》云："桃者，五木之精也，故厌伏邪气，制百鬼。故今人作桃符著门以厌邪，此仙木也。"
[二] 谋妇：参《周公久无讯息赋此寄之二首》诗注。
[三] 明李时珍《本草纲目·菜一·五辛菜》："五辛菜，乃元旦、立春，以葱、蒜、韭、蓼蒿、芥辛嫩之菜，杂和食之，取迎新之义，谓之五辛盘。"

读熙甫翁"何日儿曹归海外，天伦乐事叙家人"之句，即赋一律于后，寄以慰之

郎君旅外久违颜，岭背将成望子山[一]。
何日倾河洗兵甲[二]，有人思土唱刀环[三]。
承欢犹喜椿萱[四]在，饮乐休教匕箸闲。
我获阶前盈尺地，扶筇笑看舞衣斑[五]。

注释：
[一] 望子山：南北朝庾信《哀江南赋》："石望夫而逾远，山望子而逾多。"南朝梁任昉《述异记》："中山有韩夫人愁思台、望子陵。"
[二] 唐杜甫《洗兵马》："安得壮士挽天河，净洗甲兵长不用。"
[三] 刀环：参《闲中有作》诗注。
[四] 椿萱：父母。
[五] 《艺文类聚》卷二十引《列女传》："老莱子孝养二亲，行年七十，婴儿自娱，著五色采衣。尝取浆上堂，跌仆，因卧地为小儿啼，或弄乌鸟于亲侧。"

有 感 二 首

躬耕真个悔归迟，半世羁游厌路歧。
南郭先生[一]能食禄，西山半叟但吟诗。
不妨晨起随鸣唤，无复宵行动犬疑。
疾苦未除惟有咳，那将残喘付庸医。

注释：
[一] 南郭先生：即南郭处士。常比喻无其才而居其位的人。

自从束发读经书，白发依然腹笥[一]虚。
数典不忘程不识[二]，更名敢慕蔺相如[三]。
窗前久冷论文烛，门外谁停问字[四]车。
美酿当前聊取乐，独醒吾不学三闾[五]。

注释：
[一] 腹笥：参《山居自遣二首》诗注。
[二] 程不识：汉武帝时的名将，与李广齐名。诗指其先祖。
[三] 典出《史记·司马相如列传》："司马相如者，蜀郡成都人也，字长卿。少时好读书，学击剑，故其亲名之曰犬子。相如既学，慕蔺相如之为人，更名相如。"
[四] 问字：参《闲写七律四首》诗注。
[五] 三闾：三闾大夫屈原。《楚辞·渔父》："屈原曰：举世皆浊我独清，众人皆醉我独醒，是以见放。"

邝熙甫先生于本年农历六月上旬逝世赋诗挽之[一]

几载神交惬素心，友声曾不隔山林。
西江挹注忘伤惠[二]，下里闻歌谬赏音[三]。
茅塞[四]我殊惭学浅，桃潭公欲比情深[五]。
谁知六月阴沉夜，灯下诗成带泪吟。

注释：
[一] 六月上旬：当是1970年农历六月上旬。这是《西山半叟诗集》下部最后一组诗，下部收1960年至1970年诗共381首，加上上部所收诗词267首，《西山半叟诗集》共收诗648首。
[二] 《诗经·大雅·泂酌》："泂酌彼行潦，挹彼注兹，可以濯罍。"孔颖达疏："可挹彼大器之水，注之此小器之中。"伤惠：参《再赠道旋君仍用真韵》诗注。
[三] 《文选·宋玉〈对楚王问〉》："客有歌于郢中者，其始曰《下里巴人》，国中属而和者数千人……其为《阳春白雪》，国中属而和者数十人。"

[四] 茅塞：谓为茅草所堵塞。《孟子·尽心下》："山径之蹊间，介然用之而成路；为间不用，则茅塞之矣。今茅塞子之心矣！"
[五] 唐李白《赠汪伦》："桃花潭水深千尺，不及汪伦送我情。"

  文章知己最难求，寒士常贻笔墨羞。
  刮垢[一]知公殊俗眼，论诗许我出人头。
  未遑接席亲光霁[二]，且喜吟笺密唱酬。
  莫说登龙[三]偿夙愿，回车从此恸西州[四]。

注释：

[一] 刮垢：磨砺而使之高洁。唐韩愈《进学解》："占小善者率以录，名一艺者无不庸。爬罗剔抉，刮垢磨光。"
[二] 光霁：风采。
[三] 登龙：登龙门，用李膺典。参作者诗《寄呈岭背邝熙甫先生二首》："登龙御李更无缘，只有神交在死前。"
[四] 恸西州：参《悼汤襄公二首》诗注。

  儒冠儒服自矜持，几历艰危节不移。
  枘凿方圆[一]何足计，文章道德总堪师。
  宵深辞世呻吟少，路远闻风吊挽[二]迟。
  老泪数行诗几律，断肠还冀九原知。

注释：

[一] 枘凿方圆：喻事物扞格不入。《楚辞·九辩》："圆凿而方枘兮，吾固知其鉏铻而难入。"《史记·孟子荀卿列传》："持方枘欲入圆凿，其能入乎？"
[二] 吊挽：凭悼。

  岿然此是鲁灵光[一]，分得黄花晚节香[二]。
  南极孤星沉岭背，西风暮笛感山阳[三]。
  皋鱼孝思空遗恨[四]，龚胜高年或作殇[五]。
  信是前缘悭一面，奈何访戴待秋凉[六]。

注释：

[一] 汉王延寿《鲁灵光殿赋》序："鲁灵光殿者，盖景帝程姬之子恭王余之所立也……遭汉中微，盗贼奔突，自西京未央、建章之殿皆见隳坏，而灵光岿然独存。"

[二] 宋韩琦《九日水阁》："虽惭老圃秋容淡，且看寒花晚节香。"

[三] 晋向秀《思旧赋》序："余与嵇康、吕安居止接近；其人并有不羁之才，然嵇志远而疏，吕心旷而放。其后各以事见法……余逝将西迈，经其旧庐，于时日薄虞渊，寒冰凄然，邻人有吹笛者，发声寥亮，追思曩昔游宴之好，感音而叹，故作赋云。"

[四]《韩诗外传》卷九："孔子行，闻哭声甚悲……皋鱼曰：'吾失之三矣：少而学，游诸侯，以后吾亲，失之一也；高尚吾志，间吾事君，失之二也；与友厚而小绝之，失之三也。树欲静而风不止，子欲养而亲不待也。往而不可得见者，亲也。吾请从此辞矣。'"

[五]《汉书·龚胜传》："遂不复开口饮食，积十四日死，死时七十九矣。使者、太守临敛，赐复衾祭祠如法。门人衰绖治丧者百数。有老父来吊，哭甚哀，既而曰：'嗟乎！薰以香自烧，膏以明自销。龚生竟夭天年，非吾徒也。'遂趋而出，莫知其谁。"

[六] 访戴：南朝宋刘义庆《世说新语·任诞》："王子猷居山阴，夜大雪……忽忆戴安道。时戴在剡，即便夜乘小船就之。经宿方至，造门不前而返。人问其故，王曰：'吾本乘兴而行，兴尽而返，何必见戴。'"作者注："余拟于秋凉时候访公畅谈，今竟不及一面，痛哉。"

感旧断肠词[一]

风吹衣带断，游子薄言归[二]。
行役身徒苦，娱亲[三]愿已违。
无方回老病，何时报春晖[四]。
凄绝当年月，重来照素帏。

注释：

[一] 此诗不见于《不磷室拾遗》，录自陈中美所编《洗布山诗存》。

[二]《古诗十九首·行行重行行》:"相去日已远,衣带日已缓。浮云蔽白日,游子不顾反。"
[三] 娱亲:用老莱娱亲典。《艺文类聚》卷二十引《列女传》:"老莱子孝养二亲,行年七十,婴儿自娱,著五色采衣。尝取浆上堂,跌仆,因卧地为小儿啼,或弄乌鸟于亲侧。"
[四] 春晖:参《思亲》诗注。

被 中 吟[一]

古调重弹不入时[二],何来老物尚谈诗。
吾名久隐无人识,世路难行强自持。
小饮薄能消块垒[三],苦吟奚异织愁丝[四]。
岁寒好学袁安卧[五],尺蠖[六]求伸非所宜。

注释:
[一] 此诗不见于《不磷室拾遗》,录自陈中美所编《洗布山诗存》。
[二] 唐刘长卿《听弹琴》:"古调虽自爱,今人多不弹。"宋张炎《征招·答仇山村见寄》:"古调谁弹,古音谁赏,岁华空老。"
[三] 块垒:参《题梅健行先生汀江钓叟图四首》诗注。
[四] 宋高观国《柳梢青》:"斜带鸦啼,乱萦莺梦,愁丝如织。"
[五] 袁安卧:参《冬宵遣怀三首》诗注。
[六] 尺蠖:尺蛾的幼虫。《易·系辞下》:"尺蠖之屈,以求信也;龙蛇之蛰,以存身也。"

暮 岁 遣 怀[一]

身世悲零落,生涯付醉歌。
宁无陆机屋[二],难得邵雍窝[三]。
岁暮吟怀淡,家贫恨事多。
连朝风雨恶,入市意云何。

注释：

[一] 此诗不见于《不磷室拾遗》，录自陈中美所编《洗布山诗存》。
[二] 南朝宋刘义庆《世说新语·赏誉》："蔡司徒在洛，见陆机兄弟住参佐廨中，三间瓦屋，士龙住东头，士衡住西头。"
[三] 邵雍窝：参《赠甄福民君二首，末首倒用前韵》诗注。

忆 故 人[一]

忽动天涯念，寒宵忆故知。
短檠花落候，细雨梦回时。
荏苒[二]年将尽，平安报尚迟。
会须呵冻笔，再写数行诗。

注释：

[一] 此诗不见于《不磷室拾遗》，录自陈中美所编《洗布山诗存》。
[二] 荏苒：渐渐。

途见道旋偕伴满载虾酱一车因成一绝[一]

海物盈盈载一车，一推一挽步徐徐。
丁兹民食艰难日，此货虽奇未可居[二]。

注释：

[一] 从此诗至《1979年旧历十一月廿六日，道旋四子景常结婚，我赠一红色面盆，附录七绝诗一首》共115首诗，录自李道旋《寒山读书草堂诗集》附录之《寒山读书草堂应徵文摘录》。陈中美谓这些诗绝大部分是1970年秋至1979年冬的作品。
[二] 《史记·吕不韦列传》："（子楚）居处困，不得意。吕不韦贾邯郸，见而怜之，曰：'此奇货可居。'"

读李君^[一]赠内人诗戏作二首

乡村老妇本无知，索句良难莫赠诗。
美酒当前须尽醉，相逢已届白头时。

注释：
[一] 李君：李道旋。

来去难分燕旧新，唱随犹喜两情真。
斫轮^[一]殊费山翁力，未可题诗赠内人。

注释：
[一] 斫轮：诗指写诗。《庄子·天道》："桓公读书于堂上，轮扁斫轮于堂下。"

和熙甫翁《恶邻》篇仍用原韵^[一]

欲化桓魋^[二]作善邻，未能说法现金身^[三]。
虽然懦者甘为懦，终有仁人杀不仁。
蜗角蛮争徒引笑，虎威狐假莫云真。
吾侪俯仰心无怍^[四]，雨覆云翻任世人。

注释：
[一] 邝熙甫《恶邻》："互乡咫尺恶相邻，压迫欺凌及老身。安得众生存恻隐，尽教一体视同仁。望乡烽火忧王粲，倾国蛾眉恨太真。何日儿曹归海外，天伦乐事叙家人。"
[二] 桓魋：春秋时期宋国司马。《史记·孔子世家》："孔子去曹适宋，与弟子习礼大树下。宋司马桓魋欲杀孔子，拔其树。孔子去。弟子曰：'可以速矣。'孔子曰：'天生德于予，桓魋其如予何！'"

[三] 说法现金身：即现身说法意。《楞严经》卷六："我于彼前，皆现其身，而为说法，令其成就。"
[四] 俯仰心无怍：《孟子·尽心上》："仰不愧于天，俯不愧于人。"

买鲤鱼四首（用道旋诗意）

倾箧难供口腹需，市中有货总奇居[一]。
六龄孙小偏多事，呕呕呼爷买鲤鱼。

注释：
[一] 奇居：即居奇。囤积奇货以待善价。

食鱼岂必河之鲤，何况冯驩铗不弹[一]。
应是六龄孙未识，园蔬味薄亦堪餐。

注释：
[一] 冯驩铗不弹：参《暮冬随笔廿首》之二十诗注。

市中供应物横陈，方便肠肥脑满人。
张吻[一]声声爷买鲤，小孩未改是天真。

注释：
[一] 张吻：张嘴。

富邻争买海鲜归，汝辈馋涎莫湿衣。
尚有盐齑[一]堪作馔，阿爷不羡鲤鱼肥。

注释：
[一] 盐齑：切碎后腌渍的菜。

管理图书四十三年前忆旧有怀二首[一]

坐对牙签[二]乐有余,备员曾忝管图书。
燕塘风景今何似,四十三年一梦如。

注释:
[一] 此诗作于1971年,则"四十三年前"是1928年,作者29岁时始任广州燕塘军校图书馆管理员。
[二] 牙签:系在书卷上作为标识以便翻检的牙骨等制成的签牌。诗指书籍。唐韩愈《送诸葛觉往随州读书》:"邺侯家多书,插架三万轴。一一悬牙签,新若手未触。"

四十三年一梦如,光阴过客不停居[一]。
而今剩有空空腹,惭愧身尝管蠹鱼[二]。

注释:
[一] 汉孔融《论盛孝章书》:"岁月不居,时节如流,五十之年,忽焉已至。"
[二] 管蠹鱼:管理书籍。

答周尔杰[一]

平生最乐守吾真,不拜路尘[二]惟养神。
过访略无干禄[三]客,往来都是读书人。
菜根此日堪回味,茅屋他生愿结邻。
我亦行年七十四[四],颠危全赖杖随身。

注释:
[一] 此诗不见于《寒山读书草堂应徵文摘录》,出自陈中美所编《洗布山诗存》,因作于1972年,故上移至此。周尔杰(1911—1991):名汉三,

又名汉斌，号苏少、侣斋少主。原籍开平波罗，寄籍台山。国立中山大学毕业，燕塘军校教育系毕业。终生从事教育事业，深为学生爱戴，曾一度出任新兴县政府督学。喜吟咏，为台山县友声诗词研究会创建人之一，任该会名誉会长。生平参谭伯韶编《台山近百年诗选》。

［二］拜路尘：典出《晋书·潘岳列传》："岳性轻躁，趋世利，与石崇等谄事贾谧，每候其出，与崇辄望尘而拜。"

［三］干禄：求禄位。《论语·为政》："子张学干禄。"

［四］七十四：该诗当作于1972年。

偶　　成

八十年来意气平，寄情犹爱倚新声。
门前一水非严滩，敢着羊裘学钓名[一]。

注释：

［一］严滩：东汉严光隐居垂钓处。羊裘：参《暮秋感吟二首》诗注。

山居未敢弋诗名，今岁吟来第一声。
赢得红颜称弟子[一]，读书犹可慰平生。

注释：

［一］红颜称弟子：指女弟子陈惠群。

乙卯生日感吟

对此弧辰[一]感不胜，人生修短[二]有何凭。
有妻差免称穷独[三]，无子终惭说继承。
百折形骸仍放浪[四]，一寒枕席未成冰。
昨宵梦得黄金印，分半黄金铸杜陵[五]。

注释：

[一] 弧辰：男子生日。此诗作于 1975 年 10 月 20 日，作者虚岁 77 岁。
[二] 修短：寿命长短。
[三] 穷独：孤独无依。
[四] 《晋书·王羲之传》："或因寄所托，放浪形骸之外。"
[五] 杜陵：杜甫。金末元初元好问《论诗三十首》之八："论功若准平吴例，合著黄金铸子昂。"《国语·越语下》："王命金工以良金写范蠡之状而朝礼之，浃日而令大夫朝之，环会稽三百里者以为范蠡地。"

老值弧辰强自宽，戋戋[一]薄酒不嫌酸。
飞觞祝嘏[二]嗟何有，破涕为欢兴易阑。
今岁难期来岁健，衰时权当盛时看。
八旬只欠三年耳，回首光阴似指弹。

注释：

[一] 戋戋：浅少。
[二] 祝嘏：祝寿。

山林写意四首

流落江湖最可怜，压残金线恨年年[一]。
扁舟一舸归来也，还我山林大自然。

注释：

[一] 唐秦韬玉《贫女》："苦恨年年压金线，为他人作嫁衣裳。"

城中甲第竞豪奢，未若山林兴味赊。
溪水迂回田错落，短箫声里夕阳斜。

忘记珠娘[一]唤渡声，卅年别却五羊城。
山林纵使多风雨，鼻息如雷梦不惊。

注释：
［一］珠娘：古越俗呼女孩为珠娘。

三分儒者七分农，归老山林愿已从。
橘绿橙黄看不尽[一]，等闲又过一年冬。

注释：
［一］宋苏轼《赠刘景文》："一年好景君须记，最是橙黄橘绿时。"

早春以来，零雨不辍，蜷伏斗室，殊感枯寂，记诸吟咏，以抒怀抱十首

赏春兴味淡然过，踏雪其如翁老何。
半里荒村花气少，兼旬茅屋雨声多。
断无圆木为惊枕[一]，只觉重棉似薄罗。
寂寞有时求热闹，鸡鸣犬吠当笙歌。

注释：
［一］《资治通鉴·后梁均王贞明五年》："镠（钱镠）自少在军中，夜未尝寐，倦极则就圆木小枕，或枕大铃，寐熟辄欹而寤，名曰'警枕'。"宋范祖禹《司马温公布衾铭记》："（司马温公）又以圆木为警枕，小睡则枕转而觉，乃起读书。"

寂寞山村深掩门，晓风暮雨总消魂[一]。
残年将与诗书别，终夜还求枕席温。
问暖嘘寒非敢望，寻芳送胜更难论[二]。
不知何处来烟雾，斗室阴沉昼似昏。

注释：
［一］消魂：极度哀愁。

[二] 宋朱熹《春日》："胜日寻芳泗水滨，无边光景一时新。"

山中度日太糊涂，论语拼将付火炉。
久雨消残春气味，一寒耽搁睡工夫。
家贫莫向书求饱，市近难言酒易沽。
解道文章能贬值，当初何必识之无[一]。

注释：
[一] 之无：参《难得糊涂》诗注。

曝背篱边夕照稀，眼前雨雪正霏霏[一]。
围炉煮茗情难遣，出郭看花愿已违。
醯乞无从遑论酒[二]，饭强[三]未得且加衣。
春寒竟比严冬甚，不似诗名逐日微。

注释：
[一] 《诗经·小雅·采薇》："昔我来思，杨柳依依。今我往矣，雨雪霏霏。"
[二] 醯乞：即乞醋。《论语·公冶长》："子曰：孰谓微生高直？或乞醯焉，乞诸其邻而与之。"
[三] 饭强：即强饭，努力加餐。《史记·外戚世家》："行矣，强饭，勉之！即贵，无相忘。"

阴沉雨雪满江干，自笑非龙也学蟠。
何日看花慰寒寂，有人烧笠望晴干[一]。
破窗不键随风掩，薄被频探似水寒。
如此天时如此夜，可能高卧作袁安[二]。

注释：
[一] 久雨不晴时，客家民间往往在天井烧破笠，并令孩童唱《祈晴歌》来乞晴。
[二] 高卧作袁安：参《冬宵遣怀三首》诗注。

岂是名花厌白头,春光曾不到山陬[一]。
拥衾听雨难寻梦,沽酒消寒只益愁。
几度肠回如转辘[二],何时胸豁似虚舟[三]。
检书看剑都无谓,空惹残宵烛泪流。

注释:

[一] 山陬:山之一隅。
[二] 转辘:转轮。
[三] 虚舟:喻胸怀恬淡旷达。唐骆宾王《秋日于益州李长史宅宴序》:"长史公玄牝凝神,虚舟应物。"

百结鹑衣[一]未厌残,早春常觉出门难。
无亲且作寻芳晚,有酒真如获宝看。
细雨烹茶烟欲湿,飙风摇烛影惊寒。
夜阑鸡犬声沉寂,侥幸心情暂一宽。

注释:

[一] 百结鹑衣:指衣服破烂不堪。《荀子·大略》:"子夏贫,衣若县鹑。"宋钱时《山翁吟》:"鹑衣百结皮冻裂,旦暮拨雪寻草根。"

迩来天气感人深,灯下诗成枕上吟。
花远应无香入梦,夜寒长为雨惊心。
剪刀易怯宜春字[一],弦索难开解愠[二]琴。
白发飘萧吾老矣[三],闲愁犹是苦相侵。

注释:

[一] 南朝梁宗懔《荆楚岁时记》:"立春之日,悉剪彩为燕,戴之,帖'宜春'二字。"唐孙思邈《千金玉令》:"立春日,贴宜春字于门。"唐崔道融《春闺》诗之二:"欲剪宜春字,春寒入剪刀。"
[二] 解愠:消除怨怒。语出《孔子家语·辨乐解》:"昔者舜弹五弦之琴,造《南风》之诗。其诗曰:'南风之薰兮,可以解吾民之愠兮;南风之时兮,可以阜吾民之财兮。'"
[三] 宋欧阳光祖《句》:"白发骎骎吾老矣,名场从此欲投簪。"

近闻鹊噪远闻鸦,策杖篱边览物华。
尚有童心伤白发,不争明日作黄花[一]。
便从雨后看春笋,忍立风前听暮笳。
寄语东山谢安石[二],廿年吾已醉烟霞。

注释:
[一] 宋苏轼《九日次韵王巩》:"相逢不用忙归去,明日黄花蝶也愁。"
[二] 东山谢安石:谢安早年曾拒绝应召隐居会稽之东山,经朝廷屡次征聘,方从东山复出。

远隔烟霞懒访梅,素怀长赖醉吟开。
山林守岁人空老,风雨连朝客不来。
买纸待誊他日稿,论文未涤去年杯。
早春剩有看花目,移向门前赏绿苔。

村丁种竹爰以诗咏

苍翠从今接目前,竹君移近柳堤边。
爱他出世无些俗,看到成阴又几年。
喜雨此时声细细,弄晴何日影娟娟。
子猷[一]以后知音少,留与山翁赏自然。

注释:
[一] 子猷:晋王徽之的字。王羲之之子。性爱竹。南朝宋刘义庆《世说新语·任诞》:"王子猷尝暂寄人空宅住,便令种竹。或问:'暂住何烦尔?'王啸咏良久,直指竹曰:'何可一日无此君?'"

自 遣 二 律

偶然回首叹蹉跎,七十年[一]来一刹耶。
闭户吟诗新意少,挑灯忆友旧情多。
曾无酒向花前醉,安得风如柳下和[二]。
笑问于思长几许,髯翁不独是东坡[三]。

注释:

[一] 七十年来:诗当作于20世纪70年代。
[二] 风如柳下和:即如柳下和风。《孟子》:"柳下惠,圣之和者也。"
[三] 于思:多须貌。东坡:苏轼。

新诗自赏酒杯深,不羡隆中抱膝吟[一]。
满地笙歌徒乱耳,一春晴雨尚关心。
山川草木随年转,朋友音书付水沉[二]。
扫叶烹茶犹有待,门前嫩竹未成阴[三]。

注释:

[一]《三国志·蜀书·诸葛亮传》:"亮躬耕垄亩,好为《梁父吟》。"裴松之注引三国魏鱼豢《魏略》:"每晨夕从容,常抱膝长啸。"
[二] 南朝刘义庆《世说新语·任诞》:"殷洪乔作豫章郡,临去,都下人因附百许函书。既至石头,悉掷水中,因祝曰:'沉者自沉,浮者自浮,殷洪乔不能作致书邮。'"
[三] 南北朝孙擢《答何郎诗》:"晚花犹结子,新竹未成阴。"

春宵怀人耿不成寐以诗寄慨

凭残灯影纸窗前,远念天涯[一]意黯然。
长为友声牵我恨,非关春色恼人眠[二]。
几时圆月逢三五,顷刻浮云变万千。
诗酒琴棋俱冷落,可堪回首话当年。

注释:

[一] 天涯:当指海外亲友。
[二] 宋王安石《春夜》:"春色恼人眠不得,月移花影上栏干。"

寂寞春宵梦不成,背窗闲坐数残更。
风怀[一]有限随年减,月色无多戒夜行。
醉梦此时成一觉,因缘何处问三生。
迢迢海外亲朋在,莫望重寻诗酒盟。

注释:

[一] 风怀:指抱负志向。

村中有女子远嫁广西,濒行,母女相持涕泣,不胜凄楚,一时传为谈料。半叟固有心人也,以诗咏之

人间何事最堪悲,悲莫悲兮生别离[一]。
竟使灵芸红泪尽[二],后来相见岂无期。

注释:

[一]《楚辞·九歌·少司命》:"悲莫悲兮生别离,乐莫乐兮新相知。"唐武昌妓《续韦蟾句》:"悲莫悲兮生别离,登山临水送将归。武昌无限新栽

柳，不见杨花扑面飞。"
[二] 灵芸：指三国魏文帝所爱美人薛灵芸。晋王嘉《拾遗记》："时文帝选良家子女，以入六宫。习以千金宝赂聘之。既得，乃以献文帝。灵芸闻别父母，歔欷累日，泪下沾衣。至升车就路之时，以玉唾壶承泪，壶即红色。既发常山，及至京师，壶中泪凝如血矣。"

世情多以喜为悲，归妹[一]何须悲别离。
好借一帆风送去，有人朝暮盼佳期。

注释：
[一] 归妹：嫁妹。

欢场开演不宜悲，母子何妨暂别离。
正是蓁蓁桃叶日[一]，归途车辆莫愆期[二]。

注释：
[一]《诗经·周南·桃夭》："桃之夭夭，其叶蓁蓁。"朱熹集传："蓁蓁，叶之盛也。"
[二] 愆期：误期。

一声去也黯然悲，断尽柔肠是别离。
到底女儿能慰母，宁家[一]遥订隔年期。

注释：
[一] 宁家：已嫁的女子回家省视父母。《诗经·周南·葛覃》："害浣害否，归宁父母。"

忆友仍用期韵[一]

缅怀旧雨不胜悲，踪迹如萍合易离。
岂有后来愉快事，高山流水遇钟期[二]。

注释：

［一］李道旋有和作，参其《和程公忆友步韵》："人生聚少动多悲，道合志同不怨离。莫惜空山弹古调，伯牙有日会钟期。"

［二］《列子·汤问》："伯牙善鼓琴，钟子期善听。伯牙鼓琴，志在高山。钟子期曰：'善哉！峨峨兮若泰山！'志在流水。钟子期曰：'善哉！洋洋兮若江河！'"

旧交零落使人悲，黑塞青林[一]梦不离。
惭愧管城难食肉[二]，诸公当日误相期。

注释：

［一］黑塞青林：知己朋友所在之处。唐杜甫《梦李白》："魂来枫林青，魂返关塞黑。"

［二］管城：毛笔的别称。诗指作为一介书生的作者。食肉：语出《后汉书·班超传》："（超）行诣相者……相者指曰：'生燕颔虎颈，飞而食肉，此万里封侯相也。'"宋黄庭坚《戏呈孔毅父》："管城子无食肉相，孔方兄有绝交书。"

戏 赠 道 旋

奔仆风尘未废诗，吟成多在息肩[一]时。
边韶腹[二]有经书在，寄语途人莫相皮[三]。

注释：

［一］息肩：放下货担休息。李道旋为乡村货郎诗人。

［二］边韶腹：参《悼汤褒公二首》诗注。

［三］相皮：看表面。《韩诗外传》卷十："延陵子知其为贤者，请问姓字。牧者曰：'子乃皮相之士也，何足语姓字哉！'"《史记·郦生陆贾列传》："夫足下欲兴天下之大事而成天下之大功，而以目皮相，恐失天下之能士。"

戏赠夷齐

登彼西山采蕨薇,夷齐高节古来稀[一]。
独嫌兄弟惟求饱,忘却农民需绿肥。

注释:
[一] 夷齐:指伯夷、叔齐。《史记·伯夷列传》:"武王已平殷乱,天下宗周,而伯夷、叔齐耻之,义不食周粟,隐于首阳山,采薇而食之。"

病 吟

一冬咳嗽到春初,疾苦连缠莫解除。
学画未成名士饼[一],绝交犹宝故人书。
村醪难致姑谋妇[二],野服虽粗尚称予[三]。
应为齿牙多脱落,迩来吟咏渐稀疏。

注释:
[一] 句谓欲成名士翻成画饼。《三国志·魏书·卢毓传》:"选举莫取有名,名如画地作饼,不可啖也。"清张洵佳《原韵再寄》其一:"名士大都成画饼,才人原不薄雕虫。"
[二] 谋妇:参《周公久无讯息赋此寄之二首》诗注。
[三] 称予:适合我。

李君道旋劝我多作以期传世赋此应之

年来诗兴半阑珊,常觉推敲一字难。
惭愧李君临别语,何如转口劝加餐[一]。

注释：

[一] 加餐：参《雨夜感吟》诗注。

读梁梦霞《我的奇文》书后

奇文标榜岂吾欺，似我无文亦好奇。
心所欲言聊命笔，情无可寄但吟诗。
要知倦鸟归林日[一]，正是哀蝉落叶时[二]。
记否漆园庄叟语，泥中龟与匣中龟[三]。

注释：

[一] 晋陶渊明《归去来兮辞》："云无心以出岫，鸟倦飞而知还。"
[二] 哀蝉落叶时：思梁梦霞也。晋王嘉《拾遗记》："汉武帝思李夫人，因赋落叶哀蝉之曲。"汉武帝《落叶哀蝉曲》："罗袂兮无声，玉墀兮尘生。虚房冷而寂寞，落叶依于重扃。望彼美之女兮，安得感余心之未宁？"
[三] 漆园庄叟：即庄子，曾为漆园吏。典出《庄子·秋水》："此龟者，宁其死为留骨而贵乎，宁其生而曳尾于涂中乎？"

莳花种竹寄情闲，难得余年筋力顽。
数亩盘桓安乐土，千重险阻利名关。
如君恐是聪明误[一]，似我无疑福命悭。
喜获奇文能下酒[二]，浅斟低唱一开颜。

注释：

[一] 宋苏轼《洗儿》："人皆养子望聪明，我被聪明误一生。"
[二] 元陆友仁《研北杂志》："苏子美豪放不羁，好饮酒。在外舅杜祁公家，每夕读书，以一斗为率。公深以为疑，使子弟密觇之。闻子美读《汉书·张良传》，至'良与客狙击秦皇帝，误中副车'，遽抚掌曰：'惜乎，击之不中！'遂满饮一大白。又读，至'良曰"始臣起下邳，与上会于留，此天以授陛下"'，又抚案曰：'君臣相遇，其难如此！'复举一大白。公闻之，大笑曰：'有如此下酒物，一斗不为多也。'"

拾遗寄朗轩[一]

村前村后景清幽，芳草丛中伴豕游。
亦步亦趋关得失，取劳取值适供求。
虽无盥手蔷薇[二]蓄，未免撄怀黍稻收。
寄语行人休掩鼻，请将肥瘠看田畴。

注释：
[一] 拾遗：拾粪。陈中美注程诗谓此诗作于1970年。
[二] 盥手蔷薇：参《读周公脚肿诗书后》。

老去犹争一息存，未妨营役博饔飧[一]。
守株以待应无兔，执畚相随尚有豚。
予取予携[二]心未懈，乍行乍止日将昏。
此时逐臭求温饱，半世儒冠不要论。

注释：
[一] 饔飧：饭食。
[二] 予取予携：从我处掠取。诗指从猪牛等牲畜身上掠取粪便。梁启超《克林威尔传》第五章："今且冻饿委沟壑，所余更何长物之与有？予取予携，公等自为之！"

梦见邝熙甫先生

金风玉露[一]微，七月初五夜。
欹枕方入梦，忽闻人敲户。
起问客谁来，云是邝熙甫。
惊闻是先生，眉毛俱飞舞。
久欲登龙门[二]，惟恨关山阻。

今夕为何夕，高轩见枉顾[三]。
天或假之缘，吹来黄叔度[四]。
先生不多言，一声谓久慕。
携手入室坐，坐无咫尺距。
端详先生貌，须眉苍然古。
面颊略清癯，衣冠殊朴素。
老未至龙钟，年约六十许。
笑谈至欢洽，有如水投乳[五]。
所愧仓卒间，鸡黍[六]无从具。
清夜渐沉沉，清谈正缕缕。
惟见灯花落，不觉檐前雨。
时有数邻人，环立窗如堵[七]。
谓两老人家，即今之李杜[八]。
相逢不说诗，定是论典故。
吾曹宜静听，胜读十年苦。
我笑谢邻人，君等来意误。
我辈初相逢，说不尽情愫[九]。
胸中虽有书，守口未遑吐。
君等盍归休，勿劳久延伫[十]。
回头见谭享[十一]，木立如傀儡。
庞然披大褛[十二]，俯首一无语。
方欲问何来，倏已蘧然寤[十三]。
一豆灯犹明，四更闻谯鼓[十四]。
情景皆历历，闭目犹可睹。
窃维公与我，诗来唱酬互。
神交六七年，古道照肺腑。
惟悭一面缘，惆怅朝复暮。
梦中一相见，缺憾差能补。
但与公生平，来尝一把晤[十五]。
既非座上客，那识孔文举[十六]。
何况隔黄泉，公来焉识路。
可信古人言，幻境由心做。
聊复剔残灯，纪之以诗句。

注释：

[一] 金风玉露：秋景。唐李商隐《辛未七夕》："由来碧落银河畔，可要金风玉露时。"

[二] 登龙门：参《邝熙甫先生于本年农历六月上旬逝世赋诗挽之》诗注。

[三] 《诗经·唐风·绸缪》："今夕何夕？见此良人。"高轩：高车。枉顾：屈尊看望。《新唐书·李贺传》："李贺字长吉，系出郑王后。七岁能辞章，韩愈、皇甫湜始闻未信，过其家，使贺赋诗，援笔辄就如素构，自目曰《高轩过》，二人大惊，自是有名。"

[四] 黄叔度：黄宪，字叔度，号征君。东汉著名贤士。

[五] 有如水投乳：用"水乳交融"意。

[六] 鸡黍：指饷客的饭菜。语本《论语·微子》："止子路宿，杀鸡为黍而食之。"

[七] 如堵：形容观看人数众多。语出《礼记·射义》："孔子射于矍相之圃，盖观者如堵墙。"唐杜甫《羌村》其一："邻人满墙头，感叹亦歔欷。"

[八] 李杜：李白与杜甫。

[九] 情愫：真情实意。

[十] 延伫：长久站立。

[十一] 谭享：疑为作者同村村民。

[十二] 大褛：大衣。

[十三] 蘧然寤：惊觉。《庄子·大宗师》："成然寐，蘧然觉。"成玄英疏："蘧然是惊喜之貌。"

[十四] 谯鼓：谯楼更鼓。

[十五] 把晤：握手晤面。

[十六] 孔文举：东汉孔融，字文举。《后汉书·孔融传》："坐上客恒满，尊中酒不空，吾无忧矣。"

南 柯 子

泉石栖迟久，亲朋访问稀。黄梅时节雨霏霏。悄掩柴门，拼与世情违。

观水名心淡[一]，烹茶逸兴飞。浮生今昨是耶非[二]。渐愧当年，慈母寄当归[三]。

注释：

[一]《汉书·郑崇传》："（赵昌）知其见疏，因奏崇与宗族通，疑有奸，请治。上责崇曰：'君门如市人，何以欲禁切主上？'崇对曰：'臣门如市，臣心如水。愿得考覆。'"清安吉《甲寅南还》："从此名心淡如水，东风吹绿满池春。"
[二] 晋陶渊明《归去来兮辞》："实迷途其未远，觉今是而昨非。"
[三] 寄当归：参《花下感吟》诗注。

临江仙·寄梁梦霞

摆脱名缰兼利锁[一]，林泉廿载勾留。暮年身世转悠悠。扫除名士习，与世暂沉浮。

汗漫歧阳情宛在，曾叨仙侣同舟[二]。自从别后水分流。友声犹未远，为我唱梁州[三]。

注释：

[一] 名缰兼利锁：参《谢熙甫翁惠寄食物》诗注。
[二] 汗漫：广大。仙侣同舟：参《悼汤褒公二首》之二诗注。
[三] 梁州：即《梁州曲》，唐代大曲，最初为西凉都督郭知远所献。曲调苍凉悲壮。

南　柯　子

半里门前水，百年山下村。居安此处是桃源。莫笑家贫，犹有酒盈樽。
下垄牛羊返，投林鸟雀喧[一]。夕阳芳草满郊原。独立苍茫，好景又黄昏。

注释：

[一]《诗经·王风·君子于役》："日之夕矣，羊牛下来。"元朱晞颜《题岘山亭》："春晴鱼鸟从人乐，日暮牛羊下垄来。"宋戴复古《江上》："出

网鱼虾活,投林鸟雀喧。"

满庭芳·读淮海[一]词有感

怨翠愁红,泪痕千点,纸上痴语连篇。词家弄笔,无乃太缠绵。终古欢场易歇,何消说、恨海难填。君休矣,相思两字,徒惹梦魂颠。

流连花与月,朝朝暮暮,歌舞樽前。奈萧郎[二],别后境易情迁。一霎风流云散,更说甚、玉辔珠钿[三]。便宜我,情天漏网,泉石枕书眠。

注释:
[一] 淮海:指秦观,其人号淮海居士。
[二] 萧郎:女子爱恋的男子。
[三] 宋秦观《满庭芳·晓色云开》:"行乐处,珠钿翠盖,玉辔红缨。"

临江仙·丙辰生日[一]

七十八年流水似,今朝恰又生辰。瘦来诗骨渐嶙嶙。一行疏落齿,半截伛偻身。

自向市头沽白酒,趁时一洗杯尘。座中蝇蚋[二]是嘉宾。杯盘殊草草[三],未敢动芳邻。

注释:
[一] 丙辰生日:1976年10月20日。
[二] 蝇蚋:苍蝇和蚊子。
[三] 草草:随意,草率。宋王安石《示长安君》:"草草杯盘供笑语,昏昏灯火话平生。"

青 玉 案

迢迢凉夜思寻醉,更不为世情累,屈指年光似流水。痴呆未卖[一],镜中人影,鹤发[二]纷披坠。

诗情又被风吹起。刻翠雕红[三]嫌琐碎。且绘山林荣与悴。挑灯检韵,拂尘销埃,忘却迟迟睡。

注释:
[一] 痴呆未卖:参《抒怀五首》诗注。
[二] 鹤发:白发。
[三] 刻翠雕红:刻意修饰词藻。

如梦令·闻李其煜已于去年逝世赋此悼之

博得乡人推毂[一],想见君才非俗。觌面竟无缘,冷落胸中词曲。其煜,其煜,我欲临风一哭。

注释:
[一] 推毂:荐举援引。

醉花阴·重阳

诗不成吟樽酒竭,虚度重阳节。何以遣闲愁,落叶疏林,啼鸟声凄切。

登山临水成陈迹,长为饥寒役[一]。向晚倚斜阳,望断天涯,老泪随风滴[二]。

注释:
[一] 宋赵蕃《有怀二首》其一:"饥寒苦见驱,此役殊未央。"
[二] 顾学颉《高阳台》:"冉冉斜阳,天涯望断芳尘。"

蝶 恋 花

临远登高非我有。终日营营,佳节忘重九。明日黄花惆怅否,东篱风景应如旧[一]。

入市恰逢霜降候。自笑杖头,钱尽难沽酒。行过长桥风满袖,归来煮茗消闲昼[二]。

注释:
[一] 黄花:菊花。东篱:菊圃。
[二] 南唐冯延巳《鹊踏枝·谁道闲情抛弃久》:"独立小楼风满袖,平林新月人归后。"

拟冯梦龙[一]辞世二律有序(二首录一)

尝读郑振铎所著《中国文学史》,载冯梦龙当清兵入关大势已去之时,从容殉国,并有辞世诗二律,未见其诗云云。今春雨窗无聊,偶忆其事,爰为拟作二律方实名称。不过游戏笔墨而已,梦龙地下有知,得无弄巧反拙耶。

　　　　书生敢望豹留皮[二],两律吟成与世辞。
　　　　满眼乱离天莫问,一腔悲愤我何之。
　　　　丁兹家国倾亡日,正是人臣死难时。
　　　　但使狙秦铁锥在[三],来生做个好男儿。

注释:
[一] 冯梦龙(1574—1646):明末小说家。长州(今江苏苏州)人。字犹龙,号翔甫、姑苏词奴、顾曲散人、墨憨斋主人等。崇祯间贡生,官寿宁知

县。他通经学，善诗文，尤工小说、词曲。他对我国通俗文学的创作、搜集、整理、编辑做出了独特的贡献。
[二] 豹留皮：留美名于身后。宋欧阳修《王彦章画像记》："公本武人，不知书，其语质，平生尝谓人曰：'豹死留皮，人死留名。'盖其义勇忠信出于天性而然。"
[三] 《史记·留侯世家》："得力士，为铁椎重百二十斤。秦皇帝东游，（张）良与客狙击秦皇帝博浪沙中，误中副车。"

月之初七晚间，在门外乘凉，忽有鸟飞集头上，旋飞落地，视之则邻家所养之八哥也。不觉一笑，纪之以诗

老翁白发自婆娑，驻脚那容尔八哥。
恰是今宵逢七夕，何如助鹊去填河[一]。

注释：
[一] 填河：参《七夕二首》诗注。

雨中吟成二首[一]

蓦地敲窗风雨来，山翁凭几正衔杯。
如何已到初秋候，天气依然似熟梅[二]。
不将田稼患秋霖，即景成诗抱膝吟[三]。
阶下盈盈一盆水，天公赠我洗名心。

注释：
[一] 作者自注："一九七九．九．十一。"
[二] 熟梅：参《暮春之夜》诗注。
[三] 抱膝吟：参《自遣二律》诗注。

雨夜寄怀二首

敢因泉石自鸣高,惟恐虚名未易逃。
风雨满窗如此夜,浑宜剪烛读离骚[一]。

注释:
[一] 元连文凤《中秋夜坐》:"寂寞无如此夜坐,西窗剪烛读离骚。"

莫怨宵深梦未成,撩人原不在秋声。
芳村陋巷无车马[一],风雨频来亦有情。

注释:
[一] 晋陶渊明《读山海经》:"穷巷隔深辙,颇回故人车。"

闲写三首

秋光倏又到林泉,无事方知日似年[一]。
手拨泥沙写诗稿,村童争笑老翁颠。

注释:
[一] 日似年:度日如年。

吟诗容易招头白,头白如今未废诗。
何处能将诗换米,算来还是老翁痴。

长日昏昏不愿醒,千秋饮者慕刘伶[一]。
幕天席地颓然卧,借尔云山作画屏。

注释：

[一] 刘伶：字伯伦，沛国人，魏晋时期名士，"竹林七贤"之一。平生嗜酒，狂放不羁。其《酒德颂》："有大人先生，以天地为一朝，万期为须臾。……行无辙，居无室庐。幕天席地，纵意所如。……兀然而醉，豁尔而醒。"

美 睡 二 首

黄鸡唤不起衰翁[一]，何况年来耳半聋。
扫尽一天尘俗事，悠然梦入大槐宫[二]。

注释：

[一] 唐白居易《醉歌》："谁道使君不解歌，听唱黄鸡与白日。黄鸡催晓丑时鸣，白日催年酉前没。"
[二] 大槐宫：指大槐安国。用"南柯一梦"意。

寂寞山村昼似年，昏昏见榻便思眠。
陈抟[一]怕不能专美，我亦人间一睡仙。

注释：

[一] 陈抟：参《偶成寄熙翁》诗注。

惠群参观各处回来说及经过闻之神往

车河付与惠群游，游倦韶州又肇州。
到处山川风景好，老夫闻说也忘忧。

抚今追昔写成短章

剑书零落[一]马尪隤,年少光阴去不回。
但愿白衣频送酒[二],衰颜敢信为君开。

注释:
[一] 剑书零落:即书剑零落。
[二] 白衣送酒,参《菊梦二首》诗注。

罗洞温君枉顾赋此见意

腹中经笥[一]久空空,有辱君来见老翁。
好取古人诗熟读,虽无师授自能通[二]。

注释:
[一] 经笥:参《冬日寄怀二首》诗注。
[二] 用"无师自通"意。

自 解 二 首

囊金难换是逍遥,苦恼千般悔自招。
学圃学农[一]皆有味,伤贫伤老总无聊。
吟诗似得江山助[二],闭户那愁风雨骄。
修到今生良不易,盈虚且莫问箪瓢[三]。

注释:
[一] 学圃学农:《论语·子路》:"樊迟请学稼,子曰:'吾不如老农。'请学

为圃，子曰：'吾不如老圃。'"
[二] 南朝梁刘勰《文心雕龙·物色》："然屈平所以能洞监《风》《骚》之情者，抑亦江山之助乎。"《新唐书·张说传》："既谪岳州，而诗益凄婉，人谓得江山助云。"
[三] 箪瓢：盛饮食的器物。

> 梦魂安稳箪瓢足，天地何尝弃老人。
> 生理似衰还似盛，世情非假亦非真。
> 有巾但漉渊明酒[一]，无扇能遮庾亮尘[二]。
> 茅屋山居仍恐俗，更邀松竹作芳邻。

注释：
[一] 漉酒巾指滤酒巾。《南史·隐逸传上·陶潜》："郡将候潜，逢其酒熟，取头上葛巾漉酒，毕，还复著之。"
[二] 庾亮尘：参《题梅健行先生汀江钓叟图四首》诗注。

偶成五绝一首

> 阅世皮囊在，吟诗腹笥[一]空。
> 余生寄泉石，天不负初衷。

注释：
[一] 腹笥：参《山居自遣二首》诗注。

忆 母 四 首

读道旋忆母诗，不免心动，聊亦效颦。

> 冷落庭帏[一]四十年，泪痕挥不到黄泉。
> 机声灯影今何在，一度回头一怆然。

注释：

[一] 庭帏：指父母居住处。

冷落庭帏四十年，承欢无路恨终天。
眼前渐渐音容杳，夜半挑灯老泪涟。

冷落庭帏四十年，墓门萧瑟草笼烟。
后来上墓人何在，肠断山头白纸钱。

冷落庭帏四十年，未忘一页蓼莪[一]篇。
光阴荏苒[二]孙儿老，有酒还须酹墓前。

注释：

[一] 蓼莪：指《诗经·小雅·蓼莪》。此诗表达了子女追慕双亲抚养之德的情思，后因以"蓼莪"指对亡亲的悼念。
[二] 荏苒：渐渐消逝。晋陶渊明《杂诗》之五："荏苒岁月颓，此心稍已去。"明罗贯中《三国演义》第三十七回："玄德回新野之后，光阴荏苒，又是新春。"

忆红英[一] 二首

索寞凭谁遣老愁，娇娃从此隔鸿沟[二]。
爱如己出空贻恨，泪恐人知不敢流。

注释：

[一] 红英：陈中美注谓红英是作者妻子接受人家委托照料的女孩。
[二] 鸿沟：楚汉相争时曾划鸿沟为界。泛指界限。《史记·项羽本纪》："项王乃与汉约，中分天下，割鸿沟以西者为汉，鸿沟而东者为楚。"

搜遍尚遗球隐隙[一]，记为多折纸为舟。
而今啼笑都成梦，独惜难收入笔头。

注释：
［一］球隐隙：隐藏在隙落里的玩具球。

冰雪中有怀道旋二首

隔几重林是浪波[一]，有人晦迹隐岩阿[二]。
此君半世甘寒俭，对此冰天应若何。

注释：
［一］浪波：李道旋所居之村名。
［二］晦迹：隐居匿迹。《文选·潘岳〈河阳县作〉》诗之二："川气冒山岭，惊湍激岩阿。"吕良注："岩阿，山曲也。"

道旋冷燠[一]不相干，熬尽饥寒心转安。
但有经书多取读，佳儿佳妇自承欢。

注释：
［一］冷燠：冷暖。

自 慰 二 首

儒巾卸却有余酸，渐与渔樵混一团。
日出差无耕凿[一]苦，秋来依旧食眠安[二]。
名心付与他人热，诗债延教再世完。
要识彼苍[三]方便我，观棋看竹老怀宽。

注释：
［一］耕凿：耕田凿井。诗指劳作。《击壤歌》："日出而作，日入而息，凿井而饮，耕田而食，帝力于我何有哉？"

[二] 唐韩愈《与孟尚书书》:"未审入秋来眠食何似,伏维万福!"
[三] 彼苍:《诗经·秦风·黄鸟》:"彼苍者天,歼我良人。"孔颖达疏:"彼苍苍者,是在上之天。"后因以代称天。

　　　　山色水光看不足[一],求田问舍[二]愿皆非。
　　　　多年书剑由他老,几亩烟霞供我肥。
　　　　野阔仍嫌秋色淡,窗明才信俗尘稀。
　　　　篱边昨与渊明约,一醉重阳愿莫违。

注释:
[一] 宋李若水《题赵进夫胜轩诗》:"山色堆蓝重,水光拖练寒。主人看不足,终日凭栏干。"
[二] 求田问舍:谓专营家产而无远大志向。《三国志·魏书·陈登传》:"备曰:'君有国士之名,今天下大乱,帝主失所,望君忧国忘家,有救世之意,而君求田问舍,言无可采,是元龙所讳也,何缘当与君语。'"

田野寄闲三首

　　　　清晨喜报竹平安[一],往事休提行路难。
　　　　尚有盐齑[二]供口腹,曾无锦绣作心肝[三]。
　　　　山林触景成幽趣,枕簟迎秋生薄寒。
　　　　顾虎头[四]痴何似我,老年犹当少年看[五]。

注释:
[一] 竹平安:参《自嘲》(漫天阴雨酿新寒)诗注。
[二] 盐齑:参《买鲤鱼四首》诗注。
[三] 语本唐李白《冬日于龙门送从弟京兆参军令问之淮南觐省序》:"(紫云仙季)常醉目吾曰:'兄心肝五藏,皆锦绣耶?不然,何开口成文,挥翰雾散?'"
[四] 虎头:参《暮秋感吟二首》诗注。
[五] 宋苏轼《江城子·密州出猎》:"老夫聊发少年狂,左牵黄,右擎苍。"元末明初乌斯道《七月十五夜对月次蒋孟瞻韵》:"昨夜不如今夜坐,老

年那似少年看。"

柴扉半掩是吾家，遣兴常呼酒与茶。
伴读恰宜穿牖月，闻香知有隔墙花。
天青雁过将成阵，露白蜂寒懒报衙[一]。
一曲清歌声宛转，风前侧耳听邻娃。

注释：
[一] 报衙：群蜂早晚聚集，簇拥蜂王，如旧时官吏到上司衙门排班参见。

心无渣滓自安恬，近水遥山入眼帘。
半里细流如带曲，一头高出似瓶尖[一]。
共知风急推林动，谁信天高与草黏[二]。
落叶几声凉渐劲，归欤吾欲取衣添。

注释：
[一] 瓶尖：指瓶尖峰（台山百峰山之瓶尖峰）像瓶尖一样。
[二] 宋赵善扛《重叠金》："玉关芳草黏天碧。春风万里思行客。"宋秦观《满庭芳》："山抹微云，天粘衰草，画角声断谯门。"

示　道　旋

归野何妨质胜文[一]，还宜释卷学耕耘。
世间更有痴于我[二]，天下而今半属君[三]。（二句皆集古）
易义要知谦受益，名心何必热如焚。
城中满眼皆名士，玉尺[四]衡才得几分。

注释：
[一] 质胜文：朴实胜过文采。《论语·雍也》："质胜文则野，文胜质则史，文质彬彬，然后君子。"
[二] 明冯小青《无题》："冷雨幽窗不可听，挑灯闲看牡丹亭。人间亦有痴于

我，岂独伤心是小青！"
[三] 天下而今半属君：作者谓此句亦集古，但未详出处。
[四] 玉尺：借指选拔人才和评价诗文的标准。唐李白《上清宝鼎诗》："仙人持玉尺，废君多少才。玉尺不可尽，君才无时休。"

示 道 旋

一皁^[一]由他争食纷，云中鹤不入鸡群。
人间尚有鸿沟在，犹自为莸薰自薰^[二]。

注释：
[一] 皁：即皁枥，指马厩。唐元结《漫酬贾沔州》诗："岂欲皁枥中，争食秔与麰。"
[二] 《左传·僖公四年》："一薰一莸，十年尚犹有臭。"杜预注："薰，香草；莸，臭草。十年有臭，言善易消，恶难除。"

怀人作香奁体[一]

新歌一曲引莺吭^[二]，更向当筵翻艳腔。
红袖有情怜魏野^[三]，青衫落泪洒韩江。
光阴老我如流水，风雨怀人独倚窗。
留得三生因果在，花前会见影双双。

注释：
[一] 香奁体：艳体诗。宋严羽《沧浪诗话·诗体》："香奁体。韩偓之诗，皆裾裙脂粉之语。有《香奁集》。"
[二] 莺吭：犹莺喉。宋陆游《春晴》："新晴干蝶翅，微暖滑莺吭。"
[三] 《青箱杂记》卷六："世传魏野尝从莱公游陕府僧舍，各有留题。后复同游，见莱公之诗已用碧纱笼护，而野诗独否，尘昏满壁。时有从行官妓颇慧黠，即以袂就拂之。野徐曰：'若得常将红袖拂，也应胜似碧纱

笼。'莱公大笑。"

续前诗有感

日长无病也恹恹[一]，闲看山妻鬓雪添。
已觉搜诗穷宝藏，何妨换笔写香奁。
怀人魂梦劳颠倒，悔我聪明太锐尖。
处处林泉堪笑傲，所争吾不及陶潜。

注释：
[一] 恹恹：精神不振的样子。

寄闲情四首

自笑生涯淡，消闲但借茶。
一灯残夜梦，四壁老人家[一]。
堕甑嗟何及[二]，储书念已差。
殷勤谢来客，吾欲醉烟霞。

注释：
[一] 《史记·司马相如列传》："文君夜亡奔相如，相如乃与驰归成都。家居徒四壁立。"
[二] 《后汉书·孟敏传》："（孟敏）客居太原。荷甑堕地，不顾而去。林宗见而问其意。对曰：'甑以（已）破矣，视之何益？'"

雨过苔痕绿，篷门[一]气象新。
日斜花有影，风定燕无尘。
吟苦忘工拙，眠安任屈伸。
山林饶逸趣，何啻葛天民[二]。

注释：
[一] 蓬门：当为"蓬门"。
[二] 葛天民：参《无聊中戏成一律》诗注。

    八十[一]轻轻过，吾生总有涯[二]。
    休谈身后果，且赏目前花。
    惊梦嫌歌板，忘衰理钓槎[三]。
    利名君自热，其乐在田家。

注释：
[一] 八十：当指1978年，此诗大概作于此时。
[二] 《庄子·养生主》："吾生也有涯，而知也无涯。"
[三] 钓槎：钓舟。

    一觉痴人梦，山林寄此身。
    半温还半饱，无爱亦无嗔[一]。
    松菊存荒径[二]，渔樵居比邻。
    八旬才顿悟，名士不宜真。

注释：
[一] 苏曼殊《寄调筝人三首》其一："雨笠烟蓑归去也，与人无爱亦无嗔。"
[二] 晋陶渊明《归去来兮辞》："三径就荒，松菊犹存。"

睡　　起

    蘧然[一]推枕起，窗外日瞳瞳[二]。
    仿佛闻啼鸟，颓然笑老翁。
    华年思锦瑟[三]，衰鬓愧青铜[四]。
    策杖村前立，西南送好风[五]。

注释：
- [一] 邃然：参《抒怀五首》诗注。
- [二] 曈曈：日初出渐明貌。
- [三] 锦瑟华年喻青春时代。语出唐李商隐《锦瑟》："锦瑟无端五十弦，一弦一柱思华年。"
- [四] 青铜：青铜镜。
- [五] 唐李商隐《无题·凤尾香罗薄几重》："斑骓只系垂杨岸，何处西南待好风。"

学农差胜卖文章

十年回首几沧桑，风雨灯前黯自伤。
老去无诗惊海内[一]，新来有曲感山阳[二]。
会须借酒添颜色，未得翻江洗肺肠[三]。
置我山林复何憾，学农差胜卖文章。

注释：
- [一] 唐杜甫《有客》："岂有文章惊海内，漫劳车马驻江干。"
- [二] 山阳：参《邝熙甫先生于本年农历六月上旬逝世赋诗挽之》诗注。
- [三] 《新五代史·王仁裕传》："其少也，尝梦剖其肠胃，以西江水涤之，顾见江中沙石皆为篆籀之文，由是文思益进。"

山居猿鹤渐来亲，环境居然一变新。
无力文章空老我，有情泉石解留人。
晨炊料理长腰米[一]，晚钓携归缩项鳞[二]。
消得清闲非易易[三]，不争头上腐儒巾。

注释：
- [一] 宋苏轼《和文与可洋州园池》之十二："劝君多拣长腰米，消破亭中万斛泉。"赵次公注："长腰米，汉上米之绝好者。"
- [二] 唐杜甫《解闷》之六："即今耆旧无新语，漫钓槎头缩项鳊。"仇兆鳌

注:"习凿齿《襄阳耆旧传》云:'岘山下汉水中出鳊鱼,味极肥而美,襄阳人采捕,遂以槎断水,因谓之槎头缩项鳊。'"

[三] 易易:容易。

有忆 二首

山人自不合时流,把卷吟哦老未休。
才尽尚为长短句,情多偏惹古今愁。
旁观应识贫非病,代序何堪春又秋[一]。
回首最难回首处,珠帘十里少年游[二]。

注释:

[一] 《史记·仲尼弟子列传》:"若宪,贫也,非病也。"《楚辞·离骚》:"日月忽其不淹兮,春与秋其代序。"
[二] 唐杜牧《赠别二首》其一:"娉娉袅袅十三余,豆蔻梢头二月初。春风十里扬州路,卷上珠帘总不如。"

曾列诗坛第一流,宁知吟望老未休。
羌无橘柚千头熟[一],剩有蒹葭[二]满眼愁。
窗影沉沉关宿雨,年光忽忽入新秋。
轻裘肥马[三]今何在,夜半挑灯忆旧游。

注释:

[一] 羌:语首助词,无实义。橘柚千头熟:参《赠翼园用林伯墉原韵》诗注。
[二] 《诗经·秦风·蒹葭》:"蒹葭苍苍,白露为霜。所谓伊人,在水一方。"后以"蒹葭"泛指思念异地友人。
[三] 轻裘肥马:豪奢富贵。诗指年轻时的游伴。《论语·雍也》:"赤之适齐也,乘肥马,衣轻裘。"

山 居 寄 怀

门外曾无车马停[一],新苔幽草共青青。
八旬方识山林味,半世难微笔墨灵。
此日栽成三径[二]菊,当年披尽一头星。
彭殇[三]修短由天限,借助奚须参与苓。

注释:
[一] 晋陶渊明《饮酒二十首并序》其五:"结庐在人境,而无车马喧。"元末王冕《次韵二首》其二:"野人住处无车马,门外蓬蒿抵树高。"
[二] 三径:参《中秋宴饮适园偶成排律一首》诗注。
[三] 彭:长命的彭祖。殇:短命者。语本《庄子·齐物论》:"天下莫大于秋毫之末,而大山为小;莫寿于殇子,而彭祖为夭。"

写 意 三 首[一]

余情未断续吟诗,不待人评早自知。
李杜门墙高几许,可能容我闯樊篱[二]。

注释:
[一] 作者自注:"一九七九.九.十一。"
[二] 门墙:《论语·子张》:"夫子之墙数仞,不得其门而入,不见宗庙之美,百官之富。得其门者或寡矣。"后因称师门为"门墙"。樊篱:篱笆,栅栏。

菜根咬罢又盐斋,八十年来万事乖。
窃笑放翁贫已甚,一觞一咏未忘怀[一]。

注释:
[一] 放翁:陆游,号放翁,诗人自比。宋陆游《梅花六首》其一:"五十年

间万事非，放翁依旧掩柴扉。"宋陆游《春晚》："一觞一咏从来事，莫笑扶衰又上楼。"

半世吟诗不疗贫，老犹未脱腐儒巾。
后生问我诗门径，误已何堪复误人。

入　　市

提筐入市破囊悭，缓步当车日往还[一]。
说与亲朋应一笑，西山叟尚在人间。

注释：

[一] 囊悭：即悭囊，指储蓄罐。缓步当车：徐步行走以代乘车。明谢迁《次宾竹联句韵二首为潘孔宜作》其一："节下诗多知会数，墙头酒过破囊悭。"

痴翁说梦二首

田野倘佯一老翁，八旬插足软尘红。
眼看朋旧多零落[一]，心醉诗词仅半通。
大地无情辜舐犊[二]，雪泥有迹认飞鸿[三]。
三生石上[四]前因昧，好与人间善始终。

注释：

[一] 宋陆游《独夜》："朋旧凋零尽，何人识此心。"清彭孙贻《病起遣怀十二首》其十二："朋旧嗟零落，庭花慰长成。"
[二] 辜舐犊：指其没有子女事。
[三] 宋苏轼《和子由渑池怀旧》："人生到处知何似？应似飞鸿踏雪泥。"
[四] 三生石上：参《奉怀寄呈熙甫翁》诗注。

三生无果亦无因[一],与世浮沉过八旬。
刺眼才惊风俗薄,扪胸犹喜性情真。
底须沽酒忧明日,聊复裁诗赠故人。
随造而来乘化去[二],不知何物是吾身[三]。

注释:
[一] 三生无果亦无因:参《悼亡侄四首》诗注。
[二] 随造而来:随造化而来。乘化:顺随自然。晋陶渊明《归去来兮辞》:"聊乘化以归尽,乐夫天命复奚疑。"
[三] 唐代灵一《题黄公陶翰别业》:"醉卧白云闲入梦,不知何物是吾身。"

老境自述五首

老夫耄矣息心兵[一],扫叶烧茶逸趣生,
闭户不闻兼不问,几回风雨几回晴。

注释:
[一] 耄矣:参《戊申早春闲咏》诗注。心兵:喻心事。《吕氏春秋·荡兵》:"在心而未发,兵也。"

此心真似井无波[一],不向邻家恼鸭鹅。
可惜山妻年已老,争如天女伴维摩[二]。

注释:
[一] 井无波:即井无波澜。
[二] 天女伴维摩:语本《维摩经·观众生品》:"时维摩诘室,有一天女,见诸天人闻所说法,便现其身,即以天花散诸菩萨大弟子上,花至诸菩萨,即皆堕落,至大弟子,便著不堕。"

看书徒自苦双眸,未必桑榆尚可收[一]。
且喜日长饥火动,老妻分我一馒头。

注释：
[一] 收桑榆谓事犹未晚，尚可补救。《后汉书·冯异传》："始虽垂翅回溪，终能奋翼黾池，可谓失之东隅，收之桑榆。"

    箪瓢以外更何求，诗不惊人老亦休[一]。
    自向绳床寻午梦，也无欢喜也无愁[二]。

注释：
[一] 唐杜甫《江上值水如海势聊短述》："为人性僻耽佳句，语不惊人死不休。"
[二] 宋释普度《偈颂一百二十三首》其一百七："歌鼓散时人尽醉，也无欢喜也无愁。"

    烧残桦烛写诗成，大似寒蛩泣露声。
    拙也无妨工亦好，老夫原不尚虚名。

梦中卖蔗浆作一联云"因缘莫问三生石，源本还思万顷沙[一]"，醒而续成一律，略改二字

    入口清甜大可夸，胜教皱脸吃凉茶。
    因缘共证三生石，源本还思万顷沙。
    但愿求浆[二]来把盏，不劳访药去浮槎[三]。
    老夫耄矣无多力，涤器[四]犹能腰一叉。

注释：
[一] 宋文天祥《卖鱼湾》："风起千湾浪，潮生万顷沙。"
[二] 求浆：参《感旧二首》诗注。
[三] 槎：木筏。传说中来往于海上和天河之间的木筏。《史记·秦始皇本纪》："方士徐市等入海求神药，数岁不得。"
[四] 涤器：洗涤器物。《汉书·司马相如传上》："相如身自著犊鼻裈，与庸

保杂作,涤器于市中。"

自 忏

灯前索笔写诗频,常恨诗新意不新。
且用挢谦[一]藏我拙,胜教辛苦效人颦[二]。
得天所赋依然薄,量海为才始算真[三]。
但祝日常眠食好,老夫原亦惜精神。

注释:

[一] 挢谦:谓施行谦德。泛指谦逊。《易·谦》:"无不利,挢谦。"王弼注:"指挢皆谦,不违则也。"
[二] 效人颦:指机械模仿,弄巧成拙。参东施效颦典。
[三] 南朝梁钟嵘《诗品》卷上:"陆(陆机)才如海,潘(潘岳)才如江。"

1979年旧历十一月廿六日,道旋四子景常结婚,我赠一红色面盆,附录七绝诗一首[一]

酒绿灯红笑语温,宜家宜室李林婚[二]。
老夫欢喜情无限,赠尔团圆一面盆。

注释:

[一] 此为李道旋《寒山读书草堂应徵文摘录》所收程坚甫诗之最后一首。
[二] 《诗经·周南·桃夭》:"之子于归,宜其室家。"朱熹集传:"宜者,和顺之意。室者,夫妇所居;家,谓一门之内。"

教惠群[一] 二首

偶猎诗名未算真，七旬赢得半闲身。
愧他风雅邻家女，来作门前问字[二]人。

注释：
[一] 惠群：即陈惠群，作者义女，1950年生，台城台山工艺厂工人。此诗作于1975年。以下诸作多出自作者抄付其弟子陈惠群的手稿及谭伯韶所编《不磷室诗选》。
[二] 问字：参《闲写七律四首》诗注。

数十年间贱卖文，荣耶辱也自难分。
此身尚未填沟壑[一]，且把诗词教惠群。

注释：
[一] 填沟壑：参《岁暮寄怀四首》诗注。

惠群见赠画梅一幅赋此贻之[一]

蓦地春光扑面来，嫣红[二]历乱雪中开。
因知赠画人风格，铁骨冰心亦似梅。

注释：
[一] 作者注："1975年6月15日作。"
[二] 嫣红：艳丽的花，诗指梅花。

写意贻惠群

更无王翰愿为邻[一],老少情投总有因。
可语诗词惟此女,能称风雅又何人。
嗟予未识儿孙乐,看尔奚殊骨肉亲。
闻说高飞犹有待,纵然失意莫伤神。

注释:

[一] 元辛文房《唐才子传》:"翰工诗,多壮丽之词。文士祖咏、杜华等,尝与游从。华母崔氏云:'吾闻孟母三迁,吾今欲卜居,使汝与王翰为邻足矣。'"

赠 惠 群

馈肉连番意最真,男儿肝胆女儿身。
独惭七十龙钟[一]叟,口腹无端更累人[二]。

注释:

[一] 龙钟:衰老貌。
[二] 典出《后汉书·周黄徐姜等传序》:"(闵仲叔)客居安邑。老病家贫,不能得肉,日买猪肝一片,屠者或不肯与,安邑令闻,敕吏常给焉。仲叔怪而问之,知,乃叹曰:'闵仲叔岂以口腹累安邑邪?'遂去,客沛。以寿终。"

再赠惠群二首

风雨途中作短谈，蒙尘[一]似尔实难堪。
人生十九不如意，且暂低头织草篮。

注释：
[一] 蒙尘：蒙受风尘，多指落难。陈中美注谓下放附城务农 5 年的知识青年陈惠群，这时返回洗布山村，以种菜和编织草篮维生。

天不虚生秀拔[一]才，眼前挫折莫心灰。
老夫姑缓须臾[二]死，看尔鸡群飞出来。

注释：
[一] 秀拔：秀丽挺拔。《三国志·蜀书·彭羕传》："卿才具秀拔，主公相待至重。"
[二] 姑缓须臾：姑缓片刻。宋叶绍翁《题鄂王墓》："如公更缓须臾死，此虏安能八十年。"

西 江 月

鱼乐都因得水，鸟飞争不投林。相携月下与花阴，情话缠绵似锦。
一觉方知是梦，重提只有伤心。文君浪作白头吟，当日听琴做甚。[一]

注释：
[一] 作者注："司马相如过临邛卓王孙家，见其女文君美，因操琴作凤求凰曲，文君竟为挑动，偕之私奔。后相如复娶茂陵女，文君大为伤感，作《白头吟》，篇内有'安得一心人，白头不相离'之句。"词意谓文君作《白头吟》，悔之莫及，何如当初不听琴为佳呢。

菩萨蛮·赠李蔼泉[一]

愁烟苦雾薰天黑,最难回首望城北。赢得一声叹,眼前行路难。
怀中几个字,写尽伤心事。且暂释愁颜,赠君菩萨蛮。

注释:
[一] 陈中美注谓李蔼泉是台城知识青年,曾下放城北务农多年。

如梦令·再赠李蔼泉

白发颓然一老,又见今年乙卯[一]。但愿客频来,添取空山热闹。莫道,莫道,曲径多时未扫[二]。

注释:
[一] 乙卯:即1975年。
[二] 唐杜甫《客至》:"花径不曾缘客扫,蓬门今始为君开。"宋胡继宗《书言故事·延接》:"待宾至,云扫径以俟。"

李君蔼泉见馈茶叶一瓶以诗谢之

香茗传来意孔嘉,恍如月堕野人家。
读书幸免椒讹菽[一],把盏何论酒与茶。
廉惠之间伤最易[二],饮吟之外嗜无他。
西山正好埋头角[三],敢辱诸君挂齿牙[四]。

注释:
[一] 清蒲松龄《聊斋志异·嘉平公子》:"一日,公子有谕仆帖置案上,中多

错谬:'椒'讹'菽','姜'讹'江','可恨'讹'可浪'。女见之,书其后:'何事"可浪"?"花菽生江。"有婿如此,不如为娼!'"
- [二] 《孟子·离娄下》:"可以取,可以无取,取伤廉;可以与,可以无与,与伤惠;可以死,可以无死,死伤勇。"
- [三] 埋头角:隐姓埋名的意思。
- [四] 作者注:"孔嘉,大好也。昔人有椒字讹读菽,故有椒讹菽之讥,事见《聊斋志异》。《孟子》书中有云:可以取,可以不取,取伤廉;可以与,可以不与,与伤惠。予笔名为西山半叟。"

中秋月下吟二首

虚度中秋又一年,有诗无酒亦徒然。
屋边独坐忘风露,目送迟迟^[一]月上天。

注释:

- [一] 迟迟:徐徐。

月中搔首独徘徊,犬吠频闻客不来。
好是山妻煨芋熟,绿华香溢碧磁杯。

如梦令·题照

大好头颅变了,岂是镜头错照。牛马走风尘^[一],竟把青春轻丢。莫笑,莫笑,付与故人一瞧。

注释:

- [一] 牛马走:牛马般奔波劳碌。唐李宣远《近无西耗》:"自怜牛马走,未识犬羊心。"清孔尚任《桃花扇·迎驾》:"牛马风尘,暂屈何忧。"

贺新郎·代书寄梁梦霞

耽搁鱼书久。正眼前、落花飞絮,暮春时候。屈指故人零落尽[一],肠断西山半叟。更说甚、鸥朋鹭友。白发飘萧吾老矣,算千般、世味都尝透。弦外意,君知否。

彩云昨岁降蓬牖。展瑶缄[二]、新声戛玉[三],丽词如绣[四]。辟荋牵萝开三径[五],清福正堪消受。还凤擅、神针法灸。耳畔蚩氓[六]呻苦疾,动瘝恫[七]、袖出回春手。乡党誉,我何有。

注释:

[一] 宋陆游《夜雨有感》:"平日故人零落尽,寄书谁与叙暌离。"
[二] 瑶缄:信札。
[三] 戛玉:敲击玉片。形容音节铿锵。
[四] 如绣:如锦绣。
[五] 唐杜甫《佳人》:"侍婢卖珠回,牵萝补茅屋。"三径:参《中秋宴饮适园偶成排律一首》诗注。
[六] 蚩氓:平民。语出《诗经·卫风·氓》:"氓之蚩蚩,抱布贸丝。"
[七] 瘝恫:病痛,疾苦。

青 玉 案

恹恹[一]终日常如醉,说不定,聪明累。一度门前衣带水[二]。蒹葭历乱,伊人不见[三],回首斜阳坠。

黄昏蓦地西风起,落叶空庭声细碎。有限朱颜空憔悴。遥更初鼓,闲愁渐迫,细雨劝人睡。

注释:

[一] 恹恹:精神不振貌。
[二] 衣带水:像一条衣带那么宽的河流。语出《南史·陈纪下·后主》:"隋

文帝谓仆射高颎曰：'我为百姓父母，岂可限一衣带水不拯之乎？'"
[三]《诗经·秦风·蒹葭》："蒹葭苍苍，白露为霜。所谓伊人，在水一方。"

采桑子·丁巳生日[一]

山村终老应无憾，樵也为邻，渔也为邻。衣上曾无京路尘[二]。

岁逢丁巳悬弧[三]日，酒也宜人，肉也宜人。不负今朝五脏神[四]。

注释：

[一] 丁巳生日：1977年10月20日。
[二] 京路尘：即京洛尘。晋陆机《为顾彦先赠妇》之一："京洛多风尘，素衣化为缁。"
[三] 悬弧：生男。语本《礼记·内则》："子生，男子设弧于门左，女子设帨于门右。"
[四] 五脏神：参《暮秋自遣》诗注。

贺新郎·赠惠群

早种蓝田玉[一]。喜当前、春风得意，雀屏中目[二]。好个男儿参军罢，又向情场得鹿[三]。问几世、修来幸福。千载璇闺谈韵事，笑秦嘉、未必输徐淑[四]。花与锦，成眷属。

蓬门不羡黄金屋[五]。女儿家、钗荆裙布[六]，飘飘脱俗。守字[七]十年娴母训，未惯天寒倚竹[八]。只接受、桑农教育。八十村翁热诚在，好姻缘、为尔馨香祝。因赠尔，金缕曲[九]。

注释：

[一] 蓝田种玉比喻男女间美好姻缘。晋干宝《搜神记》卷十一："公乃试求徐氏。徐氏笑以为狂，因戏云：'得白璧一双来，当听为婚。'公至所种玉田中，得白璧五双，以聘。徐氏大惊，遂以女妻公。"
[二] 雀屏中目：典出《旧唐书·后妃传上·高祖窦皇后》："窦毅闻之，谓长

公主曰:'此女才貌如此,不可妄以许人,当为求贤夫。'乃于门屏画二孔雀,诸公子有求婚者,辄与两箭射之,潜约中目者许之。前后数十辈莫能中,高祖后至,两发各中一目。毅大悦,遂归我帝。"

[三] 得鹿:典出《史记·淮阴侯列传》:"秦失其鹿,天下共逐之,于是高材疾足者先得焉。"

[四] 璇闺:闺房的美称。秦嘉与徐淑是东汉时恩爱的诗人夫妻。

[五] 唐李白《妾薄命》诗:"汉帝重阿娇,贮之黄金屋。"王琦注引《汉武故事》:"武帝数岁,长公主抱置膝上,问曰:'儿欲得妇否?'指左右长御百余人,皆曰:'不用。'指其女:'阿娇好否?'笑对曰:'好,若得阿娇作妇,当作金屋贮之。'"

[六] 钗荆裙布:参《再赠道旋君仍用真韵》诗注。

[七] 守字:待字闺中。

[八] 唐杜甫《佳人》:"天寒翠袖薄,日暮倚修竹。"

[九] 金缕曲:词牌名。又名《贺新郎》《乳燕飞》。

长日静坐有怀惠群[一]

忘却人间夏与秋,嬉嬉同泛爱河舟。
遥知异地风光好,曾否凭栏笑女牛[二]。

注释:

[一] 1978年陈惠群跟随丈夫适清远县,离开台城西岩路住所,故有是作。
[二] 女牛:织女星和牵牛星。

朝暮那争相见频,百年伉俪在情真[一]。
只今冷落西岩路,少个桃花映面人[二]。

注释:

[一] 宋秦观《鹊桥仙》:"两情若是久长时,又岂在朝朝暮暮。"
[二] 唐崔护《题都城南庄》:"去年今日此门中,人面桃花相映红。人面不知何处去,桃花依旧笑春风。"

浣溪沙·迎春

聒地喧天是鼓笳,欢迎青帝到农家[一]。五辛盘废代清茶[二]。
腊尽尚余婪尾酒[三],岁寒犹有并头花。更能消得几年华。

注释:
[一] 唐佚名《谒法门寺真身五十韵》:"鼓乐喧天地,幡花海路歧。"《五代史平话·汉史》:"笙歌聒地,鼓乐喧天。"青帝:司春之神。诗指春天。
[二] 明李时珍《本草纲目·菜一·五辛菜》:"五辛菜,乃元旦、立春,以葱、蒜、韭、蓼蒿、芥辛嫩之菜,杂和食之,取迎新之义,谓之五辛盘。"
[三] 婪尾酒:参《早春寄怀十首》诗注。

蝶恋花·感旧寄云波

欢会难忘客岁。促膝谈心,直到斜阳坠。我老犹将口腹累[一],君情深似桃潭水[二]。
灼灼湖滨灯影丽。杯酒因缘,犹喜能联系。今日相思千万里[三],海天遥望茫无际。

注释:
[一] 口腹累:参《赠惠群》诗注。
[二] 唐李白《赠汪伦》:"桃花潭水深千尺,不及汪伦送我情。"
[三] 唐李白《寄远十一首》其十:"相思千万里,一书值千金。"

卖花声·偶题

何处是瀛洲[一]。欲去无由。老夫耄矣[二]尚风流。独向空庭扶杖立,凉月当头。

安得广寒[三]游。消我烦忧。忽闻山鬼语啁啾。似说老翁行不得,脚腰轻浮。

注释:
[一] 瀛洲:传说中的仙山。《列子·汤问》:"渤海之东,不知几亿万里……其中有五山焉,一曰岱舆,二曰员峤,三曰方壶,四曰瀛洲,五曰蓬莱……所居之人,皆仙圣之种。"
[二] 耄矣:参《戊申早春闲咏》诗注。
[三] 广寒:月宫。

赠谭伯韶[一]

廿年塞下[二]历风沙,赢得萧萧两鬓华。
燕子归来犹有垒,杨花飘泊已无家[三]。
孤怀砼守[四]如金石,秀句裁成夺锦霞[五]。
使酒呼茶聊自乐,从今耳不听胡笳。

注释:
[一] 陈中美注程诗谓此诗作于1982年。此诗及上下20余首词作皆出自谭伯韶所编《不磷室诗选》。谭伯韶(1926—1995):早年从事幕僚工作。曾流放内蒙古劳改21年,1974年刑满返乡。1984年创办台山友声诗词研究会。著有《野荼蘼集》,主编《台山近百年诗选》。程坚甫此诗谭伯韶有和作,参其《敬和坚师见赠》:"恶梦难忘瀚海沙,朔风吹雪送年华。赭衣一袭流边鄙,白雪盈头返旧家。湖畔吟哦盟野鹭,林泉啸傲醉流霞。酬公一阕前朝曲,不惜歌残蔡琰笳。"

[二] 廿年塞下：指谭伯韶流放内蒙古劳改 21 年事。
[三] 明黄淳耀《长安与龚智渊联句二首》其二："杨花飘泊叹无家，燕子依人感岁华。"
[四] 硁守：固守。
[五] 锦霞：灿烂似锦的繁花。

西江月·赠休休[一]

我自书空咄咄[二]，君何别署休休。于人无怨亦无仇，还是半推半就[三]。
未可之无[四]不识，最难福寿兼修。读书饮酒自风流，待种宅旁五柳[五]。

注释：
[一] 词共三首，原分一赠、二赠、三赠。休休：即谭伯韶。
[二] 咄咄：参《长贫自觉负人多辘轳体五首》诗注。
[三] 元王实甫《西厢记》第四本第一折："半推半就，又惊又爱，檀口揾香腮。"
[四] 之无：参《难得糊涂》诗注。
[五] 晋陶渊明《五柳先生传》："先生不知何许人也，亦不详其姓字，宅边有五柳树，因以为号焉。"

我老未忘夙习，君闲爱倚新声[一]。过谈恰是过三更，唱尽一壶香茗。
宝藏良非易得，诗名不患难成。即今名士满山城，屈指谁非画饼[二]。

注释：
[一] 倚新声：填词。
[二] 画饼：参《书怀示周公》诗注。

老骥依然伏枥，新莺莫说乔迁[一]。唾壶击碎气凌霄，今古王敦不少[二]。
岁月去人冉冉[三]，风尘知己寥寥。读书饮酒尚逍遥，一汉何妨自了[四]。

注释：
[一] 魏曹操《步出夏门行》："老骥伏枥，志在千里。烈士暮年，壮心不已。"

《诗经·小雅·伐木》:"伐木丁丁,鸟鸣嘤嘤。出自幽谷,迁于乔木。"
[二] 《晋书·王敦传》:"(王敦)每酒后辄咏魏武帝乐府歌曰:'老骥伏枥,志在千里。烈士暮年,壮心不已。'以如意打唾壶为节,壶边尽缺。"
[三] 冉冉:指时光渐渐流逝。《楚辞·离骚》:"老冉冉其将至兮,恐修名之不立。"魏吴质《答魏太子笺》:"日月冉冉,岁不我与。"
[四] 《晋书·山涛传》:"帝谓涛曰:'西偏吾自了之,后事深以委卿。'"后谓只顾自己、不顾大局者曰"自了汉"。

满 庭 芳

鼓密城头,雨疏窗外,最难今夜为情。更阑不寐,蘸笔写秋声。可是凄凉满耳,沉吟久、砌句难成。灯如豆[一],徘徊一室,虫语不堪听。

分明,人老去,情关雪拥,心井波平[二]。任眼前降雾,鬓际添星。扫尽人间苦恼,山林里、梦稳神宁。谁知我,桃筵[三]不暖,祈梦咒无灵[四]。

注释:
[一] 灯如豆:灯火如豆小。
[二] 唐韩愈《左迁至蓝关示侄孙湘》:"云横秦岭家何在?雪拥蓝关马不前。"
　　唐孟郊《列女操》:"波澜誓不起,妾心井中水。"
[三] 桃筵:桃枝竹编的竹席。
[四] 咒无灵:即无灵咒,无灵验的咒语。

高阳台·秋宵

窗月留痕,灯风乱影,撩人最是秋宵。寄迹山林,暮年知己寥寥,琴棋诗酒皆无味,共晨昏、唯有渔樵。最无聊,剑看青萍[一],酒访黄娇[二]。

青衫老泪依然在[三],但前尘回首,只博魂消。十载江湖,归来陋巷箪瓢[四]。高楼待赏中秋月,知何人、月下吹箫。夜迢迢,心似悬旌[五],不断摇摇。

注释：

[一] 青萍：古宝剑名。《文选·陈琳〈答东阿王笺〉》："君侯体高世之才，秉青萍、干将之器。"吕延济注："青萍、干将，皆剑名也。"
[二] 黄娇：酒的代称。金末元初元好问《中州集·段继昌》："有以钱遗之者，必尽送酒家。名酒曰黄娇，盖关中人谓儿女为阿娇，子新以酒比之，故云。"
[三] 唐白居易《琵琶行》："座中泣下谁最多？江州司马青衫湿。"
[四] 《论语·雍也》："一箪食，一瓢饮，在陋巷，人不堪其忧，回也不改其乐。"
[五] 《战国策·楚策一》："寡人卧不安席，食不甘味，心摇摇如悬旌，而无所终薄。"

贺新凉[一]·重阳

何处登临好。叹兰成、半生萧瑟，闲愁难去[二]。独立苍茫扶短杖，极目高瞻远眺。风正急、知谁落帽[三]。岁岁思亲挥涕泪，看寒烟、依旧凝衰草[四]。牛羊下，暮山悄[五]。

西山寂寞人空老。一旬来、门前落叶，迟迟未扫。忽念天涯羁旅客，瘦马西风古道[六]。音信断、平安谁报。屈指三秋还有几，渐衣单、不耐新寒峭。归去也，趁斜照[七]。

注释：

[一] 贺新凉：始见苏轼词，因词中有"乳燕飞华屋，悄无人，桐阴转午，晚凉新浴"句，故名。后来"凉"字误作"郎"字。又称《贺新郎》《乳燕飞》《金缕曲》《貂裘换酒》《金缕衣》《金缕词》《金缕歌》等。
[二] 兰成：指南北朝时期文学家庾信（字兰成），他以南人留居北方，多乡关之思。唐杜甫《咏怀古迹五首》其一："庾信平生最萧瑟，暮年诗赋动江关。"
[三] 落帽：典出《晋书·孟嘉传》："（嘉）后为征西桓温参军，温甚重之。九月九日，温燕龙山，寮佐毕集。时佐吏并著戎服，有风至，吹嘉帽堕落，嘉不之觉。温使左右勿言，欲观其举止。嘉良久如厕，温令取还

之，命孙盛作文嘲嘉，著嘉坐处。嘉还见，即答之，其文甚美，四坐嗟叹。"
[四] 宋王安石《桂枝香》："六朝旧事如流水，但寒烟、衰草凝绿。"
[五] 《诗经·王风·君子于役》："日之夕矣，羊牛下来。"
[六] 元马致远《天净沙·秋思》："枯藤老树昏鸦，小桥流水人家，古道西风瘦马。夕阳西下，断肠人在天涯。"
[七] 宋苏轼《定风波》："料峭春风吹酒醒，微冷，山头斜照却相迎。回首向来萧瑟处，归去，也无风雨也无晴。"

独 坐 有 感

卅年踪迹混渔樵，辛苦维持箪与瓢[一]。
伊洛家风[二]寥落久，门前寂寞雪痕消[三]。

注释：

[一] 箪与瓢：饮食。
[二] 伊洛家风：指程坚甫的老祖宗河南人程颐流传下来的家风。
[三] 用程门立雪典。

江城子·读休休[一]《鼓缶集》赋此为赠

柴门两扇不常开，客谁来，独衔杯。短窄回廊，书卷杂樽罍[二]。醒去醒来那管得，晨镜里，鬓毛催。
江山休话劫余灰[三]，庚郎[四]哀，首难回。极目燕云，何处是金台[五]。狂放无如君与我，沽美酒，煮青梅[六]。

注释：

[一] 休休：即谭伯韶。
[二] 宋钱公辅《蓬莱行》："惟公独作蓬莱主，夜拥琴书杂樽俎。"
[三] 劫余灰：劫火后的余灰。参《哀香江二首》诗注。

[四] 庾郎：即庾信，著有《哀江南赋》。
[五] 金台：指战国时燕昭王为招纳天下贤士所筑的黄金台。
[六] 用青梅煮酒典。

乳燕飞·读龙川[一]词书后

  高调声敲玉。怅当年、江山半壁[二]，胡尘障目。一辈书生忧国运，只有狂歌代哭[三]。阻不住、议和当局。几页龙川新乐府，论牢骚、不减东坡腹[四]。挥泪尽，难屈辱。

  稼轩绝唱谁堪续[五]。喜先生、伤时感事，语能委曲。豪迈秾纤[六]都不计，赢得神完气足。绝胜似、怨红愁绿[七]。南宋词人知多少，笑梦窗、高史徒拘束[八]，分门户，相抵触。

注释：

[一] 龙川：宋代爱国词人陈亮，号龙川。
[二] 江山半壁：即南宋的半壁江山。
[三] 《乐府诗集·杂曲歌辞·悲歌》："悲歌可以当泣，远望可以当归。"
[四] 宋费衮《梁溪漫志·侍儿对东坡语》："东坡一日退朝，食罢，扪腹徐行，顾谓侍儿曰：'汝辈且道是中有何物？'……朝云乃曰：'学士一肚皮不入时宜。'"
[五] 稼轩：辛弃疾，别号稼轩居士，与陈亮为好友。稼轩绝唱：指辛弃疾的豪迈词风。
[六] 秾纤：艳丽纤巧。
[七] 怨红愁绿：指感伤婉约的词。宋范成大《窗前木芙蓉》："更凭青女留连得，未作愁红怨绿看。"
[八] 梦窗、高、史分别指骚雅派词人吴文英（号梦窗）、高观国、史达祖。

满庭芳·觅旧游处红梅有感

野草桥边,斜阳城上,画角声有余哀[一]。白头吟客,扶杖又重来。忆昔洪流华域[二],非人事、天实为灾。旧游处,荒凉刺眼,无恙是红梅。

伤哉,更谁共,花前赌唱[三],月下传杯。空赢得小园,独自徘徊[四]。若道梅花有恨,不应更、冒雪霜开。愁无奈,要寻一醉,更索老兵陪[五]。

注释:

[一] 宋陆游《沈园二首》其一:"城上斜阳画角哀,沈园非复旧池台。"
[二] 华域:中国。魏晋刘琨《答卢谌诗》:"火燎神州,洪流华域。"
[三] 赌唱:用王昌龄、高适等人旗亭赌唱事。
[四] 宋晏殊《浣溪沙》其四:"无可奈何花落去,似曾相识燕归来。小园香径独徘徊。"
[五] 《晋书·谢奕传》:"奕字无奕,少有名誉。……奕每因酒,无复朝廷礼,尝逼温饮,温走入南康主门避之。主曰:'君若无狂司马,我何由得相见!'奕遂携酒就听事,引温一兵帅共饮,曰:'失一老兵,得一老兵,亦何所怪。'温不之责。"

满江红·感旧

四十年前,人争识,程家兄弟。又岂料、谋生计拙,世途险巇[一]。就屦有谁能削足[二],聪明毕竟为身累[三]。怯西风、孤雁悄无声,芦丛里。

搔白首,叹憔悴。天地酷,竟如此。纵一觞一咏,难言风味。我本愁城[四]逃避者,凭君莫话当年事。想三台、吟社旧交游,今无几。

注释:

[一] 险巇:亦作"险戏",崎岖险恶。《楚辞·东方朔〈七谏·怨世〉》:"何周道之平易兮,然芜秽而险戏。"王逸注:"险戏,犹言倾危也。"
[二] 《淮南子·说林训》:"夫所以养而害所养,譬犹削足而适履,杀头而

便冠。"
[三] 宋苏轼《洗儿》:"人皆养子望聪明,我被聪明误一生。"
[四] 愁城:参《春归日》诗注。

寄　怀

薄有聪明误此生,向来言论太纵横。
事从败后方知错,名到成时不用争。
嗜茗敢云贫亦乐,扶筇谁谓健于行。
童年竹马[一]依然在,苍狗浮云[二]几变更。

注释:

[一] 童年竹马:儿童游戏时当马骑的竹竿。《后汉书·郭伋传》:"始至行部,到西河美稷,有童儿数百,各骑竹马,道次迎拜。"
[二] 苍狗浮云:唐杜甫《可叹》:"天上浮云似白衣,斯须改变如苍狗。"后因以比喻世事变幻无常。

悼亡友梁天锡

老去论交亦夙因,相逢一笑蔼如[一]春。
应求不独同声气[二],密切曾无异齿唇[三]。
促坐[四]牵衣情款款,佐谈酌茗味津津。
而今倾海难为泪,病榻辞归未浃旬[五]。

注释:

[一] 蔼如:和气可亲貌。唐韩愈《答李翊书》:"仁义之人,其言蔼如也。"宋欧阳修《读蟠桃诗寄子美》:"发我衰病思,蔼如得春阳。"
[二] 《易·乾》:"同声相应,同气相求。"
[三] 用"唇齿相依"意。
[四] 促坐:靠近坐。

[五] 南朝宋刘义庆《世说新语·言语》："顾长康拜桓宣武墓……人问之曰：'卿凭重桓乃尔，哭之状其可见乎？'顾曰：'鼻如广莫长风，眼如悬河决溜。'或曰：'声如震雷破山，泪如倾河注海。'"浃旬：十天。

访 惠 群

己未[一]暮春中旬入昏时候，与惠群坐谈甚欢，归途中即兴吟成七绝一首，到家写稿时再成后一首。

    相逢老少两忘形，欢笑灯前赌食糖。
    忽忽归途诗兴动，星光月影夜茫茫。

注释：
[一] 己未：1979年。

    久矣闲窗不写诗，江淹才尽[一]更无疑。
    今宵似得江山助[二]，还我抒情笔一枝。

注释：
[一] 江淹才尽：参《冬日寄怀二首》诗注。
[二] 江山助：参《自解二首》诗注。

南乡子·即景

叵奈[一]晚风吹，白发飘飘似散丝。雨过夕阳红更好，迟迟，老子逶迤[二]入市时。
  啜茗更谈诗，敢谓先知觉后知[三]。尘垢在身书在腹，期期[四]，为语旁人莫相皮[五]。

注释：
[一] 叵奈：可恨。

[二] 逶迤：徐行貌。
[三] 先知觉后知：使先知者来让后知者有所觉悟。《孟子·万章上》："天之生此民也，使先知觉后知，使先觉觉后觉也。"
[四] 期期：参《春日有感》诗注。
[五] 相皮：参《戏赠道旋》诗注。

蝶恋花·早吟

窗影迷离天欲晓。忘却春寒，倚枕听啼鸟。细雨无声风亦小。孤灯为我留残照。

汲水煮茶烧乱草。几盏沾唇，消得愁多少。白发戴头君莫笑[一]。人生合在山林老。

注释：
[一] 宋欧阳修《浣溪沙》其二："白发戴花君莫笑，六么催拍盏频传。"

寄周尔杰

联欢旧约渺难寻，咫尺天涯感不禁[一]。
夜雨剪灯劳梦想，春风拂槛动愁吟[二]。
八旬老景枯于木，二月韶光贵比金。
剑履[三]何时及湖畔，几回翘首望青禽[四]。

注释：
[一] 唐李中《宫词二首》其一："门锁帘垂月影斜，翠华咫尺隔天涯。"
[二] 唐李商隐《夜雨寄北》："何当共剪西窗烛，却话巴山夜雨时。"唐李白《清平调》其一："云想衣裳花想容，春风拂槛露华浓。"
[三] 剑履：诗指佩剑相访。
[四] 青禽：即青鸟。喻信使。

· 350 ·

寄伍尚恩[一]

晓起轻寒迄未消,扶衰款缓过长桥。
客无对酒三叹息,人不看花两寂寥。
未必暮年添酒债,况闻明日是花朝[二]。
城东莺也应求友[三],何惮区区十里遥。

注释:

[一] 伍尚恩:1911年生,广东台山四九镇炒米砂村人。曾任军职、教师。
[二] 花朝:指花朝节。宋吴自牧《梦梁录·二月望》:"仲春十五日为花朝节,浙间风俗,以为春序正中,百花争放之时,最堪游赏。"
[三] 莺也应求友:《诗经·小雅·伐木》:"伐木丁丁,鸟鸣嘤嘤……嘤其鸣矣,求其友声。"

答李如棣[一]君赠诗

斗大山城集雅人,骚坛重整一翻新。
宁园花下吟声好,春水湖边会面频。
君有珠玑随咳唾[二],我惟书剑老风尘[三]。
年来混迹渔樵惯,麋鹿鱼虾尽可亲[四]。

注释:

[一] 李如棣:1903—1983年,晚年自号愚公,广东台山三八镇密冲马岗村人,上海圣约瑟大学毕业。曾任广东省救济院院长、国民政府内政部及考试院铨叙部职员。工书法,能诗词。有《愚公焚余稿》一卷。
[二] 珠玑随咳唾:指诗文优美。《庄子·秋水》:"子不见夫唾者乎?喷则大者如珠,小者如雾。"
[三] 唐高适《人日寄杜二拾遗》:"一卧东山三十春,岂知书剑老风尘。"
[四] 宋苏轼《前赤壁赋》:"况吾与子渔樵于江渚之上,侣鱼虾而友麋鹿,驾

一叶之扁舟,举匏樽以相属。"

夏日寄怀

勉从林壑寄余生,卅载惟将直受横[一]。
鱼雁沉浮[二]堪一念,鸡虫得失[三]漫相争。
恹恹窗畔和衣卧,缓缓湖边曳杖行。
山雨初晴天气好,披裘五月[四]未应更。

注释:
[一] 元张起岩《游金牛山》:"余生爱林壑,梦想云水间。"直受横:即横来直受,本指书写之笔法,诗指以正直包容恶横。
[二] 鱼雁沉浮:书信通与不通。
[三] 鸡虫得失:比喻无关紧要的细微得失。唐杜甫《缚鸡行》:"小奴缚鸡向市卖,鸡被缚急相喧争。家中厌鸡食虫蚁,不知鸡卖还遭烹。虫鸡于人何厚薄,吾叱奴人解其缚。鸡虫得失无了时,注目寒江倚山阁。"
[四] 披裘五月:典出汉王充《论衡·书虚》:"延陵季子出游,见路有遗金。当夏五月,有披裘而薪者。季子呼薪者曰:'取彼地金来!'薪者投镰于地,嗔目拂手而言曰:'何子居之高,视之下,仪貌之壮,语言之野也!吾当夏五月披裘而薪,岂取金者哉!'季子谢之,请问姓字。薪者曰:'子皮相之士也,何足语姓名!'遂去不顾。"

八月十二夜月下吟成

长空回望暮云收[一],宛转吟诗老兴遒。
风欲凉犹期半夜,月将圆已近中秋。
幸教晚景贫非病[二],敢恨年光去不留[三]。
天若有情留我住,飘然人海一虚舟[四]。

注释：

[一] 宋苏轼《阳关曲·中秋月》："暮云收尽溢清寒，银汉无声转玉盘。"
[二] 《史记·仲尼弟子列传》："若宪，贫也，非病也。"
[三] 宋陆游《太息》："闲将白发照清沟，太息年光逝不留。"
[四] 虚舟：本指无人驾驭的船只，喻胸怀恬淡旷达。清陈曾寿《小坡六十初度》："留眼桑田阅万流，藏身人海一虚舟。"

谢休休赠衣

此身未死尚求文[一]，脱赠如今独见君。
大有香山兼济意[二]，分将余暖惠同群。

注释：

[一] 文：疑为"闻"字。《论语·里仁》："朝闻道，夕死可矣。"
[二] 香山兼济意：唐白居易《新制绫袄成感而有咏》："水波文袄造新，绫软绵匀温复轻。晨兴好拥向阳坐，晚出宜披踏雪行。鹤氅毳疏无实事，木棉花冷得虚名。宴安往往叹侵夜，卧稳昏昏睡到明。百姓多寒无可救，一身独暖亦何情。心中为念农桑苦，耳里如闻饥冻声。争得大裘长万丈，与君都盖洛阳城。"

辛酉读稼轩词书后[一]

辇金媚虏使臣回[二]，如此江山大可哀。
却使英雄闲处老，最无聊是唤杯来[三]。

注释：

[一] 辛酉：1981年。稼轩：辛弃疾，号稼轩居士。
[二] 辇金：指南宋向金人输币求和。宋陆游《闻虏乱次前辈韵》："辇金输虏庭，耳目久习熟。"

[三] 宋辛弃疾《沁园春·将止酒戒酒杯使勿近》："杯汝来前！老子今朝，点检形骸。"

挽李道旋联[一]

记从室内长谈，我尚笑君心未老。
恨少灵前一哭，君应谅我足难行。

注释：
[一] 李道旋于1981年7月13日卒，此联当作于此时。

为亡友李道旋作

沙岗三走访良师[一]，争取儒冠未悔迟。
娓娓[二]说诗忘所事，孜孜[三]向学不言饥。
好将道德追前代，要卖文章非此时。
流水无情君去也，可能鉴我[四]悼亡诗。

注释：
[一] 访良师：指其拜清末举人张启煌为师事。
[二] 娓娓：滔滔不绝。
[三] 孜孜：勤勉。《尚书·益稷》："予何言？予思日孜孜。"
[四] 鉴我：昭鉴我心之意。

赠伍云波[一]

云波君自海外归来，假座湖滨楼大宴乡亲，觥筹交错，极一时之盛，加以春风风人，不衣自暖。仆与云波为数十年故交，参与盛会，喜慰莫名。赠与俚语，聊当西窗剪烛。

  香满湖滨酒宴开，仁风吹我上楼来。
  喜逢席上丰腴馔，且斗樽前潋滟[二]杯。
  世味饱尝狂士老，乡音无改故人回[三]。
  异乡筮得宜家室[四]，桂馥兰芳次第栽。

注释：

[一] 陈中美注程诗谓此诗作于1981年。
[二] 潋滟：盈溢。唐皮日休《酒中十咏》其六："金罍潋滟后，玉斝纷纶起。"
[三] 唐贺知章《回乡偶书》："少小离家老大回，乡音无改鬓毛衰。"
[四] 《诗经·周南·桃夭》："之子于归，宜其室家。"朱熹集传："宜者，和顺之意。室者，夫妇所居；家，谓一门之内。"

  音尘久矣隔芳馨，何幸飞舻共一庭。
  顷刻之欢须要尽，百年如梦不难醒。
  羡君大有儿孙乐，愧我徒增犬马龄[一]。
  海外亲朋如相问，西山老屋抱残经。

注释：

[一] 犬马龄：谦称自己的年龄。《汉书·赵充国传》："臣位至上卿，爵为列侯，犬马之齿七十六，为明诏填沟壑，死骨不朽，亡所顾念。"

早春初二游湖偶成

  饱经寒暑一山翁，游戏人间兴未穷[一]。
  留得宁园[二]方寸地，依然倚杖笑春风。

注释：

[一] 宋惠洪《冷斋夜话·东坡和陶渊明诗》："东坡至南昌，太守云：'世传端明已归道山，今尚尔游戏人间耶？'"

[二] 宁园：宁城公园，即台城人工湖。

春 寒 吟[一]

镇日消寒唯借火，断无暖气到贫家。
虔心[二]更向风前说，莫去园林损一花。

注释：
[一] 陈中美注程诗谓此组诗作于1981年。
[二] 虔心：诚心。

向火扇风感不禁，一寒竟遏看花心。
唐宫帐暖春宵短[一]，知否山中木客吟[二]。

注释：
[一] 唐白居易《长恨歌》："云鬓花颜金步摇，芙蓉帐暖度春宵。春宵苦短日高起，从此君王不早朝。"
[二] 木客吟：山居野人所吟之歌诗。参《夜寒》诗注。

花也无颜蝶也愁[一]，春寒若此几时休。
须知一掬牛衣泪[二]，不独扶风处士流[三]。

注释：
[一] 宋苏轼《九日次韵王巩》："相逢不用忙归去，明日黄花蝶也愁。"
[二] 《汉书·王章传》："章疾病，无被，卧牛衣中，与妻决，涕泣。"
[三] 清朱九江《俳体戏答友人问》其一："定知贫贱牛衣债，未了扶风处士家。"

更无鸦鹊噪林端，易水萧萧未是寒[一]。
倚竹佳人行戍客[二]，夜来能否梦魂安。

注释：

[一]《战国策·燕策三》："风萧萧兮易水寒，壮士一去兮不复还。"
[二] 唐杜甫《佳人》："天寒翠袖薄，日暮倚修竹。"宋苏轼《跋王进叔所藏画五首》其二："倚竹佳人翠袖长，天寒犹著薄罗裳。"

> 舜琴不为奏南风[一]，朋友衣袍未得同[二]。
> 忽忆邻翁曾有语，春寒或可兆年丰[三]。

注释：

[一]《礼记·乐记》："昔者舜作五弦之琴，以歌《南风》。"《孔子家语·辨乐解》："昔者舜弹五弦之琴，造《南风》之诗。其诗曰：'南风之薰兮，可以解吾民之愠兮；南风之时兮，可以阜吾民之财兮。'"
[二]《诗经·秦风·无衣》："岂曰无衣？与子同袍。王于兴师，修我戈矛。与子同仇！"
[三] 用"瑞雪兆丰年"意。

春 游 一 律[一]

> 闲趁新春玩物华，八旬老子兴犹赊[二]。
> 也知海外求仙药[三]，未若城南看好花。
> 四尺扶身还有杖，一杯在手可无茶。
> 人间游戏何时已，大似王孙不忆家[四]。

注释：

[一] 此诗及以下 6 题 16 首，为 1981 年作品，录自谭伯韶编辑的《春光》稿本。
[二] 唐白居易《送滕庶子致仕归婺州》："春风秋月携歌酒，八十年来玩物华。"
[三]《史记·秦始皇本纪》："方士徐市等入海求神药，数岁不得。"
[四] 汉淮南小山《招隐士》："王孙游兮不归，春草生兮萋萋。"唐王维《山中送别》："春草年年绿，王孙归不归。"

新春闲咏七首

一元回复岁华新,燕语莺啼遍地春。
笑我痴呆仍未卖[一],自忘辛苦作诗人。

注释:
[一] 痴呆仍未卖:参《抒怀五首》诗注。

欣欣春色到三台,对此那能罢酒杯。
传语莺花休笑我[一],老夫曾作少年来。

注释:
[一] 宋陈襄《次韵朱兵部上巳锡宴》:"莺花应笑我,华发已盈簪。"

一壶醇酒一瓯茶,风味依然愧党家[一]。
应为蓬门来客少,春风吹燕到檐牙。

注释:
[一] 清潘永因《宋稗类钞》卷四:"陶学士谷,买得党太尉故妓。取雪水烹团茶,谓妓曰:'党家应不识此?'妓曰:'彼粗人,安得有此?但能销金帐下,浅斟低唱,饮羊羔美酒耳。'陶愧其言。"

新来渐觉醉人多,年少翩翩斗绮罗[一]。
老子难禁春意闹,也随群众听笙歌。

注释:
[一] 绮罗:华贵的衣服。

箫管吹开欲曙天,花凝晓露柳含烟[一]。
游人莫说江南好,何处春光不可怜[二]。

注释：

[一] 宋释师范《偈颂一百四十一首》其一百二十二："花凝晓露，柳带寒烟。"

[二] 唐韦庄《菩萨蛮》："人人尽说江南好，游人只合江南老。"可怜：可爱。

红满花枝绿满湖，安排春色费工夫。
不须假手蓝田叔[一]，眼底风光是画图。

注释：

[一] 蓝田叔：明代画家蓝瑛，字田叔，善画山水、人物、花鸟等。

竹木成阴共一堤，堤边野老乐幽栖。
为怜点滴皆春色，未忍呼童扫燕泥。

望江南·宁阳好（五首录四）[一]

宁阳好，趁此好年光。得意莺莺和燕燕，未须笑我老犹狂[二]。来作看花郎。

注释：

[一] 陈中美注程诗谓此组词作于1981年。广东台山旧称新宁。新宁县最早的学府曰宁阳书院，故以为台山县之别称，台城人工湖亦称为宁城公园。

[二] 唐杜牧《为人题赠》之二："绿树莺莺语，平江燕燕飞。"宋陆游《驿舍海棠已过有感》："我虽已老犹能狂，伫立为尔悲容光。"

宁阳好，篱菊灿朝阳。昔属渊明今属我，暗香盈袖引杯长[一]。醉卧水云乡[二]。

注释：

[一] 宋李清照《醉花阴·薄雾浓云愁永昼》："东篱把酒黄昏后，有暗香

盈袖。"
[二] 水云乡：多指隐者游居之地。宋陆游《秋夜遣怀》："六年归卧水云乡，本自无闲可得忙。"

宁阳好，好在百花香。花底有时持酒听，春风一曲杜韦娘[一]。能不荡诗肠。

注释：
[一] 杜韦娘：唐教坊曲名，后用作词调名。唐刘禹锡《赠李司空妓》："高髻云鬟宫样妆，春风一曲杜韦娘。司空见惯浑闲事，断尽苏州刺史肠。"

宁阳好，花影乱湖光。湖水有情鱼亦乐，花香如此蝶休狂。万一损红芳[一]。

注释：
[一] 宋陆游《花时遍游诸家园》："为爱名花抵死狂，只愁风日损红芳。"

蝶恋花·春游宁城公园

山色湖光遥掩映。动我诗情，不觉高千丈[一]。春水绿波平似掌，画船时也茶烟飏。
跛过东湖心倍畅。红紫争辉，点缀春模样。未免花前生感想，一壶尚少刘家酿[二]。

注释：
[一] 唐刘禹锡《秋词二首》其一："晴空一鹤排云上，便引诗情到碧霄。"宋王洋《次曾纮父韵二首》其一："中郎笔力高千丈，不称诗情不作诗。"
[二] 刘家酿：指刘白堕酿的酒。北魏杨衒之《洛阳伽蓝记·法云寺》："河东人刘白堕善能酿酒。季夏六月，时暑赫晞，以罂贮酒，暴于日中。经一旬，其酒不动，饮之香美而醉，经月不醒。"

一剪梅·早春写意

尚有林泉置此身。罗绮非珍，藜藿非贫[一]。等闲斗柄又回寅[二]，梅柳争春，箫鼓迎春。

放眼山河气象新。卸我儒巾，还我天真。明朝准拟逛湖滨，料得阍人[三]，不拒山人。

注释：
[一] 罗绮：华丽的衣服。藜藿：粗劣的饭菜。
[二] 回寅：回到农历正月。
[三] 阍人：守门人。

鸡年去狗年来[一]感成一律

流年代序鸡而狗，不与人间快朵颐[二]。
莫笑诗翁常说梦，倘逢骚客亦谈诗。
惊寒弥觉春光好，看事方知花样奇。
吾素吾行[三]方自策，杞忧荣乐总非宜[四]。

注释：
[一] 狗年来：即1982年。
[二] 朵颐：鼓腮嚼食。《易·颐》："初九舍尔灵龟，观我朵颐，凶。"句谓虽为鸡年狗年，但食物依然缺乏，生活并没有变好。
[三] 吾素吾行：即我行我素。语出《礼记·中庸》："君子素其位而行，不愿乎其外。素富贵行乎富贵，素贫贱行乎贫贱，素夷狄行乎夷狄，素患难行乎患难，君子无入而不自得焉。"
[四] 杞忧：用杞人忧天典。荣乐：典出《说苑杂言》："孔子见荣启期，衣鹿皮裘，鼓瑟而歌。孔子问曰：'先生何乐也？'对曰：'吾乐甚多。天生万物唯人为贵，吾既已得为人，是一乐也。人以男为贵，吾既已得为男，是二乐也。人生不免襁褓，吾年已九十五，是三乐也。夫贫者士之

常也，死者民之终也，处常待终，当何忧乎？'"

忆王孙·游春二首

满身香露坐湖边。谁谓春光不值钱[一]。老子看花醉欲眠[二]。谢苍天。欢度鸡年又狗年。

注释：
[一] 明尤侗《一剪梅》其一："春光真不值分文。"
[二] 《宋书·陶潜》："贵贱造之者，有酒辄设，潜若先醉，便语客：'我醉欲眠，卿可去。'其真率如此。"唐李白《山中与幽人对酌》："两人对酌山花开，一杯一杯复一杯。我醉欲眠卿且去，明朝有意抱琴来。"明彭孙贻《饮辛夷花下》："老去看花醉欲眠，东风吹遍艳阳天。"

游春春色信无边。取醉犹多挂杖钱。醉后何妨藉地眠。胆如天。游戏人间又一年[一]。

注释：
[一] 宋惠洪《冷斋夜话·东坡和陶渊明诗》："东坡至南昌，太守云：'世传端明已归道山，今尚尔游戏人间耶？'"

水调歌头·闲写

休问鬓边雪，且赏眼前花。西山林壑犹在，容我醉烟霞。闻说春光大好，策杖湖边游览，俯仰兴弥加。且作须臾坐，更尽一瓯茶。
忆壮岁，名利热，走天涯。十年浪迹，赢得弹铗[一]叹无家。何似山林有味，除却读书饮酒，更拟买鱼槎[二]。斜日桑榆晚，游目看归鸦。

注释：
[一] 弹铗：参《暮冬随笔廿首》之二十诗注。

[二] 鱼槎：即鱼筏。

壬戌初夏[一]

明知春不为人留，也向宁园作胜游。
打桨少年多戏水，吃茶老子独登楼。
未妨衣履沾梅雨，尚有箪瓢供麦秋[二]。
朋辈坐谈成一笑，相看都是雪盈头。

注释：
[一] 壬戌初夏：1982年初夏。
[二] 麦秋：农历四五月麦熟，故云秋。

偶遇一绝

玉骨冰肌[一]妖艳姿，罗裳薄薄晓风吹。
途人若问去何处，去赏东湖盆景奇。

注释：
[一] 玉骨冰肌：形容女子苗条的身段和洁白光润的肌肤。宋杨无咎《柳梢青》词："玉骨冰肌，为谁偏好，特地相宜，一段风流。"

偶尔不慎翻仆于地，伤及膝部，痛楚难忍，辗转床笫，慨然赋此三绝句

平安二字难持久，护足无方愧蜀葵[一]。
却把残骸累亲友，代为敷药代求医。

注释：
[一]《孔子家语》："今鲍庄子食于淫乱之朝，不量主之明暗，以受大刑，是智之不如葵，葵犹能卫其足。"王肃注：葵倾叶随日转，故曰能卫足也。

几日呻吟在褥裀^[一]，天何厄我死前身。
雌鸡尚识蒙恩养，飞上床边视老人。

注释：
[一] 褥裀：坐卧的器具。《晋书·刘寔传》："尝诣石崇家，如厕，见有绛纹帐，裀褥甚丽。"

昼眠不醉亦如泥，辗转扶持杖老妻。
美馔香茶皆乏味，侧听门外鹧鸪啼。

病足弥周未愈床上感吟[一]

迢迢一日似三秋，跬步难行况远游^[二]。
床笫有缘留我住，丹砂无效使人愁。
临深履薄^[三]情犹在，趋热追凉念已休。
自抚于思^[四]还自笑，今吾何异老监因。

注释：
[一] 陈中美注程诗谓此诗作于1982年。
[二]《诗经·王风·采葛》："彼采萧兮，一日不见，如三秋兮！"跬步：半步。《大戴礼记·劝学》："是故不积跬步，无以致千里；不积小流，无以成江海。"王聘珍解诂："跬，一举足也。"
[三] 临深履薄：典出《诗经·小雅·小旻》："战战兢兢，如临深渊，如履薄冰。"
[四] 于思：指髭须。《左传·宣公二年》："于思于思，弃甲复来。"

霍然病起待何时,卧读陈王赠别诗[一]。
乞药无灵丁厄运,看花有约误佳期。
平安十日凭谁报[二],苦恼千重只自知。
好是邻翁殷嘱我,再行要借杖扶持。

注释:

[一] 霍然:突然。陈王赠别诗:指曹植的《赠白马王彪》。此诗抒发凄清孤寂之情,并慨叹人生命之短暂。
[二] 宋赵蕃《简见可觅画三首》其一:"我居何有惟修竹,一日真成不可无。别后平安久无报,为予十日写成图。"

病足弥月未离床感成五律一首

床笫缠绵久,何时复健行。
亲朋加厚惠,贫病感余生。
倚枕头还在,看书眼欲盲。
诗名蜗角似,付与触蛮争。

夏去秋来足痛略减扶杖能行吟成一律

床笫缠绵久,今朝始杖行。
苦求丹药效,弥感梓桑情。
客至应相贺,秋来愧失迎。
吾非谢安石,再起有何成[一]。

注释:

[一] 再起:即东山再起意。《晋书·谢安传》载谢安隐居会稽东山,年逾四十复出为桓温司马,累迁中书、司徒等要职,晋室赖以转危为安。陈中美谓程老这次伤脚复起,4年后又因在台城遭单车碰倒致伤,月后身亡。

卖花声·耳聋自嘲

风雨是何声。听不分明。几回侧耳到三更。笑我糊涂何至此,岁月无情。
笳角不须鸣。莺莫嘤嘤[一]。兰台听鼓待来生[二]。盲左腐迁[三]求鼎足,尚有聋程[四]。

注释:
[一] 《诗经·小雅·伐木》:"伐木丁丁,鸟鸣嘤嘤。……嘤其鸣矣,求其友声。"
[二] 兰台:唐代指秘书省,是我国古代专门管理国家藏书的中央机构。唐李商隐《无题》诗:"嗟余听鼓应官去,走马兰台类转蓬。"冯浩笺注:"《旧书·职官志》:秘书省,龙朔初改为兰台,光宅时改为麟台,神龙时复为秘书省。"
[三] 盲左腐迁:左丘明与司马迁。
[四] 聋程:作者自称。

湖畔偶成

翁名负腹[一]最相宜,侥幸从今不再痴。
老涉花丛浑有感,静观湖水忽成诗。
年犹假我吟应续,语不惊人拙可知[二]。
且借抛砖来引玉,宁须逐字去求疵。

注释:
[一] 负腹:参《有悟》诗注。
[二] 唐杜甫《江上值水如海势聊短述》:"为人性僻耽佳句,语不惊人死不休。"

湖畔归来赋赠诸君子[一]

宁湖水暖聚鸥群,击桌唱诗声入云。
马首何堪瞻老子[二],龙头[三]只合属诸君。
江山劫后形骸在,珠玉吟成齿颊芬[四]。
留得一篇湖畔集,才知天不负斯文[五]。

注释:
[一] 从20世纪80年代初起,作者与谭伯韶、周尔杰、李如棣等常集台城人工湖咏诗,谭伯韶曾为此编印《湖畔唱酬集》,诸君子当指这些人。
[二] 马首何堪瞻老子:用"马首是瞻"意。
[三] 龙头:参《暮年自遣四首》诗注。
[四] 《晋书·夏侯湛传》:"咳唾成珠玉,挥袂出风云。"宋赵长卿《好事近》:"齿颊带余香,謦咳总成珠玉。"
[五] 天不负斯文:即天之未丧斯文。《论语·子罕》:"文王既没,文不在兹乎?天之将丧斯文也,后死者,不得与于斯文也;天之未丧斯文也,匡人其如予何?"

枕上诗成再赠诸君子

畅叙城南密树间,谈诗偷得半日闲[一]。
新莺出谷声皆好[二],老马归途力已孱。
但使风骚能继续,休云唐宋莫追攀。
山翁不惜衣尘满,又向诗坛扫地还。

注释:
[一] 唐李涉《题鹤林寺僧舍》:"因过竹院逢僧话,偷得浮生半日闲。"
[二] 《诗经·小雅·伐木》:"伐木丁丁,鸟鸣嘤嘤。出自幽谷,迁于乔木。"

闰四月闲写

既非中夏[一]亦非初,岁历周行有闰余。
取醉蒲觞[二]仍有待,投闲葵扇未应疏。
莫嫌暑气消还长,且喜年光疾变徐。
知否山翁度长日,右擎茗碗左携书。

注释:
[一] 中夏:夏季之中,指农历五月。《淮南子·说林训》:"中夏用箑快之,至冬而不知去。"
[二] 蒲觞:即菖蒲酒,用菖蒲叶浸制的药酒。

扇底闲吟[一]

息影林泉卅载强,时将冷眼看炎凉。
道旁倾盖无今雨[二],架上陈书有古香。
窗牖四开风尚少,尘埃不动日弥长[三]。
山翁老未忘吟咏,卧读明人诗几章。

注释:
[一] 陈中美谓自此以下多首诗歌也是1982年作品,录自谭伯韶编印的《湖畔唱酬集》。
[二] 倾盖:车上的伞盖靠在一起,形容一见如故。《史记·鲁仲连邹阳列传》:"谚曰:'白头如新,倾盖如故。'何则?知与不知也。"今雨:指新朋友。
[三] 宋吕本中《郡会分韵得蛮字》:"尘埃不动日方永,桃李无言春自闲。"

闲吟续写

蛰居慵复弄文章,袜线为才^[一]况不长。
逆水行舟徒费力,卖花人过且偷香。
多言取辱毫无益,积愤能消心自凉。
天下苍生皆赤子,南薰何以不加强^[二]。

注释:
[一] 袜线为才:参《春日有感》诗注。
[二] 《孔子家语·辨乐解》:"昔者舜弹五弦之琴,造《南风》之诗。其诗曰:'南风之薰兮,可以解吾民之愠兮;南风之时兮,可以阜吾民之财兮。'"

戏赠尔杰君

脱离教席一身轻,世道艰难恃杖行。
尚有荆妻充护士,岂无酒食馔先生^[一]。
宁园泥上留鸿迹^[二],协会^[三]场中听凤鸣。
且喜楼边多夏木,鸟声时杂读书声。

注释:
[一] 《论语·为政》:"有酒食,先生馔。"唐白居易《饮后戏示弟子》:"孔门有遗训,复坐吾告尔。先生馔酒食,弟子服劳止。"
[二] 鸿迹:鸿雁的足迹。比喻行踪、踪迹。
[三] 协会:政治协商会议,当时周尔杰是台山政协委员。

喜尔杰君见赠五首

虚说吟成泣鬼神[一]，最难得是性情真。
三台风雅衰还盛，据座谈诗大有人。

注释：
[一] 唐杜甫《寄李十二白二十韵》："笔落惊风雨，诗成泣鬼神。"

也曾客食孟尝君[一]，深悔当年贱卖文。
学圃学农[二]今老矣，最愁相见不如闻[三]。

注释：
[一] 孟尝君：即田文，战国齐贵族，封于薛，称薛公，号孟尝君。战国四公子之一，以善养士著称。汉贾谊《过秦论》："齐有孟尝，赵有平原，楚有春申，魏有信陵，此四君者，皆明智而忠信，宽厚而爱人，尊贤而重士。"
[二] 学圃学农：参《自解二首》诗注。
[三]《景德传灯录》卷十四："师执经卷不顾，侍者白曰：'太守在此。'翱性褊急，乃言曰：'见面不如闻名。'"

野老常惭囿见闻，几回谢客约论文。
三台未可吟声绝，突出词坛尚侍君。

九十春光应属君，春风收取入诗文。
山人但识林泉趣，吉语谀词[一]久厌闻。

注释：
[一] 谀词：谄媚的言辞。

祭诗[一]无酒补精神，梦想冥思太认真。
濒死依然贫彻骨，浮生何贵作词人。

注释：

[一] 祭诗：典出唐冯贽《云仙杂记》卷四引《金门岁节》："贾岛常以岁除，取一年所得诗，祭以酒脯曰：'劳吾精神，以是补之。'"

岁暮感吟

柑橙堆满市，壬戌岁阑时[一]。
老泪今犹昔，吟情盛转衰。
可依惟短杖，不死是残棋。
歌哭心何在[二]，旁人恐未知。

注释：

[一] 壬戌岁阑时：1982年年尾。
[二] 《周礼·春官·女巫》："凡邦之大灾，歌哭而请。"郑玄注："有歌者，有哭者，冀以悲哀感神灵也。"

咏　怀

得失寻常事，奚须问衰翁。
有茶堪养老，无酒可治聋。
鼓已成三竭[一]，书难熟九通[二]。
逐贫贫不去，吾欲笑扬雄[三]。

注释：

[一] 《左传·庄公十年》："夫战，勇气也；一鼓作气，再而衰，三而竭。"
[二] 九通：《通典》等9部政书的总称。唐杜佑《通典》、宋郑樵《通志》、宋马端临《文献通考》，旧称"三通"。清乾隆时加入官修的《续通典》《清通典》《续通志》《清通志》《续文献通考》《清文献通考》，合称"九通"。
[三] 汉扬雄《逐贫赋》："扬子遁居，离俗独处。左邻崇山，右接旷野，邻垣

乞儿,终贫且窭……余乃避席,辞谢不直:'请不贰过,闻义则服。长与汝居,终无厌极。'贫遂不去,与我游息。"

自　遣

不闻鸡犬夜愔愔[一],风雨灯前独苦吟。
海外无书常引领[二],人间有事总违心。
年龄八四皆虚度,烦恼三千半自寻[三]。
最是宁园风景短,看花看到绿成阴。

注释:
[一] 愔愔:寂寂貌。
[二] 引领:伸颈远望。《左传·成公十三年》:"及君之嗣也,我君景公引领西望曰:'庶抚我乎!'"
[三] 诗用"自寻烦恼"意。唐李白《秋浦歌》其十五:"白发三千丈,缘愁似个长。"

沁园春·八四弧辰[一]感赋

　　游戏红尘,放浪形骸[二],八十四年。叹南辕北辙,聪明自误,嗟何及也,岁不吾延[三]。湖海归来,山林老卧,回首前情渺若烟。拼投笔,向秋风打稻,春雨犁田。
　　弧辰数到今天,笑措大[四]、无多买酒钱。想豪门祝嘏,华堂戏彩,酒香横溢,宾客喧阗[五]。各有前因,吾行吾素,薄有登盘缩项鳊[六]。贫难讳,但吟情尚好,狂态依然。

注释:
[一] 八四弧辰:此诗作于1982年10月20日,作者虚岁84岁。
[二] 《晋书·王羲之传》:"或因寄所托,放浪形骸之外。"
[三] 宋苏轼《洗儿》:"人皆养子望聪明,我被聪明误一生。"《诗经·王

风·中谷有蓷》："啜其泣矣，何嗟及矣。"宋朱熹《劝学文》："日月逝矣，岁不我延。"
[四] 措大：指贫寒失意的读书人。
[五] 祝嘏：祝寿。戏彩：《艺文类聚》卷二十引《列女传》："老莱子孝养二亲，行年七十，婴儿自娱，著五色采衣。尝取浆上堂，跌仆，因卧地为小儿啼，或弄乌鸟于亲侧。"喧阗：喧哗，热闹。
[六] 吾行吾素：参《鸡年去狗年来感成一律》诗注。缩项鳊：亦称"缩头鳊"，鱼名。以肥美著名。参《学农差胜卖文章》诗注。

湖畔归来老妻正在晨炊因景生情率成一律

侥幸寒厨薄有烟，座无宾客更无毡[一]。
居常温饱知何日，卖尽痴呆[二]又一年。
富倘能求犹未晚，磨而不磷[三]岂非真。
明朝依旧谈诗去，倚杖城南老树前[四]。

注释：
[一] 无毡：参《岁暮寄怀四首》诗注。
[二] 卖尽痴呆：参《抒怀五首》诗注。
[三] 磨而不磷：谓极坚之物，磨也磨不薄。比喻不受环境影响，经得起考验。语出《论语·阳货》："不曰坚乎，磨而不磷；不曰白乎，涅而不缁。"朱熹集注："磷，薄也。涅，染皂物。言人之不善，不能浼己。"
[四] 《庄子·德充符》："倚树而吟，据槁梧而瞑。"

八十四岁春日寄怀

老去精神逐日差，更无韵语寄天涯。
状常如醉非关酒[一]，梦不能忘是看花。
悦耳有歌惟击壤[二]，修身无术况齐家[三]。
湖边大肆谈诗舌，遮莫狂名动迩遐[四]。

注释：
[一] 宋杨万里《春日六绝句》其二："春醉非关酒，郊行不问涂。"
[二] 击壤：汉王充《论衡·艺增》："有年五十击壤于路者，观者曰：'大哉，尧德乎！'击壤者曰：'吾日出而作，日入而息，凿井而饮，耕田而食，尧何等力！'"
[三] 齐家：治家。《礼记·大学》："欲齐其家者，先修其身。"
[四] 遮莫：任凭。迤逦：远近。

萧然短鬓欲飞霜，太息浮生岁月忙。
尚有吟笺酬友好，曾无彩笔[一]写春光。
且将薪米谋朝夕，底用诗词说宋唐。
八十四年人尚在，天教留眼看沧桑[二]。

注释：
[一] 彩笔：参《冬日寄怀二首》诗注。
[二] 宋陈恭《黄峰三十六咏》其七："沧桑几阅山中眼，晤对终年若个言。"明李昌祺《满庭芳·贺人生日四月年六十》："人都道，天留老眼，安坐阅沧桑。"

雨中偶忆亡友李道旋

十年抵掌共论文[一]，此日音容渺见闻。
泉下有灵应念我，人间何事不容君。
犁田未及新阡陌，拓地遑论古墓坟。
为问诗魂惆怅否，白杨萧瑟雨纷纷[二]。

注释：
[一] 抵掌：击掌。《战国策·秦策一》："（苏秦）见说赵王于华屋之下，抵掌而谈。"宋程洵《次韵张顺之见寄》："别来又见秋风高，抵掌论文几时再。"
[二] 《古诗十九首》其十四："古墓犁为田，松柏摧为薪。白杨多悲风，萧萧

愁杀人。"

炉 边 吟

先生聊亦学冬烘[一]，冬日围炉斗室中。
客去未妨扉半掩，吾衰更叹耳双聋。
岂无粗粝[二]供朝膳，尚有重绵御朔风。
独怪故人书久滞，岁寒不应阻鱼鸿[三]。

注释：

[一] 冬烘：迂腐，浅陋。诗指冬天烤火取暖。
[二] 粗粝：粗劣的饭食。
[三] 鱼鸿：参《山居写意》诗注。

数回寒气袭山城，唤起民间疾苦声。
幸有茅茨容抱膝，不因风雪阻吟情。
酒荒颇忆扶头[一]味，食淡更宜负腹[二]名。
且待晴明吃茶去，举杯犹可慰生平。

注释：

[一] 扶头：指扶头酒，醇厚浓烈易醉人之酒。唐白居易《早饮湖州酒寄崔使君》诗："一榼扶头酒，泓澄泻玉壶。"
[二] 负腹：参《有悟》诗注。

满江红·游仙

雨夜微凉，梦忽到，蓬莱仙岛。看不尽、黄金宫阙，琪花瑶草[一]。蓦被前头鹦鹉觉，一声谓有凡人到。不多时、转出一仙姝，如花貌。

笑谓我，来太早。且归去，理吟稿。我赧然[二]无语，返寻故道。自悔游仙虚一走，未尝仙液和梨枣[三]。况目前、搔痒正需求，麻姑爪[四]。

注释：
[一] 琪花瑶草：指仙草。唐王毂《梦仙谣》之一："前程渐觉风光好，琪花片片黏瑶草。"
[二] 赧然：惭愧脸红貌。
[三] 仙液：美酒。梨枣：指交梨火枣，道家所说的仙果。
[四] 《太平广记·麻姑》："又麻姑鸟爪，蔡经见之，心中念言：'背大痒时，得此爪以爬背，当佳。'"

思佳客·皮痒得"可的松膏"涂治

毒尔缘何涽[一]老夫。痒搔浑欲请麻姑[二]。偶然写作游仙曲，撚断银光几缕须[三]。

须火速，治皮肤。鹤鸣山上有灵符[四]。未如可的松膏便，信手拈来薄薄涂。

注释：
[一] 涽：扰乱。
[二] 麻姑：参《满江红·游仙》注。
[三] 唐卢延让《苦吟》："吟安一个字，撚断数茎须。"
[四] 《后汉书·刘焉传》："（张鲁）祖父陵，顺帝时客于蜀，学道鹤鸣山中，造作符书，以惑百姓。"清恽敬《真人府印说》："鲁之祖道陵，本沛人，隐鹤鸣山，在今四川剑州。"

李如棣[一]联

记多时文字相交，珠玉新词常出袖[二]。
痛此日人琴俱逝[三]，阑干[四]老泪欲沾衣。

注释：

［一］李如棣：号愚公，1983 年六月初四卒。
［二］《晋书·夏侯湛传》："咳唾成珠玉，挥袂出风云。"唐杜甫《和贾至早朝》："朝罢香烟携满袖，诗成珠玉在挥毫。"
［三］人琴俱逝：典出南朝宋刘义庆《世说新语·伤逝》："王子猷、子敬俱病笃，而子敬先亡……子敬素好琴，（子猷）便径入坐灵床上，取子敬琴弹。弦既不调，掷地云：'子敬子敬，人琴俱亡！'因恸绝良久，月余亦卒。"
［四］阑干：纵横散乱。

风雨山窗感念愚公凄然成咏（七律二首之一）

宁园如故昔人非，太息移山愿已违[一]。
剩有诗词留我念，无多涕泪与君挥。
三生[二]未必缘犹在，一老谁知天不遗[三]。
从此倚声花月下，抒情怕谱《惜分飞》[四]。

注释：

［一］移山愿已违：诗指李如棣逝去事。因李如棣号愚公，故及愚公移山典。
［二］三生：即三世转生之意。
［三］《诗经·小雅·十月之交》："不憖遗一老，俾守我王。"《左传·哀公十六年》："昊天不吊，不憖遗一老。"
［四］《惜分飞》：词牌名，又名《惜芳菲》《惜双双》等。毛滂创调，词咏唱别情。

临江仙·悼愚公词

前作吊愚公诗，意有未尽，再成哀歌。
两个白头人并坐，湖边绿树阴阴。去年亲热到如今。诗声惊叶堕，鬓影误鱼沉[一]。

　　凄绝大楼晨茗罢，恶风吹到酸音。一时涕泪满词林。玉壶心一片[二]，从此烙痕深。

注释：
[一] 句谓鱼误见发影而深潜。《庄子·齐物论》："毛嫱、丽姬，人之所美也；鱼见之深入，鸟见之高飞。"
[二] 玉壶心：指心地冰清玉洁。唐王昌龄《芙蓉楼送辛渐》："洛阳亲友如相问，一片冰心在玉壶。"

悼愚公续咏（五律二首之一）

　　　　寂寞宁园路，斯人不再来。
　　　　一时花减色，半里鸟鸣哀。
　　　　石磴留余韵，山城失俊才。
　　　　终怜泪千点，流不到泉台[一]。

注释：
[一] 泉台：指阴间。唐骆宾王《乐大夫挽辞》之五："忽见泉台路，犹疑水镜悬。"

满庭芳·重过宁园有怀愚公

　　曙色才分，雨声初霁，重来何恨沾衣。暮年情绪，哀乐有从违[一]。怅望宁园一角，浓阴处、物是人非。今而后，愚公逝矣，风雅倩谁归。

　　轻肥[二]曾未共，问君何遽，弃我如遗[三]。岂签名，修文[四]怕失时机。历尽人间坎坷，应无虑、泉路幽微。吾何似，寒云漠漠，孤雁倦犹飞。

注释：
[一] 从违：取舍。

[二] 轻肥：豪奢的生活。唐杜甫《秋兴八首》其三："同学少年多不贱，五陵裘马自轻肥。"
[三] 《诗经·小雅·谷风》："将安将乐，弃予如遗。"
[四] 修文：即修文郎，称阴曹掌著作之官。晋王隐《晋书》："言天上及地下事，亦不能悉知也。颜渊、卜商，今见在为修文郎，修文郎凡有八人，鬼之圣者。"

《愚公焚余稿》[一] 题词

古人论诗无一是，不外偏见私一己。
云何魏武列三等[二]，云何青莲屈居尾[三]。
问之钟嵘与荆公，恐有强词可夺理。
又如身已要人扶，山谷论诗首屈指[四]。
又如徐凝瀑布诗，东坡认为水莫洗[五]。
至于诗词不必泯宋唐，只要性情流满纸。
二语出自陈独漉[六]，我谓斯言得之矣。
先生有诗追坡谷，先生有词追温李[七]。
有时轻浅如说话，有时借典寓深意。
笔头变化不一端，读者但寻味外味[八]。
我是西山一叟耳，忝比先生长四岁。
风檐展读遗诗词，一若铜仙泻泪如铅水[九]。

——岁次癸亥夏月题

注释：

[一] 《愚公焚余稿》为谭伯韶在李如棪身后编录，其中与程坚甫唱和的诗词有13首之多，可见两人交情之深。
[二] 魏武列三等：指曹操的诗歌被钟嵘归于《诗品》所列"三品第"中的"下品"。
[三] 青莲屈居尾：王安石编辑李、杜、韩、欧四家诗时，曾有意把李白列在最后。胡仔《苕溪渔隐丛话》前集卷六载《遯斋闲览》云："或问王荆公云：'编四家诗，以杜甫为第一，李白为第四，岂白之才格词致不逮甫也？'公曰：'白之歌诗，豪放飘逸，人固莫及；然其格止于此而已，

不知变也。至于甫，则悲欢穷泰，发敛抑扬，疾徐纵横，无施不可……'"

[四] 宋蔡正孙《诗林广记》后集卷六云："黄山谷见此诗'时方随日化，身已要人扶'之句，叹曰：'陈三（陈师道）真不可及。'盖天不憖遗之悲，尽于此矣。"

[五] 唐徐凝《庐山瀑布》："虚空落泉千仞直，雷奔入江不暂息。今古长如白练飞，一条界破青山色。"宋苏轼《戏徐凝瀑布诗》："帝遣银河一派垂，古来惟有谪仙词。飞流溅沫知多少，不与徐凝洗恶诗。"

[六] 明陈恭尹《次韵答徐紫凝》其四："文章大道以为公，今昔何能强使同。只写性情流纸上，莫将唐宋滞胸中。"

[七] 坡谷：指苏轼与黄庭坚。温李：指温庭筠及李煜。

[八] 味外味：文字言辞之外的意境、情味。唐司空图《与李生论诗书》："足下之诗，时辈固有难色。倘复以全美为上，即知味外之旨矣。"宋苏轼《东坡志林》稗海本卷十："司空表圣自论其诗，以为得味外味。"

[九] 宋方一夔《再叠前韵别鹤峰》："风檐数四读，愈我岑岑痛。"唐李贺《金铜仙人辞汉歌序》："魏明帝青龙元年八月，诏宫官牵车西取汉孝武捧露盘仙人，欲立致前殿。宫官既拆盘，仙人临载，乃潸然泪下。唐诸王孙李长吉遂作《金铜仙人辞汉歌》。"唐李贺《金铜仙人辞汉歌》："空将汉月出宫门，忆君清泪如铅水。"

遣悲怀四首[一]

卅载牛衣泪未干[二]，遇人终古感艰难[三]。
魂归兜率眉应展[四]，休念老夫形影单。

注释：

[一] 作者妻子何莲花于1983年七月初七逝世，此为1984年七夕悼念亡妻之作。唐代元稹有《遣悲怀三首》伤悼其原配妻子韦丛。

[二] 《汉书·王章传》："章疾病，无被，卧牛衣中，与妻决，涕泣。"

[三] 《诗经·王风·中谷有蓷》："慨其叹矣，遇人之艰难矣！"

[四] 《法华经·劝发品》："若有人受持读诵，解其义趣，是人命终……即往兜率天上弥勒菩萨所。"

死生分手我何堪，五十年来[一]共苦甘。
何事于心还未了，临终不断口喃喃。

注释：
[一] 五十年来：作者与其妻结婚似在1934年左右。

牛衣余泪写成诗，正是人间七夕时。
坐看女牛难学步[一]，渡河相见更无期。

注释：
[一] 女牛：织女星和牵牛星。学步：学习。诗指学习渡河相见。

久矣斋头笔墨荒，何心更巧弄文章。
如今作此凄凉语，莫遣悲怀只断肠。

中秋月下吟三首[一]

醉月飞觞兴最豪，由来得月在楼高。
谁知月也怜诗客，分取余光照缊袍[二]。

注释：
[一] 中秋：指1984年中秋。陈中美谓此组诗出自谭伯韶所编《不磷室诗选》的终篇。
[二] 缊袍：以乱麻为絮的袍子。《论语·子罕》："衣敝缊袍，与衣狐貉者立，而不耻者，其由也与？"朱熹集注："缊，枲著也；袍，衣有著者也。盖衣之贱者。"

飞镜无根系者谁，稼轩妙语解人颐[一]。
可怜今夜阶前月，犹似牵娘索饼时。

注释：
［一］宋辛弃疾《木兰花慢·可怜今夕月》："空汗漫，但长风浩浩送中秋？飞镜无根谁系？姮娥不嫁谁留？"

$$广寒宫下不胜凉，且复寻诗遣夜长。$$
$$辛苦吟成还自慰，边韶腹笥^{［一］}未全荒。$$

注释：
［一］腹笥：参《山居自遣二首》诗注。

乙丑初秋与惠群合拍一照以诗系之二首[一]

论诗说古旧曾经，从此师生入画屏。
难得忘年更亲热，未须顾影叹伶仃[二]。

注释：
［一］乙丑：1985年。陈中美谓此为陈惠群提供的最后一组诗。
［二］伶仃：孤独。

西山憔悴一儒冠，好似松筠耐岁寒[一]。
自笑未能忘我相，持将照片几回看。

注释：
［一］《论语·子罕》："岁寒，然后知松柏之后凋也。"

春日闲写[一]

春梦何心忆昨宵，暂凭七碗溉诗苗[二]。
江山远近无非好，花鸟音容总是娇。
几簇高楼连古巷，一泓浅水贯长桥。
可怜入市愁风雨，夜半开门望斗杓[三]。

注释：

[一] 自此以下共13首诗为陈中美查阅相关资料所得，多采自台山友声诗词研究会出版的《嘤鸣》诗刊。
[二] 七碗：七碗茶。句谓通过饮茶觅诗。参唐卢仝《走笔谢孟谏议寄新茶》。
[三] 斗杓：指北斗的第五至第七星。

戏赠案上纸花

剪纸为花假似真，富于颜色少丰神。
名姝讵可求香国[一]，膺鼎[二]差能慰老人。
窗下有书堪作伴，案头无酒不成春。
开箱触手罗巾在，替尔殷勤拂俗尘。

注释：

[一] 香国：花国。
[二] 膺鼎：当作"赝鼎"，即赝品。诗指纸花。

送春一绝

九十春光此日休,东皇去也驾难留。
痴翁目送芳尘远,倚遍朝来燕喜楼[一]。

注释:
[一] 燕喜楼:台山酒楼。

赠尔杰君二首[一]

坐断湖边石,流连似说诗。
交情仍欲淡[二],识面却嫌迟。
好学君谁及,逃名我自知。
彩云[三]亲手捧,相见又何时。

注释:
[一] 陈中美注程诗谓此两诗作于1983年。
[二]《庄子·山木》:"谓贤者之交谊,平淡如水,不尚虚华。"
[三] 彩云:即彩云笺纸。诗指美妙诗句。

一自乔迁后,半年音问疏。
君应入佳境[一],吾但守穷庐。
自厌头皮老,何妨腹笥[二]虚。
匆匆成两律,犹恐失纡徐[三]。

注释:
[一]《晋书·文苑传·顾恺之》:"恺之每食甘蔗,恒自尾至本,人或怪之。云:'渐入佳境。'"

［二］腹笥：参《山居自遣二首》诗注。
［三］纡徐：文辞委婉舒缓。

赠尔杰老弟

一台城隔各西东，刮目何时看吕蒙[一]。
吟醉我无先哲[二]乐，行藏君有古人风。
景庐[三]荫覆门应大，茶肆香闻路可通。
容易文章添色彩，石花[四]浮翠扑帘栊。

注释：

［一］《三国志·吴书·吕蒙传》"结友而别"，裴松之注引晋虞溥《江表传》："初，权谓蒙及蒋钦曰：'卿今并当涂掌事，宜学问以自开益。'……蒙始就学，笃志不倦，其所览见，旧儒不胜。后鲁肃上代周瑜，过蒙言议，常欲受屈。肃拊蒙背曰：'吾谓大弟但有武略耳，至于今者，学识英博，非复吴下阿蒙。'"
［二］先哲：当指白居易，其人号"醉吟先生"。
［三］景庐：周尔杰住所名。
［四］石花：指台山石花山"石人耸翠"之景。

和尔杰君《七六感怀》[一]

杜陵头脑未推陈，硬说儒冠多误身[二]。
好是名高不招妒，尝闻学富可赡贫。
育才已足称良傅，律己曾无愧古人。
老眼阅人千万亿，先生赋性最淳真。

注释：

［一］因周尔杰生于1911年，其虚岁76岁时应是1986年，故此诗亦当作于1986年。

[二] 未推陈：未出新意。句谓杜甫说法不对。唐杜甫《奉赠韦左丞二十二韵》："纨裤不饿死，儒冠多误身。"

世事如棋局局新[一]，唯君省拂素衣尘[二]。
卅年门下多英物，一念山中有故人。
病体居然登寿域[三]，诗名恰好属闲身。
妻贤子孝春长在，斗柄何时不指寅[四]。

注释：

[一] 《增广贤文》："人情似纸张张薄，世事如棋局局新。"
[二] 素衣：白衣。晋陆机《为顾彦先赠妇》之一："京洛多风尘，素衣化为缁。"
[三] 寿域：谓人人得尽天年的太平盛世。《汉书·礼乐志》："愿与大臣延及儒生，述旧礼，明王制，驱一世之民，济之仁寿之域。"
[四] 指寅：参《一剪梅·早春写意》诗注。

玉 楼 春[一]

金风暗度秋来早[二]，窗外微闻鸦鹊噪。拾将枯叶煮新茶，寒士生涯殊草草[三]。

眼前何物伤怀抱，说与旁人堪一笑。夜阑呼烛写新词，彷佛老刀仍未老。

注释：

[一] 玉楼春：词牌名，又名"归朝欢令""呈纤手""春晓曲""惜春容"等。
[二] 金风：秋风。宋秦观《鹊桥仙》："纤云弄巧，飞星传恨，银汉迢迢暗度。金风玉露一相逢，便胜却、人间无数。"
[三] 草草：忧虑劳神。《诗经·小雅·巷伯》："骄人好好，劳人草草。"毛传："草草，劳心也。"

读书学剑都无谓，问舍求田[一]尤可耻。天心非酷亦非仁，刍狗[二]自为刍狗耳。

卅年谙尽山林味,除却山林无乐事。古榕树下曲肱[三]眠,万里风来吹不起。

注释:
[一] 问舍求田:喻只求个人小利,没有远大志向。参《自慰二首》诗注。
[二] 刍狗:古代祭祀时用草扎成的狗。《老子》:"天地不仁,以万物为刍狗;圣人不仁,以百姓为刍狗。"魏源本义:"结刍为狗,用之祭祀,既毕事则弃而践之。"
[三] 曲肱:谓弯着胳膊做枕头。《论语·述而》:"饭疏食饮水,曲肱而枕之,乐在其中矣。"

无 题 二 律

青春常在梦,醒后一衰翁。
弹指光阴速,看书目力穷。
世情多忽略,经义仅粗通。
莫策虺颓马,人前顾盼雄[一]。

注释:
[一] 虺颓:犹虺𬯎。《诗经·周南·卷耳》:"陟彼崔嵬,我马虺𬯎。"毛传:"虺𬯎,病也。"《宋书·范晔传》:"跃马顾盼,自以为一世之雄。"

九十年垂近,难言矍铄[一]翁。
虚名无处觅,阿堵[二]有时穷。
两腋风[三]常在,重洋梦不通。
心香虔一瓣,留待拜英雄。

注释:
[一] 矍铄:参《漫成》诗注。
[二] 阿堵:钱。语出南朝宋刘义庆《世说新语·规箴》:"王夷甫雅尚玄远,常嫉其妇贪浊,口未尝言钱字。妇欲试之,令婢以钱绕床不得行。夷甫晨起,见钱阂行,呼婢曰:'举却阿堵物。'"

[三] 两腋风：指其好茶饮。唐卢仝《走笔谢孟谏议寄新茶》："六碗通仙灵，七碗吃不得也。唯觉两腋习习清风生，蓬莱山，在何处？玉川子，乘此清风欲归去。"

无 题 六 韵[一]

浪迹江湖久，平生忧患多。
流离哀庾信[二]，成败问萧何[三]。
陋巷吟魂冷，高楼笑语和。
悲如仓颉哭[四]，响嗣屈原歌[五]。
劲节常看竹，轻衣未裂荷[六]。
底须愁落日，借尔鲁阳戈[七]。

注释：

[一] 陈中美谓此诗是作者1987年在病榻上写成的最后的遗墨。
[二] 南北朝庾信《哀江南赋》："粤以戊辰之年，建亥之月，大盗移国，金陵瓦解。余乃窜身荒谷，公私涂炭。华阳奔命，有去无归。……信年始二毛，即逢丧乱，藐是流离，至于暮齿。"
[三] 用成也萧何，败也萧何典。参《有忆二首》（有限光阴竟似梭）诗注。
[四] 《淮南子·本经训》："昔者仓颉作书而天雨粟，鬼夜哭。"
[五] 响嗣屈原歌：谓其诗作得屈原之遗风。
[六] 衣未裂荷：未裂荷衣，即未抛隐者之衣。《文选·孔稚珪〈北山移文〉》："焚芰制而裂荷衣，抗尘容而走俗状。"吕延济注："芰制、荷衣，隐者之服。"
[七] 《淮南子·览冥训》："鲁阳公与韩构难，战酣日暮，援戈而㧖之，日为之反三舍。"唐李白《日出入行》："鲁阳何德，驻景挥戈？"

附录：

天妒斯文实可哀
——悼程坚甫先生
谭伯韶

　　坚甫先生走完了八十八年的坎坷人生道路，于1987年11月11日凌晨悄然离开人间。身后萧条，除近稿一帙外，无长物，令人浩叹！

　　先生姓程，名君练，字坚甫，别署不磷室主，晚年自号西山叟、痴翁。为人清廉正直，洁身自爱。早年曾任广东省盐业公会秘书、燕塘军校图书馆管理员、中山地方法院秘书、广东省高等法院秘书。按道理说，先生所任职务是大有油水可捞的，但先生每次离职时连回乡的路费也无着落，真是"一行作吏，两袖清风"者也。记得30年代末，先生从曲江解职归来，甫卸行装，便告断炊。当时村中还有赌场，一位赌场工人从"水罂"中拿出几个"双毫"给先生济急。这位工人一边递钱，一边喃喃地说："过了午时无饭食，满肚文章也当闲。"我想先生当时一定是很难堪的吧。

　　抗日战争期间，先生赋闲在家，时与邑中诗人伍润三、伍公赤、林伯墉、谢养初、汤子褒、梅健行、谭化雨、郭赓祥、黄毓春等诸公过从。胜利后则与开平周燕五诗翁周游于周公纪真、李公奕梧之门，是得诸公周济，勉强度日。新中国成立初，先生以老病之身，借樵苏以谋升斗。而其夫人何莲花女士，则直至八十高龄仍为人当保姆以糊口。亲友有同情者，亦爱莫能助，盖当斯时人人自顾尚且不暇也！近年以来，国运承平，情况好转，海内外亲友时有周济，而先生之夫人又先先生而去，先生孤独愁苦，遂萌厌世之心，悲观之情，时见于诗。

　　先生一生耽于吟哦，虽"箪瓢屡空，吟兴不因少减"（《不磷室诗存自序》）。逝世前一月，尚来伯韶处检索资料，早年台山有"韵学研究社"之民间组织，社中诗课，先生之作每列前茅。著有《不磷室诗词集》，藏于家，1951年为其夫人投之丙丁。后先生凭记忆所及，录存诗二百六十二首，词若干阕，题为《不磷室诗存》。以后所著，录为《半叟吟稿》《痴翁梦语》等共五册。1982年夏，时先生春秋八十有四，自度来日无多，乃将全部诗稿托付伯韶。

　　今夏，先生之族人英儒君与伯韶共谋编刊先生诗集事，商之于先生，此间，伯韶与先生略有歧见。盖先生工于律，无论意境造设、布局谋篇、遣词造句，都见功力，第以一生坎坷，格调类多低沉，且唱和、应酬之作不少。伯韶以为此类作品当大量删汰。而先生则以此等所费心力最多，不忍舍弃。议未决而先生已归道山。先生逝去之日，其族人即招伯韶收拾先生之遗稿及函件。伯韶与先生同里居，有通家之好（先生之胞妹为伯韶先大母之义女），忘年相交四十年，谊兼师友，保存、整理及刊行先生之遗著，伯韶义不容辞。

先生年近九十，堪称上寿，随时仙去，已非意外之事，亦不会引起太大的悲痛。然而，一种失落感萦绕心头，亦非一时所能驱去也。因略志先生行实，并成七言二韵为悼云：

天妒斯文实可哀，百年坎坷厄高才！
诗魂今日归何处？苦雨凄风绕夜台。

谭伯韶1987年11月12日于野荼蘼轩

《洗布山诗存》序
陈中美

台城西边有洗布山,洗布山下有洗布山村,洗布山村出了两位诗人:程坚甫与谭伯韶。这《洗布山诗存》所存的,就是这两人的诗集:《不磷室拾遗》和《野荼蘼集》的精华。

程坚甫《不磷室拾遗》的发现出于偶然:1995年12月,台山友声诗词研究会会长谭伯韶采编《台山近百年诗选》完成未印而病逝;1996年2月,我还乡访寻他的遗稿,兼得程氏《不磷室拾遗》手稿和谭氏编的《不磷室诗选》稿本。携返美国读之,拍案称奇:我们台山有如此高水平的诗!何以他住近台城而我不识?

及知程坚甫逝于1987年,我悔还乡开展咏诗活动之晚!在他身后一年,我在台城的明彩园玉衡楼才建成,有楼归来栖身始会友咏诗,有诗会始认识较多诗人。90年代常邀谭伯韶参与明园玉楼咏诗会,他又不曾提起同村故诗人及其杰作,遂致读之恨晚。此情,曾作一律记之:

> 近在城边竟不逢,读诗才识出群雄。
> 一身愁似黄仲则,七律工如陆放翁。
> 不怪题材欠广阔,深怜情景善交融。
> 拟将杰作吟诗会,共赏诗人百炼功。

1996年冬还乡,我在"明园玉楼咏诗会"做了题为《台山杰出诗人程坚甫》的报告。此文连同程诗廿八首,随即刊登于1997年年初印行的《明园玉楼咏诗》第四集;并在《编后》说要编《洗布山诗存》传世,征集两诗人遗诗及其生平事迹。

1997年春我在美国着手选编《洗布山诗存》,反复细读两位诗人的诗与文,又得知程氏的人品与诗品比先前估量的为高,谭氏的人品却比原来认识的低。

程坚甫生于1899年10月20日,卒于1987年11月11日。本名君练,号不磷室主、半叟。他是广州中学毕业生;曾任广州燕塘军校图书馆管理员、广东省盐业公会秘书、韶关警察局文书、中山地方法院秘书、广东高等法院汕头分院秘书；自40年代末还乡，采柴、种菜、作诗终身，是个自食其力的贫苦隐士。我看他的人品的增值，主要是从他许多咏怀诗（大多数是七律）的思想性中表现出来的。至于其诗的杰出艺术性，在写《台山杰出诗人程坚甫》时已见到了；其文的精深典雅，从他的《不磷室拾遗·自序》，也可见一斑。

细看程坚甫抚今追昔、啼饥号寒、感事伤怀的诗，绝大多数以安贫乐诗和甘心归老故山作结，能从感伤之中解脱出来，破涕为笑。读到他的幽默诗句，如"多纹脸似风吹水，思饮心随月上楼""廿年事往难回首，一笑唇开有剩牙""寻醉欲瞒黄脸妇，游春忘是白头人""好梦难成休恨枕，余生有几且提壶"等，你也会为他贫苦之中的达观精神所感动，不止是默默地同情而已，会会心微笑的！这是他的咏怀诗富有情趣、思想豁达的第一个方面。

第二个方面是他在咏怀诗中表现出来的人民性。还做官的时候，他在《春耕》中就写过："但愿官租催莫急，不劳高唱救农村！"及至政权易手后做了下等公民（旧官吏，比时称"老九"的一般知识分子的社会地位还卑下），公社化后他在《有寄》中还敢乞求："得鱼至竟归谁有？乞解鸬鹚系颈绳！"此外，在大量的咏怀七律中，也不乏类似的自怜而又怜民的诗句，如："敢望余生登耋耄？还期丰岁慰黎元！""同是众生同食粟，几人消瘦几人肥？""败笠只应化作蝶，教鞭谁料用于牛？""天下苍生皆赤子，南薰何以不加强？"

第三个方面，从他的咏怀诗，可以看到他具有正确的劳动观和毫不掩饰的正派隐士、正派诗人的情怀。常人认为卑下的采柴、种菜、卖柴、卖鸡以至拾粪等劳作，他都写入诗。他是台山诗人中第一个真正的樵夫，是我所见到的中国第一个写拾粪诗的斯文人。他的咏怀诗，都是他的真实经历和当时思想感情的记录，极少造作成分。他的"三分儒者七分农，归老山林愿已从""奔仆风尘不废诗，吟成都在息肩时"，写得何等真实可爱！他的"借诗遣闷从吾好"，正如陆放翁写的那样："吾诗但欲忘忧耳，那博人间水一杯！"

第四个方面，他的咏怀诗表现出穷愁不忘、至死方休的爱母之情。他"每饭不忘惟老母"，在贫困的60年代，他《感赋》："慈帏渺矣恨终天，灯影机声绘目前。"他《思亲》道："难将寸草报春晖，叹息门风日式微！"70年代他写的《感旧断肠词》是首高水平的五律："风吹衣带断，游子薄言归。行役身徒苦，娱亲愿已违。无方回老病，何时报春晖？凄绝当年月，还来照素帏！"还有《七十寄怀》说："正是夜乌啼切处，依稀梦里见慈帏。"老到85岁时写的《中秋月下吟》，仍然吟道"可怜今夜阶前月，犹似牵娘索饼时"！在亲情日薄的现代，他如此连绵不绝的爱母之情，是值得文明人士赞扬的。

因为有这么多优良品质，我进一步肯定程坚甫诗高出台山，杰出岭南；尤其是其七律之工，警句之多，不下于我所熟悉的部分古今名家诗集。我决意把计划编印的《洗布山诗存》，由平装本改为精装本，让读者更珍重它，能更好地流传下去；还从他数以百计的令人百读不厌的诗句中，选刻数十联于石窟诗林，让它与山石同在不朽，长供游人欣赏。

比程坚甫晚27年的谭伯韶，生于1926年1月28日，卒于1995年12月24日（该日被发现倒毙于房中地上）或早一两天。他从1946年冬到1949年冬，任国民政府国防部军统局官员。1952年被捕，流放内蒙劳改二十一年。1974年刑满还乡；1984年依法创立台山友声诗词研究会，十年间自力印行诗、文、书、画及作者字迹、照片均登的《嘤鸣》诗刊二十四期；又费六年精力，采编具有台山文献性质的、包含作者简历与相片的《台山近百年诗选》，并租用电脑设备自力照排成版本，至死方休。他是知识分子中能为故乡做出显著贡献的一人！加上他的诗词质量高而又有革新思想，今盖棺定论，可谓台山杰出诗人。但他的政治思想异于文艺思想，保持着"树倒金陵欠一死"（他的诗句）的民国遗民心态。他称"休休狂叟"，也有狂的表现。

谭伯韶在哀悼程坚甫文中说："1982年夏，时先生春秋八十有四，自度来日无多，乃将全部诗稿托付伯韶。"伯韶有不负所托的一面，保存住《不磷室拾遗》手稿，并选辑了《不磷室诗选》初稿，把程坚甫晚年的《半叟吟稿》中的大部分诗保住；但他又有有负所托的一面，他把程坚甫50多首诗窃入自己的《野荼蘪集》，又不尊重程坚甫的意见，坚持认为程氏七律格调低沉的偏见，在程氏身后改编的《不磷室诗选》第二稿，删掉包含大量好诗的200多首七律。幸我及时采访他的遗稿，侥幸得到他和程氏的部分手稿，才减轻了这一错误所造成的损失。

两诗人的诗稿有个共同缺点：作品不注写作年月，且看来只有半数尚按写作先后编排。收诗较多的《不磷室诗选》初稿，编排更糟：既按诗的体裁编排，而各诗体的诗又不按写作先后顺序，甚至把《不磷室拾遗》手稿早期的诗，排在最晚期作品之中（这显然受到古人"耻其少作"的编诗陋习所影响）。这就给按年月顺序编诗（最佳办法）的本集带来了不能补救的缺憾，只能参考诗意求编排的写作年代大体不错了。

值得庆幸的是，台山报发出《台山杰出诗人海外有知音》消息，把程坚甫的女弟子陈惠群引出来，献出老师抄给她的诗手稿，得以增选28首入这一诗存；又借她之助，明确了好些诗篇的写作时间。

今采集到的程诗有640多首，其中七言律诗340多首，七言绝句200余首，五言律诗30多首，词50余首，五言古诗4首，七言古诗2首，五言排律2首，五言绝句1首。总而论之，情真意新而自然，多完美之诗与创新之句、工整之联。选他的诗，自当根据诗意而非形式，整体完美的或局部精彩的都录，还收入少量有参考价值的平稳之作。计共选存诗词422首（占总量三分之二），其中七律230余首，七绝110多首。他是个写七律特多特工整的诗人，尽管选录三分之二，仍有遗珠，故又选辑《编余诗摘句》于后。

谭伯韶存诗远较程氏为少。存在于1984年始辑的《野荼蘼集》中的本人诗词94首，1995年编辑的《河西太郎变法集》中的诗词28首，见于《嘤鸣》诗刊及其他刊物的数十首，总量不过200。他收编1983年以前诗词的《鼓缶集》不见其诗，但见残存的序言；从剪掉的诗页痕迹看来也不过百首，其中有的后来收入《野荼蘼集》。其存诗中多七言绝律和词，没有五言古体诗。今选存其诗词98首（占总量一半），写作时间从70年代末到1995年逝世。除诗词作品之外，还辑入他的一些论诗之文。他是台山少有的主张诗词改革者，编入他的诗论是必要的。

《洗布山诗存》编成置于案头，半年中不时吟阅，多次删补。保存者都经鉴赏多次才定，其中的警句更吟诵欣赏10多次，选编工作是与吟诵娱乐一起进行的。偶见生僻的词与字，就自己所知和参阅辞书史籍简加注释（也有我既不解而未加注的）；偶有会意，略加评语；又乘兴在欣赏的佳句佳联之下加上重点（.），这主要是因程坚甫诗句既工整又富有创造性而想到的引人注意的办法，读者从疏落而醒目的重点中，较容易看到作者不凡的艺术才华。

所有为采集、编排、评点、注释花的工夫，都是为了有利于洗布山两位诗人作品的出版传世，有利于读者的赏识；且让更多的人知道程坚甫诗好过台山历代诗，是至今为止台山格律诗的最高峰！这是现代台山文化之乡的光荣！

熟悉台山历代诗情的读者，你同意吗？

陈中美1997年6月序于美国加州核桃溪

《程坚甫诗存》扩编记

陈中美

　　1997年印行的《洗布山诗存》，是洗布山村程坚甫与谭伯韶两位诗人的选集。当时采集到程坚甫诗640多首，选入422首和数十诗句，采集到谭伯韶诗近100首，选入90首和诗话7篇。

　　1998年，由于长期在明园玉楼咏诗会征求台山诗人遗诗，并屡次在《明园玉楼咏诗》发表先贤杰作的感召，得诗友李剑昌献出其伯父李道旋的《寒山读书草堂诗集》。我看这诗集有两大发现：一是这诗集夹着一本《西山半叟诗集》，集诗680余首，前半为1960年程坚甫自编的《不磷室拾遗》的全部，其后的300多首的尾部，有诗题《七十寄怀》《七十述怀》，且《己酉（1969年）残冬留咏》之后尚有《早春寄怀》诸诗，故可断定是程坚甫整个60年代的诗作；经核对字迹，与程坚甫的《不磷室拾遗》手稿同。二是《寒山读书草堂诗集》之后，附录程坚甫诗词百余首，其中有70年代的作品。后得程坚甫女弟子陈惠群证实：《西山半叟诗集》是程坚甫交给知音李道旋保管以求传世的，不料李道旋却先他去世。

　　因为有这两大发现，采集到的程坚甫诗增至850多首。因发现时，以程坚甫诗为首的《洗布山诗存》已经印行，乃从200多首新发现的诗词中，选出72首及诗句21联，编为《程坚甫诗补遗》，在1998年年尾印行的《明园玉楼咏诗》第六集发表，以广流传。

　　2005年9月，《台山文学报》用一万多字的专页评介台山杰出诗人程坚甫，包括陈中美、王鼎钧、刘荒田、老南、周正光的文章和程坚甫与陈惠群的合照。它表明故乡台山的文化人，对程坚甫的诗重视起来了。为使程坚甫有一个更丰富的诗集，中美乃动手扩编《洗布山诗存》。

　　2005年冬，担任美国华文文艺界协会会长的刘荒田乡亲，回乡访问程坚甫故居并祭扫程坚甫夫妇墓，写出一万多字的大作《记台山杰出诗人程坚甫》。此文引起任教于美国耶鲁大学的苏炜作家的重视，他向刘荒田索阅《洗布山诗存》，"一读惊艳，二读盈泪，三读则卧不安枕食不安席，为这位被岁月尘埃沉埋多时的一代诗翁的才情和身世感怀不已"。他决心为发扬程坚甫诗尽力，在2006年暑假期间手持中美扩编到含诗500多首的《程坚甫诗存》，回祖国"逢人说项斯"，却得不到出版社承印，乃感传统诗词遭遇的不平，写成一万二千多字的雄文:《中国农民中的"当世老杜"——一个被沉埋的诗人和一个被沉埋的诗道》。他说"程诗的写真与深挚,一若老杜",又把程诗与陆放翁诗相提并论。"末了,再说一句回应开篇题旨的斗胆的话:有程坚甫诗传世,'一万年也打不倒'的'旧体诗',更打不倒了!该是让中国传统诗歌与诗道,脱出被漠视被冷待、被沉埋的命运,回复它应有位置的时候了!"

稍后,任教于美国大学的谭琳教授,从好友苏炜处取得《洗布山诗存》,认真吟读研究,写成二万多字的《诗人程坚甫和他的诗艺》。他说程坚甫继承历代诗人的传统,特别是杜甫和陆游;又拿程诗和陆诗从气质到诗艺方面做比较,说明程坚甫继承前人又有所发展和创新;接着又说:"和程坚甫先生同世纪的(写格律诗的)诗人中,从数量和质量方面可以拿出来跟他作一比较的可以说有两位:郁达夫和聂绀弩。"他引用许多郁诗、聂诗同程诗做多方面比较,然后"总而言之,郁达夫、聂绀弩、程坚甫这三位都是中国二十世纪杰出的诗人,他们都为后人留下了诗艺高超却又风格相迥的大量诗作。三位都是具有独特风格、有原创精神的诗人,三位都是不可代替的。二十世纪的文学宝库,特别是诗词宝库都因他们的贡献而更为丰富"。最后他写道:"许多评程诗的人都把程坚甫誉为台山诗界第一人。从前面的多方面分析、比较可以明白:其实,程坚甫不仅属于台山,也是属于中国的,以至是属于人类的。程坚甫的诗作是二十世纪中国文化的一份珍贵遗产。"

分别出身于广州、杭州的苏炜、谭琳两位旅美作家和大学教授,对程坚甫及其诗的推重相同。他俩的论文,2008年春由热心宣扬程诗的乡亲刘荒田电传回广东江门市文联,引起文友对程诗的重视。《五邑文学》主编吴迪安,把《程坚甫诗百首》和刘荒田的万多字的《记台山杰出诗人程坚甫》全文发表于2月1日出版的《五邑文学》,且赞程坚甫为江门五邑地区继明儒陈白沙之后500年才出现的诗人。2月下旬召开的江门市政协委员大会上,委员吕明、林伟俦联名提案(得台山政协委员连署),建议江门市人民政府树立程坚甫为江门市文化名人。4月10日,《江门日报》刊出《纪念已故五邑杰出诗人程坚甫专辑》,登出程坚甫诗选及节录刘荒田、谭琳、苏炜、王鼎钧对程诗杰作的评介,还登出吴迪安的《五百年出一人》。同年5月,北京由文化部主管的《中国文化》,发表了苏炜和谭琳大作的全文和陈中美辑注的《程坚甫诗选》,并在编后语中说:"二十世纪中后期中国贫寒的乡土大地,一个名为程坚甫的普通农人,用传统诗词的写作圆满着对自己灵魂的慰藉和养护。这个被历史遗忘的孤独的行吟者慢慢浮出地表,感动了许多追寻精神家园的人们。远在海外的华裔学者苏炜与谭琳,正是其中两位。通过他们的文章,相信程坚甫曾经的存在、才情与身世,将感染更多渴望重构文化精魂的人。这个被沉埋的卑微身影，被冷待的寂寞诗魂，也许可以让国人重睹承继诗道传统的一缕幽幽香火，也许可以重温一句朴素的'学在民间，道在山林'。"

程坚甫诗登上中国文化高台之后，苏炜教授来信敦促把更多的程诗编印传世，故中美又把老力投入《程坚甫诗存》的扩编工作。当年夏季回乡，在台城明彩园玉衡楼细阅有关材料数十册，使采集到的程诗增至900余首，其中有程坚甫最后几年的诗13首，弥补了他最后两年无诗的缺憾。冬季在美国核桃溪住家，又以程坚甫编定的大体依时间先后辑录的《不磷室拾遗》和《西山半叟诗集》为主体，以其后收集的程诗做补充，重新逐首选抄，辑成含诗712首的《程坚甫诗存》，其中有七律398首、七绝206首、五律40首、五绝2首、七古3首、五古4首、五言排律2首、各种形式的词55首、对联2副。我见程坚甫有诗句说"病酒未忘慈母诫，编诗尚待故人删"，故敢曰：这是我执行程坚甫遗言的删定本。诗既编定，又附上程坚甫遗照和字迹，还把历年美中学者发扬程诗的作品和有关文件收编于后，题为《发现与发扬程坚甫诗的全过程》。全稿于2008年年尾粗成，2009年又尽力补充、修饰、抄正。

今写此文，向读者报告扩编的过程，并对长期力助程诗传世的刘荒田、苏炜、谭琳等作家和承印《程坚甫诗存》的华夏文化出版社，深致敬意和谢意！

陈中美2010年1月1日于美国加州核桃溪市住家

为发扬程坚甫诗而作
陈中美

七绝二首，1996年5月19日题《不磷室诗存》后

拾得遗篇出偶然，台山险没此吟笺。
因知人死诗亡者，中国十年有几千。

人亡诗在见精神，还是非常可爱人。
无须怨恨聪明误，没有聪明句不新。

七绝四首，1997年2月编辑程坚甫诗集后作

爱诵君诗如己诗，十回不厌似初时。
君诗有幸逢中美，中美无缘师事之。

选诗四百编排完，又把编余诗细看。
但恐遗珠变遗憾，不愁尺度太过宽。

千首诗成乐似仙，磨而不磷志何坚。
我印杰出诗人集，八百美元当纸钱。

无子慰妻却有词，何如身后有传诗。
如此诗人应有后，印君诗集作君儿。

七绝四首，1997年3月为答谢周正光先生赏识程坚甫诗而作

诗高岂止压台山，可列华南五岭间。
引起共鸣声大震，敢将高调向人弹。

埋没八年今发扬，知音现在有周郎。
知之晚矣无多益，只得诗名播远方。

人老怀才含恨葬，岂知身后有周郎。
项斯健在犹须说，半叟衰亡要表彰。

石窟诗林共立碑，诗名永在后人知。
不只诗林更出色，粤中文苑也增奇。

读程坚甫先生遗诗六首
开平　周正光

锋芒可迫龟堂边，不负磨刀数十年。
最是漫漫风雨夜，狂澜力挽入诗篇。

煨芋蒸藜未自伤，家山吟遍对残阳。
卅年里巷无人问，天遣诗名海外扬。

衣未剪裁酒未斟，艰难徒有济时心。
颈绳此日何曾解，一例江头咽泪吟。

欲伐荆丛复乱枝，深山岁月伴多时。
柴镰未钝掩尘土，凄绝人间是此诗。

几回洒泪读遗篇，好句真堪众口传。
料想登楼垂老日，无穷心事付啼鹃。

芳草同谁伫夕辉，百年寂寞素心违。
名山事业终何补，惆怅西风扑面吹。

程坚甫《不磷室诗存》读后

端芬　陈绍觉

吾台有一老，蛰居四十年。
在昔宦游日，从未酌贪泉。
只因遭世变，失意归园田。
从此靠食力，人穷志益坚。
结庐虽近市，心远地自偏。
息交惟好静，避世若逃禅。
同命有老伴，牛衣共相怜。
食力终难饱，岁月苦熬煎。
暮年又丧偶，对影倍凄然。
悲来孰能遣，惟有酒茶烟。
颇好杯中物，但愿酒家眠。
可奈阮囊涩，那得杖头钱。
醉饮虽无份，高歌却有缘。
穷愁与忧愤，一一寓吟笺。
自号不磷室，积稿盈千篇。
日夜苦裁句，不惜瘦诗肩。
最工七律体，真堪被管弦。
艺术巧思处，妙绝到毫颠。
岂仅冠时辈，直欲追唐贤。
精金与美玉，何可久沦湮。
幸有知音者，为之付刊镌。
龙泉复出土，剑气直冲天。
诗作三台耀，诗名千古传。
卓哉程诗老，我亦拜风前。

小辉兄笺注程坚甫诗嘱题
兴城　郑雪峰

天翻地覆虫沙劫，拾橡茹薇迟暮年。
赖有呻吟回气命，尽倾墨泪与诗篇。
荒村一角灯何涩，短句千秋梦可怜。
稍喜后山残集在，新来笺注得任渊。

小辉兄选注程坚甫诗嘱题
唐山　佟春茂

东篱故令草堂翁，辛苦人间一概同。
莫道江山不异色，但看诗笔别青红。

小重山·题程坚甫《不磷室诗存》
蕲春　伊淑桦

磨砺都成文字痴。墨华和烛泪、写襟期。草莱身世七哀诗。余馨在，未许染尘缁。

人海惯栖迟。吟情长换取、两眉低。蓬庐风雨苦撑持。平生事，唯遣蠹鱼知。

咏程坚甫先贤
山东　高丽涛

杜老千秋韵，遥传粤海支。
生前无所欲，身后尚余诗。
颜巷安贫乐，荆山得誉迟。
西风吹木叶，不尽落相思。

小辉兄注释《程坚甫诗存》嘱题
南昌　黄全平

敛翼山林空欲藏，天涯无可避沧桑。
茅庐易被愁寻到，命运难容自主张。
双屐随行伴风雨，一镰犹握忆锋芒。
不刊勋业诗章在，道尽苍凉只欠狂。

题程坚甫《不磷室诗存》
哈尔滨　李勇

粤海谁修五凤楼？台山才士妙章留。
草莱饱食人间苦，诗赋聊销虫臂忧。
仲则心肠歌绮意，拾遗格调镇庸流。
珠光烨烨终难灭，待看风华动九州。

小辉兄嘱题程坚甫诗存
丰城　万德武

文章岂治少陵穷，箪食每嗟回屡空。
苟免人猜天便妒，那堪生拙句徒工。
村醪但醉明明月，茅屋长邀寂寂风。
最是中宵心不死，犹将花信托冥鸿。

读程半叟诗存有作五首
临川　陈小辉

萧然环堵雨兼风，虱处农村仅一弓。
入世肺肠知饱暖，杖藜天地任穷通。
耕锄真作谷口朴，灌溉应同汉渚翁。
剩有诗篇慰怀抱，不将呵壁问苍穹。

艾艾期期似未言，随人俯仰在农村。
灌园生计类牛马，逐臭寻常伴犬豚。
但有绿华聊适意，肯将幽愤欲伤魂。
闲来柱杖花枝下，忽漫诗情自不论。

难把不平通帝阍，贤才处世总烦冤。
当时沦落恐无益，半夜推敲未为言。
使酒赊茶安运命，呼牛作马任乾坤。
一生隐迹真彻底，偶尔相知涕泪痕。

无儿无女一村翁，与世不妨牛马风。
放牧闲寻山野下，扶犁忙合陇畴中。
粗粳饱后梦还稳，诗句成时兴未穷。

莫道老怀除或尽,春来亦欲看花红。

俯仰乡村过八旬,高才真作一沉沦。
学诗漫道惊天句,营役还成入骨贫。
世路穷兮感鸾凤,心身否已失麒麟。
宵深端坐堪长叹,要为苍苍惜此人。

后　　记

余曾于网络偶阅程坚甫先生诗，一读难忘，再读惊叹。后知其不过一乡村老农，一生卑微，在当世默默无闻，但其诗苍凉沉郁，并不输于他人，遂萌生为其整理诗集之念。我系开平籍李铭建老师听闻我有此念，亦颇为首肯，并大力支持我办成此事。2019年夏在铭建老师介绍及邀约下，我前往程坚甫先生家乡台山，此行不但得识程坚甫先生义女陈惠群及李剑昌诸位老师，而且还获得了他们两人分别保存的《西山半叟诗集》手稿及《寒山读书草堂应徵文摘录》手稿，这为重新整理程诗奠定了基础。

2020年因疫情之故，余颇得闲暇，遂开始着手整理程诗。其实，程诗的发现与整理，台山籍旅美华人陈中美先生贡献最大，陈先生曾于1997年及2010年先后两次为其整理诗集并编成《洗布山诗存》《程坚甫诗存》出版。其后，又在台山广海石窟诗林建成程坚甫诗碑，大力宣扬程诗，其人的高风义举必随程诗永驻人间。陈中美先生在编著程诗时有所删选，本次整理将陈中美先生刊落的近200首诗都选入，欲使读者得窥全貌。但遗憾的是，当时陈中美先生所得的谭伯韶编《不磷室诗选》、谭伯韶编《湖畔唱酬集》等一些其他材料，随着谭伯韶及陈中美二先生的离世，不知散落何处，故保存在这些材料中还有一些被陈中美先生刊落的程诗就无从补入了。此外，本书为保存《西山半叟诗集》手稿原貌，编排顺序一依手稿，诗词混杂在一块亦未调整。

程坚甫先生读书多而杂，又善于化用典故。而本人读书较少，且学识浅陋，故在注释时难免有所错讹，还望高明不吝指教为是。

本书的出版得到了我校中文系的大力支持，并蒙中山大学教授陈永正先生题签、江西省社会科学院熊盛元先生赐序，此真与有荣焉！另外，我友搜韵陈逸云亦力促我办成此事，并慷慨解囊15000元，在此表示特别的感谢！中山大学出版社编辑孔颖琪师妹学识丰富，承其指正不少舛误，并给予方便，是书才得以顺利出版，亦在此一并表示谢意。

是书完成后，得出版社清样，余以六日之力校读一过，并赋诗一首以铭我心：

鹑衣百结似懒残，陋巷箪瓢且耐寒。
有时卖鸡于市廛，有时伐木于溪湍。

有时拾遗芳草丛，有时抱瓮来蹒跚。
偶有闲钱挂杖头，燕喜茶肆耽一欢。
四壁为家冬风里，有桶藏身即可安。
春日如莺求友去，宁园湖边花漫漫。
此生莫道一虫臂，轻肥不得亦何叹。
磨砺似竹真有节，世情看透梦还宽。
只想买丝绣少陵，只欲黄金铸务观。
旦暮吟哦口不辍，咳唾成珠未为难。
嗟余小子何浅陋，妄把公诗为一笺。
苦思兀兀十月余，纂言钩玄欲其全。
惭吾非是钱梦苕，亦非山谷得任渊。
唯窥陈言以盗窃，稍加敷衍以成篇。

是书也，虽未能较于先贤，或可起沉埋于地底，或能发荆玉于人前。

是愿也，恒耿耿于胸田。今随笔于释放，亦如物华得春而瞠妍。

陈小辉辛丑夏于广州澹云居